小寓言大智慧

◎彩色插图版◎

鲁波 / 编著

中国华侨出版社

图书在版编目 (CIP) 数据

小寓言大智慧：彩色插图版 / 鲁波编著 . — 北京：中国华侨出版社，2017.5
ISBN 978-7-5113-6833-1

Ⅰ . ①小… Ⅱ . ①鲁… Ⅲ . ①寓言—作品集—中国—当代 Ⅳ . ① I277.4

中国版本图书馆 CIP 数据核字 (2017) 第 123364 号

小寓言大智慧：彩色插图版

编　　著：	鲁　波
出 版 人：	方　鸣
责任编辑：	江　冰
封面设计：	冬　凡
文字编辑：	贾　娟
美术编辑：	潘　松
插图绘制：	李金凤
经　　销：	新华书店

开　　本：720mm×1020mm　1/16　印张：25　字数：420 千字
印　　刷：德富泰（唐山）印务有限公司
版　　次：2017 年 8 月第 1 版　2021 年 4 月第 5 次印刷
书　　号：ISBN 978-7-5113-6833-1
定　　价：75.00 元

中国华侨出版社　北京市朝阳区西坝河东里 77 号楼底商 5 号　邮编：100028
法律顾问：陈鹰律师事务所
发 行 部：（010）88893001　　　传　真：（010）62707370
网　　址：www.oveaschin.com　　　E-mail：oveaschin@sina.com

如果发现印装质量问题，影响阅读，请与印刷厂联系调换。

我国著名儿童文学家严文井说："寓言是一个魔袋，袋子很小，却能从中取出很多东西来，甚至能取出比袋子大得多的东西。寓言是一个怪物，当它朝你走过来的时候，分明是一个故事，生动活泼；而当它转身要走开时，却突然变成一个哲理，严肃认真。寓言是一座奇特的桥梁，通过它，可以从复杂走向简单，又可以从单纯走向丰富，在这座桥梁上来回走几遍，我们既看见了五光十色的生活现象，又发现了生活的内在意义。寓言是一把钥匙，这把钥匙可以打开心灵之门，启发智慧，让思想活跃。"正所谓"一花一世界，一叶一乾坤"。一则寓言，就是一片天地。

"寓言"一词出于《庄子》，"寓"有寄托的意思。所谓寓言，就是作者用故事的形式巧妙地表达对人生的认识和感受。这些故事很简短，但含有比喻和象征的意思，蕴含着知识和智慧，是艺术化了的人生哲理。读者读这样的书，就如同交到了一位好朋友，无异于获得了不可或缺的精神食粮，更能受到启发，挖掘其深处蕴含的真理。

寓言短小精悍、轻松宜人，没有长篇大论的枯燥与刻板，因而更适合现代人的品位。轻巧并不意味着轻薄，寓言"轻"的表面下却是人生之重、智慧之重。曾有人这样感叹："现代社会是个轻浮浅薄的社会，人们不需要沉重，也无须沉重。"但生命终究是有重量的，也应该有重量，这份重量既包括我们做人的心态、品行的力量与处世的学问，也包括那份永远令我们感动的亲情与友情。

短小的寓言故事，浓缩了人生智慧的精华，它往往能让人们更乐于接受那些因说教而不愿接受的大道理，更便捷、更有效地获得人生的经验和智慧。世界著名的"酒店大王"希尔顿曾感言："智慧的力量大于武器的力量，有了智慧，你就能改写自己的人生命运。"而寓言，无疑具有这种非凡的能力。

寓言是智慧的花、哲理的诗、正义的剑。优秀的寓言集中了智慧、哲理和诗的美，它流传千古、生生不息，具有无与伦比的生命力；它潜移默化地融入我们的日常生活，教会我们为人处世的方法、准则。

智慧是生活体验的一种理性沉淀，是人生经验的归纳综合，它不是与生俱来的，需要人们静下心来在生活中去发现、去品读、去感悟。古今中外的一个个小寓言就是一脉脉智慧的清泉，它们可以启迪你的智慧，让你获得有益的人生经验和教训，使你在生活中更加如鱼得水、潇洒自如。哲人说："一粒沙里看出一个世界，一朵野花里有一座天堂，把无限放在你的手掌上，永恒在一刹那里收藏。"生活中一些平凡的小事物里往往包含着深刻的人生道理，它比起抽象的理论，更能以简单、直接、迅捷的方式把这些道理揭示出来，拨动我们的心灵，让我们于瞬间豁然开朗。

好的寓言不在于有多长，而在于它有多少内涵，具有多少思想的重量；精华的思想不在于它从谁口中说出，而在于它验证过多少事实，有多少实际的指导意义。一则小小的寓言所蕴含的哲理，比艰深的名著更能打动人心。为了让读者能在百忙之中用较短的时间、以较少的精力领略寓言的魅力，体味寓言的内涵，我们对古今中外、浩如烟海的寓言进行了筛沙淘金式的整理。书中入选的每个寓言都是字斟句酌、生动有趣、发人深省、耐人寻味的上乘之作，都是启迪心灵和智慧的火花，都有可能点燃你受用一生的生命火焰。生活、工作之余拿起本书，走入寓言的世界，你一定会找到曲径通幽、豁然开朗的感觉。

这本《小寓言大智慧·彩色插图版》内容全面、经典、新颖，精选了数百个有价值、有启发性、有指导意义的经典小故事。书中有对幸福生活的感悟、战胜挫折的勇气、闪烁光辉的美德和发人深省的人生智慧，有温馨感人的爱情和荡气回肠的亲情。阅读本书，你能感受到心灵的震颤，能接触到纯真的思想，能感动于亲情的伟大和爱情的无私。每个故事后的"大智慧"则起到画龙点睛的作用，让人在紧张繁忙的工作和生活中可以静下心来沉淀自己，审视自己，提高自己。每读一个小寓言都是一次心灵的邂逅，一个精致的、发人深省的小寓言不仅可以为你指明前进的方向，解答生活中的迷惑，还可以改变你的思想，进而慢慢改变你的人生。

Contents
目录

第十八章　得意不张狂，失意别失志

第十九章　只有沉住气，才能成大事

第二十章　锲而不舍，金石可镂

第二十一章　狭路相逢勇者胜

第二十二章　脚踏实地，量力而行

第二十三章　有竞争才有压力，有压力才有动力

第二十四章　时间就是金钱，效率就是生命

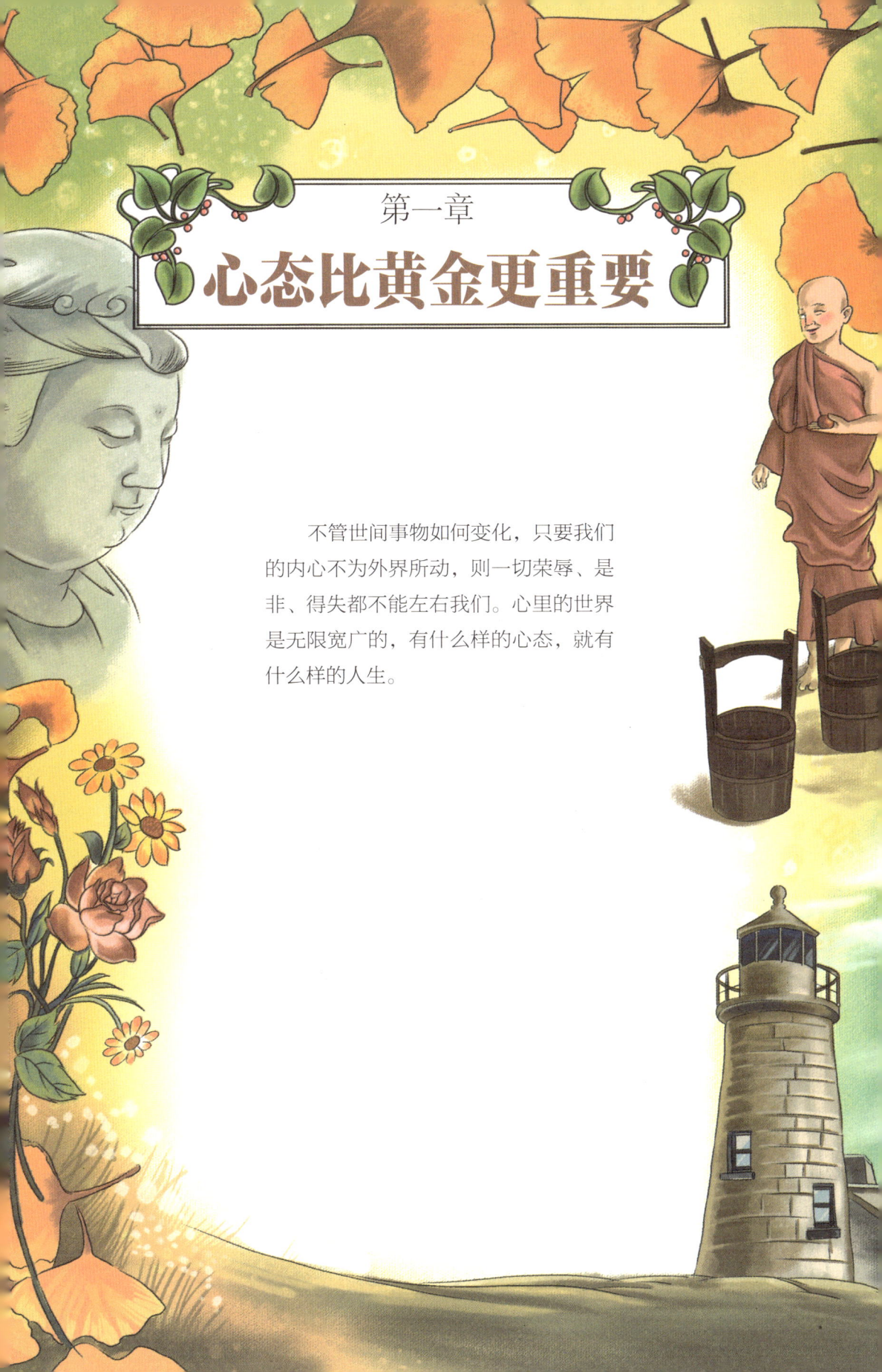

第一章
心态比黄金更重要

不管世间事物如何变化，只要我们的内心不为外界所动，则一切荣辱、是非、得失都不能左右我们。心里的世界是无限宽广的，有什么样的心态，就有什么样的人生。

1. 大悟自在心静中

有一天，几个弟子为了"大悟"一意争得面红耳赤。

于是，他们几个一起来到智禅大师的栖室，问道："师父，这世间何谓'大悟'呢？"

智禅大师微笑着说："大悟自在心静中——"

此时，那几个徒弟颇有些迷惑。

在午膳之前，智禅大师带着那几个弟子来到后山的李子林。树上的李子大都熟透了，紫里透红的浆果散发出一缕缕诱人的芳香。

智禅大师吩咐两个弟子从树上采摘了一竹篓李子。然后，他让在场的每个弟子品尝，李子的汁液像蜜一样甘甜。

待吃完之后，智禅大师带着众弟子走到一个小小的水潭前，他俯身掬起一捧水喝了起来。然后，他让弟子们也尝一下。

弟子们纷纷仿效师傅的样子，喝了几口潭水后，咂巴咂巴嘴。

智禅大师问："小潭的水质如何呢？"

弟子们又用舌头舔了舔嘴唇，回答说："小潭里的水，比我们舍近求远担来的水甜多了。往后，我们可以到这小潭来担水吃呀！"

这时候，智禅大师便让一

个弟子提了一木桶潭水。然后，他们回到寺院。午膳之后，智禅大师让每个弟子都重新来品尝一下从后山小潭打回来的水。

弟子们尝过之后，大都将水从嘴里吐了出来，一个个皱起了眉头，因为这些水很涩，而且满是一股腐草味儿。

智禅大师解释道："为什么同一个小潭里的水，却有两种不同的滋味呢？因为你们先前品尝的时候，都吃过李子，口里留有李子的余汁，所以就把这水的涩给掩盖了。"

众弟子都认同地点了点头。

智禅大师看了看面前的徒弟，意味深长地说："这世上有些事情，即使你我亲自体验过，也未必触及它们的本质。因为往往有些事情，一时会被繁华的假象给迷惑了，'大悟'就是这个道理呀！你我必须有一颗平静的心，抛却那些虚荣和繁华。"

大智慧

《明心宝鉴》里有一句话："心安茅屋稳，性定菜根香。"只有心安性定的人，才能安心于朴素宁静的生活，才能充分享受和平简静的潇洒从容。

2. 学会适应环境

园丁有一匹马，虽然它的活儿很多，但饲料却很少。于是它乞求上帝为他另找一位新主人。

这个愿望很快就实现了。园丁把马卖给了陶器匠，马很高兴。不料陶器匠那儿的活儿更多，马又抱怨自己的命不好，乞求上帝再为他另找一位好主人。

这个愿望很快也实现了。陶器匠把马卖给了皮革匠。当马在皮革匠的院子里看见马皮的时候，大声哀叹道："唉，我这个可怜虫，还不如跟着原来的主人好。看样子把我卖到这里不是要我去干活儿，而是要剥我的皮。"

大智慧

学会适应环境，顺其自然，总是抱怨现在的处境，不如踏踏实实地做好眼前的事情。眼前的事情做好了，一切自然就会好转起来。

3. 一只蚂蚁的启示

在一面光滑的墙壁上，一只蚂蚁在艰难地往上爬。爬到一大半，忽然滚落下来，这是它的第七次失败。然而过了一会儿，它又沿着墙角，一步步往上爬了……

第一个人注视着这只蚂蚁，禁不住说："一只小小的蚂蚁，这样执着顽强，真是百折不挠啊！我现在遭到一点儿挫折，能气馁退缩吗？"他觉得自己应该振奋起来，勇敢地面对自己生活中的那些困难。

第二个人注视着这只蚂蚁，也禁不住说："可怜的小蚂蚁，只要稍微改变一下方位，它就能很容易爬上去；可是，它就是不肯看一看，想一想……唉，可悲的蚂蚁！我正在做的那件事，一再地失利，我该学得聪明一点儿，不能再蛮干一气了——我是个人，是个有头脑的人。"果然，他变得理智了，果断地放弃了原先错误的决定，走上了新的道路。

第三个人也一直观察着这只蚂蚁，他听到这两个人的话，就去问智者："观察同一只蚂蚁，为什么他们两人的见解和判断会截然相反，他们得到的启示迥然各异？可敬的智者，请您说说在他们中间，哪一个对，哪一个错呢？"智者回答："两个都对。"

问者感到更困惑了："怎么可以都对呢？对蚂蚁的行为，一个是褒扬，一个是贬抑，对立是如此鲜明，您是不愿还是不敢分辨是非呢？"

智者笑了笑，回答说："太阳在白天放射光明，月亮在夜晚投洒光辉，它们是'相反'的，你能不能告诉我，太阳和月亮究竟谁是谁非？"

很多事情并非只有唯一的答案。关键在于，你用什么心态、从什么角度去看。

大智慧

从不同的角度看问题，就会产生不同的想法。选择一个有利于自身发展的角度看问题，会起到积极的作用；反之，则会起到消极的作用。有良好心态的人处处都能发现成功的要诀，他们始终用积极的心态看待世间的一切，从中得到启示，使自己的人生发生重大的改变，从而走向光明的大道。

4. 一片树叶

小黄牛栽下了一棵柠檬桉，小树苗在春风中欢快地成长着。为了保护好小树，小黄牛在幼树旁立了一块木牌，上面写道："请爱护小树。"

"哟，一棵多漂亮的小树，当然应该爱护。"一只小兔子蹦蹦跳跳地走过来，欣赏了一阵之后，赞叹地说，"这小树太可爱了，我只要一片嫩叶夹在我的画册里当书签，那多美哟！"

小兔子小心地摘下一片叶子，走了。

过了一阵，来了一只小猴子。小猴子一发现小树苗，便欢呼起来："多秀丽的柠檬桉呀，以后它会长得高耸入云，我要在那白玉般的树干上做攀登技巧的表演。嘻，让我取片叶子做个纪念吧。对，就只要一片。"

小猴子仔细地掐下了一片树叶，乐得翻了个跟斗，溜了。

不一会儿，来了一只小熊，小熊对柠檬桉树苗看了又看，闻了又闻，咂着嘴说："不只长得好看，还有股醉人的香味儿，我要尝一片叶子，看看到底是什么滋味。不错，为了爱护小树，我决不采第二片树叶。"

小熊择下一片柠檬桉叶，用牙齿轻轻地嚼着，满意地点点头，离开了。

接着，小山羊走过，小肥猪走过……

每个路过的小家伙，都取下一片树叶。这样，只过了一天，当小黄牛走来浇水时，一看树苗，惊得目瞪口呆：整棵小树一片叶子也没有了！

古有"勿以恶小而为之，勿以善小而不为"之说，这篇寓言说明的就是这个道理。虽然每个人只是摘了一片树叶，但摘的人多了，小树自然也就没有叶子了。

5. 让乐观主宰自己

相传，有个寺院的住持，立下了一个特别的规矩：每到年底，寺院里的和尚都要面对住持说两个字。第一年年底，住持问新来的小和尚心里最想说什么，小和尚说："床硬。"第二年年底，住持又问他心里最想说什么，他回答说："食劣。"第三年年底，他没等住持问便说："告辞。"住持望着小和尚的背影自言自语地说："心中有魔，难成正果，可惜！可惜！"

小和尚对待世事都持一种消极的心态，所以才一味抱怨，不能安于现状。而他的抱怨也让他失去了修成正果的机会。

事物在一个人心中的好坏，决定于此人的心态，而不是事物本身，正所谓"以我观物，故物皆着我之色彩"。牢骚满腹者，不妨转换一下心情，让乐观主宰自己，心情肯定会一下子好起来。

牢骚也好，抱怨也罢，都是因为抱有的心态不对，看问题的角度不对，如果能够以积极的心态，换个角度看待问题，相信人的心情会好起来。

6. 快乐的人没有鞋子

国王整日郁郁寡欢，大臣请道士诊治。道士说，国王如果能穿上一个快乐的人的鞋子，他的病也就好了。大臣四处寻找快乐的人。

有一天，当大臣走进一个贫穷的村落时，突然听到一个快乐的人在放声歌唱。循着歌声，他找到了那个正在田间犁地的农夫。

大臣问农夫："你快乐吗？"

"我没有一天不快乐。"农夫回答。

大臣喜出望外地把自己的使命和意图告诉了农夫。

农夫不禁大笑起来。原来，他连一双鞋子都没有。

原来，快乐的人根本没有鞋子。在许多人看来，金钱是获得快乐的最重要或者全部的源泉。殊不知，快乐是什么？快乐就是珍惜你已拥有的一切——对于快乐的人来说，拥有就是快乐。

大智慧

快乐在你心，而不在你有没有快乐的鞋子，珍惜你所拥有的，你就拥有了快乐。

7. 拿得起，放得下

在亚洲，有一种捉猴子的陷阱，就是把椰子挖空，然后用绳子绑起来，接在树上或固定在地上，椰子上留有一个小洞，洞里放一些食物，洞口大小恰好只能让猴子空着手伸进去，而无法握着拳头出来。人们放食物的时候特意让猴子看见。等人们走后，猴子就会上前来，将它的手伸进去抓食物，理所当然地，紧握的拳头便无法出洞口，当猎人来时，猴子惊慌失措，更是逃不掉。

没有任何人捉住猴子不放，它是被自己的执着所俘虏，其实它只需将食物放开就能把手缩回来。

大智慧

"拿得起，放得下"的道理即在于此。心中的欲念使我们放不下，内心的欲望与执着使我们一直受缚，我们唯一要做的，只是将我们的双手张开，放下无谓的执着，就能逍遥自在了。

8. 两条小溪

在大河奔流的卡迪沙流域，两条小溪相会交谈。一条小溪说："我的朋友，你怎么流过来的，你流过的路径是怎样的？"另一条小溪答道："我的路径是最难走的了。磨坊的水轮坏了，经常把我从渠道里引导到农作物那儿。我带着人们排出的污秽，挣扎着流下来；那些人无所事事，只是懒洋洋地晒太阳。不过，我的兄弟，你流过的路径又如何呢？"

第一条小溪答道："我的路径与你的截然不同。我从山上芬芳花卉和腼腆杨柳之间流下来，男男女女用银杯喝水，小孩儿们用玫瑰红般的小脚在溪边戏水。我的周围都是欢歌笑语，你的旅途竟那么不愉快，真是遗憾。"

这时候，大河用洪亮的声音说道："流进来吧，流进来吧，咱们一起奔流到海里吧！流进来吧，流进来吧！别多言多语了。现在跟我合流吧，咱们一起再奔流到海里。流进来吧，流进来吧！因为你们一进入我的河床，就会把你们流浪的辛苦和欢乐都忘掉。流进来吧，流进来吧！一旦咱们到达咱们的母亲——大海的心里，你们和我就会把咱们流过的路径都忘掉了。"

> **大智慧**
>
> 过去的只代表过去，无论是欢笑还是痛苦，成功还是失败，过去的就让它过去吧，不要再去浪费时间思考了，眼前最重要的是用积极的心态面对现在与未来。

9. 大臭草进阳台

阳台上摆着一个空花盆，里面装着肥沃的泥土。只见主人边抚摸着瓷质的盆，边欣喜地自语道："嗯，过两天大臭草就可以来安家了。"

"大臭草"，多么恐怖的名字，等主人转身一离开，各种花儿唬得几乎跳出了花盆。

月季花涨红着脸惊叫道："大臭草！哼，准是个讨厌透顶的家伙。"

茉莉花喷着清香而忧伤地声明："哎，我最怕怪气味。"

满身长刺的仙人球气鼓鼓地说："它要来，我们全都走！"

米兰花疑惑地说："我们的主人，莫不是神经出了毛病？"

不祥的气氛笼罩着阳台，奇花异草们终日惶惶不安，祈祷着主人带来的是八月桂，或者哪怕是喇叭花，而唯恐领来什么"大臭草"。

"到了，到了。"这天，主人兴冲冲地奔入阳台，将一把草儿小心地种入了花盆。

花儿们掩着鼻子偷偷打量，只见那梗茎上长了小小的长圆形的颖片，颖片的茎部是浅棕红色，中部更浅，尖端透明，很像花瓣，纤细的茎端错落有致地层层展开，既大方又美观。阳台上的花儿看得入了迷。

夜来香好奇地打听："请问尊姓大名？"

"我叫大臭草。"它回答得十分轻柔婉和。

"天哪，真是大臭草！怎么叫这么个名字？"仙人掌咕哝着。

"怪呀，"几种花儿同时说道，"半点儿臭味儿也没有呀！"

"不错，它正是大臭草，"主人笑盈盈地解释，"你们这些花儿、草儿、球儿、掌儿，别看不起它，它长期隐居在崇山峻岭，属禾本科臭草类植物，仅仅因为名字不雅，人们才对它不感兴趣，现在你们瞧清楚了，它亭亭玉立，多么俊俏！"

初来的大臭草，用它的真实面目，征服了阳台上的居民，立即受到了大伙的欢迎。

> **大智慧**
>
> 做人不能以貌取人，更不能因为某些缺点就全盘否定别人的价值。与人相处，要真诚待人，礼貌待人。

10. 你是你命运的主宰

附近所有的池塘都为鱼鹰所涉足，鱼塘和水池是它食宿的好地方，所以鱼鹰的伙食一直都还不错。但随着年事渐高，精神衰退，原有的伙食水平难以维持，每况愈下。这只鱼鹰老眼昏花看不清水底，又无罗网捕鱼，只好经常忍受饥饿的煎熬。怎么办呢？在饥饿所迫、万般无奈之中它想出了一个好计谋。

鱼鹰在池塘边看见一只虾，便对它说："我的好伙计，我有一个重要的消息告诉大家：大祸将要降临到你们头上了，一星期后这池塘的主人就要下网捕鱼虾了。"

虾听说后便急急忙忙向大家通报情况，一时间满池风雨，一片惊慌。水族动物全跑了出来，聚在一起选派代表谒见这只鱼鹰。

"鱼鹰大人，您这消息是从哪儿听来的？您说的靠得住吗？您有解救的办法吗？我们应该怎么办才好呢？"

"换个地方。"鱼鹰毋庸置疑地答道。

"可我们怎么换呢？"

"你们不用操心，我可以把你们逐个带到我住处的附近，只有上帝才知道这条路，世界上没有比这更隐蔽的地方了。这是一个自然生成的鱼塘，是歹毒的人类所不知道的去处。这个鱼塘能使你们全体获得新生。"

大家全都相信了鱼鹰的话，于是水族被一一带到一块人迹罕至的岩石底下。在这里，鱼鹰这个伪君子把它们全都安置在一条狭长的水坑里，这里水浅见底，鱼鹰要逮住它们那真是唾手可得，随心所欲。

> **大智慧**
>
> 永远不能相信猎手的话，猎手的目的只有一个，想方设法让你被他吃掉。你是你自己命运的主宰，不要因为别人的话就轻易改变你的主意和想法。

11. 享受生命中的自然

一只青蛙看到一只蜈蚣，想：用四只脚走路已经够麻烦的了，蜈蚣是如何用一百只脚走路的呢？它怎么知道是哪只脚先走、哪只脚后走呢？接下来又该走哪一只呢？于是它叫住了蜈蚣，并把自己的疑问告诉了它。蜈蚣说："我一生都在走路，但从未想过这个问题。现在我必须好好思考一下才能回答你。"蜈蚣站在那儿好几分钟，它发现自己动不了了，摇晃了一会儿，然后便倒了下来。它告诉青蛙："请你不要再去问其他蜈蚣同样的问题。我已经无法控制自己的脚了！"

人若对自己的生命没有信心，需要靠经典、箴言的指引，有那么多的原则、那么多的箴言要遵循，其结果与青蛙在蜈蚣身上所造成的影响是相同的，一样无所适从。试着去享受生命中的自然状态。专心走路的时候，也不要忘记经常停下来，看看四周的景物，让自己的心灵稍做休息！

大智慧

人有生来就有的本能，不需要别人指导，不需要学习。走路就像吃饭、穿衣一样属于生命中的自然，所以不要把过多的精力放在这些自然事件中，而且还应该学会好好享受生命中的自然。

---

12. 临危不乱

为了对狐狸的进攻进行有效的抵御，火鸡把自己栖息的树当成一座城堡。这阴险的狐狸已经绕树转了好几圈，瞧见每只火鸡都在放哨警戒，不敢懈怠。

狐狸恨恨地喊着："怎么啦，这些躲在树上的家伙居然敢跟我作对，它们以为这样就能免于一死！不，决不！我对天发誓，我决不会轻饶它们的！"狐狸还真兑现了自己的诺言。

这天晚上月色皎洁，好像专门与狐狸作对，这对火鸡当然是再好不过的了。当然狐狸在围城进攻敌手方面也毫不含糊，它诡计多端，一肚子坏水，忽而装作佯攻向上爬，忽而又踮起身子向上移，接着装死躺下，一会儿又爬起来，就是喜剧大师也不可能扮出这么多的不同角色。狐狸竖起了肥大的尾巴，使它油亮闪烁，还耍了各种各样骗人的把戏。

在这段时间里，没有一只火鸡敢放松警惕打一个盹，敌情使它们两眼圆睁，紧张地注视着前方的风吹草动。时间一长，这些可怜的火鸡都头晕目眩，不断地从树上栽下来，几乎有一半的火鸡掉了下来。狐狸把掉下来的火鸡逮住，全都拴在了一起，并把它们全宰掉放进了自己的食品橱。

大智慧

要知道，越是到了危急关头，神经越是不能太紧张，否则，乱了自己的方寸，就会像火鸡一样，来个倒栽葱。

第二章
好品德，好人生

岁月能留住的，不是玉颊红唇，而是涌动于心中的美德。内心的美比外在的美更为重要。外表美只能取悦一时，内心美方能经久不衰。

1. 好品德是无敌之箭

古代有一个擅长射箭的人名叫甘蝇，他弓箭一搭，走兽就趴下一动不动了，飞鸟就掉下来了。有一个叫飞卫的人，听说这件事后，来向甘蝇学习射箭。经过学习之后，大有青出于蓝而胜于蓝之势。

飞卫回到家后，善射的名声逐渐远扬。

有一个叫纪昌的人，慕名来向飞卫学习射箭。飞卫便要他先学会不眨眼。于是，纪昌回到家中，睡在妻子的织布机下，眼睛盯着来来往往的梭子。经过两年之后，即使锥尖刺着他的睫毛，他的眼睛也不会眨一下。

纪昌心想，这应该是学成了，就去向飞卫报告。谁知飞卫摇头道："光学会不眨眼还不行，还要学会看才行。看小东西好像看大东西，看细微的东西好像看明显的东西，达到这样的水平后再来找我。"

于是，纪昌又回到家中，用一根长头发系一只虱子悬在窗下，天天练习看虱子。十天之后，虱子逐渐变大。三年之后，虱子在他眼里大得好像是个车轮了。再看别的东西，很细小的看上去都特别大。于是纪昌用弓和箭来射那只虱子，一箭就穿透了虱子的中心。

纪昌又来报告飞卫，飞卫高兴地说："你已经把射技学到手了。"

纪昌把射艺学到手后，为了独步天下，决定杀掉飞卫。有一次，他们两人在野外相遇，纪昌便搭箭射向飞卫。飞卫也搭箭还击，两人的箭在飞行中相碰，最后都掉在了地上。

飞卫的箭射完之后，纪昌还剩下最后一支。纪昌把这支箭射出之后，飞卫面对飞来的箭，不慌不忙，捡起一根小草，用草尖把箭杆拨落了。纪昌这才知道老师的射艺比自己不知道强多少倍，于是流泪跪拜，请求飞卫饶恕自己。飞卫也跪下，放声大哭。从此，二人以父子关系相处，互相结盟，发誓永远友好下去。

> **大智慧**
>
> 真正的强者靠超越对手证明自己；只有无耻的人才靠消灭对手来证明自己。纪昌的做法很无耻，但他迷途知返的行为却值得肯定。

2. 善良让世界更美好

在一个古老的小镇上，住着一对漂亮的姐妹，她们不但人长得漂亮，而且心地善良，对每个人都很好，深受大家的喜欢，更重要的是妹妹擅长唱歌，姐姐善于说故事。妹妹唱的歌时而快乐，时而悲凄；姐姐说的故事也是时而感伤，时而滑稽地触动心灵。

诸神听说了她们俩，就偷偷地观察，果然如大家所说的一样，两个姐妹既善良又多才多艺，于是诸神也经常邀请她们去唱歌、讲故事。时间久了，诸神也越发地宠爱姐妹俩。

有一天，诸神又邀请两姐妹去为他们唱歌、讲故事，姐妹俩欣然前往。当妹妹的歌刚唱完时，有一个人过来说："请你们到我们那里去好吗？"于是等姐姐讲完了一个故事，准备回到人类那里时，诸神不悦地说道："难道你们不能在我们这里多停留一些时间吗？"

"可是那边也有人在等着我们去唱歌、讲故事啊！"妹妹说。诸神有些不高兴了，异口同声地说："我们今天也是难得这样聚在一起，本想来听你们俩的表演，为什么要我们失望呢？"姐妹俩不得已，便又继续唱歌、说故事。

人们等不到姐妹俩，就过来看是怎么回事儿，一看是诸神留住了她们，就有些不高兴了。当人一个个地聚集起来，比诸神还多时，就有人高喊："把姐妹俩带到我们那里去。"于是，大家就不顾诸神反对，硬要把两姐妹拉去他们那边。

诸神很生气，没想到这些人竟敢跟他们对抗。必须要让他们知道这么做会有什么后果，于是光神为了呼叫闪电，水神为了呼叫大雨，风神为了呼叫台风，地神为了呼叫地震，纷纷握紧拳头，高高举起双臂。这时姐妹俩大声叫喊："请住手！拜托请不要为了我们争斗了。"

但是，大家都没有理会她们，在没有办法的情况下，姐姐就把自己创造出许多精彩故事的舌头切掉了，但她还想要传达什么，于是变成了一只燕子。妹妹则为了让自己哪里都不能去，就把脚砍断了，可是为了继续唱歌，便化身为一只夜莺。

诸神受了她们的感动，终于住了手。

直至今天，夜莺仍在山与平原的交界处唱歌，燕子则往来于两个不同的世界。

大智慧

善良的人无论走到哪里都会受欢迎，善良能让世界变得更美好。

3. 不以容貌看人

杨朱到宋国去，住在一间旅馆里。旅馆的主人有两个妾，一个貌美，一个丑陋，主人却很宠爱那个不好看的妾。

杨朱问："真奇怪，你怎么会不喜欢那个貌美的妾呢？"

那主人说："长得美丽的那个妾自以为很美，所以使人觉得不美了。长得不好看的妾，自以为不好看，所以我忘了她不好看。"

杨朱听了，便对弟子说："你们要记住啊！存心自夸，就不可爱了。去掉自夸的心，到哪里会不受欢迎呢？"

大智慧

罗曼·罗兰说："你失掉的东西越多，你就越富有，因为心灵会创造你所缺失的一切。"一个人失去外表的漂亮并不要紧，只要美化自己的心灵，照样会受人敬重和喜爱。

4. 忠于职守

　　齐庄公决定讨伐莒国。为了鼓舞士气，他设立"五乘勇士"的荣誉职位，唯独没有给武士杞梁和华舟。

　　兄弟俩感到羞耻，回家后难过得不想吃饭。他们的母亲说："你们活着的时候不讲道义，死后也没有好名声，即使做了'五乘勇士'，人们也敢讥笑你们；你们活着的时候讲道义，死后也有好名声，即使是获得'五乘勇士'职位的人，也不敢不尊敬你们。"

　　两人觉悟了，马上吃完饭就走了。

　　杞梁、华舟同乘一辆车子，护卫庄公前行，到了莒国。莒国军队迎战，杞梁、华舟下车奋勇搏杀，俘虏了披甲的武士三百人。

　　齐庄公劝阻他们说："你们停下来吧，我要和你们共同享有齐国。"

　　杞梁、华舟说："您设立'五乘勇士'，却不给我俩，这是轻视我们的勇气；面对敌人，遇上危险，您又用利益阻止我们，这是污辱我们的人格。深入敌阵，多杀敌人，是我们应该做的事情，至于齐国的利益，不是我们想知道的。"

　　于是，二人继续前进，冲破敌人的战阵，三军不敢抵挡。他们一直攻到莒国都城脚下。莒国人用炭火铺在地上，阻止他们前进。二人站了一会儿，不能进去。武士隰侯重说："我听说古代的勇士冒险赴难，他们的事迹就是我们的榜样。来吧！我帮助你们跨过去。"

　　隰侯重拿着盾牌伏在炭火上，杞梁、华舟踩着他的背攻入城内，回头看着惨死的隰侯重，哭起来了。华舟哭得时间长些。杞梁说："你没有勇气吗？为什么哭这么久？"

　　华舟说："我哪里是没有勇气，是因为他的勇气跟我一样，却比我先死，我因此感到难过。"

　　这时，莒国人劝他们说："你们不要这样拼命，我们和你们共同享有莒国。"

　　杞梁、华舟说："离开本国，投降敌人，不是忠臣；放弃职责，接受馈赠，不是志士。何况，在鸡叫时答应的事，中午就忘记了，是不守信用。深入敌阵多杀敌人，是我们的职责，莒国的利益，不是我们想要知道的。"

　　二人继续奋勇作战，杀了二十七个人后，壮烈牺牲了。

5. 择机报恩

农夫看到猎人的罗网里有一只老鹰，而那只老鹰的翅膀受伤了，正在罗网里伤心地哭泣。农夫见状动了恻隐之心，便对猎人说："老哥，把这只老鹰卖给我吧，我很喜欢它。"

猎人同意了农夫的请求，农夫把老鹰带回了家，为它洗净了伤口，包扎好后，还给它喂了一些粮食。老鹰在农夫的精心照顾下，伤口好得很快。

农夫从地里回来，发现老鹰不知什么时候已从家里飞走了。农夫很后悔，自言自语地说："真没有良心，我救了它一命，现在连谢谢都没说就飞走了，我以后再也不做好事了。"

某个冬日，农夫正靠着墙根晒太阳，碰巧那堵墙快要倒塌了，农夫却没有觉察到。正在这时，天上飞来一只老鹰，它用爪子抓走了农夫头上的帽子飞走了。农夫起身去追，发现抓走他帽子的刚好是被他救过一命的老鹰，农夫愤怒至极，他边追边骂："你这个该死的家伙，我先前救了你一命，你不曾报答，现在又来抢我的帽子，你……"

农夫的话还没有说完，突然听到"轰隆"一声，农夫回头一看，刚才自己靠着的那堵墙倒塌了，而他的帽子，已从空中掉到了他的脚跟前。

6. 勇敢地信任别人

从前，有个人在沙漠中迷失了方向，饥渴难忍，濒临死亡。可他仍然拖着沉重的脚步，一步一步地向前走，终于找到了一间废弃的小屋。

这间屋子久无人住，风吹日晒，摇摇欲坠。在屋前，他发现了一个汲水器，于是使尽全力抽水，可滴水全无。

他失望至极。忽又发现旁边有一个水壶，壶口被木塞塞住，壶上有一张字条，上面写着："你要先把这壶水灌到汲水器，然后才能打水。但是，在你走之前一定要把这个壶装满水。"

他小心翼翼地打开壶塞，果然里面有一壶水。

是不是该按纸条上所说的，把这壶水倒进汲水器里？如果倒进去之后汲水器不出水，岂不是白白浪费了这救命之水？相反，把这壶水喝下去就能暂保自己的性命，但以后的人就享受不到这救命之水了。

一种奇妙的灵感给了他力量，他决心照纸条上说的做，果真汲水器中涌出了水。他痛痛快快地喝了个够。他休息了一会儿，然后把水壶装满了，并在纸条上加了几句话："请相信我，纸条上的话是真的，你只有把生死置之度外，才能尝到甘美的水。"

大智慧

做好人有时很难。比如这位沙漠里的旅人就面临一个难局：如果他不相信纸条上的话，他可以喝到一壶水，善意却到此终止了；如果他相信了纸条上的话，万一打不出水来，自己就可能渴死。人生在世，信任别人有时是冒险。但是，我们必须信任别人。如果人与人之间缺少了信任，我们的生活将像地狱一样黑暗。

7. 品格的魅力

一个背驼、脚弯、嘴巴缺唇的残疾人去找卫灵公谈天下大事，并且献出奇谋。卫灵公听了很喜欢，发现这个人的品德才识真好，两个人谈得非常尽兴。等他走了以后，卫灵公看着其他形体完美的人，竟觉得他们的肩膀怎么那么短小。

那个人走了以后，卫灵公深有感慨地说："人的品德属于内涵，透过言行显露出来，让朋友钦佩他，久久不忘，倒是他的外形缺陷不再惹眼。我和他谈了这么长时间，我几乎都忘了他是个缩颈驼背的人了。"

一天，又有一个驼背的人前去献策给齐桓公，两个人谈得十分投机，齐桓公非常高兴，发现对方是个极难得的人才。他一回头看到那些肢体健全的人，觉得他们的肩膀都太瘦弱了。

> **大智慧**
>
> 人的品格比容貌对心灵的作用力更大，而且更持久。因此，与其花太多的心思装扮自己的容貌，不如花更多的心思修炼自己的品格。

8. 把争斗变成谦让

在一个原始森林里，一条巨蟒和一头豹子同时盯上了一只羚羊。豹子和巨蟒互相看着，各自打着"算盘"。豹子想：如果我要吃到羚羊，必须先消灭巨蟒。巨蟒想：如果我要吃到羚羊，必须先消灭豹子。

于是，几乎在同一时刻，豹子扑向了巨蟒，巨蟒扑向了豹子。豹子咬着巨蟒的脖颈想：如果我不下力气咬，我就会被巨蟒缠死。巨蟒缠着豹子的身子想：如果我不下力气缠，我就会被豹子咬死。于是双方都死命地用着力气。最后，羚羊安详地踱着步子走了，而豹子与巨蟒却双双倒地。

其实，如果两者同时扑向猎物，而不是扑向对方，然后平分食物，两者都不会死；如果两者同时走开，一起放弃猎物，两者都不会死；如果两者中一方走开，一方扑向猎物，两者都不会死；如果两者在意识到事情的严重性时互相松开，两者也都不会死。它们的悲哀就在于把本该具备的谦让转化成了你死我活的争斗。

大智慧

遇到纷争时，忍一时风平浪静，退一步海阔天空。谦让会使"大事化小""小事化了"，同时，别人也会感激、欣赏、佩服你的谦让和大度。

9. 给人以爱

从前有个国王，非常疼爱自己的儿子。这位年轻王子的任何欲望和要求都得到了满足，因为他父王的钟爱与权力使他可以得到一切他所希望的东西，然而，他仍常常眉头紧锁，面容戚戚。

有一天，一个大魔术家走进王宫，对国王说："我有方法使王子快乐，能把王子的戚容变作笑容。"国王很高兴地说："假使能办到这件事，则你要求任何赏赐，我都可以答应。"

魔术家将王子领入一间私室，用了白色的东西，在一张纸上涂了些笔画。他把那张纸交给王子，让王子走入一间暗室，然后燃起蜡烛，注视着纸上呈现了什么。说完，魔术家就走了。

这位年轻的王子遵命而行。在烛光的映照下，他看见那些白色的字迹化作美丽的绿色，最终变成了这样的几个字："每天为别人做一件善事！"王子遵照魔术家的劝告，很快就成了国家中最快乐的少年。

大智慧

每天为别人做一件善事，这个世界也会回报给你一些惊喜。爱是主动给予，而且这种给予是无私的，不索取任何回报。

10. 答鸡做人

古希腊哲学家柏拉图给人下了一个定义："人是没羽毛的动物。"

两只脚的公鸡得知后，咬紧牙关拔掉自己身上的羽毛，大模大样地向人们宣称："瞧，我们是人了！"人们嬉笑不止。

公鸡恼怒地问："人没有羽毛，我们也没有羽毛；人只有两只脚，我们也只有两只脚。难道这不是事实吗？"

人们请苏格拉底回答这个问题。苏格拉底抓来一把瘪谷撒在地上，两只鸡立刻扑了过去争抢起来。它俩比赛似的把一粒一粒瘪谷吞进肚子里。你啄得快，我比你啄得更快，谁都怕自己少吃了一粒。当地上还剩下最后几颗瘪谷的时候，两只公鸡竟争斗起来。你啄我一口，我蹬你一爪，你叼着我的冠子不放，我咬着你的脖子不丢，不一会儿，两只公鸡便都鲜血淋漓、遍体鳞伤地躺在地上不能动弹了。

苏格拉底费了好大的劲儿才把它俩拉开，笑道："为了几粒瘪谷就斗成这样，也配叫人吗？"

大智慧

做人都是讲究品质与道德的，如果为了一点私利就斗得你死我活，那就不配做一个真正的人。

11. 郭子仪高风亮节

中唐时期，大将军郭子仪平定了安史之乱，功勋卓著。但他从不自夸功劳，毫无跋扈之态。

一次，盗贼挖掘了郭子仪父亲的坟墓，官府搜捕盗贼，但没有抓获。人们认为大臣鱼朝恩向来嫉恨郭子仪，怀疑是他指使人干的。

朝廷害怕郭子仪因此反叛，在他进京的路上派了很多人防守。郭子仪拜见代宗时，痛哭道："我长久带兵，却不能禁止残暴的行为，因而许多士兵掘墓盗财，今天挖了我家坟墓，是我自作自受，不关别人的事。"

皇上因此才放下心来，解除了对郭子仪的防范。

郭子仪曾下令禁止在军营中无故驰马奔走。郭子仪的妻子南阳夫人奶妈的儿子触犯禁令，被都虞侯乱棍打死。

郭子仪的几个儿子在他面前哭诉，要求惩治都虞侯，郭子仪狠狠地训斥并将他们赶走了。

第二天，郭子仪跟属僚们说起了这件事，叹息道："我的几个儿子都是奴才，他们不赞赏像父亲一样的都虞侯，却痛惜母亲的奶妈的儿子。不是奴才是什么呢？"

郭子仪曾经奏请任命一名州县官员，宰相却未予答复。僚属们议论说："以郭令公的功勋和德行，奏请任命一名从属官员竟然得不到批准，宰相岂不是很无礼？"

郭子仪听说后，对僚属们说："自从兵兴以来，武臣大多飞扬跋扈，凡是他们所要求的，朝廷经常委曲求全，尽量满足。这不是因为别的，而是对他们抱有疑虑，怕他们谋反。如今我所奏的事，皇上认为行不通而搁置起来，而不用对待武臣的方法来对待我，这是亲近信任我，各位应该替我高兴，又有什么可责怪的呢？"

僚属听了，都很叹服。

大智慧

郭子仪功劳越大越谦逊，权力越大越谨慎，这种做人的风格，确实是值得人们学习的。

12. 把花留在这里

有一位牧师，奉派到新教区，他发现前任牧师种了数百株郁金香。附近学校上学的学童路过花园，见花便摘。有一天早上，学童走过时，他站在花园里，有个学童问他："我可以摘一朵花吗？"

牧师问："你要哪一朵？"那孩子选了开得最美的一朵郁金香。牧师接着说："这朵花是你的。要是把它留在这里，它过很长时间也不会谢。现在采摘，只能活数小时，你想把它怎么样？"

孩子想了一会儿说："我要把花留在这里，过一会儿再来看它。"

当天下午，有十多个孩子都在这里选择他们的花，而每个都同意把他的花留在园里，免得过早凋谢。那年春天，牧师送出整个花园的花，但一朵花都没有糟蹋，还结交了大批朋友。

大智慧

共同拥有则人人都有，自私拥有反而一无所有。与人共有，是这个群体社会里每个人都必须学习的宝贵德行。

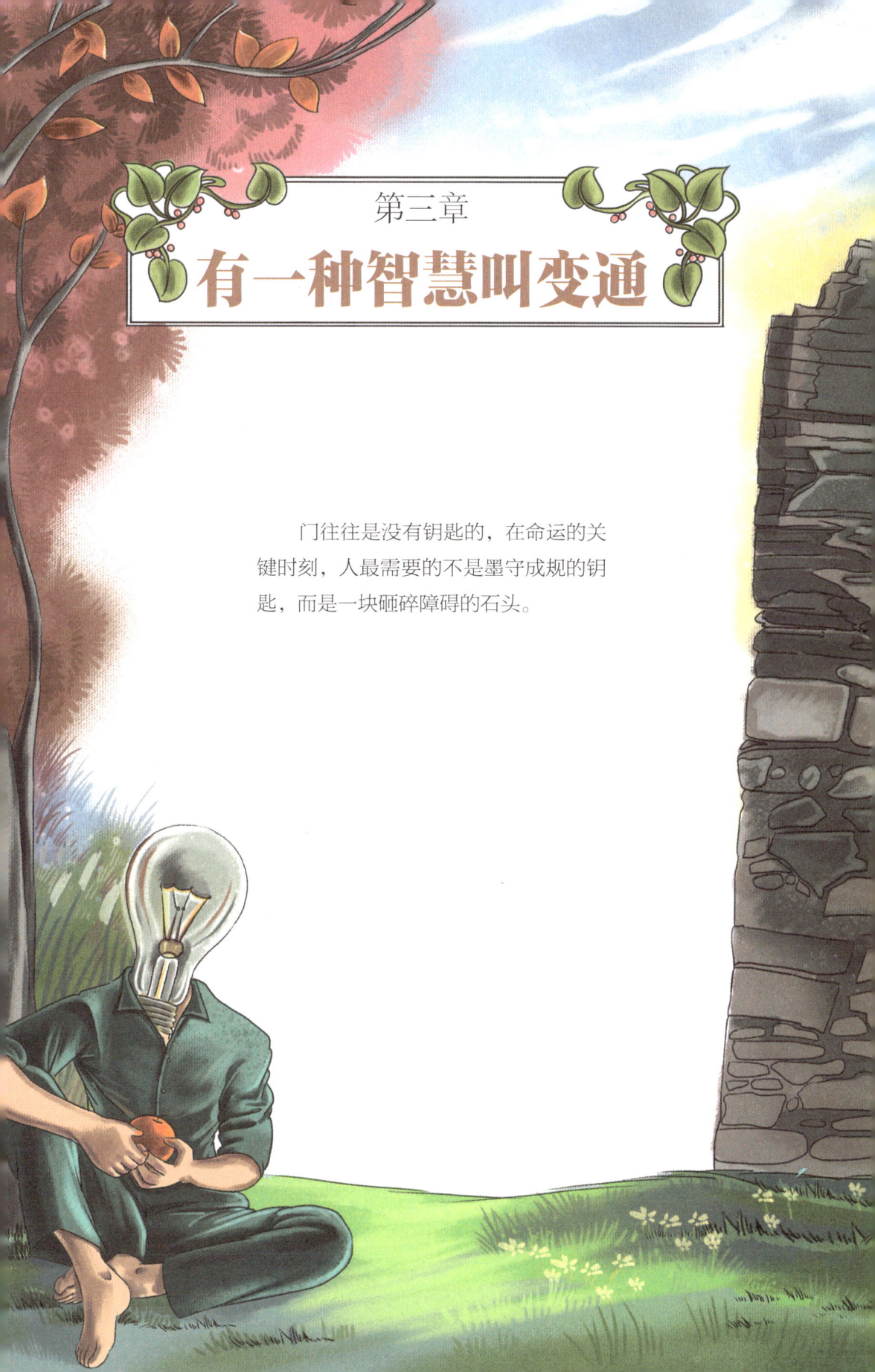

第三章
有一种智慧叫变通

门往往是没有钥匙的，在命运的关键时刻，人最需要的不是墨守成规的钥匙，而是一块砸碎障碍的石头。

1. 上锁的大门

两个儿子大了，富翁老了。这些日子富翁一直在苦苦思索，到底让哪个儿子继承遗产？富翁久久决定不了。想起自己白手起家的青年时代，他忽然灵机一动，找到了考验他们的好办法。

富翁锁上宅门，把两个儿子带到一百千米外的一座城市里，然后给他们出了个难题，谁答得好，就让谁继承遗产。他交给他们一人一串钥匙、一匹快马，看他们谁先回到家，并把宅门打开。

马跑得飞快，所以兄弟两个几乎是同时回到家的。但是面对紧锁的大门，两个人都犯愁了。

哥哥左试右试，苦于无法从那一大串钥匙中找到最合适的那把；弟弟呢，则苦于没有钥匙——他刚才光顾了赶路，钥匙不知什么时候丢了。

两个人急得满头大汗。突然，弟弟一拍脑门，有了办法，他找来一块石头，几下子就把锁砸了，他顺利地进去了。

自然，继承权落在了弟弟手里。

大智慧

人生的大门往往是没有钥匙的，在命运的关键时刻，人最需要的不是墨守成规的钥匙，而是一块砸碎障碍的石头。

2. 放弃无谓的固执

有一头驴，它从来不按照主人的吩咐去做事情。主人要它往东走，它偏往西走；主人要它往南走，它偏往北走。它总是跟主人对着干。

有一天，主人赶着这头驴沿着一条小路向颇高的山腰走去。这头驴突然决定不再在这条路上走，就尽快地向路边跑去，那边是陡峭的山崖。驴眼看就要从山崖边栽下去了，主人一把揪住驴的尾巴。"你这头蠢驴，不想活了？"主人说着拽住驴的尾巴，往山坡上的小路拉，"赶紧走这边，不然就摔下去了。""就往这边走，就往这边走。"驴顽固地挣扎着，想从主人的手中挣脱，驴的劲儿太大，主人拽不住，终于松了手，一个趔趄坐在地上。驴欢呼着从悬崖边冲下去了。

在人生的每一个关键时刻，我们都要审慎地运用智慧，做最正确的判断，选择正确方向，同时别忘了及时检视选择的角度，适时调整。放弃无谓的固执，冷静地用开放的心胸做正确的抉择。每次正确无误的抉择将指引你走向成功。

大智慧

过于固执就有可能像这头愚蠢的驴一样，头破血流，粉身碎骨。固执的人，总凭感情用事，为坚持而坚持，最终酿成苦果。

3. 四次龟兔赛跑

从前，有一只乌龟和一只兔子在互相争辩谁跑得快。它们决定来一场比赛分高下，选定了路线，就此起跑。

兔子带头冲出，奔驰了一阵子，眼看已遥遥领先，心想，可以在树下歇一会儿，放松一下，然后再继续比赛。

兔子很快在树下睡着了，而一路上笨手笨脚走来的乌龟则超越了它，到达了终点，成为名副其实的冠军。等兔子一觉醒来，才发觉自己已经输了。

兔子当然因输了比赛而倍感失望，为此它做了些预防工作、分析了失败的根本原因。它很清楚，失败是因为它太自信、大意以及散漫。如果它不自认一切都是理所当然的，乌龟是不可能打败它的。因此，它邀请乌龟再进行一场比赛，而乌龟也同意了。这次，兔子全力以赴，从头到尾，一口气跑完，领先乌龟好几公里到达终点。

这下轮到乌龟要好好检讨了，它很清楚，照目前的比赛方法，它不可能击败兔子。它想了一会儿，然后邀请兔子再来另一场比赛，但是在另一条稍许不同的路线上。兔子同意了，然后两者同时出发。为了确保自己立下的承诺——从头到尾要一直快速前进，兔子飞驰而出，极速奔跑，直到碰到一条宽阔的河流，而比赛的终点就在几公里外的河对面。兔子呆坐在那里，一时不知怎么办。这时候，乌龟却一路蹒跚而来，冲入河里，游到对岸，继续爬行，完成了比赛。

这下子，兔子和乌龟成了惺惺相惜的好朋友。它们一起检讨，两个都很清楚，在上一次的比赛中，它们都表现得更好。所以，他们决定再赛一场，但这次是团队合作。它们一起出发，这次可是兔子扛着乌龟，直到河边。在那里，乌龟接手，背着兔子过河。到了河对岸，兔子再次扛着乌龟，两个一起抵达终点。比起前次，它们都感受到一种更大的成就感。

大智慧

乌龟跑不过兔子，这是个亘古不变的真理，连这条真理也将改变——因为唯一不变的是改变。拒绝改变就是等待着在生命的延续中颓废。

---

4. 变通豁达赢快乐

有一天，东郭先生派了三个弟子到襄阳去。这三个弟子分别是左野、焦苕和南宫无忌。

当东郭先生送他们到路口时，说道："从这儿往南走，全是畅通的大道，你们沿着这条道路走就对了，别走岔路啊！"

三个弟子向南走了五十多里时，却遇上了一条大河，横在老师指示的正前方。他们左右观察了一下，发现沿河走半里左右，便有一座桥可通过。

这时，南宫无忌说："那儿有座桥，我们从那儿过河吧！"

但是，左野却皱着眉头说："这怎么

行？老师要我们一直往南走啊！我们怎么能走弯路呢？这不过是个水流罢了，没什么可怕的。"

说完之后，三个人互相扶持，一起涉水而过，由于水流相当湍急，好几次他们都险些葬身河底。

虽然全身都湿透了，但也总算安全地过河了。他们继续赶路，又往南走了一百多里时，再次遇上了阻碍。

这回，他们遇到一堵墙，挡住了前进的道路。

这次，南宫无忌不再听其他两个人的意见了，他坚持说："我们还是绕道走吧！"

但是，左野和焦苕却固执地说："不行，我们要遵循老师的教导，绝不能违背，因为我们一定能无往不利。"

于是，焦苕和左野朝着墙面撞去，只听见"砰"的一声，两个人猛烈地弹倒在地上。

南宫无忌恼怒地说："才多走半里路而已，你们干吗不考虑呢？"

左野说："不，我就算死在这里也不后悔，与其违背师命而苟且偷生，不如因为遵从师命而死！"

焦苕也附和道："我也是，如果违背老师的话，就是背叛者。"

两个人话一说完，便相互搀扶，奋力地往墙撞了上去，南宫无忌想挡也挡不住，于是他们两个人就这么撞死了。

> **大智慧**
>
> 　做人不能太固执，要懂得凡事变通，多以开放、豁达的心来接纳外界的讯息，才能彼此互动，激荡出创意的火花。

5. 以无礼反击无礼

一天，齐国的国都十分热闹，原来齐景公在宫中举行盛大的国宴，欢迎强大的晋国派来的使者范昭。范昭来干什么，用晋平公的话说，就是抛出一颗探路石，试试齐国的软硬。软，就是缺少战争准备，立即派兵攻打；硬，则不能轻举妄动。

酒过三巡，范昭忽然甩起袖子，傲慢地说："来，把齐君的酒杯拿过来！"

齐景公懵了，不明白这是怎么回事儿，但由于害怕晋国，只好连忙把自己的酒杯递过去。范昭二话没说，一口就把齐景公的酒喝光了。

齐国的丞相晏子一看，这不是在侮辱齐国吗？一个使者怎么能随便抢用别国国君的杯子呢？晏子立即命令侍从："来，把齐君的酒杯取下，换上一只！"

于是，范昭的面前又被换成了臣子使用的斛。范昭像挨了一剑，心头难受，索性装出喝醉的样子，疯疯癫癫地说："乐师，来啊！给我奏支周朝的乐曲，我要跳舞！"

晏子使了一个眼色，乐师会意，不卑不亢地说："这一点，还请海涵！我从未奏过周乐！"

范昭一下子蔫了，怏怏而退。

范昭走后，齐景公担心地说："相国这么做，惹恼了晋国，岂不要招来大祸？"

晏子蛮有把握地说："不！范昭绝非野蛮之辈，他是有意以野蛮的行为来试探我们，今天我顶了他，正是让他不敢轻视齐国。"

果然，范昭这时正在路上嘀咕："看来，要打齐国非碰钉子不可。看晏子这股劲头，齐国一定有依恃，肯定不好对付。"于是，晋国最终放弃了攻打齐国的计划。

大智慧

对无礼者，越是软弱，他越是得寸进尺。用强硬的态度进行反击，他反而会老实些。

---

6. 摘到一颗红杏

一位书生屡试不中，不禁心灰意懒，于是来到一处古刹出家。老方丈是位得道高僧，知道了其中缘由后，他给书生讲了个故事：

一位禅师，年事渐高，虽然弟子众多，却难以找到一个可以继承其衣钵的弟子。一天，老禅师

让弟子们去河对面的山上打些柴回来。弟子们不敢怠慢，收拾好工具就立即出发。来到河边，大家都愣住了。连续几日大雨，引得山洪暴发，冲毁了唯一的木桥。不要说砍柴，就是过河也不可能。

弟子们垂头丧气，无功而返，唯独一个新来的小和尚不恼也不怒，笑嘻嘻地看着老禅师。老禅师问他笑什么，小和尚走上前，摊开手心，手掌上托着一颗已经熟透的红杏。

小和尚笑着说："师傅，我虽没有打着柴，却在河边树上摘到了唯一的一颗红杏。"老禅师微笑着点了点头。最终，小和尚继承了老禅师的衣钵。

书生若有所思，终于恍然大悟。后来，书生虽未能金榜题名，却成了富甲一方的儒商。

> **大智慧**
>
> 付出必有收获，只是收获的未必是你目标所指向的。但人生有不同的选择，应放飞思想的风筝。遇到过不了的坎儿时，掉头而回，也是一种智慧。

7. 将计就计破敌军

东晋时，桓玄打了败仗，向西边江陵撤军，留下何澹之守卫。何澹之自作聪明，在一艘船上空设羽仪旗，作为将帅的指挥船，而自己躲入另一艘船中，以为这样保险。

何无忌追上来后，准备攻击这艘羽仪船。诸将阻止说："何澹之不在船上，攻下来也没有用。"

何无忌说："他不在这艘船上，船上守卫的兵力必然很弱。我们用劲兵强弩攻击，一定能拿下来，拿下将帅之船，他们的士兵就会以为失去了主帅。那时，我军士气更加旺盛，而对方则更加恐慌，这样就会大大削弱他们的战斗力，彻底打败他们也就为期不远了。"

果然不出所料，一次进攻就轻松地捕获了这艘船。于是按计行事，众将士大声呼叫："何澹之已经被杀了！"何澹之的士兵又惊又怕，竟然闻风而逃。何无忌率军乘势追杀，大获全胜。

何澹之虽然躲在别的船上，但他的士兵却认为他在指挥船上。何无忌将计就计，攻下防守薄弱的指挥船，何澹之的士兵看到指挥船被俘，加上何无忌的士兵拼命喊叫，立即信以为真。主帅一死，军心大乱，不攻自破。

8. 梦想不可过多

有一个老人，在他自己的门前栽了一棵树。他每天守护着它，抱着种种的期待。他希望这棵树长得像一把大雨伞，那么他既可以欣赏好风景，又可以乘凉。可是他也希望树长成一种有出息的栋梁大材，那么他可以用来建造一座房子，又美观，又牢靠。

然而他又很想要它长得又高又直，像桅杆一般，因为他的孙子已经在念书，将来中了状元，少不了要在门前竖旗杆的。不过，他也已经定好计划要造桥梁，做一件有益于他人的好事。此外，他还要制办床榻台几和一些木器；而最后，他想到了自己年事已高，先做好一具寿材是刻不容缓的了，而这棵树正是最适用的。

这个老人拿这棵树简直派了无穷尽的用场。而他都不是白派的，每次想到了一种用场的时候他就去抚摸一回，浇一回水，每天都如此。而这棵树呢，它也很想不辜负老人家的希望；可是，它不但喝得太多，而且精神负担也实在太重，这样，很不幸，不久它就死掉了，虽然它还很年轻。

9. 旧法新用

虞诩只带领两千人到西域去，要通过拥有数十万军队的匈奴领地是非常困难的。

行军的路上，虞诩命令部队备足了挖锅灶的工具，进入匈奴居住区后，命令士兵每天都按一定的数量增加锅灶。

在后来的几天里，增加到了数万个。部将不明白他的用意，问："当年，孙膑运用增人减灶之计，把庞涓及魏国军队一举消灭。今天，将军每天增灶，并不增加人马，不知是何道理？"

虞诩说："情况不同，兵法各异。我们与匈奴军相比，相差太大，很容易受到他们的攻击。我们天天加灶，敌人会以为我们在增加兵力，也就不敢轻易地攻击我们了。"此招果然灵验，汉朝的军队顺利地通过了匈奴居住区。

大智慧

具体问题具体分析。老办法不是在每个时候都用得上的。我们做事取胜的办法不能一成不变，即便是过去多么奏效的办法，也不能永远使用，应随时间、地点、条件的变化而变化。

10. 三思而行

四川益州自古是兵家必争之地，历朝历代都派能人去镇守。

张方平曾奉了朝廷之命调任益州太守。正准备起程上任时，突然传来一个坏消息：西南少数民族中的某个首领四处散播谣言，说壮族首领侬智高在南诏正蓄积粮草，大队人马马上就要来侵犯四川。

益州的代理知州闻言大惊，急忙调集所有官兵修筑城墙，深挖护城河。一时间，益州城内人心惶惶，不少贵族更是趁机压榨百姓，捞起百姓的钱财来。

朝廷接到益州的急报，希望火速派兵前去援助四川，仅靠当地的那点兵马是挡不住侬智高大军的。

兵部奉皇上命令，飞马快报陕西掌管军队的官员，让其即日起程，带领官兵去保四川。于是在由陕西通往四川的道路上，运输军用物资的车辆源源不断，延长到几十公里，阻塞了许多道路。

与此同时，朝廷又命令张方平尽快赴任，主持四川防御事务，并且特别允许在此非常时期，他有权力对一些特殊情况做出处理，不必等候朝廷指示。

张方平接到命令后，吃了一惊，心里也来不及多想什么，便连夜往四川迁去。

途中，张方平仔细地考虑了一下，还问了许多少数民族的事情，待晚上休息的时候，他便对侍从们说："朝廷给了我先斩后奏的权力，可知此次四川之事非同小可，但经我这几日仔细的思考，总觉得事有蹊跷。"

众侍从忙问原因。

张方平说道："南诏这个地方离我们四川有两千余里，道路艰险，自古飞鸟难逾。从南诏到四川的这一带，居住的都是不同民族、不同部族的人，南诏和他们之间也不存在任何隶属关系。即使南诏真有机会指挥他们，语言也是个大问题啊！侬智高的兵马也不算很多，他怎么可能千辛万苦、跋山涉水地来侵略四川呢！那些不同民族、不同部族的人又怎么可能放侬智高通过自己的领地而不加以制止呢？"

众人想了想道："是啊！这样看来，是有人在散布谣言了。可散布谣言的人又是出于什么目的呢？"

张方平说道："不管他出于什么目的，都可以肯定不是好意图。"

张方平率众渐渐接近了四川，发现一路上全是陕西的军队和军用物资，他让这些人立即回陕西，并以朝廷的名义奖励了他们。

进入四川境内后，张方平发出命令告诉四川的少数民族："如果南诏的侬智高来侵犯，我自然会派兵抵抗的。只要是良民，朝廷都会给予保护，但若再有胡说八道、乱造谣言的人，不论是谁，一律杀头！"

接着，张方平把正在修筑城墙的士兵全部遣回，然后秘密派人去邛部的少数民族里找一个会说汉文的人。

恰好几天之后是上元节，当地有观看彩灯的风俗。张方平下令省州城四门大开，通宵不闭，任人自由进出，不受任何盘查。

百姓们见此情景渐渐地没了恐惧感，安下心来，开始过着和从前一样的日子了。四川又安定了下来。

不久，派到邛部少数民族的人回来报张方平，说找到了一个懂汉文的良民。

张方平向这个会说汉文的人问明了原因，知道是有人制造混乱后，下令将最先散播谣言的人处斩，头颅被挂在城墙上示众三日，又将他的同党发配到荒芜之地或充军边陲。益州之乱至此得到圆满解决。

大智慧

老子说："天下难事，必作于易；天下大事，必作于细。"聪明的人分析问题往往从细节开始。把每一个细节做好了，大事也就成了。

---

11. 寻找金表

一个农场主巡视谷仓时不小心遗失了腕上名贵的金表，他找遍整个谷仓也没有找到，便贴出了一张告示：如果谁能帮我找到金表，我就给谁100美元作为酬劳。

面对重赏，人们纷纷四处翻找，但谷仓内谷粒成山，还有一堆堆的稻草，想要在其中寻找一块小小的金表，简直就像大海捞针。

等到太阳快下山时，人们还没有找到金表，于是他们开始抱怨，或者埋怨金表太小了，或者埋怨谷仓太大、里面杂物太多了。终于，大家一个接一个地放弃了那100美元的重赏，沮丧地回家了。最后，谷仓内只剩下一个穷人家的小男孩，由于太穷，他已经整整一天没有吃上饭了。现在，他很希望能把表找到，以解决一家人的吃饭问题。

天越来越黑，小男孩依然在谷仓里摸来摸去。夜晚来临了，喧嚣的谷仓渐渐静了下来。突然，他听到了金表发出的轻轻的"嘀嗒、嘀嗒"声。喜出望外的小男孩努力屏住呼吸，顺着这个声音摸了下去。终于，他找到了那块金表，获得了100美元的重赏。

小男孩并没有大人的智慧和力气，但却做到了大人做不到的事。只因为，他比大人们多坚持了一会儿。

大智慧

　　成功的法则中，最简单的一个叫执着。有时，成功并不需要我们拥有超于常人的志向与智慧，而只需要我们坚持去做。只要不放弃，你早晚会听到成功发出的"滴答"声，最终走向胜利。

12. 谁都有所不能

　　有一只骆驼离开主人，独自漫步在偏僻的小道上。长长的缰绳拖在地下，它却漫不经心地只管自己溜达着。这时，正好来了一只老鼠。它咬住缰绳的一头，牵着这只大骆驼就走。老鼠得意地想："嘿，瞧我的力气多大啊！我能拉走一只大骆驼呢！"

　　不一会儿，它们来到河边。大河拦住了去路，老鼠只好停了下来。这时，骆驼开口了："喂，请你继续往前走啊！""不行啊。"老鼠回答说，"水太深了。""那好吧，"骆驼说道，"让我来试试看。"骆驼到了河中心便站住了，它回头叫道："你瞧，我没说错吧，水不过齐膝盖深呢。好啦，尽管放心下来吧。""是的。"老鼠答道。"不过，正如你所看到的，你的膝盖和我的膝盖之间可有一些差别啊！劳驾，请你渡我过河去吧！""好，你总算认识到自己的不足了。"骆驼说，"你很傲慢，夜郎自大。要是你能保证今后谦虚一点儿，那我才肯渡你过河。"

　　老鼠不好意思地笑着答应了。就这样，它俩一起平安地到了对岸。

13. 随机应变作趣诗

　　明代才子解缙，思维敏捷，聪颖过人。

　　一天，曹尚书邀解缙过府吟诗，要他当场作鸡冠花诗一首。解缙不假思索，随口吟道："鸡冠本是胭脂染。"首句刚出，曹尚书忽然从衣袖里取出白鸡冠花道："不是红的，是白的。"解缙不慌不忙接口吟出："今日为何浅淡妆？只因五更贪报晓，至今戴得满头霜。"曹尚书听罢，不禁连连点头称"好"。

　　明成祖朱棣钦点解缙为翰林学士，命他主编《永乐大典》。解缙得以侍奉于皇帝左右，朱棣经常出一些难题考他。

　　一次，朱棣道："爱卿，寡人有位后妃夜里生了个皇子，你替朕作一首诗吧！"解缙立即吟道："吾皇昨夜降金龙。"朱棣道："是个公主，不是皇子。"解缙马上改吟："化做嫦娥下九重。"朱棣道："可惜已经死了。"解缙接口道："料是人间留不住。"朱棣道："已命太监抛入金水河里去了。"解缙续吟道："翻身跳入水晶宫。"朱棣听了哈哈大笑道："爱卿真是随机应变的奇才啊！"

14. 最后一片树叶

　　珍妮得了绝症，医生确诊她不会再活过一年。由于她动不动就钻心地疼痛，家人不得不把她送到医院。

　　春天过去了，夏天也过去了，秋天静悄悄地来临了。看着窗前那棵树的叶子渐渐由绿变黄，进而一片片凋落，珍妮的心也越来越绝望。"当树上的叶子全落光时，就是我死去的时候了。"她这样自言自语着。

　　这句话正好被一个从窗前走过的画家听到了，画家决心尽自己所能拯救这个小女孩。于是他便画了一片栩栩如生的绿叶，趁珍妮熟睡时挂在了那棵树的最顶端。

一个月过去了，病入膏肓的珍妮已经起不来了，她躺在小小的病床上，眼睛一直盯着窗前那棵树，感觉生命力正从自己的肉体里一点点地溜走，就像树上的叶子越落越少。"等到那片叶子也落了的时候，我就闭上眼睛，永远不再醒来。"珍妮盯着最顶端的那片绿叶对自己说。

接下来的日子，那片绿叶就成了珍妮生命希望的唯一载体。每天早晨，她睁开眼睛后的第一件事就是看那片叶子有什么变化。可是真奇怪，所有的叶子都落光了，那片叶子还是那么绿，那么坚定地站在枝头，一点也没有变黄凋零的迹象。

"难道，难道上帝知道我是个好孩子，所以不想让我死？"珍妮这样想着，眼睛里便闪出了一丝希望之光。

寒冷的冬天终于过去了，像那片永不凋零的叶子一样，珍妮奇迹般地活了下来，并最终健康地走出了医院。而同时，在她隔壁的病房里，那位老画家却闭上了双眼。

大智慧

我们可以失去一切，唯独不能失去希望，它是人类生命与快乐的源泉。有了它，生命才能焕发勃勃生机；没了它，生命只会日渐萎缩。

15. 老人与黑人小孩

晴朗的阳春三月天，一位卖气球的老人推着货车走进了公园。五颜六色的气球立刻吸引了公园里的孩子们，他们一窝蜂似的跑了上去。不一会儿，公园里到处是拿着气球的小孩了。

一个黑人孩子静悄悄地站在公园一角看着那些白人小孩，脸上写满了羡慕之色。终于，他鼓起勇气走到了老人的货车旁，怯生生地问道："爷爷，你可以卖给我一个气球吗？"

老人微笑着蹲下身去，摩挲着黑人孩子的小脸，很和蔼地说："当然，为什么不能呢？你想要什么颜色的？"

黑人孩子一听，立刻欢欣雀跃起来："我想要一个黑色的，可以吗？"

"当然。"老人一边说，一边从架子上拿下了一个黑色的气球，递给孩子。

黑人孩子高兴地拿着气球跳啊跳啊，不一会儿，他小手一松，气球在微风中冉冉升起了。孩子顿时惊讶地大叫道："爷爷，快看啊，黑色气球也能飞起来。"

老人看看上升的气球，用手轻轻地拍了拍孩子的脑袋："当然了，孩子，气球能不能飞起来，不在于它的颜色，而在于它里面充满了氢气。"说到这里，老人加重语气说了一句，"记住，人也一样！"

黑人小孩眼睛忽闪着，似乎有所领悟。

大智慧

成就高低与出身、相貌等都无关，这个世界是被自信和努力创造出来的。有了自信，人就会有登上成功山顶的力量；有了努力，人就会身处通向成功山顶的途中。

---

16. 风雪里的一课

接连下了三天的大雪，天气总算放晴了。可是"下雪不冷化雪冷"，前三天都如冰窖般的教室现在更像冷库般令人难以忍受了，几十个十几岁的穷孩子齐刷刷地傻站着——这样似乎比坐着要暖和一些，而且大家也更容易挤得紧一些。

满屋的踩脚声随着杨老师的进入停止了，这位老师向来以严肃冷酷著称，同学们可不敢招惹他。但是即使大家都小心翼翼的，杨老师还是从学生的脸上看出了两个字：我冷。

"大家都站起来。"杨老师命令一般地喊道。

同学们惶惑不安地都站了起来。

"到外面排好队，我们去操场上上这一课。"杨老师又接着说道。

"哑，"同学们都倒吸了一口凉气，"什么？去操场上上课？在这样的天气里？"

但是不管怎样，最后，杨老师躲在镜片后面的严厉的眼睛依然将大家一个接一个地逼出了教室。

操场上，大雪早已将一切都连成了一个整体，偶尔有些空隙，雪化之后露出了下面白白的地皮。穷孩子们厚实的土布棉袄这时似乎失去了它的作用，弄得他们个个像冻结的冰凌一般。

看着大家已经排好队，杨老师面对学生们站定，然后脱下了身上那件黑色棉衣。同学们还未来得及惊呼，他又开始脱里面的毛衣。最后，瘦削的他只穿着一件单薄衬衫给同学们讲起了"课"：

"如果不出来，大家肯定以为自己是敌不过风雪寒冷的，可是事实上，现在大家站在这里，没有任何人会倒下去，包括我，对不对？所以同学们，从苦日子里长大，没有什么苦是我们受不了的，只要你敢伸出手去迎接，敢抬起头去面对！我希望你们能够永远记住这句话，以后的人生中也一样，在苦难面前只要你敢于正视，你就会发现，其实一切，都不——过——如——此！"杨老师最后拉长了语调说道。

的确，那一天直到最后，也没有谁支撑不下去。

大智慧

生命中有许多伤痛并非如我们想象的那么严重，而人之所以觉得不能承受，是因为过分畏惧或者正在用放大镜观察它。甩掉畏难情绪，奋力一搏，你就会发现：其实一切，都不过如此。

---

17. 大富翁贷款

一个人夹着皮包走进银行，服务小姐热情地问道："先生，请问有什么事情可以为您效劳？"

"我要贷点款。"

"没问题，如果你能提供担保的话。"

"我能提供。"

"那请问您需要贷多少呢？"

"1美元。"

"多少？1美元？"小姐非常吃惊，怀疑自己听错了。

"对，1美元。怎么？不可以吗？"先生反问道。

"哦，可以可以，只要有担保，多少我们都可以照办。"小姐点头道。

先生拉开皮包，拿出来一大堆票证，有股票、国库券、债券、银行存单等。小姐清点了一下："共120万美元，先生。"

"对。"先生面无表情。

"那我现在就给您办手续，首先向您说明：我们的贷款年息为7%，每年年初结息。当您连本带息还清时，我们就会把所有的担保还给您。"

就这样，这位先生办理了 1 美元的贷款。

旁边一个人实在是忍不住了，便上前问他为何有这么多钱，却还要贷 1 美元的款。先生回答道："租金库保险箱保存这些票据不仅昂贵，而且有风险。我以这种方式把它们保存在银行里，不仅安全也便宜，你看，一年下来我只需要付 7 美分的保管费……"

大智慧

很多事情，如果按照常规思路进行处理，不仅浪费人力、财力，得到的结果也很有可能和预期恰好相反，换一种方式处理问题，可能就有别的收获。

18. 贴海报

这个周日是文化节，玛丽需要把学生会安排给她的海报全都张贴出去。忙了整整一周后，海报终于只剩下不到 20 张了。但是这时候，玛丽却遇到了一个难题：广告栏里已经贴满了七七八八的海报，尽管其中夹杂着许多上周甚至上月的广告，可是玛丽并不确定它们已经过期。也就是说，如果她加以覆盖的话，别人也许会投诉她。

怎么办？玛丽环视了一周，忽然看见教学楼露天大厅的木柱子上有空隙，那是人们经常张贴海报的地方，虽然这并不合规矩。"这些东西显然弄得木柱子很脏，"玛丽自言自语道，"难道我也要这样贴吗？"想了一会儿，玛丽突然有了个好主意。她跑回宿舍，把前段时间搞活动剩下的那些彩色塑料布拿了来，又向朋友借了一卷透明胶带。她首先用塑料布包住柱子，用胶带将它们粘好，然后又把那些海报齐刷刷地贴上去。

半个小时之后，玛丽干完了。她走下台阶来，抬头看看自己的作品，满意地笑了：只见金色的夕阳下，几根柱子都换上了彩色的新衣服，打扮得整整齐齐，像是在特意迎接即将到来的文化节。

大智慧

违反规则也许可以帮我们解决问题，但解决问题并不意味着必须违反规则。聚焦于规则，而创造性思考，有利于我们做到这一点。

第四章

情深，则万象皆深

亲情是人间的第一情。那里不仅流淌着相同系统的血液，还传承着彼此心灵的默契。永远不要漠视亲情，不要忽略你的亲人。漠视亲情，你将会孤单一人。忽略亲人，你将会失去最宝贵的心灵财富。

1. 以孝为大

很久很久以前，波罗奈国有一种令人发指的坏风气：一旦父亲年过六十，就让老人穿上破鞋子，去看守门户。

当地有兄弟两人，他们的父亲也已年过六十。

有一天，哥哥对弟弟说："父亲已过了六十了。今晚，你给父亲一双破鞋，让他去看守门户吧。"

弟弟没说什么，他从房间里拿出一双破鞋，用刀把它们一截两半，成了四个半只，然后把半双鞋交给父亲，说："这是哥哥让我给您的，哥哥让您去看守门户。"

哥哥奇怪地问："你为什么把一双鞋剪成四个半只，不给父亲穿完整的鞋？"

弟弟说："就剩这么一双鞋，不留下一半，以后有人要用的话怎么办？"

哥哥问："你还打算留给谁用啊？"

弟弟说："留给你啊！"

哥哥奇怪地问道："留给我做什么呀，我又用不着。"

弟弟回答说："你难道就不会老吗？到时候，你的儿子也会让你穿着破鞋去看守门户，所以我把这半双破鞋预留下来，免得你以后没得用。"

哥哥愣住了，摸摸脑袋，问："我以后也会这样吗？"

弟弟说："你不看门，谁看呢？"接着又说，"像这种不孝顺父母的坏风气，实在不应该让它继续下去了，你说呢，哥哥？"

哥哥点头赞同。于是兄弟两人一起来到王宫，向宰相禀明了这件事。宰相又报告国王，国王便发布命令，废除了这种坏风气。

2. 两只鸽子

两只鸽子在温馨的亲情中生活，其中一只鸽子厌倦了平庸的家居生活，它像着了魔似的渴望到远方去旅行。另一只鸽子劝说它："你非去不可吗？离别是十分痛苦的，你情愿离开自己的兄弟？这太残忍了。旅程千辛万苦，危险而且令人忧虑，你再好好考虑一下。此外，天气越来越凉，等到明年春暖花开时再去吧。我想现在旅行会十分危险，什么老鹰、罗网啊，我还得惦记着是否下雨了，我兄弟的必需品都齐全吗，晚餐怎么样，有安全的住宿吗……"

一番话，虽劝动了这位冲动的急于旅行者的心，但想出去闯闯见世面的思想还是占了上风，它回答道："别流泪了！顶多三日我就能完成这次旅行。我很快就会回来给你讲述我的见闻，这会让你解闷的。我要是什么也没看到，就说不出个子丑寅卯来。我所说的旅行会使你十分向往，我将会说：'我曾经到过那里，这事我碰到过。'那么你就如同亲临其境一般。"

说完这番话，它俩流着泪分手了。

想做旅行家的鸽子展翅高飞着，这时，一片乌云夹着大雨向它袭来，鸽子不得不找一棵大树躲雨。尽管有树叶遮挡，但鸽子还是遭受了暴风雨的袭击。雨过天晴，冻得全身麻木的鸽子抖动着双翅又启程了，它要晾干自己湿漉漉的躯体。这时，它一眼瞅见田边撒着一些麦粒，旁边还站着一只鸽子。饥饿难耐的它飞了过去，却被网扣住了，这可是引诱飞禽上钩的诱饵啊。幸亏网很陈旧，鸽子用翅膀扑腾，用爪子撕扯，用尖嘴啄，终于把网撕扯开来，挣扎之中掉了几尾羽毛在网中。

但厄运却还在等着它，一只锋爪凶恶的秃鹫远远就看到了这只命运不济的鸽子，只见它拖着残网如丧家之犬。就在秃鹫俯冲之时，另一只老鹰伸展着双翅蹿了出来，鸽子乘两强争食之机逃了出来，它惊恐地逃向一座破旧的房子。

它想自己这下可找到了一块安定之地了。谁知一个淘气的孩子（这个年龄的孩子是不懂怜悯的）正拿着弹弓在等着它，瞄准了就是一下，糟了！几乎把不幸的鸽子打了个半死。鸽子只好自认倒霉，垂着双翅，拖着伤爪，一瘸一拐惨兮兮地飞回了家。

谢天谢地，总算活着回到了家。

两只鸽子重逢了，想想看，梦想去旅行的鸽子在饱尝了种种痛苦经历后，对幸福的理解将会是多么深刻。

大智慧

亲情是无私的、伟大的，尤其是你经过在外颠簸、流离失所的遭遇后，重新回到亲人的身边，你会对幸福有更深层次的理解。

---

3. 举案齐眉夫妻好

东汉时有个叫梁鸿的人，为人正直忠诚，又有学问，娶了一个叫孟光的女子为妻。婚后，两人感情非常好。孟光贤惠勤快，把里里外外安排得十分妥当，梁鸿心里十分高兴。

婚后不久，夫妻二人决定到霸陵山中生活，梁鸿耕田，孟光织布。后来，在山东地界，夫妻俩暂时定居了下来。最后，他们又到了江南地区，住在一个叫皋伯通的大户人家的厨房里。

梁鸿天天外出给别人家磨米，他的妻子就在家里织布，夫妻二人过着清苦的日子。每天做完工回家，孟光就把饭食准备好了。她给丈夫送饭时，总是把端饭的盘子举得高高的，跟眉毛一样平，然后夫妻俩才亲亲热热地吃那家常饭菜。夫妻相敬相爱，直到寿终。

4. 朱寿昌千里寻母

北宋时，有一个叫朱寿昌的人，从小跟随母亲在尼姑庵里生活，五六岁时就被父亲接走，自此母子天各一方，再也没能见上一面。

朱寿昌长大为官后，他每到一处，都苦心寻访母亲的下落，但从未得到过任何蛛丝马迹。眼看快五十了，他想到母亲若还活在世上，已经七十多岁了，一定需要有人侍奉。于是，他毅然决定辞官寻母。

朱寿昌的父亲知道后非常生气，千里修家书严厉阻止他辞官，但朱寿昌不为所动，依然我行我素。可是，母子已经失散多年，人海茫茫，到哪里去找呢？朱寿昌天真地以为：母亲既然出家修行，我就找遍天下的尼姑庵。

朱寿昌找遍了四周所有的尼姑庵，却一无所获，但他并没有灰心，依旧执着地寻找着，因为他坚信母亲一定还活在世上。

一次，朱寿昌听说当地深山的悬崖峭壁上有座尼姑庵，便不顾艰险地满山寻找，不慎坠入山崖，昏死过去。一个过路的好心老婆婆救了朱寿昌，并把他带回家中疗伤。

朱寿昌苏醒后，将自己的身世告诉了老婆婆和她的儿子党敏。老婆婆听他要寻母，慌忙转过头去。朱寿昌觉出有点异样，刚要询问，老婆婆只轻轻说了一声："孩子，你早点休息。"然后就转身离开了。

朱寿昌不禁莞尔："我都快五十岁了，这老婆婆还叫我孩子。"深夜，朱寿昌在梦中大喊"娘"……老婆婆泪眼婆娑地看着他，手足无措。朱寿昌渐渐地发现老婆婆的容貌、言行与记忆中的母亲有许多相似：会说同样的方言，会做同样的动作。有几次，他恍惚中差点儿真的把她当成自己的母亲了。

后来经过一番周折，朱寿昌终于得知，那个老婆婆就是自己的亲生母亲。

朱寿昌把母亲和弟弟接回老家，从此母子团圆，朱寿昌了却了一桩心愿。

5. 林默孝父爱兄

北宋建隆初年，林默出生在湄洲屿上的航海官林家。因为她从小不会哭，父亲就给她起名叫"林默"。小林默一天天长大了，但由于是女孩而且不会说话，父亲对她并不是很热情。

转眼十五年过去了。一天，父亲带着哥哥要出海了，已经长大了的林默苦苦哀求带她一同前去，但父亲坚决不同意。大海上，风和日丽突然转为乌云密布，雷电交加，霎时，小船在海面上不停地颠簸。父亲和哥哥看情况不妙，准备返航，但是为时已晚——狂风吹折了桅杆，海浪涌进船舱，父亲被甩下了船。

正在这危急时刻，林默奇迹般地出现了，她奋力将父亲救上了船。原来，在小船启航前，林默就悄悄地躲进了船舱。这时，一个巨浪铺天盖地地打来，小船被掀翻了，三人全部掉进了大海里。林默将唯一的一块木板推给了哥哥，让他先支撑着，自己则竭尽全力将父亲救上了岸；然后她又一个猛子扎进海里，当她游回到出事海域时，只找到了那块木板，而哥哥已经不见了踪影……

回到家里，父亲苏醒后泪流满面，刚过门的嫂嫂更是痛哭流涕，林默心里则像刀绞似的难过。她决定再次出海，发誓要找回哥哥的尸体。据老船夫讲，出事海域距鲨鱼湾很近，她哥哥的尸体一定漂浮到了那里。

林默不顾众人的劝阻就上了船。到了鲨鱼湾，林默看见哥哥的尸体被鲨鱼围在中间，她悄悄游了过去，不料一条大鲨鱼却被惊动了，急速向

她扑来。林默镇定自若，抽出尖刀刺伤了大鲨鱼的眼睛，大量血液喷了出来，鲨鱼们闻到了血腥味，一拥而上将受伤的大鲨鱼分而食之。林默又将一个盛满墨汁的皮袋掷向鲨鱼群，鲨鱼们你争我夺，墨汁四散染黑了海水，她趁机夺回了哥哥的尸体。

一天深夜，林默正在熟睡，忽然被海面上传来的一阵阵呼救声所惊醒。林默回想起哥哥惨死的情景，一跃而起，迅速组织村民们前往营救。当他们来到出事海域时，只见一艘商船快要沉没了，船主和帮工们正在船上哭救，而海面上波涛汹涌，恶浪掀天，前来营救的渔船都无法上前。

林默果断地跳入海中，游到商船上，她不顾船主的反对，让帮工们将货物扔下海去。重量减轻了，商船开始停止下沉。林默又让帮工们跳海游到渔船上，自己也拽着不会游泳的船主，奋力游到了渔船上。事后，死里逃生的船主对林默千恩万谢，并允诺付给她高额的酬金，苦苦哀求她为自己保驾护航。林默婉言谢绝了："我要实现一个心愿：一直在海上救助那些遇险的船只，尽量减少像我哥哥那样的悲剧。"

后来，我国沿海沿江的很多地方，甚至东南亚一带都建有庙宇祭拜林默，称她为"海神妈祖""海神娘娘"，求她在波涛汹涌的大海上显灵，保佑出海渡江人的平安。

> **大智慧**
>
> 至深至诚的爱，是超越血缘亲情的无私的爱。其实，我们所提倡的家庭美德与社会公德之间，没有一条绝对的截然分割的界线。家庭美德中的爱与责任心升华为对他人、对社会的爱与责任心，就是社会公德。

6. 王祥卧冰孝继母

晋朝时，山东临沂有个人叫王祥，幼年时不幸丧母，父亲王融给他娶了一个姓朱的继母。继母心术不正，常在王融面前说王祥的坏话。时间长了，王融便信以为真。但王祥并不计较后母待他如何，而是一如既往，每天早起晚睡，推磨挑水，服侍父母，邻里乡亲都对他的孝心大加称赞。

有时父母患病，他更是日夜守护，尽心侍奉，亲自煎药喂饭。

一次，继母忽然想吃鱼，而当时正值隆冬，寒风刺骨，河水冰封，到哪里去寻找鱼呢？后来，王祥来到河上，解开衣服，用自己的体温将冰暖化，两条鲤鱼跃出水面，王祥高兴地把两条鱼拿回去孝顺继母。

继母知道后，十分惭愧，认识到自己多年来的错误，便向王祥道歉。母子二人从此和睦相处。

> **大智慧**
>
> 人都是有感情的，即使再冷酷的人，只要你付出了真心，对方也没有不被感动的。

7. 人琴俱亡

晋朝时的王徽之和王献之兄弟俩感情非常深厚。王徽之为人端正，品格高尚，为人所敬仰。王献之不仅琴艺高超，更是书法大家。后来，兄弟二人同时染上重病，王献之先亡。家人怕王徽之承受不住悲痛，就一直瞒着他，不知弟弟的消息，王徽之很是忧虑。在他的再三追问下，家人才道出了实情。出人意料的是，听到噩耗，王徽之并没有痛哭失声，相反，他平静地下了病榻，从容地吩咐仆人驾车赶往弟弟的灵堂。

来到灵堂，王徽之坐在灵床上，吩咐家人取来弟弟生前常弹的那把琴。琴拿来后，王徽之一面弹琴，一面想着过去兄弟两人的情谊。越想越悲，弹了几次根本不成曲调，王徽之便举起琴朝地上摔去，长叹一声："子敬（王献之的字）啊子敬！如今人琴俱亡！"说完，便晕厥在地。因日夜思念自己的弟弟，一个月以后，王徽之也悲伤离世。

> **大智慧**
>
> 手足之情原来就是父母之爱的延伸，它可以结伴同行到很远很远。手足之情不是一种娇嫩的感情，而是生活磨砺之后发自内心的真情。"兄弟姐妹本是天上的雪花，谁也不认识谁；落在了地上，就融在一起，化成了水，永远不分开了。"

8. 月老双靴

传说玉帝派人催促月老快些将选定的恩爱夫妻上报天庭。月老举棋不定，报上七仙女和董永，怕坏了玉帝的面子；报上白娘子和许仙，怕受妖牵连；报上崔

莺莺和张生，怕指责他败坏世风，正在一筹莫展之际，忽有声音传来："月老主人，何不选我。"

月老左顾右盼，上下寻觅，才知是自己脚上的双靴毛遂自荐，不由"扑哧"一笑，问："有阴阳然后有天地，有男女然后有夫妻，你们谁为阴阳、谁为男女？"

靴答："左为阳，右为阴，阳为男，阴为女，故左靴为男，右靴为女。"

月老点头默许，转而又问："你们夫妻有何好处，可让人学习，可为人表率？"

靴答："吾若一靴入陷阱，另一靴无有逃生之理；吾若一靴遭难，另一靴绝无再配之事；吾双双并肩跋山涉水，共同患难；吾日夜形影不离；吾从不埋怨对方贫富地位名利；吾从不为钱财饮食争吵；吾同生共死，绝不食言，等等德行，不胜枚举，凡世上夫妇莫不自愧不如！若主人上报鸳鸯鸟，最为大谬，大劫到时，它们各自飞去；若报其他，恐诸多不便，还是上报我们最为妥当。"

月老听罢，点头称是，挥笔写下"月老双靴"报了上去。

大智慧

　　夫妻只要是幸福的，就是合适的。若能形影不离，同甘共苦，互帮互助，不离不弃，即使再不被外人所认同，谁又能否认他们的幸福呢？

9. 陶侃只饮三杯

　　陶侃的父亲陶丹是三国时孙吴的名将，但很早就去世了，陶侃是靠母亲纺纱织布抚养大的。陶侃的母亲对他非常严厉。

一次，县衙举行宴会，陶侃喝得大醉。当他酒醒时，看见母亲正在他身边掉泪，并责备他说："你这样喝酒，我还怎么指望你能为国家建功立业呢？"陶侃听了非常羞愧，向母亲保证：以后饮酒不过三杯。

后来，陶侃受朝廷重用，渐居高位。有一次，陶侃在武昌宴请殷浩、庾翼等几位名士，相谈甚欢。大家喝过两杯酒后，殷浩举杯祝贺陶侃为平定郭默的叛乱立下的大功，陶侃很爽快地把酒喝了。接着庾翼也端起酒杯，祝贺陶侃平定了苏峻的叛乱，但陶侃却没有端酒，反而抱拳作揖，对庾翼说："先生，对不起，我今天饮酒已经足量了，不能再饮了！"

见此情景，庾翼不悦，殷浩便附和着说："将军，今天大家高兴，您应该开怀畅饮！我看得出您有海量！"

想不到这时陶侃却泪流满面，哽咽着说："不瞒二位先生，家母生前曾给我规定：每次饮酒，三杯为限，今天杯数已足。我不能违背先母的禁约！"

殷浩、庾翼听完，肃然起敬："将军，虽然老夫人仙逝多年了，而您信守遗训，不减当初，这种美德一定会同功业一起，永留青史！"

> **大智慧**
>
> 对母亲的爱，莫过于按母亲的愿望做一个有出息、有教养的人。

10. 兄弟同心

古时候某地有一家豆腐店，生意很兴旺，后来老人死了就把豆腐店留给了两个儿子。没想到这两个儿子却为了一点儿钱吵了起来，接着就分了家，豆腐店也濒临倒闭。

有一天，哥哥听说南山外有个人有制豆腐的秘方，就决定去求取，弟弟知道了这件事也随后跟了去，当他们走到山顶时，看见那里有一只九头怪兽正在吃东西，九个头争来抢去，每个头上都鲜血淋漓。

兄弟二人看到这种情况不禁想到了自己，一母同胞的兄弟如今却骨肉相残，又何异于这只九头怪兽。于是，兄弟二人和好如初，找到了秘方后，豆腐店的生意也变得红火起来。

11. 男孩和苹果树

很久以前，有一棵苹果树。一个小男孩每天都喜欢来到树旁玩耍。他爬到树顶，吃苹果、在树荫里打盹……他爱这棵树，树也爱和他一起玩。

随着时间的流逝，小男孩长大了，他不再到树旁玩耍了。

一天，男孩回到树旁，看起来很悲伤。"来和我玩吧！"树说。

"我不再是小孩了，我不会再到树下玩耍了。"男孩答道，"我想要玩具，我需要钱来买。"

"很遗憾，我没有钱……但是你可以采摘我所有的苹果拿去卖，这样你就有钱了。"男孩很兴奋。他摘掉树上所有的苹果，然后高兴地离开了。从那以后，男孩再没有来过，树很伤心。

一天，男孩回来了，树非常兴奋。"来和我玩吧。"树说。"我没有时间玩，我得为我的家庭工作。我们需要一个房子来遮风挡雨，你能帮我吗？""很遗憾，我没有房子。但是，你可以砍下我的树枝来建房子。"因此，男孩砍下所有的树枝，高高兴兴地离开了。

看到男孩高兴，树也很高兴。但是，自从那时起男孩没再出现，树很孤独，便伤心起来。

突然，在一个夏日，男孩回到树旁，树很高兴。"来和我玩吧！"树说。

"我很伤心，我开始老了，我想去航海放松自己。你能不能给我一只船？""用我的树干去造一只船，你就能航海了，你会很高兴

的。"于是，男孩砍倒树干去造船。他航海去了，很长一段时间未露面。

许多年后，男孩终于回来了。"很遗憾，我的孩子，我再也没有任何东西可以给你了。没有苹果给你……"树说。"我没有牙齿啃。"男孩答道。"没有树干供你爬。""现在我老了，爬不上去了。"男孩说。"我真的想把一切都给你……我唯一剩下的东西是快要死去的树墩。"树含着眼泪说。"现在，我不需要什么东西，只需要一个地方来休息。经过了这些年，我太累了。"男孩答道。"太好了！老树墩就是倚着休息的最好地方。过来，和我一起坐下休息吧！"男孩坐下了，树很高兴，含泪而笑……

大智慧

那棵树其实就是我们的父母。我们小的时候，喜欢和爸爸妈妈玩，长大后，便离开他们，只有在我们需要父母亲或是遇到了困难的时候，才会回去找他们。父母总是有求必应，为了我们的幸福，无私地奉献着自己的一切。每个人都该用心地想想父母对自己的好，那种血浓于水的感情我们怎么可能忽略或伤害呢？百善孝为先，做大事者首先要孝敬父母。

12. 孔子的慈善心

一天，孔子和孟皮兄弟两个放学后，正准备吃饭时，门外来了一个蓬头垢面、破衣烂衫的老头，站在门口行乞。

兄弟二人看见老者十分可怜，就问其原因。老者说："我是一个孤苦无依的孤老头，年纪大了，没有体力劳动，只能靠乞讨为生，求二位小哥施舍些东西，我已经好几天没吃上饭了！"

幼小的孔子望着可怜的乞丐心里发酸，对哥哥说："老爷爷饿成这个样子，把我们的饭都给他吧！"

哥哥点头表示同意。孔子就将桌上的饭菜全部给了老者，那乞丐见了慌忙说："我只要吃你们剩下的一点点就可以了！"

孔子说："我们饿一餐没关系，晚上爹娘回来我们就有的吃了，你几天都没吃了，你就都拿去吧！"一边说一边将饭菜全部给了老者。老者感激不尽。

兄弟二人见老者如此可怜，同情不已。孔子说："长大后我要让所有的人都有饭吃。"仁慈的善心，就在幼小的孔子头脑中形成了。

13. 给母亲洗脚

某毕业生到一家大公司应聘，面试官最后提了一个这样的问题："你给母亲洗过脚吗？"

"没有。"这位青年犹疑了一下，红着脸答道。

"那你明天再来吧，回去之后给你母亲洗次脚，然后把你的感受告诉我。"面试官说道。

青年满心疑惑地退了出来，虽然不明所以，他还是照做了。等他把母亲的鞋袜脱掉时，他感觉自己的神经僵了，连血液都停止了流动。他突然明白了为什么面试官会出这么一个问题：母亲的脚干枯极了，像久经风霜的老树皮一样粗糙，像水分尽失的干木棒一样僵硬。10个脚趾均已经扭曲变形，趾甲里藏满了泥垢。脚背上，好几处磨破后又新生的鲜肉痕迹。脚后跟上，粘在裂口上的白色膏药已经发黑。

青年的眼泪一滴滴落在母亲的脚上，他看到了母亲每日的拼命劳作，看到了母亲被生活重担压弯的腰身，看到了母亲强忍着的委屈与疲惫——自从父亲去世后，是母亲一个人在承担自己每年高额的学费啊！

第二天，青年准时到了那家公司，面试官从他的表情中读出了一切，于是立刻叫秘书进来给他安排了职位。

后来，这位青年成了一名非常优秀的企业家。

14. 永不上锁的门

某乡下一处偏僻的小院里住着一对母女，多年来一直被穷困折磨的母亲很怕遭窃，因此总是一到傍晚就在门把上连锁几道锁。为此，女儿没少跟母亲争论，她厌恶一到夏天就尘土飞扬的农村，不喜欢母亲用这么多道锁把家锁住——就像贫苦的生活锁住了自己的青春一般。

某天，因为一点小事，任性的女儿跟一直非常疼爱自己的母亲大吵了一架。半夜时分，还在负气的她决定离家出走，到自己一直向往的大都市去。

她这样做了，但花光了身上仅有的一点钱之后，她在坏人的引诱和威胁下被迫堕落了，过着出卖肉体、纸醉金迷的生活。

多年之后，她年老色衰，无计生存之下，只得靠着政府的救济苦挨时日。某天，当她又慵懒地排队等候政府的免费午餐时，忽然发现墙上寻人启事中的照片很像小时候的自己。她奔过去一看，果然是自己，旁边还画有她已经白发苍苍的妈妈，最下面则是妈妈歪歪扭扭的亲笔字："妈妈依然爱着你，无论你怎样……回来吧，我的女儿。"她顿时泪流满面。

当她跌跌撞撞跑回家时，已是凌晨两点钟，她不想打扰已经睡熟的母亲，于是便决定在门口坐到第二天天亮。没想到身体刚倚上门，门便吱吱嘎嘎地开了，夜里两点钟，家里的门竟然没有锁！"难道，难道家里进了贼不成？"她大吃一惊，立刻推门而入。

"谁呀？"母亲那熟悉又苍老的声音立刻传了出来，然后又突然换成了惊喜的语气，"是你吗？孩子？是你回来了吗？"

"妈……妈……"女儿泣不成声地回复着母亲。

"孩子，妈妈终于等到了你！你知道吗？自从你走后，家里的门就再也没有锁过，我怕你好不容易回来的时候，因为进不了家门而再次转身走开。要是那样的话，我可能就再也见不到你了。"妈妈紧紧地搂住女儿说。

15. 另一个儿子

在美国历史上的诸位总统中，杜鲁门算是极为著名的一位。他的家庭条件不算好，职业生涯也算不得顺利，但是最后他终于克服重重困难，坐在了总统宝座上。

在他当选美国总统后不久，一位记者去他的家乡采访他的母亲。聊起儿子的奋斗经历，已经白发苍苍的母亲真是滔滔不绝，一直到最后，她布满皱纹的脸上都挂着极为自豪的表情。

"有哈里这样杰出的儿子，您一定感到十分自豪吧。"记者不失时机地恭维道。

"当然，当然是这样。"杜鲁门的母亲十分赞同地说道，"不过，我还有另外一个儿子，他也同样使我感到自豪。"

接下来，这位母亲便开始给记者说起她另外一位儿子的奋斗经历，的确，听起来这也是一位坚韧不拔、忠诚可靠的优秀人物。有这样的儿子，身为母亲当然也会感到自豪。

正说着，一位风尘仆仆的年轻人从外面进来了，肩上扛着好大一袋东西，母亲见状赶紧起身走过去帮忙。

"他是谁？"记者问道。

"我的另外一个儿子。"母亲回答。

"他是做什么的？"记者疑惑了。

"哦，他是个农民，刚从地里给我挖土豆回家。"母亲的回答非常出乎记者的意料。

第五章

善积口德，良言送暖

人与人之间是需要很好的交流和沟通的，毕竟我们不是生活在没有人的世界里。若是没有人与人之间的相互交流和相互欣赏，即使给你天堂，也注定找不到快乐、自由的感觉。

1. 燕子与小鸟

一只燕子在飞行途中学到了不少的知识，俗话说，行千里路，读万卷书嘛。

这只燕子已能预见到常见的雷雨了，因此在暴风雨袭来之前，它能向航行在海上的水手发出警报。

播种的季节里，燕子看到农民在耕种，便对小鸟说："我看到了潜在的危险，我很同情你们。因为面对这一危险，我可以及早远远地躲开，到一个安宁的地方生活。可你们不行，你们看到在空中挥动的手，它撒下的东西，用不了多久就会毁掉你们，各种捕捉你们的工具都会出现，到处都是陷阱，你们不是身陷鸟笼就是等下油锅，反正是死路一条啊！"燕子顿了一下接着说，"所以请你们相信我，赶快把那些该死的种子全吃掉。"

小鸟觉得燕子说的疯话十分可笑，因为田里可吃的东西太多了，区区种子值得劳神吃吗？

转眼间，田里长出了绿油油的苗，燕子着急地对小鸟说："趁还没有结出可恶的果实，赶紧把这些苗统统拔掉，不然的话，遭殃的是你们大家。"

"你这个预言灾祸的丧门星，别整天瞎唠叨！"鸟儿不耐烦听它的预报，"要知道，这样的好差事没有上千只鸟是做不了的！"

庄稼就要成熟了。燕子痛心疾首地来相告："可怕的日子就要来到，至今你们还不相信我，一旦人们收割完庄稼，秋闲下来的农民将拿你们开刀，等着你们的是捕鸟的夹子和罗网。你们最好待在窝里别乱跑，要么学候鸟飞到温暖的南方，可你们又不能越过沙漠和海洋去寻找其他的地方。你们最好找些隐蔽的墙洞躲起来。"

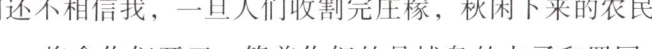

小鸟把燕子的忠告全当了耳边风，于是不幸预言中的悲剧发生了，小鸟落得了

悲惨的结局。

人们只听得进和自己想法一致的意见，只有当大难临头时才能体会到"忠言逆耳利于行"。

2. 有话好好说

一天，齐桓公对大臣们说："因为有了管相国，我们齐国才有现在的民富国强，威震天下，寡人想封他为仲父，让他总管内政外交。你们出去想一想，看好不好？认为好的，进门来站在左边；认为不好的，进门来站在右边。"

大臣们在外边商议了一阵，陆陆续续走了进来，有站在左边的，也有站在右边的。站在左边的多，站在右边的少；而东郭牙却站在大门中间，既不往左，也不往右。齐桓公觉得很奇怪，就问他："东郭牙！你没听清我的话吗？"

东郭牙没有回答，他反问齐桓公："凭管仲的智慧，能够谋取天下吗？"

"当然能。"齐桓公回答。

"凭管仲的决断，他敢干一番大事业吗？"东郭牙又问。

"当然。"齐桓公回答。

"主公因为管仲的智慧能谋取天下，他的决断敢于干一番大事业，就把内政外交的大权全部交给他。"东郭牙停了停，接着说，"管仲以自己的智慧和决断，又凭借主公的威势，治理齐国，必能成就大事。只是这样一来，对于主公，是不是也有危险呢？"

齐桓公听了，恍然大悟："有道理！"于是，他让管仲管理外交，而把内政交给了别人。

3. 语言的力量

在一个寒冷的冬天，一个衣衫褴褛、双目失明的老人忍受着刺骨的寒风，可怜巴巴地跪在一条繁华的街道上行乞。他脏兮兮的脖颈上挂着一块木牌，上面写着："自幼失明。"

一天，一位诗人走近老人身旁，老人便伸手向诗人乞讨。诗人摸了摸扁扁的口袋，无奈地说："我也很穷，但我可以给你点儿别的东西。"说完，他从兜里掏出笔，在木牌上写了几个字，返身告别了老人。

从那以后，老人得到了很多人的同情和施舍，可他对此却大惑不解。不久，诗人与老人邂逅。老人问诗人："你那天在我的木牌上写了些什么呀？"诗人笑了笑，捧着老人脖颈上的木牌念道："春天就要来了，可我不能见到它。"诗人一抬头，看见老人的眼眶里闪着晶莹的泪花。

大智慧

聪明的人用甜美的语言让事实增值，愚蠢的人用糟糕的语言让事实贬值，大多数的人呢——只用语言简单地说出了事实。与人相处时，道理亦然。

4. 智驳谬论

元世祖在位第二十年时，卢世荣通过大量行贿，终于当上了中书右丞。卢世荣当官以后，勾结其他贪赃枉法的人，对老百姓更是残酷压榨。

一次，卢世荣向皇上进谏说："我准备依法理财，财政收入可以比平常增加一倍，但又不打搅老百姓的生活。"

皇上把卢世荣的计划交给大臣们讨论。大家都知道卢世荣地位显赫，且心狠手辣，所以都不敢说什么。

此时，尚书董文用站出来说："请问，这钱是从右丞您家里取呢，还是从老百姓那里取呢？如果是从您家里取，我们就不多问了，要是从老百姓身上取得，我认为这里就大有问题。"

董文用转身面对众大臣大声说道："牧羊人一年剪两次羊毛，如果他每天都剪羊毛献给君王，君王就会高兴得认为羊毛本来就有如此之多；但是羊没有躲避冷热的庇护，就要死掉，毛就再也得不到了！老百姓的财力是有限的，按时按规定取用，都恐怕伤害他们。现在剥削得干干净净，那一国之中哪里还有老百姓呀！"

董文用一番"剪羊毛"的理论把卢世荣驳得哑口无言。

大智慧

谎言往往披着一层华丽的外衣，足以迷惑人。只要揭开外衣，谎言就不攻自破了。

5. 巧打皇帝

一天，爱好文艺的五代后唐皇帝李存勖在宫中看伶人排戏。忽然，他大声喊道："李天下，李天下，你在哪里？"

这时，演员敬新磨朝他就是一个耳光，皇帝不知所措，文武官员和伶人都大惊失色，一齐扑上去责问敬新磨。

敬新磨答道："管理天下的，只有一个人，干吗还要呼唤别人，难道可以有两个人来治理天下呀？"皇帝转怒为喜，予以奖赏。

大智慧

皇帝迷恋享乐，整天跟伶人混在一起，该打！敬新磨敢打皇帝，胆子够大的。他打了皇帝，还能不被惩罚，是机智与口才在起作用。

6. 幼童的妙语

东晋元帝司马睿的儿子司马绍，自小聪明，深受元帝宠爱。

一次，有使者从长安来拜见元帝，元帝让司马绍坐在自己的膝上接待客人。交谈之间，元帝突然向儿子发问："你说说看，是长安远呢还是太阳远？"司马绍随口答道："当然是太阳远。"又问："为什么太阳比长安远呢？"司马绍解释说："我时常看到长安有人到建康来，却不见有人从太阳来，由此可见，太阳比长安远得多。"

元帝大为惊异，使者也夸奖不已。

第二天，元帝大宴群臣，又叫儿子坐在身边。元帝为了显示儿子的聪明，就向他提出了同样的问题。没想到司马绍却回答说："当然是长安远。"

元帝大惊失色，以为这下子要当众出丑了，就急着责问道："为什么和昨天回答的不一样？"

司马绍理直气壮地说："我们只要抬起头，就可以看到太阳；但是有谁在建康望得见长安的呢，这不是证明长安要比太阳远吗？"

这使得元帝更加惊奇。

大智慧

那些人问司马绍同样的问题，是把他当小孩看；司马绍故意回答不同却合情合理，等于很隐晦地告诉别人，他的智力已经不是小孩，不应把他当小孩看。

7. 胡非子说服屈将

两千多年前，墨家有一位名叫胡非子的门徒，到全国各地去推广他反对人们逞勇争斗的主张，倡导和平相处的思想。

当时，有一位好勇斗狠的人名叫屈将，听说胡非子来了，便佩着长剑，戴上英武的高冠去见他。屈将对胡非子说："听说先生反对勇斗，而我屈将却喜欢和人比武打架，我们两人刚好针锋相对。如果你能讲出道理来解决这个矛盾，那么我便放你一马；如果说不出来，那对不起了，你就只有一死！"

胡非子毫不紧张地说："我听说勇有五等：背着长剑到山林里去与野兽搏斗的，这是猎人之勇；带着长剑到深渊去和蛟龙相斗的，这是渔夫之勇；爬上高而危险的地方，伸长脖子四处眺望，脸色不变的，这是泥水匠之勇；听见有盗劫和不法的事，就想要斩杀的，那是刽子手的勇。"

胡非子接着又说："从前齐桓公进兵侵犯鲁国，鲁国无力抵抗，鲁国的将军曹沫，在和齐国订立降约的时候，突然拿着匕首冲着拥有百万大军的齐桓公说：'我听说国家被侵侮了，当臣属的只有一死殉国。请你命令齐军马上从鲁国撤退，否则我和你同归于尽。'——这就是君子之勇。这五种勇各有不同，你是要效法哪一种呢？"

屈将听完了这段话，立刻解了长剑，脱下高冠，请求胡非子收他做学生。

大智慧

只要讲话合情合理，再蛮横的人也能被说服。

8. 照顾对方情绪

战国时，齐景公执政，晏子为相国。有一天，一个人因为得罪了景公，景公大发雷霆，把这个人捆到殿下，命令左右把他肢解了，并且下令："谁敢替这个人求情，一齐杀掉！"

大臣们都认为景公完全是意气用事，但看这阵势，谁也不敢开口。

忽然，晏子走了出来，他从武士手中要过刀来，左手按住这个人的头，右手持刀做出要下手的样子，然后问景公："陛下，古代贤明的帝王在肢解人的时候，是从哪里下手的呢？"

齐景公听了，马上离开了座位，对晏子说："把他放了，都是我的过错啊！"

大智慧

当一个人闹情绪的时候，讲大道理是没有用的，直接说"你错了"，更会让他恼羞成怒。先顺从他，使他冷静下来，然后用巧妙的方式讲出道理，他就比较容易接受了。

9. 理解和同情

三国时曹操的马鞍放在仓库中，时间一长没有保存好，被老鼠咬坏了。管理仓库的小吏知道曹操一向爱惜东西，自己没把他喜欢的马鞍保管好，他必定会十分气愤，所以让下属把自己捆绑了之后去见曹冲，请死罪。

曹冲自幼聪慧，深受父亲的喜爱，对曹操也非常了解，于是他传下话去说："三天以后再来，我现在公务繁忙。"

三天后，曹冲回到自己的住处，用刀毁坏了自己的衣服，形状像老鼠咬过的样子，挂在一旁，摆出一副愁眉苦脸的样子去见父亲。

曹操见儿子这么不开心，忙问："怎么了？"

曹冲回答说："儿子听说老鼠咬衣不吉利，现在我的衣服不知怎么被老鼠咬了，所以忧愁。"

曹操忙劝他："这是瞎说，你不要相信，没什么关系。"

过了一会儿，那个小吏来见，报告马鞍被咬坏的事，曹操笑起来："我儿子的衣服常穿，还被老鼠咬破了，何况悬在仓库柱子上的马鞍呢。"尽管曹操觉得马鞍被咬可惜，但却没有迁怒小吏。

大智慧

自己孩子犯的错，在父母眼里就远没有外人犯错那么严重。曹冲就是利用了父亲这一心理，让父亲看到老鼠咬东西纯属正常现象，巧妙地为小吏说了情。

---

10. 优旃三次讽秦皇

秦始皇在位时，宫中有个艺人，名叫优旃。他是个身高不满五尺的侏儒，但很有智慧，喜欢说笑话，不但能引人发笑，而且笑话里都隐含着某种道理，能发人深思，因此得到秦始皇的喜爱。

有一天，秦始皇在大殿上大办酒筵，欢宴大臣们。一队卫士恭立在露天的阶下守卫。不巧，天气突然变化，下起了滂沱大雨，卫士们个个被淋湿了，在风雨里瑟瑟发抖。

大臣们只顾饮酒，欣赏宫女们的歌舞，人人谈笑风生，没有谁理睬遭受风吹雨淋的卫士。秦始皇当然更不会过问这种小事。

优旃眼看着卫士们受淋，心中不忍。但始皇都不讲话，谁敢吭声！

优旃灵机一动，找了个借口离开大殿。他从卫士们前面走过时，低声对他们说："你们想不想休息一会儿？"

卫士们说："当然想！"

优旃说："那么等听到我叫你们时，就齐声回答。"

卫士们说："是！"

优旃回到殿上，在门口大喊："卫士们！"卫士齐声回答："有！"优旃说："你们长了这么大的个儿，又有什么用处！我虽然矮小，但能在殿内，你们只好站在露天遭受雨淋！"

秦始皇一听，立刻传令：让一半卫士进屋休息，然后互相换。

一次，秦始皇与大臣们商议建造一座天下最大的花园，东到函谷关，西到陈仓。

优旃知道后对秦始皇说："这太好了！花园造好之后，里面多放养些凶禽猛兽，如果东方有敌人敢来进犯咸阳，禽兽们足以将他们赶跑！"秦始皇一听，就打消了这个念头。

秦始皇死后，儿子胡亥即位，称为秦二世。秦二世登基后想显示皇帝的威风，把咸阳的城墙全部刷油漆。他把这个主意告诉了优旃，优旃立刻说："妙极了！皇上即使不讲，臣也要请求这样做的。漆城固然要消耗掉百姓们大量财富，但是好处更大。若是敌人来犯，就会被油漆粘在城墙上，休想进得了咸阳！我只顾虑一点，就是油漆难干。但也无妨，再盖座大屋将整个城遮盖起来就是了。"

秦二世听了，大笑不止，没有再提漆城墙的话。

> **大智慧**
>
> 想说服固执的人，直接讲道理往往没有用。用隐晦的方式让他自己明白其中暗含的道理，效果更好。

11. 楚庄王纳谏

楚庄王建筑楼台，从千里之外的地方运来石头，从百里以内的地方取土，筑台的民工要自带三个月粮食。前来劝谏的七十二个大臣都被处死了。有个叫诸御己的人，在离楚国都城百里的地方种田。有一天，他对同伴说："我要去见楚庄王。"

同伴嘲笑道："凭你的身份去吗？我听说，游说国君的，都是一些闲得没事做的人，况且去了的人都被处死了，何况你这个茅草一样低贱的人！"

诸御己说："我与你一同耕田，力气相当；至于游说国君，这份才智就不是你比得上的了。"

诸御己放下农事去见楚庄王。楚庄王生气地说："诸御己，你过来！你是想劝谏我吗？"

诸御己说："我听说，土壤经过水流淌以后，才变得平坦；木料经过绳墨校正后，才变得平直；君王接受臣子的劝谏就更圣明。您建筑楼台，从上千里的地方运石，从上百里的地方取土，老百姓遭了殃，鲜血在大路上流淌，却没有人敢劝谏您，我又怎么敢劝谏呢？"

"不过，我听说，从前，虞国不听宫之奇劝谏，被晋国吞并了；陈国不听子家羁劝谏，被楚国吞并了；曹国不听僖负羁劝谏，被宋国吞并了；莱国不听子猛劝谏，被齐国吞并了；吴国不听伍子胥劝谏，被越国吞并了；秦国不听蹇叔的话，就打了败仗；夏桀杀死了直言敢谏的关龙逄，天下被成汤得到了；商纣杀死了直言敢谏的比干，天下被周武王得到了；周宣王杀死了直言敢谏的杜伯，周室从此衰微了。这三位天子、六位诸侯都是因为不尊重贤人、辩士的劝谏，所以身死国亡。"说完，诸御己就快步走了出去。

楚庄王赶紧追赶他，说："诸御己，你回来！我将听从你的劝告！以前来劝说我的人，他们的话不能打动我的心，还把侮辱加在我身上，所以都被我处死了。现在你的话打动了我的心，又不把侮辱加在我身上，所以我要听从你的劝谏。"

第二天，楚庄王下令："能够来劝谏我的，我将和他结为兄弟。"同时下令停止筑台，解散了民工。

12. 牵着对方的鼻子走

楚国攻打韩国雍氏，韩国向西周求兵求粮，周王为此忧虑，就与大臣苏代共商对策。

苏代说："君王何必为这件事烦恼呢？臣不但可以使韩国不向西周求粮，而且可以为君王得到韩国的高都。"

周王听后大为高兴，说："你如果能做到，那么以后寡人的国家都将听从贤卿你的调遣和管理。"

于是，苏代前往韩国拜见相国公仲侈，对他说道："难道你不了解楚国的计策吗？楚将昭应当初曾对楚王说：'韩国常年疲于兵祸，因而粮库空虚，毫无力量守住城池。我要乘韩国饥荒，率兵夺取韩国的雍氏，不到一个月，就可以攻下城池。'

"如今楚国包围雍氏已经几个月了，还不能攻克，这暴露了楚军的处境困窘，楚王已经开始准备放弃昭应的计策和进攻了。现在你竟然向西周征兵征粮，这明明是告诉楚国韩国已经精疲力竭了。如果昭应知道以后，一定会劝说楚王增兵包围雍氏，届时雍氏必然会被攻陷。"

苏代见公仲侈不说话，接着说："你为什么不把高都之地送给西周呢？"

公仲侈听后颇为愤怒，十分生气地说："我停止向西周征兵征粮，这已经很对得起西周了，为什么还要送给西周高都呢？"

苏代说："假如你能把高都送给西周，那么西周会再次跟韩国修好。秦国知道以后，必然大为震怒，不仅会焚毁西周的符节，而且还会断绝使臣的来往。西周断了与其他国家的联盟，而单单和好韩国，这样一来，阁下就是在用一个破烂的高都，换取一个完整的西周，阁下为什么不愿意呢？"

公仲侈说："好吧！"于是公仲侈就果断决定不向周征兵征粮，并把高都送给了西周。楚军当然没能攻下雍氏，只好怏怏离去。

大智慧

说服就像赶牛，用"青草"诱导对方，用"鞭子"阻止对方，这样，就能牵着对方的鼻子走。

13. 谁是最优秀的人

大哲学家已是风烛残年，知道自己时日不多了，他便喊来自己平常看好的一位弟子，对他说："我的蜡烛所剩不多了，得找另一根蜡烛接着点下去，你明白我的意思吗？"

弟子点点头，立刻说："我明白，老师，您的光辉思想应该很好地继承下去……"

"可是，"哲学家若有所思地说，"我需要的这位继承者不但要有相当的智慧，还必须有充分的信心和非凡的勇气……这样的人到目前为止我还未曾见过，你能帮我寻找和发掘一位吗？"

"当然可以。"弟子很温顺又很恭敬地答道，"我一定会竭尽全力，不辜负老师的栽培和信任。"

听到弟子这么回答，哲学家淡淡一笑，挥手让弟子出去了。

接下来，那位忠诚又认真的弟子便开始不辞辛劳地四处寻找了。可是不知为何，无论他领来谁，哲学家都会婉言谢绝。终于有一天，无计可施的他开口道："老师，我实在找不到合适的人了。请您准许我出趟远门吧，我将到五湖四海为老师寻找这位最优秀的人才。"

"其实……"刚说到这里，已经病入膏肓的哲学家便剧烈地咳嗽起来，慌得弟子赶紧上前扶住他，稍稍平静之后，他又接着说了下去，"你找来的那些人，都还不如你……"

听闻此言，弟子立刻羞愧地低下了

头："老师，我真对不起您，让您失望了。"

看弟子还不开窍，哲学家大失所望地摇了摇头："孩子，你为什么还不明白？失望的是我，被耽误的却是你自己啊！我告诉你，每个人都是最优秀的，差别就在于是否自信，只有信心十足的人，才可能懂得认识自己、发掘自己和重视自己……所以，最优秀的人不是别人，而是你自己。可你为什么总是不自信呢？"话刚说到这里，一代哲人便在遗憾中溘然长逝了。

"最优秀的人是我自己？"弟子长跪在老师床前，惊愕之后开始泪流满面。

从那以后，这位有才华却一直自卑的弟子一改从前，变得积极自信起来。多年之后，他不但继承了老师的遗志，还发展了老师的思想。而这，可是他原来从未想过也不敢想的。

大智慧

每个人都是一座富有的矿山，自信是开凿这座矿山的斧头。只有拥有十分的信心，我们才能迈出挖掘自己潜能的步子，由平凡到辉煌，最终超越生命的底线。

14. 我会应付过去

辛·吉尼普的父亲曾经是一位拳击手，体格相当好，可是在 60 岁那年，一场突如其来的大病一下子把他击倒了。在床上躺了半个月之后，他仗着自己那俄亥俄州拳击冠军的硬朗劲儿站了起来。

可是人一旦老了，不服老是不行的，硬挺了半个月之后，这位坚强的老人又倒了下去。知道自己时日不多了，有一天，他吃过晚饭后把孩子们叫到病榻前，给他们上了一堂关于人生的课。他讲的是自己年轻时做拳击手的一件事：

"那是一次全州冠军的对抗赛，我的对手是个人高马大的黑人拳手。由于我个头矮小，对方可真是占尽了优势。我被他一次次击倒，连牙齿都被打出血了。休息时，教练鼓励我说：'吉姆，你不疼！你能挺到第 12 局！'我说：'是的，教练，我不疼，我能应付过去！'当时，我感到自己的身子就像一块石头、一块钢板，而对手的拳头则是铁锤，不断地在我身上发出空洞的响声。

"那时我想：我唯一能够战胜对方的只有意志了。于是我便告诉自己：'不管情况多么糟糕，我总能应付过去。'所以，我不断地跌倒，又不断地爬起，终于熬到了第12局。这时，对面的黑人选手已经累得全身战栗了，而我却还没有开始打。很自然，接下来我开始反攻了，我记得我用的是自己最擅长的招数：长拳和勾拳相混合。一拳、一拳，又一记重拳打过去之后，我的血同对手的血混在了一起。顿时，我感觉眼冒金星，眼前有无数个影子晃荡起来。我咬咬牙，对准中间的那一个狠命地打了下去……对方终于倒下了，我终于挺过来了。

"哦，那是我这辈子唯一的一枚金牌……"

说到这里，父亲又剧烈地咳嗽起来，吉尼普赶紧上前握住他的手，不想父亲却苦笑着说："不要紧，才一点点痛，我能应付过去。"但是第二天一大早，他便咯血而亡了。

那段日子，正是全美经济危机、吉尼普和妻子双双失业的艰难时期，父亲的死更是令全家雪上加霜。可是每每面对妻子迷茫的眼神，吉尼普都会重复一遍父亲的那句话："不要紧，我们会应付过去的。"

如今，当国家经济形势好转，吉尼普夫妇都重新找到了薪水不错的工作，日子也越来越好过时，他们还会常常想起父亲，想起他的那句话。

> ### 大智慧
>
> 无论今天多么艰难，一切都终会好起来。当感到生活艰苦难耐的时候，你不妨把这句话说给自己听，然后用"未来的顺达"来安慰此刻的自己，你一定会开心起来的。

15. 抓住今天

爱德华·依文斯是个不幸的人。小时候，由于家庭条件太差，他失去了读书的机会，只能靠卖报纸、当杂货店店员或者助理图书管理员来维持生活。

许多年后，他好不容易开始了自己的事业，却因担保了一个破产的朋友而背负了巨额债务。当他准备赔上全部的家产抵债时，存有他全部财产的大银行却突然倒闭了。事业、财富，一切在瞬间化为乌有。

上帝的这个玩笑真是开得太大了，爱德华一下子垮在了这沉重的打击面前，他病倒了，而且所有的医生都无法再医治他。无奈，他只得写好遗嘱等死。

"反正也要死了，不如想些快乐的事情吧。"爱德华一边安慰自己，一边回忆着从小到大那些琐碎的快乐瞬间。时间一天天地过去了，奇怪的是，他不但没有死去，反倒一天天地好了起来。几个月之后，原本连动都不能动的他竟然能和正常人一样下床走路了。

重新站起来的爱德华顿悟了一个道理，他再也不去想以前的失败，也不再去担心明天的打击，而是一门心思地抓住今天好好干起来。结果，他的事业迅速发展了起来，几年之后，他已经是依文斯工业公司的董事长了。

> ### 大智慧
>
> 没有人能够改变昨天的事实，也没有人能够预料明天的情况，但是今天，却是谁都能抓住的。努力抓住每一个今天，我们的一生才能活得精彩。

16. 不要为打翻的牛奶哭泣

世界著名的成功学大师戴尔·卡耐基刚刚起步时并不顺利，尽管全国人民无不知晓他的名字，尽管他的分校遍布美国的各大城市，尽管看上去他的事业如火如荼，但是几个月下来，残酷冷漠的数字还是在无声地证明着：你的开销比盈利多，你不但一分钱都没有赚到，还赔进去了很多钱。这个结果使得卡耐基大为苦恼，他陷入了深深的自责里，不住地抱怨自己的疏忽大意，还一度精神恍惚，使得刚起步的事业岌岌可危。

偶然一天，卡耐基遇到了自己中学时的生理老师。了解了他的近况之后，老师默不作声地给他拿来了一杯牛奶。可当他刚拿起杯子要喝的时候，老师突然伸手把牛奶打落到桌上。看着迷惑不解的卡耐基，老师大声说了一句："不要为打翻的牛奶哭泣，因为这没有用！"

这句话如同醍醐灌顶，一下子震住了苦恼中的卡耐基。他顿时领悟了，精神也随之振作起来。就这样，他那险些夭折的成功培训班活了下来，这才有了今天依然活跃在市场上的《卡耐基成功之道》《人性的弱点》等伟大作品。

> ### 大智慧
>
> 已经无法改变的事实既可能成为推动人成功的法宝，也有可能成为困住人的陷阱。至于它对你是什么，关键就看你是对着打翻的牛奶哭泣，还是清扫一下现场然后再去倒一杯。

第六章
交友之道，以诚以真

友谊不是凭空掉下来的，它需要培养、浇灌才能不断成长。虽然世间知音难寻，但如能学习先做别人的朋友，你就会找到真正的友谊。

1. 乌龟和蝎子

乌龟和蝎子是一对无话不谈、形影不离的好朋友。一次，它们正面临搬家的问题，在途中刚好要过一条很深的大河。这时，蝎子对乌龟说："眼前的大河，以你的条件是完全没问题的，可是我该怎么办呢？"乌龟回答："我可以把你驮着过河呀，不过你可不能刺我！"乌龟话音刚落，只见蝎子毫不犹豫地跳到了乌龟的背上，并且说："不会啦，我为什么会刺你呢，我刺你的话，我也一样会被淹死的！"乌龟想想也对，于是就背着蝎子向河里游去。

不久，乌龟听到从背后传来了可怕的隆隆声，乌龟问："你在干吗？"蝎子回答："我正在磨我的刺，看看能不能用我的刺来刺穿你那大自然赋予你的坚硬的外壳。"乌龟听了很生气，厉声说："我看在我们是好朋友的分儿上背你过河，现在你反而想用你的刺来刺我的外壳，太不应该了。"乌龟说完就深深地潜入水底，恨恨地把蝎子甩掉了，蝎子终于得到了应有的惩罚。

> **大智慧**
>
> 一定要选择心地善良之人为友，那些天性邪恶之人，就算你真心待他，也不一定能真正赢得他的友谊，有时自己甚至还会受到伤害。

2. 赵简子哭周舍

春秋时期，赵简子有个家臣名叫周舍，是一个刚正不阿的人。

有一次，周舍有事找赵简子，可赵简子嫌他卑微，不肯接见他，于是他就在赵简子的门前站了三天三夜，不肯离去。赵简子派人问他："你有什么事要见我？"

周舍说："我要做一个正直敢言的家臣，笔上蘸饱墨汁，手拿简牍，跟在您的身后，观察到您的过错就记录下来。每天都有记录，每月都有成果，一年以后就能见到实效。"

在我国古代，历朝历代都设置史官的制度，帝王的一言一行，史官都随时记录，然后作为秘密档案封存起来，作为后世修史的资料，帝王在世时无权阅读。由于害怕被后世称为昏君，所以帝王都注意自己的一言一行。

赵简子知道周舍要效法古代史官，记录自己的言行，觉得能促使自己成为明君英主，也没有什么不好，于是便同意了周舍的请求。

从此以后，赵简子在宫廷内或外出，都与周舍在一起，而周舍也跟着赵简子形影不离，随时记录赵简子的一言一行。但是没过多久，周舍就死了，赵简子难过得就像死了儿子一样。

后来，有一次，赵简子与众大夫在洪波台喝酒，喝到兴致正浓的时候，赵简子突然流泪哭泣起来。

众大夫都很惊讶，他们离开了席位，向赵简子请罪说："不知我等所犯何罪，使主公伤心了，还请主公明示。"

赵简子说："诸位大夫都没有罪。"

众大夫更加莫名其妙，又问："我们既然没有罪，那主公是有什么烦心事？或者是别的国家侵犯我国？可是不对呀，并没有任何国家侵犯我国呀！究竟是谁得罪了主公呢？不妨说说，我们也好为您分忧！"

赵简子说："我想起周舍说过的话，不由得暗自悲伤起来。"

众大夫问："周舍说了什么？"

赵简子便把周舍的话重复了一遍："千张羊皮不如一只狐狸腋下的毛皮值钱，众人随声附和不如一个正直之士刚直不阿有益。从前，商纣王由于大臣沉默不语而使商朝灭亡，周武王由于有刚直不阿的大臣而使周朝兴盛。"

然后，赵简子又说："自从周舍死了以后，我再也没有听到谁批评我的过错了。我国大概离灭亡不远了，因此我就伤心流泪了。"众大夫听后都感到很惭愧。

3. 狮子的阴谋

从前，有三头牛在一起生活，它们形影不离，无论吃草还是做游戏，它们从不分开，而且彼此友爱互助，因此，谁也不敢欺负它们。

有只狮子，自以为是百兽之王，一直想对这三头牛下手，可是它知道三头牛很团结，恐怕很难对付它们。

狮子想了一个计谋对付这三头牛。

狮子趁着三头牛分散吃草的时候，先走近花色牛身边，装着很亲热地和它打招呼："你好啊，花牛。我知道你们很厉害，但不知你们之中哪个最厉害？"

"我们三个都一样，不分上下。再说，我们之间从来不打架，怎么能比较出谁比谁更厉害呢？"

狮子听了花牛的话，故意摇了摇头，一本正经地说："不会吧？据我所知，可不像你说的那样。"

花牛被狮子的话给弄糊涂了，它不解地问："你到底听说了什么？"

狮子心里暗自高兴，却装着没事儿似的说："最近，我常听红牛对人讲，你们三个顶属它厉害，如果没有它，你们俩早就没命了。"

花牛听了，心里很生气。狮子一看自己的计谋得逞了，高兴极了。于是，又依照同样的办法分别到红牛和褐牛那儿搬弄是非。红牛和褐牛也都相信了狮子的话。

从此以后，三头牛不再像以往那么和气团结了。它们一见面就打架，谁也不服谁，打得不可开交。狮子终于如愿以偿，一个一个把它们都吃掉了。

大智慧

朋友之间要互相信任，团结友爱。不要听信谣言和谗言，以免上了某些别有用心的人的当，也伤害了自己的感情。

4. 君子之交

张毅夫别号千载心，是宋末丞相文天祥的朋友。文天祥执政地位显贵时，曾经多次征召张毅夫出来做官，而他都婉拒了。

后来，江南一带被元兵征服，文天祥在溯阳兵败，被俘不屈，被元军押着从广东经过江西吉安。

张毅夫设法见到了文天祥，说："丞相将被送到北方去，我一定要同行。"文天祥被囚送到了北京，张毅夫也尾随着去了，并且就寄住在囚禁文天祥牢狱的附近，每天都给文天祥送去美味可口的食物，这样不间断地坚持了三年。他还悄悄地做了一只木柜，到文天祥殉国受刑那天，便用来收藏文天祥的头颅。

张毅夫又在俘虏群中去探寻文天祥夫人欧阳氏的遗体，找着后火化了，和那只藏着文天祥头颅的木柜，一并交给文天祥的家属去埋葬。

大智慧

文天祥为国捐躯，无愧平生；得友如张毅夫，更可含笑九泉了。

5. 交友贵在知心

列子在壶丘子林门下学习期间，和列子隔邻而居的是南郭子，他与列子相邻达二十年之久，但他们之间从不来往，从不交谈，在路上碰见，就好像没有看见似的，以至于所有的人都以为列子和南郭子有什么仇怨。

一个从楚国来的人，听人议论列子和南郭子有仇怨，便去问列子："你和南郭子为什么几十年不说一句话？"

列子说："南郭子的外形看上去很充实壮健，但他的心灵却很空虚，耳朵什么也听不见，眼睛什么也看不见，口舌也不说什么，内心不牵挂任何东西，形体也不运动。和他交往，是不用外在的行动的，因此我们就没有什么来往和交谈。你们误以为我们有仇怨，为了澄清事实，我决定带你们去见他一次。"

列子带了四十一个门徒，来到南郭子的住处，望见南郭子坐在那里，不言语、不动作，好像泥塑木雕似的，别人看他那样子，也就不和他交谈。再回头看列子，他也好像精神已经脱离开形体，似僵尸一般呆坐在那里，人们也难以和他共同议论什么。

回到住处后，大家纷纷议论列子和南郭子交往的奇妙之处，赞叹南郭子的非凡之处。

列子说："得到事物真义的人不必说话，知道普遍道理的也不必说话，沉默也是一种语言，大巧若拙也是一种智能。南郭子和我就是这样的人。你们不能理解，却大惊小怪。"

> **大智慧**
>
> 古人说：小人以利交友，普通人以言语交友，君子以神色交友。列子和南郭子可以算得上"神交"了。

6. 看人要看优点

战国时期，齐国的大臣靖郭君田婴门下有个食客叫齐貌辨，生活不拘细节，做事我行我素，常常犯些让人讨厌的小毛病。

门客中有个士尉劝田婴不要与这样的人打交道，田婴却置之不理，那士尉便辞别田婴另投他处了。因为这件事，门客们愤愤不平，田婴却不以为然。田婴的儿子孟尝君便私下里劝父亲说："齐貌辨实在讨厌，你不赶他走，倒让士尉走了，大家对你此举都心存异议。"

田婴一听，大发雷霆，吼道："我

看我们家里没有谁比得上齐貌辨。"这一吼，吓得孟尝君和门客们再也不敢吱声了。而田婴对齐貌辨却更加客气了，住处吃用都是上等的，并派长子侍奉他，给他以特别的款待。

过了几年，齐威王去世了，齐宣王继位。齐宣王喜欢事必躬亲，觉得田婴管得太多，权势太重，怕他对自己的王位有威胁，因而不喜欢他。田婴被迫离开国都，准备回到自己的封地——薛。

其他的门客见田婴没有了权势，都离开了他，各自寻找新主人去了，只有齐貌辨跟他一起回到了薛地。回来后没过多久，齐貌辨便要到国都去拜见齐宣王。田婴劝阻他说："现在齐宣王很不喜欢我，你这一去，不是去找死吗？"

齐貌辨说："我本来就没想要活着回来，您就让我去吧！"

田婴无可奈何，只好由他去了。

齐宣王听说齐貌辨要见他，憋了一肚子怒气等着他。齐宣王一见齐貌辨就说："你不就是田婴的那个心腹吗？"

"我是齐貌辨。"齐貌辨回答说，"不瞒大王，靖郭君喜欢我也是真的，说他信从我的话，可没这回事。当大王您还是太子的时候，我曾劝过靖郭君，说：'太子的长相不好，脸颊那么长，眼睛又没有神采，不是什么尊贵高雅的面目。像这种脸相的人是不讲情义、不讲道理的，不如废掉太子，另外立卫姬的儿子郊师为太子。'可靖郭君听了，却愤怒地说：'这不行，我不能这么做。'如果他当初听了我的话，就不会像今天这样被赶出国都了。

"还有，靖郭君回到薛地以后，楚国的相国昭阳要求用大几倍的地盘来换薛这块地方。我劝靖郭君答应，而他却说：'我接受了先王的封地，虽然现在大王对我不好，可我却不能对不起先王呀！更何况，先王的宗庙就在薛地，我怎能为了多得些地方而把先王的宗庙给楚国呢？'他终于不肯听从我的劝告而拒绝了昭阳，至今守着那一小块地方。就凭这些，大王您看靖郭君是不是信从我呢？"

齐宣王听了这番话，深受感动，叹了口气说："我还不知道靖郭君待我如此忠诚，我太年轻，丝毫不了解这些情况。你愿意替我去把他请来吗？我马上任命田婴为相国。"

田婴因此而复相位。

大智慧

> 每个人都有优点也有缺点。看人看缺点，无人可用；看人看优点，缺点就不那么明显了。

7. 沙漠里的两个朋友

两个朋友在沙漠中旅行，旅途中他们为了一件小事争吵起来，其中一个还打了另一个一记耳光。

被打的人觉得深受屈辱，一个人走到帐篷外，一言不语地在沙子上写下："今天我的好朋友打了我一巴掌。"

他们继续往前走，一直走到一片绿洲，停下来饮水和洗澡。在河边，那个被打了一巴掌的人差点儿被淹死，幸好被朋友救了起来。

被救起之后，他拿出一把小刀在石头上刻下了："今天我的好朋友救了我一命。"

他的朋友好奇地问道："为什么我打了你后，你要写在沙子上，而现在要刻在石头上呢？"

他笑着回答说："当被一个朋友伤害时，要写在易忘的地方，风会负责抹去它；相反，如果被帮助，我们要把它刻在心里的深处，那里任何风都不能磨灭它。"

大智慧

> 朋友之间应该铭记彼此的帮助，而忘记那些无心的伤害。以包容的心对待朋友，会使自己身边的朋友越来越多。

8. 费宏四次赔不是

明朝的费宏年纪轻轻就考上了状元，因此自视甚高，说起话来更傲气十足。

有一次，费宏和朋友聊天，因为一点儿小事争论起来，费宏一生气，就打了朋友一个嘴巴。那个朋友捂着脸气愤愤地走了。从那天起，两人就断绝了来往。

不久，这件事传到了费宏的父亲那里。他听说儿子对朋友这般无礼，很是生气，立即写了一封信教训费宏："你中了状元，本应该遵守礼义，待人仁慈，可是你却这么不尊重朋友，太不像话了，你应该赶快向那个朋友赔不是，不然的话，你会后悔一生的。"父亲随信给费宏寄去了一根竹板子，叫他拿着它到朋友家去赔罪。

看完父亲的信，费宏又惭愧又后悔，急急忙忙地去向朋友道歉。然而连去了三次朋友都没有见他。费宏急了，第四次到那里后，他先求别人把父亲的信和竹板子送给朋友看，希望朋友能谅解他。朋友看到信和竹板子，心里很感动，哭着跑出来接待费宏。费宏连忙向他道歉说："我太对不起你了，请别再生我的气了！"朋友摇头说："不会了，我不会再生你的气了。快进屋里坐吧！"

从此以后，两人不但没有吵过架，而且经常在一起互相勉励，互相帮助，成了很要好的朋友。

大智慧

　　朋友之间闹意见是难免的事，但是，自己做错了，就要及时认错，而且越快越好。要用诚意化解朋友的不满，而不要等朋友的怨气自行消失。

9. 珍视友谊

　　一只鹦鹉飞进一座它从未到过的大山里。这座山里有很多飞禽走兽，它们都非常善良，对来自远方的鹦鹉非常尊重，千方百计照料它。生活在这些飞禽走兽中，鹦鹉虽然感到很温暖、很幸福，但毕竟不是它的家乡，所以，过了不久，它就告别了山里的飞禽走兽，飞走了。

　　几个月后，鹦鹉侨居过的那座山上发生了一场意想不到的火灾，腾腾升起的浓烟被几十里外的鹦鹉发现了。它毫不犹豫地钻进河里，浸湿了自己的羽毛，然后奋力飞向那熊熊的火焰。

　　天神皱起眉毛，迷惑不解地问鹦鹉："你虽然有熄灭大火的志愿，可是凭你那么弱小的身躯，那一丁点儿的力气，沾上几点儿河水就能扑灭那绵延百里的大火吗？"

鹦鹉回答说："我虽然知道凭我这几滴水扑灭不了大火，但这曾经是我侨居过的大山。这里的飞禽走兽对我友善，大家亲密得像亲兄弟姐妹一样，我不忍心见死不救啊！"

鹦鹉的话感动了天神，于是，天神运用神力熄灭了大火。

一只小小的鹦鹉，它的力量是微不足道的，即使累死，也扑不灭绵延几百里的大火。但是这只鹦鹉并不就此放弃处于危难之中的朋友，它竭尽全力同烈火搏斗，最终感动了天神。

大智慧

友谊是真情的流露，患难的时刻才能检验它的真伪。请珍视你的友情吧！

10. 以命相交

3200 多年前的一个雪夜，一对名字怪异的书生在一座荒寺里相拥取暖，他们是左伯桃和羊角哀。衣衫单薄，干粮有限，而雪花在漫天飞舞。

这是一个令人绝望的雪夜。

这时，左伯桃红着眼睛恳求："朋友，我的学问、品德都不如你，与其两个人抱憾屈死异乡，不如你一人赴京。你要好好地活着，为你也为我。"

羊角哀无力但坚决地摇摇头。

一夜无语，羊角哀渐渐地昏睡过去，天亮前，左伯桃睁开假睡的双眼，悄悄地让出自己的一切衣服与干粮，含泪寻了块雪地，蜷曲身体，躺下去，闭着眼睛冻饿而死。

羊角哀醒来，不见好友，只好抱紧他留下的衣服和干粮，放声痛哭，继续上路。

羊角哀千里跋涉来到国都，被尊为上卿。名扬当世之后，他找到了挚友的遗骸，隆重改葬，使天下人都知道羊角哀的一切成就都是左伯桃帮助的结果。

大智慧

左伯桃与羊角哀的生死之交并不罕见，在战场上，战友之间的友谊都是如此。这种友谊既是人间真情的体现，也让人对世界对人生充满了信心。

11. 帮人就是帮自己

张禄去求见孟尝君说："衣服常新不旧，仓库常满不空，要做到这两点是有方法的，您知道吗？"

孟尝君说："衣服常新不旧，仪容就整洁；仓库常满不空，家庭就富有。但是怎样做到这一点呢？你能跟我说说吗？"

张禄说："希望您显贵了就推举贤人，富有了就救济穷人。这样就能衣服常新不旧，仓库常满不空。"

孟尝君认为他说得很有道理，反复琢磨他话中的含意，猜想他是想让自己馈赠他财物。于是，孟尝君就派人送给张禄黄金一百斤、上等布匹一百匹。没想到，张禄却推辞不受。

后来，张禄又来见孟尝君。孟尝君说："日前你教给我'衣服常新不旧，仓库常满不空'的方法，我借用你的方法，送给你黄金一百斤、上等布匹一百匹，略微补偿你的家用，你为什么不接受呢？"

张禄说："即使您竭尽钱财、散尽粮食来赈济我，等到衣服破了鞋子坏了，我

还是无法维生，又怎么能够使'衣服常新不旧，仓库常满空'呢？"

孟尝君问："那该怎么办？"

张禄说："秦国是个很闭塞的国家，游说求官的人很难进去。希望您帮我写一封荐书，将我介绍给秦王。我去了如果被任用，这是您给我带来了收入；我去了如果不被任用，只能怪我时运不佳。"

孟尝君说："好吧！我答应你的这个请求。"于是写了一封信，寄给了秦王。

张禄到了秦国，受到秦王的重用。有一天，张禄对秦王说："自从我来到您的国家，田地开辟得更多了，官民治理得更好了。但是您还有一样东西没有得到，您知道是什么吗？"

秦王说："不知道！"

张禄说："山东有个宰相叫孟尝君的，是个贤人，天下没有急事就罢了，若有急事，他能收揽天下英雄义士，最值得跟他合作交朋友的，大概就是这个人吧！既然如此，您为什么不跟他结交呢？"

秦王说："好的！"于是，派人赠送给孟尝君黄金千斤。孟尝君正在吃饭，停下来细细思考，忽然恍然大悟："这就是张先生所说的'衣服常新不旧，仓库常满不空'的办法啊！"

> **大智慧**
>
> 俗话说："宁舍千金献真佛，不拔一毛插猪身。"要帮助那些努力上进的人，而不要帮助那些贪图享受的人。

12. 朋友之爱

孙叔敖与沈尹茎是好朋友。孙叔敖在京城郢都游历了三年，无人知道他的音信，他的学识和德行也无人了解。沈尹茎就告诉孙叔敖说："阐释政治理念使人听从，推行治国方略可以实践，使君主们上至王、下至霸都能信服，我不如阁下。至于面对社会、和世俗打交道、解释政治的道理、调和对方的理念以适应领导者的心理，阁下便不如我了。因此，阁下何不暂时回家去耕耘，让我为你的前途去游说。"

沈尹茎便在郢都交往游说五年，由于他擅长表达而有了名声，楚王想聘他为令尹，他推辞说："在期思地方有一位乡下人，名叫孙叔敖，学识品性都好，可谓是个圣人，大王一定要用他，臣不如他呀！"

于是楚王派人用王车去迎接孙叔敖，任用他做令尹。在他的辅助下，十二年后庄王在诸侯中称霸，这都是来自好友沈尹茎的帮助。

―――――● 大智慧 ●―――――

好朋友要互相尊重、互相学习、互相帮助。

13. 华盛顿与佩恩

1754 年，华盛顿还只是一名上校，那年，他曾率领部下驻防在亚历山大市。

在弗吉尼亚州议会选举议员时，华盛顿与佩恩曾因为支持的候选人不同而发生过激烈的争论。当时，华盛顿说了一些冒犯佩恩的话，火冒三丈的佩恩想都没想便一拳把华盛顿打倒在了地上。恰在这时，华盛顿的部下赶来了，几个卫士上前拉住佩恩，想为自己的长官报仇。但出乎意料的是，华盛顿却一手抹着嘴角的血，一手拉住了部下："算了，算了，不要打。"然后又极力把他们劝回了营地。

第二天，华盛顿托人给佩恩送去一张纸条，说请他到附近的一个小酒馆喝酒。

佩恩料定必有一场决斗，便做好了充分的准备，尔后才赶赴酒馆。但令他惊讶的是，华盛顿竟然真的如那张便条上所说，为他准备好了美酒而非手枪。

看到佩恩到来，华盛顿微笑着伸出手去："佩恩先生，我真诚地向你道歉，昨天确实是我不对。不过你已经采取行动挽回了面子，呵呵。如果你认为这件事可以到此为止的话，请跟我握握手，我们可以做个朋友。"

佩恩瞪大眼睛，几乎傻了似的握住华盛顿的手，从此成了华盛顿的狂热崇拜者。

―――――● 大智慧 ●―――――

以眼还眼、以牙还牙，这是大多数人解决矛盾的通常做法，但却并非最好做法，因为这只会使仇恨不断升级，而无助于化解矛盾。

第七章

做人诚为本，做事实为基

　　不欺骗，不隐瞒，才是正确的人生态度。远离尔虞我诈、圆滑世故，多一份真诚的感情，多一点信任的目光，脚踏一方诚信的净土，就可浇灌出人生最美丽的花朵，夯筑起人生坚不可摧的铜墙铁壁。

1. 会做人，比会打仗重要

三国时代，征战连年。有一回，蜀、魏两军于祁山对峙，诸葛亮所率领的蜀军只有十多万，而魏国的司马懿却率有精兵三十余万。

两军交锋时，蜀军原本就势单力薄，偏偏在这紧急关头，军中又有一万人因兵期将到，必须退役还乡，一下子少了许多兵力，对蜀军来说无疑是雪上加霜。

然而，服役期满的老兵也都归心似箭，忧心大战将即，可能有家归不得。两相权衡之下，将士们向诸葛亮建议，让老兵延长服役一个月，待大战结束后再还乡。

这似乎是最好的办法了，但是诸葛亮却断然地否决道："治国治军必须以信为本，老兵们已为国鞠躬尽瘁，家中父母妻儿望眼欲穿，我怎能因为一时的需要而失信于军、失信于民呢？"于是下令所有服役期满的老兵速速返乡。

老兵们接获消息，感动不已，个个热泪盈眶，想到：如果自己就这么走了，岂不是弃同胞和家国于不顾？

丞相有恩，军民也当有义，此时正是用人之际，于是，老兵们决定上下一心，打赢最后一场战争再走。

老兵的拔刀相助，大大振奋了其他在役的士兵，大家奋勇杀敌，士气高昂，抱着必胜的决心，在诸葛亮的领导下势如破竹，赢得了这场战争的胜利。

大智慧

越在紧急的时刻，越能看出一个人的品德。最大的考验往往不是来自外界，而是取决于自己；最重要的评价也不是别人怎么说，而是如何面对自己的良心。处困厄而不改其志者，他的志向不会朝楚暮秦、随风转舵，他的成就自然也非一时一刻，而是细水长流、源源不绝。

2. 孙武练兵

春秋时代有个伟大的军事家名叫孙武，有一天去见吴王阖闾，吴王问他能不能训练女兵，孙武说："可以。"于是吴王便拨了一百多位宫女给他。

孙武把宫女编成两队，让吴王最宠爱的两个妃子为队长，然后把一些军事的基本动作教给她们，并告诫她们一定要遵守军令，不可违背。不料孙武开始发令时，宫女们觉得好玩，一个个都笑了起来。孙武以为自己话没说清楚，便重复一遍，等第二次再发令，宫女们还是只顾嬉笑。这次孙武生气了，便下令把队长拖去斩首，理由是队长领导无方。吴王听说要斩他的爱妃，急忙向他求情，但是孙武说："君王既然已经把她们交给我来训练，我就必须依照军队的规定来管理她们，任何人违犯了军令都该接受处分，这是没有例外的。"结果还是把队长给杀了。

宫女们见他说到做到，都吓得脸色发白。第三次发令，没有一个人敢再开玩笑了。

大智慧

孙武训练军队非常严厉，丝毫不肯马虎，连吴王向他求情也不买账。正由于他这种认真的态度，才能训练出精良的部队。我们不管做任何事，都应该学习他这种认真的精神，"言必行，行必果"，无论在什么情况下，都应该恪守誓言。

3. 青蛙王子

在愿望还能变成现实的古代，有过一位国王。他的女儿个个都长得很漂亮，尤其是那个小女儿，就连什么东西都见过的太阳每次照在她的脸上，也要对她的美丽感到惊讶。国王的宫殿附近有一片幽暗的大森林。森林中，在一株老菩提树下，有一口水井。天气很热的时候，小公主常常到森林里去，坐在清凉的井边上，要是感到无聊了，她就取出一个金球来，把它抛到空中然后又接住。这个金球成了她最心爱的玩具。

可有一次，公主伸出手去接金球，它却没落进她的小手中，而是掉到地上，一滚滚到井里去了。公主两眼紧盯着它，可金球还是没影，因为那水井深得看不见底。她于是哭起来，哭得越来越响，伤心到了极点。就在她这么痛哭不已的时候，突然听到有谁喊她："公主，你这是怎么啦？你这么大声哭泣，连石头也会心疼的。"公主四处张望，想弄清楚喊声是从哪儿钻出来的，却发现一只青蛙，从井水里伸出它那丑陋的大脑袋。"唉，原来是你呀，划水老手，"她说，"我的金球掉到井里去了。""别难过，别哭了，"青蛙回答，"我想我有办法帮助你。可要是我把你的金球捞上来了，你拿什么报答我呢？""你要什么都行啊，亲爱的青蛙，"公主说，"我可以给你我的衣服，我的珍珠、宝石，还有我头上戴的这顶金冠。""你的衣服、你的珍珠宝石和你的金冠，我统统不想要，"青蛙回答，"可要是你喜欢我，就让我做你的朋友，陪你一起玩儿，和你同坐一张小餐桌，同用你的金盘子吃东西，从你的小杯子中喝酒，晚上还睡你的小床——要是你答应这一切，我就愿意下井去，把金球给你捞上来。""好吧，"公主说，"我答应你所有这些要求，只要你替我找回金球。"话虽如此，她心里却想："这个傻青蛙吹什么牛！它只配和别的青蛙一起蹲在井里呱呱叫，做不了任何人的朋友。"

青蛙得到了许诺就脑袋往水里一沉，潜下井去，不多一会儿工夫又游到水面上来，嘴里衔着金球。它把球吐在草地上，公主重新见到自己的玩具，说不出有多高兴，一拾起来就飞快地跑了。"等一等，等一等！"青蛙大声喊叫，"把我带上，我可跑不了你那么快呀！"可是尽管它拼命地呱呱呱叫喊，也一点儿没有用。公主不听它的，很快回到家，不一会儿便把可怜的青蛙忘记了，它只好又跳回它的井里去。

第二天，公主跟国王和大臣们坐上餐桌，正从她的小金盘子里拿东西吃，突然听见啪啦啪啦地，从大理石台阶爬上一个什么东西来，到了上面它便一边敲门一边喊："公主，小公主，给我开门。"公主跑过去，想看看外边谁在叫，打开门一看，却是青蛙蹲在门前。她赶紧关上门，坐回桌子边，心里怕极了。国王见她心慌意乱的样子，问："孩子，干吗这么胆战心惊，该不是门外有个巨人要抓你走吧？"

"唉，不是的，"她回答，"不是巨人，是一只讨厌的青蛙。""青蛙找你干什么呢？""唉，好爸爸，昨天我坐在森林中的水井边上玩儿，突然我的金球掉到了水井里。我哭得很伤心，青蛙就替我把它捞了上来，它坚持要求我答应让它做我的朋友，可我压根儿没想到，它真能从水井里爬出来，这会儿它就在门外，想要上我这儿来。"这时候，只听外边又敲起门来，并且在喊："小公主啊小公主，快给我把门开开！难道你已经忘记昨天在清凉的井台说过什么话？小公主啊小公主，快给我把门开开！"

国王听了说："你不管答应了什么，都得办到。去，给它开门吧。"公主去打开门，青蛙一蹦就进来了，而且一步一步地紧跟着她，到了椅子前。它蹲在那儿喊道："抱我上来呀！"公主犹豫不决，直到国王命令她。青蛙起先被放在椅子上，它却想上桌子，上了桌子又说："现在把你的小金盘子推过来一点儿，我们好一块吃。"公主也这么做了，可看样子却很不情愿。青蛙倒是吃得津津有味，她却什么都咽不下去。终于，青蛙说："我吃饱了，也疲倦了，现在抱我去你的卧室，整理好你的缎子被盖，咱们躺下睡觉吧。"公主一听哭起来，她怕这只冷冰冰的青蛙，碰都不敢碰它一下，更别提让它在她又漂亮又干净的被子里睡觉了。可是国王生气了，说："在你困难的时候无论谁帮助了你，过后你都不应该瞧不起！"这样，她才用两根指头把青蛙拈起来，放到卧室的一个角落上，可是等她在床上睡好了，它却爬起来说："我累了，想和你一样舒舒服服睡一觉。抱我上去，要不我告诉你爸爸。"这一来公主真气坏了，一把抓起青蛙，狠命朝墙上摔去："这下你该老实了，你这讨厌的家伙！"

谁知它一落在地上，已经不是青蛙，而变成了一位王子，一位长着又美丽又善良的眼睛的王子。于是，遵照国王的旨意，他做了公主亲密的伴侣。这时候，他才告诉她，他原来被一个狠毒的妖婆施了魔法，除了公主一人，谁也不能救他出那水井。明天他们就要一道回他的王国去。说完，他俩便睡着了。第二天早上，太阳唤醒了他们。门外已驶来一辆八匹马拉的马车，马头上都插着白色的鸵鸟毛，马身上套的链子金光闪闪，车后边站着王子的仆人，他就是忠诚的亨利。在他的主人被变成一只青蛙的时候，这位忠诚的亨利伤心极了，他让人在自己胸口上箍了三道铁箍，免得他的心难过痛苦得破碎掉。这会儿，马车来接王子回他的王国去。忠诚的亨利扶他们夫妇俩上了车，自己又站到车后边，心中因为王子获救而充满了喜悦。他们走了一段路，王子听见后面发出咔啦咔啦的响声，像是有什么东西破了。他于是掉过头，大声说："亨利，车子破了。"

"不，主人，不是车子，是我心口上的铁箍。我的心啊，当你变成青蛙，困在井里，真是非常非常痛苦。"

路上，一会儿咔啦响一声一会儿又咔啦响一声，每次王子都以为是车裂了，其实，只是因为主人获得拯救和幸福，忠诚的亨利一高兴，心口上的三道铁箍全崩掉了。

大智慧

无论是在什么情况下答应别人的事，都应该以诚信为本，否则即使是自己的亲生父亲也不能帮助你。

4. 君无戏言

周成王和小弟弟叔虞在一起做游戏时，将一片梧桐叶子剪成玉圭的形状，递给叔虞说："我把这个赏给你。"

叔虞很高兴，喜滋滋地将这件事告诉周公。周公就去问周成王："您给了叔虞封赏吗？"

周成王说："我只是跟叔虞开个玩笑。"

周公正色道："我听说'天子无戏言'，天子说出的话，史书会记录，艺人会传唱，官吏会议论，怎么能开玩笑呢？"

于是，周成王将错就错，封叔虞为晋王。

大智慧

信用是靠细微小事积累而成。不要因为事情小而不放在心上。事情虽小，对信用的影响却很大。

5. 公孙鞅兵不厌诈

战国时，秦国为了对外扩张，必须夺取地势险要的黄河崤山一带。于是，就派公孙鞅为大将，率兵攻打魏国。公孙鞅率领大军，直抵魏国吴城城下。

这吴城原是魏国名将吴起苦心经营之地，地势险要，工事坚固，若是从正面进攻，则难以奏效。公孙鞅苦苦思索攻城之计。

他探知魏国守将是自己曾经与之交往过的公子卬，心中大喜，立即修书一封，主动与公子卬套近乎。

公孙鞅信中写道："现在我们二人，虽然各为其主，但考虑到我们过去的交情，还是两国罢兵，订立和约为好。"念旧友之情溢于言表。他还建议约定时间商谈议和之事。

信送出之后，公孙鞅还摆出主动撤军姿态，命令秦军前锋立即撤回。公子卬看过来信之后，又见秦军撤退，心中非常高兴，马上回信与公孙鞅约定会谈日期。公孙鞅见公子卬已经钻入圈套，就在会谈之地暗中设下埋伏。

会谈之日，公子卬带了众多随从到达了约定的地点，只见公孙鞅所带随从更少，而且每个人都没带兵器，更加相信对方的诚意。会谈的气氛十分融洽，两人重叙昔日友情，表达双方交好的诚意。公孙鞅还特地设宴款待公子卬。

公子卬兴高采烈地入席，还没等他坐定，忽听一声号令，伏兵从四面八方包围过来，公子卬及随从反应不及，全部被擒。公孙鞅利用被俘的随从，骗开吴城城门，迅即占领了吴城。这时，魏国只得割让西城一带，向秦求和。

大智慧

为了达到目的而不顾信义，施行欺骗之术，这是中国古代用得特别多的方法。历史批评"春秋无义战"，是因为不顾道义的胜利确实不值得称道。

6. 华歆与王朗

华歆与王朗是一对好朋友，两个人都很有学识，德行也受到大家的称赞，分不出谁好一些，谁差一点儿。

有一年，洪水泛滥，淹没了许多村庄和大片的良田，百姓叫苦连天。华歆和王朗的家乡也遭了灾，房子都被大水冲走了，盗贼也趁火打劫，四下作案，很不太平。无奈，华歆和王朗只得和别的几个邻居一起坐船去逃难。

船上的人都到齐了，物品也装妥了，马上就要解缆离岸出发。这时候，远处忽然奔过来一个人，他背着包袱跑得气喘吁吁，大汗淋漓。这个人也顾不得擦汗，一边朝这边挥手一边扯开嗓子大叫道："先别开船，等等我，等等我呀！"

这人好不容易跑到船跟前，上气不接下气地说："船都满了，没有人肯收留我，我远远看到这边还有一条……船，就跑过来……求求你们……带上我……一起走吧……"

华歆听了，皱起眉头想了想，对这个人说："对不起得很，我们的船也已经满了，你还是再去另想办法吧。"

王朗却很大方，责备华歆说："华歆兄，你怎么这样小气，船上还很宽裕嘛，见死不救可不是君子所为，带上人家吧。"

华歆见王朗这样说，就不再坚持自己的意见，略微沉思片刻，答应了那人的请求。

华歆、王朗他们的船平安地走了没几天，就碰上了盗贼。盗贼们划船追过来，眼看越追越近了，船上的人们都惊慌不已，不知该怎么办好，拼命地催促船家快些、再快些。

王朗也害怕得不行，他找华歆商量说："现在我们遇上盗贼，情况紧急，船上人多了没有办法跑得更快。不如我们叫后上船的那个人下去吧，也好减轻些船的重量。"

华歆听了，严肃地回答道："开始的时候，我考虑良久，犹豫再三，就是怕人多了行船不便，弄不好会误事，所以才拒绝人家。可是现在既然已经答应了人家，怎么能够又出尔反尔，因为情况紧急就把人家甩掉呢？"

王朗听了这番话，面红耳赤，羞愧得说不出话来。在华歆的坚持下，他们还是像当初一样，携带着那个后上船的人，始终没有抛弃他。而他们的船也终于在大家的共同努力下，摆脱了盗贼，安全地到达了目的地。

大智慧

王朗表面上大方，实际上是在不涉及自己利益的情况下送人情。一旦与自己的利益发生矛盾，他就露出了极端自私、背信弃义的真面孔。而华歆则一诺千金，不轻易承诺，一旦承诺就一定要遵守。我们应该学习华歆做事有原则、守信用、讲道义。而像王朗那样的德行，是应该被人们所鄙弃的。

7. 把周围的人视为好人

大乌龟和小乌龟在一起喝可乐。大乌龟喝完自己的一份后，就对小乌龟说："你去外面帮我拿一下可乐。"

小乌龟刚走几步，就不走了，回头说："你肯定是支我出去以后，要把我的可乐喝掉？"

"这怎么可能？你是在帮助我啊！"

经大乌龟一再保证，小乌龟同意了。

一个小时过去了，大乌龟耐心等待着……

两个小时过去了，小乌龟还没有回来……

三个小时过去了，小乌龟仍然未见踪影。

大乌龟想："小乌龟肯定不会回来了。它一个人在外面喝可乐，怎么会回来呢？我干脆把它这一份也喝了。"

大乌龟拿起可乐，刚要喝，门砰然而开。"住手！"小乌龟就像从天而降，站在大乌龟面前，气冲冲地说："我早就知道你要喝我的可乐！"

"你怎么会知道呢？"大乌龟尴尬而不解地问。"哼！"小乌龟气愤地说，"我在门外已经站了三个小时了！"

大智慧

值得信赖是获得信任的前提。把周围的人视为好人，信任他们，将他们当成能干和有责任感的人，他们会把最好的表现拿出来。

---

8. 无信不立

齐桓公亲率大军进攻鲁国，一直打到离鲁国都城只有五十里的地方。鲁庄公派使者向齐桓公说，鲁国愿意以齐军现在驻扎的地方为界，像齐国的封邑大臣一样服从齐国。齐桓公很高兴，答应了鲁庄公的求和，并约定三天后会盟。

鲁庄公准备出发时，大臣曹刿问他："您是愿意死而又死呢，还是愿意生而又生？"

鲁庄公奇怪地问："生而又生是什么意思呢？"

曹刿说："生而又生的意思是，如果您听从我的建议，国土必定会扩大，您也能享受乐。死而又死的意思是，如果您不听从我的话，国家一定灭亡，您也会蒙受耻辱。"

鲁庄公说："我愿意生而又生！"

曹刿就将自己的计谋告诉了鲁庄公。鲁庄公表示同意。

第二天，鲁庄公和曹刿都怀藏宝剑来到会盟的地方。在谈判时，鲁庄公乘齐桓公不备，拔出剑来抓住他，大声说："鲁国的土地本来就不多，现在被你们霸占得只剩五十里了。没有土地就无法生存，不如现在让我死在你面前吧！"

事出突然，齐桓公一下子没了主意。

管仲和鲍叔牙想冲上来救齐桓公，曹刿拔出剑来挡住他们说："站住！不然先把齐桓公给杀了。"

鲁庄公再一次大声说："在汶水封土为界就可以了。不然的话，你我都不会有好结果！"

管仲一听，马上大声对齐桓公说："君王的安危比所有的土地都重要，您就答应了吧！"

齐桓公只好答应鲁庄公的要求，并签订了盟约。

齐桓公回国后，很不服气，想撕毁盟约。管仲反对说："会盟时，人家想要挟您，您却不知道，这不能说是智能；面对危难却不得不接受人家的条件，这不能说是勇敢；答应了人家的要求却不兑现，这不能说是诚信。不智、不勇、不信，怎么能建功立业呢？还是把土地给他吧，这样至少还能得到诚信的名声。用四百里土地向天下人证明诚信，您还是合算的。"

齐桓公接受了管仲的意见。此后，他在诸侯中果然获得了重誉守信的好名声。

大智慧

许多人才干出众却一生平庸，缺的只是一点：诚信。许多人能成就大业，所依赖的东西很多，但最重要的一点是：诚信。

9. 秦武王的承诺

秦武王命令将军甘茂攻打韩国的宜阳。甘茂在息壤时对秦武王说："宜阳是大城，加上途中有若干险阻之地，距离又在千里之外，攻打起来恐怕很费事。我实在很担心当我不在时会有人借此机会来诽谤我。"

为了让秦武王明白，他讲了一些古时候的故事给秦武王听。

甘茂说："从前，有个跟孔子的弟子曾参同名同姓的人杀了人。听的人以讹传讹，就去报告曾参的母亲。曾母相信儿子的德行，所以丝毫不为所动。但是，一连有三个人报告同一件事，曾母就不得不相信了，为了避免受连累而潜逃了。"

"我的品行不及曾参，"甘茂接着说，"大王对我的信任也不及曾母对曾参，而且，怀疑我的人也不止三个。所以，我很担心大王不知不觉地就相信了。"

秦武王听了甘茂所说的话，斩钉截铁地安慰道："我是不会听信谗言的，我愿意与你订下盟誓。"

甘茂于是便放心地进军宜阳。开战后，用了五个月的时间，尚未成功，就像甘茂担忧的那样，有人开始谣言中伤他了，秦武王也很快听信了，召回甘茂。

甘茂于是质问武王："大王难道忘了在息壤的承诺了吗？"

秦武王恍然大悟，马上改变态度，动员全部军队支持甘茂。最终，甘茂没让秦武王失望，终于攻下了宜阳。

大智慧

秦武王最终没有能忘记承诺，并很快地纠正了自己的错误，还是值得称道的。试想，如果秦武王不守承诺，那么甘茂为攻入宜阳所做的一切努力都会付诸东流，秦武王再想攻占宜阳恐怕就没有那么容易了。

10. 撒谎的猴子

满嘴花白胡子的山羊老爷爷正在悠闲地散步，路上遇到了呆坐在枝头上的猴子。

猴子热情地打招呼说："山羊老爷爷，您上哪儿去？"

"哦，随便遛遛，你也下来陪我逛一圈吧。"

猴子从树上下来，跟山羊老爷爷一直走到热气腾腾的温泉池边停下来。

山羊老爷爷故意指着水问猴子说："这是什么地方？"

猴子说："这是我们祖先的浴池，谁到那里梳洗沐浴，出来时都会返老还童。"

山羊老爷爷听了生气地说："猢狲，你别骗人。我一大把胡子都花白了，还会上你这个乳臭未干的小子的当吗？"说完就用角把猴子猛地撞了一下。猴子没提防，一下子就跌到滚烫的池子里，把半个屁股都烫得红肿起来。

大智慧

撒谎的最大危害，就是为了那一次的撒谎，你要不停地撒下去，才能圆满你的谎言。所以千万不能撒谎骗人，欺骗别人就是欺骗你自己。

11. 卓恕说话算数

三国时代的吴国有一位名士叫卓恕，很讲究诚信，他的特点是"言必信，行必果"。尤其和朋友相处，从来不失信于人。

有一次，卓恕想回老家探望自己的亲人，于是便前去向老朋友诸葛恪辞行。诸葛恪非常不舍，想挽留他，让他过几天再走。卓恕归心似箭，谁想阻挡他也是不可能的。于是诸葛恪就询问他的归期，卓恕与他约定了日期后就匆匆忙忙回家了。

转眼间，归期已到，诸葛恪非常高兴，特地请了许多好友，摆上宴席，专门等候卓恕的归来。马上就到了吃饭的时间了，大家都焦急万分，可就是不见卓恕的到来，有些人开始嘀咕了，有的人认为此处离卓恕的老家有千里之遥，怕是车船受阻，今日回不来了；有的人认为，卓恕多年未曾回家，多住几天也是在所难免，人之常情；还有的人认为，卓恕可能在路上发生了意外，不然他为什么还没回来呢？大家猜测着，议论着。

但是，诸葛恪却对卓恕深信不疑。他劝大家少安毋躁，说卓恕无论如何会回来的。

果然不出诸葛恪所料，就在大家要放弃等待的时候，卓恕风尘仆仆地赶回来了。大家对此是既惊讶又佩服，于是在觥筹交错中，纷纷向他表示深深的敬意。

大智慧

说一句话就让别人深信不疑，靠的是什么？不是靠欺骗的伎俩，而是靠绝对守信的品质。

12. 我知道你会来

一艘货轮在烟波浩渺的大西洋上行驶，一个在船尾做勤杂的黑人小孩不慎掉进了波涛滚滚的大西洋。孩子大喊救命，无奈风大浪急，船上的人谁也没有听见，他眼睁睁地看着货轮托着浪花越来越远……

求生的本能使孩子在冷冰的水里拼命地游，他用全身的力气挥动着瘦小的双臂，努力使头伸出水面，睁大眼睛盯着轮船远去的方向。

船越来越远，船身越来越小，到后来什么都看不见了，只剩下一望无际的汪洋。孩子的力气也快用完了，实在游不动了，他觉得自己要沉下去了。

"放弃吧！"他对自己说。这时，他想起了老船长那张慈祥的脸和友善的眼神。"不，船长知道我掉进海里后，一定会来救我的！"想到这里，孩子鼓足勇气用生命中的最后力量又朝前游去……

船长终于发现那个黑人孩子失踪了，当他断定孩子是掉进海里后，下令返航，回去找。这时，有人规劝道："这么长时间了，就是没有被淹死，也让鲨鱼吃了……"

船长犹豫了一下，还是决定回去找。又有人说："为一个黑奴孩子，值得吗？"

船长大喝一声："住嘴！"

终于，在那孩子就要沉下去的最后一刻，船长赶到了，救起了孩子。

当孩子苏醒过来之后，跪在地上感谢船长的救命之恩时，船长扶起孩子问："孩子，你怎么能坚持这么长时间？"

孩子回答："我知道您会来救我的，一定会的！"

"你怎么知道我一定会来救你？"船长问。

"因为我知道您是那样的人！"孩子肯定地回答。

听到这里，白发苍苍的船长扑通一声跪在黑人孩子面前，泪流满面："孩子，不是我救了你，而是你救了我啊！我为我在那一刻的犹豫而耻辱……"

大智慧

一个人能被他人相信也是一种幸福。他人在绝望时想起你，相信你会给予拯救更是一种幸福。他人眼中的诚信，可以帮助我们救赎灵魂，这该是什么样的神奇力量啊！

---

13. 罗斯福夫人的忠告

一天，某青年报的记者前去采访罗斯福总统的夫人，接近尾声时，这位记者问出了这样一个问题："尊敬的夫人，您能给那些渴求成功特别是那些年轻的、刚刚走出校门的人一些建议吗？"

总统夫人先是谦虚地摇了摇头，然后她便回忆起自己年轻时候的一件事来。

几十年前，还不是罗斯福夫人的她尚在本宁顿学院念书。为了更好地锻炼自己，她决定边学习边做份工作，并且最好是在电信业，因为这不仅是她的兴趣所在，还可以让她顺便多修几个学分。于是，她让父亲帮自己联系一下。没过多久，父亲的朋友、美国无线电公司的董事长萨尔洛夫将军便约她前去见面。

当她单独见到萨尔洛夫将军时，对方直截了当地问她想干份什么样的工作，并要求她说出具体工种来。可是当时的她却想：只要是电信业，任何工种我都喜欢，所以她回答："随便哪份工作都行！"

不想这句话却险些激怒了对面的将军，只见他立刻停下手中忙碌的工作，用严厉的目光打量起这个不知所措的年轻姑娘来，然后非常严肃地说道："年轻人，世界上并没有一类工作叫'随便'，成功的道路是用目标铺成的！"

顿时，她面红耳赤，但是这句发人深省的话却从此伴随了她一生，并时刻激励着她认真地去对待每一份新的工作。

"如果非让我给那些渴求成功的人士一句忠告，那我就把这句话告诉大家吧：世上没有一类工作叫'随便'，成功的道路是用目标铺成的。"罗斯福夫人最后说。

大智慧

世界上并没有"随便"这类工作，任何成功的道路都是用目标铺成的。如果有谁随随便便地对待工作和时间，那他必然也会随随便便地对待自己的人生，最终一事无成。

第八章
心中有理想就有力量

　　理想就是人的目标和愿望。很多人日后的成就，源于一个理想，甚至是一个梦想。梦想就像一粒种子，它经过精心栽培后就开出了枝叶。但是，你若渴望成功，你的梦想应该是一颗良种，而不是一颗荆棘的种子。

1. 想不同凡响，先找对方向

有一位见识浅薄的驯兽师，因为从来都没有看过骆驼倒退着走路，所以，他以为骆驼只会往前走，因此他"突发奇想"，认为如果有一只只会倒退走的骆驼，一定会造成轰动。于是，驯兽师花了许多年的时间，把一只小骆驼训练得只会倒退走路，并且带着它到马戏团里表演。

正式表演那天，观众可说是人山人海，多得连走道上都挤满了人，之所以会有这么多人，是因为马戏团贴出了广告，大肆宣传说："今天将有一场空前绝后的表演。"

节目陆续进行，压轴的正是这只只会倒退走路的骆驼。

这时，大家都期待着会有什么好戏上场。

舞台上，驯兽师与一只骆驼站在中间，忽然驯兽师一声吆喝，骆驼便开始倒退了，走了一圈之后，他们便来到舞台的中间，等着观众们的喝彩。

但是，大家看完了表演之后，全都面面相觑，许多人还一脸茫然地说："那又怎么样？只有这样而已吗？"

可怜的驯兽师不知道自己失败了，还以为观众们被吓得目瞪口呆，忘了给予热情的掌声。

2. 孔子学做人

孔子从小拜外祖父为师，寒来暑往，总是孜孜不倦地学习。虽然才十四岁，他却已是一个满腹学问的人。

一次，孔子问："外公，怎样做一个君子呢？"

外公说："君子有三个问题要认真思考，一是年少不勤学，年长了就一无所能；二是年老不讲学，死后无人纪念他；三是有财不广泛施舍给穷人，自己穷了就无人相助。总之，年少要勤学，年老要讲学，有财要广施。"

外公继续讲道："君子除了'三思'外，还有'四恕'要身体力行。恕，就是推己及人，以自己亲身的爱和恨去为别人着想，便是恕。所谓'四恕'，一是要侍奉国君，有国君不去侍奉，一当官就求取个人得失，这便不是恕；二是要孝敬父母，家中有父母双亲不去孝敬，却要求自己的儿女报答自己，这也不是恕；三是恭敬兄长，有兄长不去恭敬，却只要求弟弟顺从自己，也不是恕；四是要帮助朋友，有朋友自己不先给予他，当他有施予时，你又想他厚重地施予你，也不是恕。总之，遇事先想到国君，想到父母，想到兄长，想到朋友，这便是'四恕'。"

孔子说："这'三思''四恕'是一个人一辈子的事，有些是我目前无法做到的，比如，有国君，他没有用我；有父亲，却已逝去；有朋友，我没有先做什么施予。我的心中很是伤感啊！"

外公看孔子一本正经的样子，笑着说："你的年纪现在尚小，还在求学的阶段，当然谈不上这些'恕'字，将来你若是能去做官，能够居在高位上处理国家政事，就应当远要尊崇尧舜的道理，近要遵守文武的法则，顺着天时，察看地理，小则可以教育百姓安居乐业，大则可以治理国家平定天下。要谨记我今日对你说的这些话，做一个顶天立地的人。"

从此，孔子就立下志向：一定要做个善于"三思"、懂得"四恕"的君子！

大智慧

很多人日后的成就，源于一个梦想。梦想就像一颗种子，它经过精心栽培后就开出了枝叶。但是，你若渴望成功，你的梦想应该是一颗良种，而不是一颗会长荆棘的种子。

3. 自助者天助

从前杭州有一个人，拥有巨额财富却不知节俭，生活放荡，以致家产荡尽，只剩下父亲留下来的房子。

过了不久，他就不得不靠劳动谋生。他干活太辛苦了，有一天晚上在自己花园里的一株桂花树下睡着了，做起梦来。梦中有一个人来拜访他，对他说："您的财富在京都，在天子脚下，到那里去寻找吧！"

第二天一早，他就出发了。他长途跋涉，经历了沙漠、海洋、盗匪、河川、野兽以及种种危险。最后终于到了京城，但是他一进城门，天就黑了下来。他走进一座寺庙，在院子里躺下睡觉。

有一帮盗匪进了寺庙，盗匪的声音惊动了寺庙里的人，他们大声呼救。邻居们也大声呼救。巡逻队队长终于率领官兵来到，把盗匪吓得逃之夭夭。队长命令在寺庙里搜查，发现了这个从远方来的人，以为是强盗，用竹鞭把他一顿好打，几乎打得他断了气。

两天之后，他在监狱里苏醒过来。队长把他叫去，问他："你是谁，从哪里来的？"

这个人说："我从远方来，我是被梦中的一个人所指引，到这里来的，因为他说我的财富在这里等着我。可是等我到了天子脚下，他所说的财富，却原来是你慷慨地赏赐给我的一顿鞭子。"

队长听了，禁不住哈哈大笑，最后，他说："你这个傻瓜，我接连三次梦见杭州的一座房子，那庭院里有一个花园，花园往下斜的一头有一座日晷，走过日晷有一株桂花树，走过桂花树有一个喷泉，喷泉底下埋着一大堆钱。可是我从来没有去理会这些荒诞的梦。而你啊，你这个笨蛋，竟然相信一个梦，走了那么多的路。把这几个小钱拿去，滚吧！"

这个人拿着钱，走上了回家的旅程。最终，他在自己家的花园——队长梦见的那个花园——喷泉下面挖出了一大笔财宝。

大智慧

尼科尔说："机遇只垂青那些懂得怎样去追求她的人。"这虽然只是寓言故事，却符合现实。很多人小时候的梦想都好像很虚妄，根本不可能实现。但他们相信了，并为之努力奋斗，最后就实现了梦想。

4. 伊尹自荐有术

伊尹原名伊挚，他自幼被卖给有莘国国君为奴隶。他聪慧机敏，酷爱学习，知识渊博，因烧得一手好菜，得到有莘国国君的赏识，担任招待宾客的厨师，地位在一般奴仆之上。

然而，伊尹对此并不满足，他怀有远大的志向，希望有朝一日能够成就一番轰轰烈烈的事业。于是他便借迎来送往、招待宾客之机，从宾客们口中了解天下大事。

当他了解到商的发展和商汤的种种"贤德仁义"举措以及雄心壮志之后，内心里对商汤十分向往，非常希望能成为商汤的部下，跟随他成就一番大事。

伊尹耐心地等待着，终于等来了一个机会。

一次，商汤的左相因公事从有莘国过境，在有莘国逗留数日。伊尹借招待他的机会，多次与他接触。交谈中，他发现伊尹是个难得的人才，不禁喜出望外。他返回商国后，便将伊尹的详情禀告了商汤。

不久，商便与有莘国结亲。左相便趁机向有莘国提出让伊尹作为陪嫁的奴隶，这个提议获得了有莘国国君的同意。于是，伊尹便随着有莘国国君的女儿陪嫁到商国。初到商国，伊尹并未引起商汤的注意。商汤听说伊尹烹调技术高超，便打发他到厨房干活。伊尹身为厨师，便乘机接近商汤，常常利用烹调做比喻向商汤陈说自己的政治见解，先后达 70 次。但商汤均不为之所动，而伊尹也并没有灰心。

一天，伊尹故意将几样菜蔬或做得淡而无味，或做得咸不入口，一同献与商汤。商汤果然大为不满，立刻召伊尹前来问话。伊尹对商汤说："大王，烧菜既不能过咸，也不能太淡。过咸则难于下咽，太淡则无滋味。治理国家也是同样的道理啊！既不能操之过急，急则生乱；又不能松弛懈怠，懈怠必然导致国事荒疏。"商汤点头称是。

伊尹停顿了一下，见商汤正聚精会神地听着，便继续说道："如今，夏王桀荒淫无度，昏庸暴虐，民心尽失，天下纷乱，黎民百姓饱受其苦，都对夏王恨之入骨。而大王您以仁德治国，伸张正义，取信于民，已是众望所归，被称为当今天下唯一贤明的君主。大王应适时起兵，伐夏救国，拯救万民于水火之中，成就惊天动地的伟业。伊尹虽为卑下的奴仆，却早有追随大王之心，如大王不鄙视我，我愿跟随大王全力效劳。"随后，伊尹详尽分析了天下大势，论述了消灭夏朝的具体步骤和策略。

商汤听得怦然心动。他发现自己厨房中的奴隶竟是如此出色的人才，当即发布命令，解除伊尹的奴隶身份，并任命他为丞相，共同筹划灭夏大计。最后，商汤终于成功地灭掉了夏朝，建立了商王朝。

大智慧

伊尹是个奴隶，但他有志向，勤于学习和思考，并且努力表现自己，结果成了协助商王成大事的丞相。可见，出身高低并不是关键，最要紧的是自己奋发图强。

---

5. 坚定目标

樊迟想亲近农人，让农民信服他，于是跑来请教孔子有关栽培谷物的方法。孔子说："这些事问农夫就可以了，他们应该比较清楚。"

樊迟又向孔子请教栽培蔬菜的方法。孔子回答："农夫比我更清楚这件事。"

听到孔子的这些话之后，樊迟不得要领地走了。孔子说："樊迟永远只能做个小人物。在上位的人如果喜爱礼节，下面的人一定也会喜爱；居上位的人讲义气，下面的人一定会信服；居上位的人讲信用，下面的人自然会以真诚来对待他。至于农业技术则是最后的事了。"

子夏听了孔子的话后说:"先生说得十分有道理,技术无论多么有用,在达到目标的过程中,都可能成为绊脚石,这就是君子不去看这些小技术的原因。"

> **大智慧**
>
> 在设定大目标的时候,不要因为身边烦琐的小事而更改志向。如果一直为小事烦忧,所有的志气都会因此磨蚀一空。但要注意,办大事也要安心做小事,实用技巧也是值得学习的。孔子的意思是,先把握大的方向,不要因小失大。子夏的理解就稍有偏差。

6. 不只是表面合作

有三只老鼠结伴去偷油喝,可是油缸非常深,油在缸底,它们只能闻到油的香味,根本喝不到油,它们很焦急,最后终于想出了一个好办法,就是一只咬着另一只的尾巴,吊下缸底去喝油,他们取得一致的共识:大家轮流喝油,有福同享,谁也不能独自享用。

第一只老鼠最先吊下去喝油,它在缸底想:"油只有这么一点点,大家轮流喝多不过瘾,今天算我运气好,不如自己喝个痛快。"夹在中间的第二只老鼠想:"下面的油没多少,万一让第一只老鼠把油喝光了,我岂不是要喝西北风了?我干吗这么辛苦地吊在中间让第一只老鼠独自享受呢?我看还是把它放了,干脆自己跳下去喝个痛快。"第三只老鼠则在上面想:"油那么少,等它们两个吃饱喝足,哪里还有我的份,倒不如趁这个时候把它们放了,自己跳到缸底喝个饱。"

于是第二只老鼠狠心地放了第一只老鼠的尾巴,第三只老鼠也迅速放了第二只老鼠的尾巴。它们争先恐后地跳到缸底,浑身湿透,一副狼狈不堪的样子,加上脚滑缸深,它们再也没逃出油缸。

大智慧

　　三只老鼠表面上是在一起合作了，可它们各怀心事，这样的合作宁愿没有的好。单打独斗只考虑自己的利益很难成功，真正的强者应讲究双赢，追求团队合作。

7. 为你的终极目标而努力

　　古代的赵国有位驾车高手，他驾起车来又快又稳。赵王拜他为师，向他学习驾车的技术。没过多久，赵王觉得自己学得差不多了，就要求和高手比一比。比赛时，一声令下，两人的马车奋勇向前，结果高手赢了。

　　赵王很不服气，要求互相换车再比，结果连比三次，赵王都输了。

　　赵王很不高兴，认为高手没有尽全力教自己，而是留了一手。高手无奈地说："我把技术全都教给您了。只不过在比赛时，我一心一意注视着马车，而您却一心一意想着输赢，跑快了怕我赶上，跑慢了就想追上我，心神不集中，怎么能不输呢？"

大智慧

　　为你的终极目标而努力，而不是其他，凡是一些外在的东西都会使你分散精力。你内在的意念是外在事物成功的关键，专注在目标上，全神贯注，你才会所向披靡。

8. 秦穆公志向远大

　　齐景公问孔子："秦穆公的国家很小，又地处偏僻，他竟能称霸天下，究竟是为什么？"

　　孔子回答："他的国家虽小，但志向远大；虽然地处偏僻，但政治清明。他用人果断，谋略深远，政令简明，亲自提拔身为奴隶的百里奚，跟他交谈三天就把国家大事交给他。按照这种方法，成为圣王都可以，称霸还嫌太小了！"

大智慧

　　一个人的事业成就，发源于他的志向。他的志向有多高，他的事业就有多远大。

9. 选准自己的位置

　　山里有一尊巨大的石像，石像面朝下躺在一户人家门前的泥地里，这家的主人毫不理会。对于他来说，这不过是一块石头。

　　一天，一个城里的学者经过他家，看到了石像，便问这个人能不能把石像卖给他。这个山里人听了哈哈大笑，十分怀疑地说："你居然要买这块又脏又臭的石头，我一直为没法搬开它而苦恼呢！"

　　"那我出十元买走它。"学者说。山里人很高兴，因为他得到了十元，又搬走了石头，这使他的门前场地宽敞多了。

　　石像被学者设法运到了城里。几个月后，这个山里人进城在大街上闲逛，看见一间富丽堂皇的屋子前面围着一大群人，有一个人在高声叫着："快来看呀，来欣赏世界上最精美、最奇妙的雕像，只要二十元就够了，这可是世界上顶尖的作品！"

　　于是，山里人付了二十元走进屋子去，想要一睹为快。事实上他所看到的正是他用十元卖掉的那尊石像，可是他已无法认出这曾经属于他的石像了。

大智慧

　　宝贝放错了地方就是废物。每件物品都有自己的位置，虽然有的灿烂，有的暗淡，但是只要换一个位置，我们就能发现各自的光辉。对于成功而言，最关键的有时是选准自己的位置和目标。

10. 梦想是你自己的宝贝

　　安第斯山脉有两个好战的部落，一个住在低地，另一个住在高山上。有一天，住在高山上的部落入侵位于低地的部落，并带走该部落的一个婴儿作为战利品。低地部落的人不知道如何攀爬到山顶，即使如此，他们仍然决定派遣最佳的勇士部队爬上高山去夺回这个婴儿。

勇士们尝试了各种方法，却只爬了几百尺高。正当他们决定放弃解救小婴儿，收拾行李准备回去时，却看到婴儿的母亲正由高山上朝他们走来，背上还背着她的小孩。其中一位勇士走向前迎接她，说："我们都是部落里最强壮有力的勇士，连我们都爬不上去，你是如何办到的呢？"

她耸耸肩说："他不是你们的小宝贝。"

大智慧

每个人的目标、梦想就是自己的宝贝。没有人会比自己更重视、保护它，并且为它奋斗，千万不要期待他人，你必须自我要求。

11. "聪明"的贼

曾国藩是中国历史上有影响的人物，但他小时候的天赋却不高。

有一天，曾国藩在家读书，对一篇文章重复不知道多少遍了，还在朗读，因为，他没有背下来。这时候，他家来了一个贼，潜伏在他的屋檐下，希望等他睡觉之后捞点儿好处。可是等啊等，见他就是不睡觉，还是翻来覆去地读那篇文章。

贼人大怒，跳出来说："这种水平读什么书？"然后将那篇文章背诵了一遍，扬长而去。

大智慧

小偷比曾国藩聪明，为什么没有出息呢？是因为他没有正确的理想。不劳而获的坏思想害了他啊！

12. 蜗牛和蚂蚁

在一棵干枯的松树上住着一只蜗牛，这只蜗牛从来没有离开过这棵树。一天，天气晴朗，风和日丽，蜗牛小心翼翼地伸出头来看了看，慢吞吞地下到地上来，把一截身子从硬壳里伸到外面懒洋洋地晒太阳。

这时，蚂蚁正在紧张地劳动，一队接着一队急速地从蜗牛身边走过。看见蚂蚁在阳光下愉快劳动的样子，蜗牛不觉有些羡慕起来，于是，它放开嗓门对蚂蚁

说:"喂,朋友!看见你们这样,我真高兴啊!真羡慕你们啊!"

一只蚂蚁听到了,在蜗牛身旁停下来,仰着头对蜗牛说:"来,朋友,咱们一起干活吧!"

蜗牛听了,不由自主地把头往回缩了一下,有点惊惶地说:"不,你们要到很远的地方干活,我不能跟你们一起走。"

蚂蚁奇怪地问:"为什么啊?你走不动吗?"

蜗牛回头看看松树,犹豫了半天,吞吞吐吐地说:"离家远了,要是天热了怎么办呢?要是下雨了怎么办呢?"

蚂蚁听了,没好气地说:"要是这样,那你就躲到你的那个硬屋里好好睡觉吧!"说完,便匆匆追赶自己的同伴去了。

对蚂蚁的话,蜗牛倒也不怎么在乎。不过,蜗牛实在想到远处看看,想得心都要跳出来了。经过一番考虑之后,蜗牛终于大着胆子把自己的另一截身子也从硬壳里伸了出来。正在这时,一阵微风吹过,几根松针落在地上,发出轻微的响声。蜗牛吓得像遭遇了雷击一样,一下子就把整个身子缩回硬壳里去了。

过了好久,蜗牛才战战兢兢地把头伸到外面来看,外面仍然像先前一样晴朗和宁静,并没有发生什么事情。只是蚂蚁已经走到很远的地方去了,看不见了。

蜗牛无可奈何地叹了一口气说:"唉!我真羡慕你们啊!可惜我追赶不上你们了。"说完,依旧照着老样子,过着自己的日子去了。

大智慧

理想是人们的目标和愿望,要想实现理想必须靠行动,脚踏实地,持之以恒,不怕困难,勇于奉献。如果像蜻蜓点水一样,那么一切都是浮浅和虚无的,最终你所得到的只不过是空中楼阁。

13. 妈妈与孩子

　　这是一个温馨的小家庭，吃过晚饭，勤快的妈妈便把碗筷收拾进厨房开始清洗了。忽然，她听到儿子在院子里不停地蹦着，还发出吭哧吭哧的使劲儿声。

　　"这个小家伙在搞什么鬼？"妈妈嘀咕着，跑到门前一看，原来儿子正在用力地朝上跳着，都累得满头大汗了还在一下接一下地跳。

　　"你在干吗，宝贝儿？"妈妈问道。

　　孩子一边跳一边回过头来回答妈妈："你看，今晚的月亮这么好，我想跳到月亮上去玩玩。"

　　大多数妈妈面对这种情况，肯定不外乎以下两种情况：要么一笑了之不当回事，要么泼盆冷水，训斥孩子"异想天开"或者骂他"小孩子不要胡说八道"，然后就把他拉进屋里去把满脸的汗洗干净。

　　但是你猜这位妈妈怎么说的？她竟然微笑着回答孩子："好的，不要忘记回来噢。"然后就又转身走进厨房了。

　　你知道这个小孩是谁吗？他就是后来世界上第一位登陆月球的人——阿姆斯特朗。

　　我们固然不能说他日后的巨大成功和小时候他妈妈这句话有什么必然联系，但是由此我们可以确定的是：母亲的这种教育方式，一定让小阿姆斯特朗获得了有益的成长。

14. "六十"而立

他算不上不幸，只不过碌碌无为罢了。

他出身于一个农民家庭，14岁时辍学流浪。

他在农场干过杂活，因为不开心辞职。

他在电车上做过售票员，也因为不开心辞职。

16岁时他谎报年龄参了军，军旅生涯照样不顺心。

服役期满后他退伍做了自己的老板——开了一家铁匠铺，可惜没多久就倒闭了。

随后，他当上了自己非常喜欢的铁路公司的机车司炉工，他欢欣鼓舞，以为命运终于开始对自己展露笑脸。没想到，当他娶了媳妇准备要个孩子时，他又被解雇了。再接着，当他满身疲惫地寻找新的职位时，太太卖掉所有的家产逃回了娘家，他变得一文不名。

卖保险，不行；卖轮胎，赔本；经营渡船，出事；开加油站，失败；做厨师，餐馆倒闭。

失败从未因为他的努力而退缩过，但他也从未因为失败而放弃过，只是无奈的是，当他还在屡败屡战时，退休年龄已经逼近了他，那张105美元的支票宣布了他已迈入老年。

"凭什么！"哈伦德愤怒了，"我的一生不过才刚刚开始！"

的确，他的一生才刚刚开始，因为他等的就是这笔退休金，虽然不多，却足够做他新事业的成本——肯德基家乡炸鸡。

15. 负担与责任

因为生活压力太大，一位青年整天唉声叹气。某天，他去山中寻找一位大哲人，希望对方能够给他一个解脱之法。

哲人听完他的诉说后，并未给他讲什么大道理，只是拿过一个篓子让他背在肩上，然后指着门前上山的路说："我在山顶等你。你背着这个篓子上去，每走一步就得从路边捡块石子，到山顶时，告诉我你的感受。"

说完，哲人就快步向山上走去，只剩下莫名其妙的青年在后面遵嘱而行。

一个小时后，青年背着一篓石子气喘吁吁地到达了山顶。不等他稍作休息，哲人便说道："给我说说你这一路上的感觉吧。"

"越来越沉，我越来越无法承受。"青年一边擦汗一边说道。

"这就是你的生活为什么越来越沉重的原因！"哲人大声说道。

"嗯？"青年更加迷惑不解了。

"每个人来到这个世界上的时候，都背着这样一个空篓子。就像上山似的，每走一步人生，我们都要从这个世界上捡一样甚至是几样东西放进去，所以就会有越走越累的感觉。"

"那有什么办法可以减轻吗？"青年问道。

"有。"哲人回答道，"但是这个问题得由你来回答，事业、爱情、父母、子女、朋友等，你愿意丢掉哪些呢？"

青年张口结舌，半天也回答不上来。

"所以，"哲人接着说道，"我们篓子里装的不是负担，

121

而是责任，并且是我们自愿放进去再也不想拿出来的责任。我知道，你之所以不想拿出来，是因为它们都曾给你并将继续给你无尽的欢乐与幸福。享受的时候，你觉得轻松，怎么背着前行的时候，你反倒觉得沉重了呢？"

青年面红耳赤，一句话也说不出来了。半晌，他才半问半想地说道："关键是，我们这么努力地背着它们前行，有什么特殊意义吗？"

"当然有，"哲人再次回答他，"你除了得到无价的幸福之外，还会有莫大的成就感。你看，随着你的不断向上，它们也都越来越高了。"

大智慧

每个人都将背负一定的责任，且随着岁月的增加不断增多。如果把这些责任当成包袱，就会日觉其重；反之，把它们当成胜利品或快乐的源泉，你就会感觉幸福。

第九章
学习改变命运

　　智慧的花朵都是在无知的土壤上绽放的，小时候无知并不可耻，但是，不能让无知伴随自己的一生。在人的头脑中，没有太多世俗的尘障，对任何知识都有吸纳能力。只要你勤于学习，善于学习，你就能获得未来成功所需的智慧。

1. 孔子不耻下问

有一次，孔子率弟子乘车出游，半路上，碰见一个小孩在路中间用瓦片垒城玩。眼看车到跟前了，小孩还在垒城，对这伙人不理不睬。孔子问："车来了，你不知道应该躲避吗？"

小孩回答说："自古及今，只听说车避城，没有听说城避车的，你让我避你什么呢？"

"说得有理。"孔子把车停在路边，下车和小孩攀谈。

"你叫什么名字？"

"姓项名橐，无字。"

"几岁了？"

"九岁。"

"你知道什么火无烟？什么水无鱼？什么山无石？什么树无枝？什么人无妇？什么女无夫？什么牛无犊？什么马无驹？"孔子问。

项橐答道："萤火无烟，井水无鱼，土山无石，枯树无枝，仙人无妇，玉女无夫，土牛无犊，木马无驹。"

项橐问："我能请教夫子几个问题吗？"

"请讲！"

"鹅鸭为什么能浮？鸿雁为什么能鸣？松柏为什么冬青？"

孔子说："鹅鸭能浮，是因为足方；鸿雁能鸣，是因为颈长；松柏冬青，是因为心坚。"

项橐道："不对。鱼鳖也能浮，足却不方；蛤蟆也能鸣，颈却不长；绿竹冬青，内心却空。"

孔子无言以对。

此后，孔子更加虚心问道了，他说："三人行，必有我师焉！"而孔子的学识也便更加与日俱增了。

2. 学习好比植树

鲁王聘请闵子马出任自己的老师，可总是不能安下心来学习。

有一天，鲁王问他："怎样才能把该学的全部学到手呢？"

闵子马说："这是急不得的。学习好比种植小树，必须先把小树种到土里，然后慢慢地浇水、施肥、除草，耐心地加以培养。这样日复一日，年复一年，才有可能长成一棵大树。"

鲁王又问："能不能不学啊？许多人都在说，不学无害，我看也是这个理呀！"

闵子马说："学与不学是大不一样的。人如果不学习，便会才识日落，久而久之，就会像小树一样干枯，风雨一来，枝叶坠落，这又怎么能说是无害呢？"

3. 孔子教弟子射箭

有一天，孔子带弟子在曲阜城西郊一个叫矍相的苗圃空地演习射箭。

城里的人听说孔子和弟子去射箭，都想看看。于是大人小孩像赶集一样，跟着来到了射箭场。孔子首先向弟子讲解射箭的姿势和要领，要弟子特别注意瞄准和拉弓两个动作，然后要弟子各自练习。他们有的练瞄准，有的练拉弓，有的练臂力，反复练习，兴致勃勃。可惜，他们射箭的命中率却不高。射箭不能命中，就缺乏实际意义。

为了提高射箭的命中率，孔子特意布置了靶子，有柳枝，也有大雁，远远地吊成一排。孔子组织众弟子进行比赛，说："射箭应该竞争，不比试、不竞争就提不高命中率，'其争也君子'。"

比赛开始，围观的人一下子集中站成一排，像一堵墙一样，面向靶子。先分组赛，每组选一两名参加决赛。决赛开始了，人声鼎沸，弟子仲由最后一个出场，箭箭中鹄，引起全场热烈的掌声。

> **大智慧**
>
> 学习与做事一样，要想学有所成，必须先树立学习的目标，并选择合适的竞争对手，这样进步才会更快、更大。

4. 练武术的窍门

有一位武术大师隐居于山林中。人们都千里迢迢来寻找他，想跟他学些武术方面的窍门。

他们到达深山的时候，发现大师正从山谷里挑水。他挑得不多，两只木桶里的水都没有装满。按他们的想象，大师应该能够挑很大的桶，而且挑得满满的。

他们不解地问："大师，您为什么只挑这么一点儿水呀？"

大师说："挑水之道并不在于挑得多，而在于挑得够用。一味贪多，适得其反。"

众人越发不解。

大师从他们中拉了一个人，让他从山谷里打了两满桶水。那人挑得非常吃力，摇摇晃晃，没走几步，就跌倒在地，水全都洒了，膝盖也摔破了。

"水洒了，岂不是还得回头重打一桶吗？膝盖破了，走路艰难，岂不是比刚才挑得还少吗？"大师说。

"那么大师，请问具体挑多少，怎么估计呢？"

大师笑道:"你们看这个桶。"

众人看去,桶里画了一条线。

大师说:"这条线是底线,水绝对不能高于这条线,高于这条线就超过了自己的能力和需要。起初还需要画一条线,挑的次数多了以后就不用看那条线了,凭感觉就知道是多是少。有这条线,可以提醒我们,凡事要尽力而为,也要量力而行。"

众人又问:"那么底线应该定多低呢?"

大师说:"一般来说,越低越好,因为这样低的目标容易实现,人的勇气不容易受到挫伤,相反会培养起更大的兴趣和热情,长此以往,循序渐进,自然会挑得更多、挑得更稳。"

> **大智慧**
>
> 学习要循序渐进。好高骛远,想一蹴而就,不但违反自然规律,而且寸步难行,只会使自己失望,加深挫折感而已。

5. 大道无处不在

东郭子向庄子请教道家所谓的"道"究竟存于何处,庄子简单而明确地告诉他:"大道无处不在。"

东郭子似乎对这一回答并不满意,他希望庄子能具体指出"道"在何方。

于是庄子说:"'道'就在蝼蛄和蚂蚁中间。"

东郭子不解地问:"'道'怎么会在这么卑微的生物中间存在呢?"

庄子接着说:"'道'还存在于农田的稻谷和稗草之中。"

东郭子更糊涂了:"这不是越发低贱了吗?"

庄子仍然不紧不慢地说:"怎么能说这是低下呢?其实,'道'还存在于大小便里呢!"

东郭子以为庄子是在戏弄他,便满脸不高兴地闷坐在一旁,再也不作声了。

庄子知道东郭子产生了误会,便耐心地向他解释:"您再三追问'道'存在于什么地方,但这个问题并不是'道'的本质。因为我们不可能在某一个具体的事物中去寻找'道',大道无处不在,万事万物都蕴含着'道'的规则,并无贵贱之别。"

6. 老马识途

有一次，管仲和隰朋跟随齐桓公讨伐孤竹国。春天去的，到冬天才返回，半途迷失了方向。管仲说："可以利用老马的智慧来找路。"于是就放开老马，大家都跟在老马的后面走，果然找到了回国的道路。

后来走到深山里，没水喝，隰朋说："蚂蚁冬天居住在山的南面，夏天居住在山的北面。蚂蚁洞口的松土堆有一寸高的话，掘下八尺一定有水。"于是就在有蚂蚁窝的地方挖掘，果然找到了水。

以管仲的圣明和隰朋的智慧，遇到他们所不知道的事情，还不羞于向老马和蚂蚁请教。现在的人却耻于学习圣人的智慧，不也是错误的吗？

7. 活到老学到老

晋平公作为一位国君，政绩不平，学问也不错。在他七十岁的时候，他依然希望多读点儿书，多长点儿知识，总觉得自己所掌握的知识实在是太有限了。可是七十岁的人再去学习，困难是很多的，晋平公对自己的想法总还是不自信，于是他去询问一位贤明的臣子师旷。

师旷是一位双目失明的老人，他博学多智，虽然眼睛看不见，但是心里亮堂着呢。晋平公问师旷："你看，我已经七十岁了，年纪的确老了，可是我还很希望再读些书，长些学问，又总是没有信心，总觉得是否太晚了呢？"

师旷回答说："您说太晚了，那为什么不把蜡烛点起来呢？"

晋平公不明白师旷在说什么，便说："我在跟你说正经话，你跟我瞎扯什么？哪有做臣子的随便戏弄国君的呢？"

师旷一听，乐了，连忙说："大王，您误会了，我这个双目失明的臣子，怎么敢随便戏弄大王呢？我也是在认真地跟您谈学习的事呢！"

晋平公说："此话怎么讲？"

师旷回答说："我听说，人在少年的时候好学，就如同获得了早晨温暖的阳光一样，那太阳越照越亮，时间也久长；人在壮年的时候好学，就好比获得了中午明亮的阳光一样，虽然中午的太阳已走了一半了，可它的力量很强，时间也还有许多；人到老年的时候好学，虽然已日暮，没有了阳光，可他还可以借助蜡烛啊，蜡烛的光亮虽然不怎么明亮，可是只要获得了这点儿烛光，尽管有限，也总比在黑暗中摸索要好多了吧！"

晋平公恍然大悟，高兴地说："你说得太好了，的确如此！我有信心了。"

大智慧

　　古人说："书山有路勤为径，学海无涯苦作舟。"学无止境，是每一个积极向上的人都知道的道理。人要想不断地进步，就得活到老学到老。在学习上不能有终止之心。

---

8. 驾车

造父是古代的驾车能手，他在刚开始向泰豆氏学习驾车时，对老师十分谦恭有礼貌。可是三年过去了，泰豆氏却连什么技术也没教给他，造父仍然执弟子礼，丝毫不怠。这时，泰豆氏才对造父说："古诗中说过，擅长造弓的巧匠，一定要先学会编织簸箕；擅长冶金炼铁的能人，一定要先学会缝接皮袄。你要学驾车的技术，首先要跟我学快步走。如果你走路能像我这样快了，你才可以手执六根缰绳，驾驭六匹马拉的大车。"

造父赶紧说："我保证一切按老师的教导去做。"

泰豆氏在地上竖起了一根根的木桩，铺成了一条窄窄的仅可立足的道路。老师踩在这些木桩上，来回疾走，快步如飞，从不失足跌下。造父照着老师的示范去刻苦练习，仅用了三天时间，就掌握了快步走的全部技巧。

泰豆氏检查了造父的学习成绩后，不禁赞叹道："你是多么机敏灵活啊，竟能这样快地掌握快行技巧！凡是想学习驾车的人都应当像你这样。从前你走路是得力于脚，同时受着心的支配；现在你要用这个原理去驾车，为了使六匹马走得整齐划一，就必须掌握好缰绳和嚼口，使马走得缓急适度，互相配合，恰到好处。你只有在内心真正领会和掌握了这个原理，同时通过调试适应了马的脾性，才能做到在驾车时进退合乎标准，转弯合乎规矩，即使跑很远的路也尚有余力。真正掌握了驾车技术的人，应当是双手熟练地握紧缰绳，全靠心的指挥，上路后既不用眼睛看，也不用鞭子赶；内心悠闲放松，身体端坐正直，六根缰绳不乱，二十四只马蹄落地不差分毫，进退旋转样样合于节拍。如果驾车达到了这样的境界，车道的宽窄只要能容下车轮和马蹄也就够了，无论道路险峻与平坦，对驾车的人来说已经没有什么区别了。这些就是我的全部驾车技术，你可要好好地记住它！"

大智慧

俗话说："师傅领进门，修行在个人。"这里说的就是学习的道理，作为老师只能把道理和要求讲给学生听，能不能完全领会、举一反三、融会贯通，还是要看学习者自己的努力程度。

9. 用学习充实生命

夏侯胜和黄霸一起被关进了监狱，每天无所事事。

一天，黄霸对夏侯胜说："你看，我们在监狱里的时间多么宽裕啊！这么好的学习条件，不用多可惜啊！从今天起，请您教我读经书吧！"

夏侯胜说："咱们两个都是死刑犯，说不定哪天就要人头落地，就算你学会全部的经书，成为一个才华出众的人，又能怎么样呢？"

黄霸说："学习真理，充实生命，并不在于生命的长短。就是在早晨得到了真理，晚上要我死，这对于我来讲，都是一件很开心的事呀！"

夏侯胜终于被黄霸的学习精神所打动，从此两个人刻苦读书，研讨学问。后来，他们获释出狱，都成为著名的学者。

大智慧

学习既可愉悦心灵，又可增长才干，一举两得，何乐而不为呢？

10. "万"字真难写

汝州农村有个老翁，家道殷实，十分富有。可是他祖祖辈辈都是文盲，连"之、乎、者、也"等最简单的字都不认识。不识字干很多事都极不方便，老翁尝够了苦头，决心让儿子念书识字。

有一年，老翁聘请了一位楚国的读书人教他的儿子认字。第一天上学，老师用毛笔在白纸上写了一笔，告诉他的儿子说："这是个'一'字。"他的儿子学得很认真，牢牢地记住了，回去后就写给老翁看："我学了一个字——'一'。"老翁见儿子学得用功，看在眼里，喜在心里。

第二天上学，老师又用毛笔在纸上写了两笔，说："这是个'二'字。"这回，儿子不觉得有什么新鲜了，记住了就回家了。到了第三天，老师用毛笔在纸上写了三笔，说："这是个'三'字。"儿子眼珠子一转，仿佛悟到了什么，学也不上了，扔下笔就兴高采烈地奔回去找到父亲说："认字实在简单，孩儿已经学成了。现在不用麻烦先生了，免得花费这么多的聘金请先生，请父亲把先生辞退了吧！"见到儿子这么聪明，老翁高兴地准备了酬金辞退了老师。

过了几天，老翁想请一位姓万的朋友来喝酒，就吩咐儿子一大早起来写个请帖。儿子满口答应了："行，这还不容易吗？看我的吧。"

老翁看儿子蛮有把握，就放心地去做其他的事情了。时间慢慢地过去了，眼看太阳都快偏西了，还不见儿子写好，老翁不禁有些急了："儿子这是怎么了？"等了又等，老翁终于不耐烦了，亲自到儿子房里去催促。

进得门来，老翁见儿子愁眉苦脸地坐在桌边，纸在地上拖得老长，上面尽是黑道道。儿子正拿着一把沾满墨的木梳在纸上画着，一见父亲进来便埋怨道："天下的姓氏那么多，他为什么偏偏姓万呢？我借来了母亲的木梳，一次可以写二十多划，从一大早写到现在，手都酸了，也才写了不到三千划！'万'字真难写呀！"

大智慧

知识的海洋浩如烟海，如果我们学习只满足于一知半解，不深入钻研，那和这个笨儿子又有什么两样呢？

11. 关尹子教射

列子学习射箭，射中了靶子，去请教关尹子。关尹子说："你知道你能射中靶子的原因吗？"

列子回答说："不知道。"

关尹子说："那还不行。"列子回去再练习。过了三年，列子又来向关尹子求教。

关尹子又问："你知道你是怎样射中靶子的吗？"

列子说："知道了。"

关尹子说："可以了。你要牢牢记住，千万别忘记它。不但是射箭，治理国家以及自我修养，都要像这个样子。"

大智慧

做人也好，学习也好，做事也好，不仅要知其然，而且要知其所以然。知其所以然，才算掌握了规律，只有这样精益求精地学习、工作，才能把事情办好。

12. 八岁知画的岳柱

元代的岳柱从小就聪明，而且很有远见。他很爱读书，不论天文、地理、医药的书籍，他都要看，对经史尤其喜爱。

当时有个名叫何澄的画师，画了一幅《陶母断发图》。这幅画的画意是：东晋的大官陶侃，幼年丧父，家境贫寒，在他的家乡浔阳当了一个小小的县吏。有一次，鄱阳县的孝廉范逵来拜访他。因客人来得突然，陶侃没有任何准备，要留客人吃饭，又拿不出现钱来买菜；如果不留客，又对不起客人。真是左右为难！陶侃的母亲也在为儿子着急。她翻箱倒柜，却找不出一样值钱的东西来，但她却有一头又黑又亮的长发。为了应急，她毅然拿起剪刀，剪下两绺头发来，拿到街上去卖，买回酒菜招待客人。

这幅画画完以后，何澄到处拿给人看，请人指教。看到这幅图的人，都称赞画得好。

八岁的岳柱看到这幅画的时候，看得很仔细，每个细节都不放过。当他看到陶母手腕上戴着的金镯时，就诧异地叫起来说："失真！失真！"

何澄被他弄得莫名其妙，就问他哪里失真。

岳柱说："陶母手上戴着金镯，金镯就可以换酒，何必要剪头发去卖钱呢？难道陶母舍不得卖金镯而舍得卖自己的头发吗？"

这一问使得何澄大为惊异，他不但感谢岳柱指出了这幅画的败笔，同时也夸赞他知道画理。

大智慧

发现别人的失误并不难，要做到自己不失误最难。想事仔细，做事精细，才能减少失误。

第十章
自信是成功的第一要诀

世界上每个人都是独一无二的奇迹，都是自然界最伟大的造化。所以只有正确认识自己的价值，对自己充满自信，不断发挥自身的潜力，才能将我们生存的意义充分体现出来。

1. 一面高大的镜子

约翰把全部财产投资在一个小型制造业上。由于市场供求情况变幻莫测，他无法取得他的工厂需要的原料，因此只好宣告破产。金钱的丧失使他大为沮丧。于是，他离家出走，成为一名流浪汉。他对于这些损失无法忘怀，而且越来越难过，甚至想要跳湖自杀。

一个偶然的机会，他看到了一本名为《自信心》的小书，这本书给他带来了勇气和希望。他决定找到这本书的作者，请作者帮助他再度站起来。

当他找到作者，说完自己的故事后，那位作者却对他说："我已经以极大的兴趣听完了你的故事，我希望能对你有所帮助；但事实上，我却绝无能力帮助你。"

约翰的脸立刻变得苍白。他低下头，喃喃地说道："这下子完蛋了。"

作者停了几秒钟，然后说道："虽然我没有办法帮助你，但我可以介绍你去见一个人，他可以协助你东山再起。"

听到这句话，约翰立刻跳了起来，抓住作者的手说道："看在上帝的分儿上，请带我去见这个人。"

于是，作者把约翰带到一面高大的镜子面前，用手指着镜子说："我介绍的就是这个人。在这个世界上，只有这个人能够使你东山再起。除非你坐下来，彻底认识这个人，否则，你只能跳到密歇根湖里。因为在你对这个人做充分的认识之前，对于你自己或这个世界来说，你都将是个没有任何价值的废物。"

约翰朝着镜子向前走了几步，用手摸摸他沾满灰尘的脸孔，对着镜子里的人从头到脚打量了几分钟，然后退了几步，低下头，开始哭泣起来。

几天后，朋友在街上碰见了约翰，几乎认不出他了。约翰的步伐轻快有力，头抬得高高的。他从头到脚打扮一新，看来是很成功的样子。

几年后，约翰有了自己的产业。

大智慧

自信是一种财富，拥有认识自己的能力也同样是一种财富。当一个人经历失败后，重要的是重新检视自己。拥有这种财富是谁也夺不走的。

2. 自信赢得信赖

一个森林里的动物们展开了一场激烈的等级之争。

狮子说："要平息这场纷争，还是请人来裁决吧，人不介入我们的争论，因此不会偏心的。"

"可是人能理解我们吗？"鼹鼠发话了。

"那就得看人能否真正识别出我们身上隐藏得很深而又不引人注意的美德了。"

"提醒得好，真聪明。"土拨鼠赶紧附和。

"说得对，"刺猬也喊了起来，"但我不相信，人会有那么高的洞察力。"

"大家安静，"狮子命令道，"我们早就发现，最不相信自己美德的人，也就最爱怀疑他的仲裁者的判断力。"

于是，人当了裁判。"我还有一句话，"威严的狮子向人喊道，"人，在你宣布评比结果以前，请问你是按什么标准来估算我们的价值呢？"

"那当然是按照你们对我有多大用处来决定。"人回答说。

"妙极了，"感到受辱的狮子说，"这样我不知要比驴低多少等呢。你当不了我们的裁判，请你退出会场。"

于是，人离开了会场。鼹鼠幸灾乐祸地说："你们看见了吗？狮子也认为人不能当我们的裁判，狮子和我们真是不谋而合呀！"土拨鼠和刺猬也附和着鼹鼠。

"但我的理由比你们的要充足得多。"狮子边说边向他们投去了轻蔑的一瞥。

狮子接着说："我考虑了很久，我们这场对地位级别的纷争实在无聊，它无疑是一场闹剧，随便你们把我说成是最高贵的也好，最卑贱的也罢，我都不在乎。我认识我自己，这就足够了。"说罢，狮子走出了会场。

继狮子之后，聪明的大象、勇敢的老虎、庄重的熊、机警的狐狸、高贵的马……总之，凡是感到了或相信能感到自己价值的动物都走了。

因会议被破坏而显得怏怏不乐的猴和驴，是最后一批离开会场的。

3. 自尊才会赢得尊敬

有一天，一只鸵鸟与一只麻雀相遇，于是它们聊起天来。

"我们鸵鸟算是鸟类的巨人了，我是世上最强大的鸟。"鸵鸟自豪地说。

麻雀打量了鸵鸟一眼，不紧不慢地说："你只管为你身体的高大强壮自豪好了，可是与你相比起来，小小的我更算得上是一只鸟。"

"难道我长得高大不好吗？难道我不是鸟吗？"鸵鸟斥问道。

"你会飞吗？你虽然高大无比，虽然也叫作'鸟'，但是却不能飞，这难道不是一个悲剧吗？"麻雀反问鸵鸟，然后飞走了。

鸵鸟低下头，开始思考麻雀的话。

4. 你是一个天生的赢家

一个人在高山之巅的鹰巢里捉到了一只幼鹰，他把幼鹰带回家，养在鸡笼里。这只幼鹰和鸡一起啄食、散步、嬉戏和休息，因此，它一直以为自己是一只鸡。

这只鹰渐渐长大，羽翼丰满了，主人想把它训练成猎鹰，可是由于它终日和鸡混在一起，它已经变得和鸡完全一样，根本没有想飞的欲望了。

主人试尽了各种办法，却连一点儿效果都没有。无奈之下，主人把它带到了山崖边，一下把它扔了出去。

这只鹰像一块石头一样一直掉了下去，在慌乱中，它拼命地扑打翅膀，就这样，它居然飞了起来。这时，它终于认识到生命的力量，成为一只真正的鹰。

大智慧

从出生的那一刻起，他就是一个天生的赢家。只有在逆境中奋起，接受生命的挑战，才会飞向天空，成为一只真正的雄鹰。

5. 从石头到稀世珍宝

一个生长在孤儿院的男孩常常悲观而又伤感地问院长："像我这样没人要的孩子，活着究竟有什么意思呢？"

院长交给男孩一块石头，说："明天早上，你拿这块石头到市场上去卖。记住，无论别人出多少钱，绝对不能卖。"

第二天，男孩蹲在市场角落，意外地有许多人向他买那块石头，而且价钱越出越高。回到孤儿院里，男孩兴奋地向院长报告，院长只是笑了笑，要他明天还要拿到黄金市场去叫卖。

在黄金市场，竟有人开出比昨天高十倍的价钱要买那块石头。

最后，院长叫男孩把石头拿到宝石市场上去展示。结果，石头的身价比昨天又涨了十倍，由于男孩怎么都不卖，这块石头竟被传为"稀世珍宝"。

大智慧

生命的价值就像这块石头一样，在不同的环境下就会有不同的意义。一块不起眼的石头，由于男孩的珍惜、惜售而提升了它的价值，被说成稀世珍宝。我们每个人不都像这块石头一样吗？只要看重自己，自珍自爱，生命就有意义、有价值。

6. 求人不如求己

佛印禅师有一天与苏轼在郊外散步。走着走着，他们来到了一座小庙。

苏轼走进庙里，庙里供着观世音菩萨，菩萨手中握着一串念珠，好像正聚精会神地念着佛号。

苏轼心生疑问，对佛印禅师说："我们常常在拜观世音菩萨，口中不停地念着观世音菩萨。可是观世音菩萨好像也在念佛啊？她到底在念着谁的名号呢？"

佛印禅师笑着说："她也念自己观世音菩萨的名号啊。"

苏轼不以为然地说："自己念自己的名号，又有什么用呢？"

佛印禅师道："求人不如求己啊！"

大智慧

求人不如求己。把希望寄托于别人，收到的只是失望；只有相信自己的力量，才会创造出自己想要的成功。

---

7. 你也在井里吗

人生需要历练才能走向更高的层次，最重要的是永远看得起自己。

一天，有个农夫的一头驴不小心掉进了一口枯井里，农夫绞尽脑汁想救出毛驴，但几个小时过去了，毛驴还在井里痛苦地哀号着。

最后，这位农夫决定放弃，他想这头驴年纪大了，不值得大费周章去把它救出来，不过无论如何，这口井还是得填起来。于是，农夫请来左邻右舍帮忙一起将井中的驴埋了，以免除它的痛苦。

邻居们人手一把铲子，开始将泥土铲进枯井中。当这头驴了解到自己的处境时，刚开始哭得很凄惨，但出人意料的是，一会儿这头驴就安静下来了。农夫好奇地探头往井底一看，出现在眼前的景象令他大吃一惊：

当铲进井里的泥土落在驴的背部时，驴的反应令人称奇——它将泥土抖落在一旁，然后站到铲进的泥土堆上面。

就这样，驴将大家铲倒在它身上的泥土全都抖落掉，然后再站上去。很快，这头驴便得意地上升到井口，然后在众人惊讶的表情中快步地跑开了。

大智慧

就如毛驴一样，在生命的旅程中，有时候我们难免会陷入"枯井"里，各式各样的"泥沙"会倾倒在我们身上，而想要从这些"枯井"中脱困的秘诀就是：将"泥沙"抖落掉，然后站到上面去。

---

8. 喜欢自己，相信自己

"你为什么整天都趴在窝里不出来呢？"快乐的小松鼠站在刺猬的洞口呼唤它矜持的邻居。

"因为我害怕看到别人。"里面传来小刺猬细微的声音。

"那有什么好怕的，它们都很友好，而且都希望和你成为朋友。"松鼠劝慰说。

"我知道，但是我长得很难看……而且长满了刺……你们会不喜欢我的。"刺猬不好意思地犹豫着说。

"那不正好吗？你的刺可以保护我们，再说朋友之间还是需要有点儿距离的，这是你的优点啊！"小松鼠兴奋地叫道。

"可我没有你那么能说会道，我能和别人聊点儿什么呢？"刺猬探出头，羞得满面通红。

"你的口才也很好啊，看你为自己找起借口来多能说。"松鼠开玩笑地说，"随便说什么都行，我们俱乐部的朋友都是随便聊的，在那里你还可以享受蜂蜜，说不定大家还会推选你去保卫部任职呢！"

小刺猬终于走了出来。

大智慧

喜欢自己，热爱自己，相信自己。在造物主眼中，每一个人生来都是一个奇迹，要想让这个奇迹得到别人的认可，就要勇于尝试，敢于挑战自己，超越自己。

---

9. 你自己最伟大

一只老鼠从一间房子里爬出来，看到高悬在空中、放射着万丈光芒的太阳，它禁不住说："太阳公公，你真是太伟大了！"

太阳说："待会儿乌云姐姐出来，你就看不见我了。"

一会儿，乌云出来了，遮住了太阳。小老鼠又对乌云说："乌云姐姐，你真是太伟大了，连太阳都被你遮住了。"乌云却说："风姑娘一来，你就明白谁最伟大了。"

一阵狂风吹过，云消雾散，一片晴空。小老鼠情不自禁道："风姑娘，你是世界上最伟大的了！"风姑娘有些悲伤地说："你看前面那堵墙，我都吹不过呀！"小老鼠爬到墙边，十分景仰地说："墙大哥，你真是世界上最伟大的了。"墙皱皱眉，十分悲伤地说："你自己才是最伟大的呀，你看，我马上就要倒了，就是因为你的兄弟在我下面钻了好多的洞！"果真，墙摇摇欲坠，墙角跑出了一只只的小老鼠。

大智慧

世界上每个人都是独一无二的奇迹，都是自然界最伟大的造化。所以只有正确认识自己的价值，对自己充满自信，不断发挥自身的潜力，才能将我们生存的意义充分体现出来。

---

10. 昂起头来真美

珍妮是个总爱低着头的小女孩，她一直觉得自己长得不够漂亮。

有一天，珍妮到饰物店买了个绿色的蝴蝶结，店主不断赞美她戴上蝴蝶结很漂亮，珍妮虽不信，但是挺高兴，不由得昂起了头，急于让大家看看，出门与人撞了一下都没在意。

珍妮走进教室，迎面碰上了她的老师。"珍妮，你昂起头来真美！"老师爱抚地拍拍她的肩说。那一天，她得到了许多人的赞美。她想一定是蝴蝶结的功劳，可往镜前一照，头上根本就没有蝴蝶结，一定是出饰物店时与人撞了一下弄丢了。

大智慧

　　自信原本就是一种美丽，而很多人却因为太在意外表而失去了很多快乐。无论是贫穷还是富有，无论是貌若天仙，还是相貌平平，只要你昂起头来，快乐会使你变得可爱——人人都喜欢的那种可爱。

11. 你相信自己是什么

有一位王子，长得十分英俊，但却是一个驼子，这个缺陷使他非常自卑。

有一天，国王请了全国最好的雕刻家，刻了一座王子的雕像。

雕刻家刻出的雕像没有驼背，背是直挺挺的。国王将此雕像竖立于王子的宫前。

当王子在宫门前看到这座雕像时，他心中产生一种震撼。

几个月之后，百姓们说："王子的驼背不像以往那么严重了。"当王子听到这些话时，内心受到了鼓舞。

有一天，奇迹出现了，当王子站立时，背是直挺挺的，与雕像一样。

大智慧

　　保持你的自信，你十分英俊，你相信自己是什么样你就是什么样！

12. 杂技高手

他是一名杂技高手。那次，他表演的是在两座山之间的一条钢丝上行走，这场演出吸引了成千上万的观众。

演出开始，他走到悬于山间的钢丝的一端，眼睛注视着前方的目标，伸开双臂，慢慢地、一步一步地走到了对面的山上。顿时，围观的观众给予了热烈的掌声和欢呼声。

"如果把我的手绑上，你们还相信我能走过去吗？"他问观众。

其实，有些人是不相信的，但为了知道结果，他们还是大声起哄道："我们相信你。"于是，他让工作人员用绳子绑住他的双手，然后从容地走了过去。

他又环视了一遍所有的观众道："如果绑住我的双手，再把我的眼睛蒙上，你们还相信我能走过去吗？"这次人们连犹豫都没有犹豫便脱口而出："我们相信你。"

就这样，工作人员用一块黑布蒙住了他的眼睛。只见他用脚慢慢地摸索到钢丝上，一点一点地往前挪着。这次，他又走过去了。

全场人欢呼起来。

接着，他拉过了一个孩子，问所有的人道："如果把他放到我的肩膀上，同样还是绑住双手蒙住眼睛，你们还相信我能走过去吗？"

所有的人想都没想便回答道："我们相信你。"

"真的相信我吗？"他反问观众。

"真的相信你。"观众异口同声。

"我再问一次，你们真的相信我吗？"

"相信，绝对相信你！"

于是他扫视了一下全场说："那好，既然你们都这么相信我，那就用你们的孩子换下我的这个孩子吧，有谁愿意？"杂技高手说。

一下子，全场鸦雀无声，再也没有谁说话了。这种尴尬的寂静整整持续了10分钟。

10分钟之后，杂技高手什么也没说，只是把孩子架在脖子上，沿着钢丝走了过去。当然，这次他还是成功了。

大智慧

面临与自己利益无关的事情时，人们往往能轻松而迅速地做出判断，而一旦陷入其中，多数人都会"当局者迷"。只有那些真正自信的人，才会在任何时候都清醒自如。

13. 从音乐盲到小提琴师

自从偶然听到那位小提琴大师的独奏，这位青年便疯狂迷恋上了小提琴，他希望有一天自己也能够拉出那么动听迷人的曲子。

于是他倾其所有，买了一把非常名贵的小提琴，每天都起大早到公园里练琴。早练的人们听了他的琴声，都哈哈大笑，讥讽他是个音乐盲，拉出的声音就像青蛙叫。在人们不断的嘲笑声里，青年越来越灰心，几乎就要放弃自己的梦想了。

有一天，他刚练完琴，就听身后有位老太太对他说："孩子，你的小提琴拉得可真好，我非常喜欢，你能每天都拉给我听吗？"这一下子，青年信心大增：原来，还有人这么喜欢我的琴声啊！从此之后，青年天天满怀信心地给那位老人拉琴听；但老太太从来都只是微笑着听，一句话都不跟他交流。

不知不觉中，几年过去了，青年的琴艺大长，最后竟在全国比赛中获得了一等奖。青年激动极了，他在公园里跑来跑去，到处寻找着老人，想告诉她这个好消息。忽听有人对他说："你在找那个聋老太太吧？她昨天犯心脏病去世了。"

聋老太太？！青年一下子呆在了原地。

大智慧

并不是因为事情难做，我们才失去自信；而是因为我们失去了自信，事情才变得难做——自信是成功的第一秘诀，首先有了自信才可能取得最后的成功。

第十一章
幸运喜欢照顾勇敢的人

　　把困难当作机遇，把命运的折磨当作人生的考验，把今天的苦楚寄希望于明天的甘甜，这样的人，即便是上帝对他也无能为力。

1. 骆驼和仙人掌

茫茫无垠的沙漠里，骆驼像哲学家一样，一边踱着步子，一边沉思……

沙漠里，没有水，没有草。有时风沙漫天，难辨方向。骆驼却总是坚韧不拔地向前走去，走去。

一天，骆驼在沙漠里发现了一株仙人掌，惊异地停步问道："小东西啊，你怎么能够在这干燥的沙漠中生活？"

仙人掌笑着反问道："嘻！大块头啊，你怎么能在沙漠中行走？"

骆驼说："因为我能吃苦耐劳，经过长期的锻炼形成了适应沙漠生活的特殊习性和机能，所以我能在沙漠里行走。你呢？"

仙人掌说："我还不是同你一样，就因为经过长期的锻炼，养成了抗旱耐渴的习性，形成了适应沙漠生活的特殊机能，所以能在沙漠中生活。"

骆驼又奇怪地问："你为什么满身是刺？"

仙人掌矜持地回答："就因为我满身生刺，才不致被动物吃掉。刺是我的叶子，这样的叶子不会使我身体里贮藏的水分蒸发掉。所以我在沙漠里不怕干旱，能够活下来。"

骆驼听完点了点头，带着敬意绕过仙人掌，一边向前走去，一边沉思："不错，凡是能在艰苦环境中生存下来的，都经过无数次的磨炼，具有百折不挠、战胜一切的意志。"

> **大智慧**
>
> 处在艰苦环境中不畏艰难，并用坚定的意志寻找适合自己的生存方式，植物与动物尚且如此，人更应该如此，所以磨炼是人生的一大财富。

2. 坚韧不拔的品格

韩非子问荀子："现在人们都在议论这样一个话题：坚韧不拔的高贵品格。老师，你是怎么看待这个问题的？"

荀子说："这话讲得很对啊！再好的马，一跃也不过数步远；再劣的马，跑了一天也会走很远的路程。用刀子刻物，如果半途而废，就是朽木也难以折断；如果一直不停地刻下去，就是金石也能刻出花来。见过蚯蚓吗？它并没有牙齿和利爪，也没有强壮的筋骨，却能够在土里钻来钻去；见过螃蟹吗？它有一身坚硬的外壳，还有八只硬爪和两只大螯。可是，如果没有现成的洞穴，它怕是连个安身的地方也没有啊！"

> **大智慧**
>
> 人生成功的关键因素，不在于你拥有多么优越的条件，而在于你能否持之以恒地向目标进发，永不放弃。

3. 路途的顶端

鹅毛大雪下得正紧，满山遍野都裹上了一层厚厚的雪。

有一位樵夫，挑着两担柴，吃力地往山上爬。他要翻过眼前的大山才能到家。樵夫一脚深一脚浅地走在山地雪路上，寂静的山头只听见脚踩着雪发出的吱吱响声。

肩挑沉重的柴，头顶凛冽的北风，樵夫的每一步都十分费力。好不容易爬了许久，满以为离山顶近了，可是抬头仰望，看见前方仍是没有尽头。

樵夫沮丧极了，跪在雪地上，双手合十乞求佛祖现身帮忙。

佛祖问："你有何困难？"

"我请求您帮我想个办法，让我尽快离开这鬼地方，我累得实在是不行了。"樵夫疲惫地坐在地上。

"好吧，我教你一个办法。"说完，佛祖把手向农夫身后一指说，"你往身后瞧去，看见的是什么？"

"身后是一片茫茫白雪，只有我上山时留下的脚印。"樵夫不解地说。

"你是站在脚印的前方还是后方？"

"当然是站在脚印的前方，因为每一个脚印都是我踩下去后才留下的。"

"这就是说，你永远站在自己走过路途的顶端。只是这个顶端会随着你脚步的移动而变化。你只需记住一点，无论路途多么遥远，多么坎坷，你永远是走在自己路途的顶端，至于其他的问题你无须理会。"说完，佛祖便消失了。

樵夫照着佛祖的指示，果然轻松愉快地翻过山头回到了家。

实现目标，要靠自己一步一步完成。只要持续不断地努力，必可心想事成。

4. 拥有一颗坚强的心

一天，一个年轻人去见一位智者。

"请问，怎样才能成功呢？"年轻人恭敬地问。

智者笑了笑，递给年轻人一颗花生："它有什么特点？"

年轻人愕然。

"用力捏捏它。"智者说。

年轻人用力一捏，当然捏碎的是花生壳，却留下了花生仁。

"再搓搓它。"智者说。

年轻人照着智者的话做，毫无疑问，花生的红色种皮也被自己搓掉了，只留下白白的果实。

"再用手捏它。"智者说。

年轻人用力捏着，但是他的手无法再将它毁坏。

"用手搓搓看。"智者说。

当然，什么也搓不下来。

"虽屡遭挫折，却有一颗坚强的百折不挠的心。这就是成功的秘密。"智者说。

大智慧

成功的秘诀之一就是握紧失败的手，然后百折不挠地坚持下去。坚定的意志和强烈的欲望永远是成功的不二法则。

5. 大海里的船

在大海上航行的船没有不带伤的。

英国劳埃德保险公司曾从拍卖市场买下一艘船，这艘船1894年下水，在大西洋上曾一百三十八次遭遇冰山，一百一十六次触礁，十三次起火，二百零七次被风暴扭断桅杆，然而它从没有沉没过。劳埃德保险公司基于它不可思议的经历及在保费方面所带来的可观收益，最后决定把它从荷兰买回来捐给国家。现在这艘船就停泊在英国萨伦港的国家船舶博物馆里。不过，使这艘船名扬天下的却是一名来此观光的律师。当时，他刚打输了一场官司，委托人也于不久前自杀了。尽管这不是他的第一次失败辩护，也不是他遇到的第一例自杀事件，然而，每当遇到这样的事情，他总有一种负罪感。他不知该怎样安慰这些在生意场上遭受了不幸的人。当他在萨伦船舶博物馆看到这艘船时，忽然有一种想法，为什么不让他们来参观参观这艘船呢？于是，他就把这艘船的历史抄下来，和这艘船的照片一起挂在他的律师事务所里，每当商界的委托人请他辩护，无论输赢，他都建议他们去看看这艘船。它使我们知道：在大海上航行的船没有不带伤的。

大智慧

虽然屡遭挫折，却能够坚强地百折不挠地挺住，这就是成功的秘密。

6. 四川和尚

从前四川有两个和尚，一个很有钱，每天过着舒舒服服的日子；另一个很穷，每天除了念经之外，还得到外面去化缘，日子过得非常艰苦。

有一天，穷和尚对有钱的和尚说："我很想到印度去拜佛，求取佛经，你看如何？"

有钱的和尚说："路途那么遥远，你要怎么去？"

穷和尚说："我只要一个钵、一个水瓶、两条腿就够了。"

有钱的和尚听了哈哈大笑，说："我想去印度也想了好几年，一直没成行的原因是旅费不够。我的境况比你好，我都去不成，你又怎么去得成？"

过了一年，穷和尚从印度回来了，还带了一本印度的佛经送给有钱的和尚。有钱的和尚看他果真达成了愿望，惭愧得面红耳赤，一句话也说不出来。

大智慧

俗话说："天下无难事，只怕有心人。"意思是说只要下定决心，有恒心、有毅力，那么天底下再难的事也会变得容易。

7. 勇敢地追求自己的目标

　　远古时代，在我国北部，有一座巍峨雄伟的成都载天山，山上住着一个巨人氏族叫夸父族。夸父族的首领叫夸父，他身高无比，力大无穷，意志坚强，气概非凡。那时候，世上荒凉落后，毒蛇猛兽横行，人们生活凄苦。夸父为了本部落的人能够活下去，每天都率领众人跟洪水猛兽搏斗。夸父常常将捉到的凶恶的黄蛇挂在自己的两只耳朵上作为装饰，并引以为荣。

　　有一年，天大旱。火一样的太阳烤焦了地上的庄稼，晒干了河里的流水。人们热得难受，实在无法生活。夸父看到这种情景，就立下雄心壮志，发誓要把太阳捉住，让它听从人们的吩咐，更好地为大家服务。

　　一天，太阳刚刚从海上升起，夸父就从东海边上迈开大步开始了他逐日的征程。夸父身高力大，一迈步便震得大地摇晃，而他一脚踏下去，就在浙江临海的复釜山下，留下一个长长的巨人脚印。太阳在空中飞快地转，夸父在地上疾风一般地追。他追了九天九夜，离太阳越来越近，红彤彤、热辣辣的太阳就在自己的头上。这天中午时分，夸父追逐太阳到湖南沅陵一带，他跑得又饿又累，就停下来用三块石头架起锅做饭。他吃完饭，见太阳已经偏西了，就赶紧迈步追上去。后来，那三块石头便成了辰州东面的三座大山。太阳快落山了，夸父离太阳越来越近。到了甘肃东部的泾川，他停下来歇了一会儿，把鞋里的土块和石子往外一倒，就成了一座小山，人称振履堆。

夸父又跨过了一座座高山，穿过了一条条大河，终于在禺谷就要追上太阳了。这时，夸父心里兴奋极了。可就在他伸手要抓住太阳的时候，由于过度激动，身心憔悴，突然，夸父感到头昏眼花，竟晕过去了。他醒来时，太阳早已不见了。

夸父依然不气馁，他鼓足全身的力气，又准备出发了。可是离太阳越近，太阳光就越强烈，夸父越来越感到焦躁难耐，他觉得浑身的水分都被蒸干了，当务之急，他需要喝大量的水。于是，夸父站起来走到东南方的黄河边，伏下身子，猛喝黄河里的水，黄河水被他喝干了，他又去喝渭河里的水。谁知，他喝干了渭河水，还是不解渴。于是，他打算向北走，去喝一个大泽的水。可是，夸父实在太累太渴了，当他走到中途时，身体就再也支持不住了，慢慢地倒下去，死了。

夸父死后，他的身体变成了一座大山，这就是"夸父山"，据说，位于现在河南省灵宝市西边的灵湖峪和池峪中间。夸父死时扔下的手杖，也变成了一片五彩云霞一样的桃林。桃林的地势险要，后人把这里叫作"桃林寨"。

夸父死了，他并没抓住太阳。可是天帝被他勇敢的英雄精神所感动，惩罚了太阳。从此，他的部族年年风调雨顺，万物兴盛。夸父的后代子孙居住在夸父山下，生儿育女，繁衍后代。

> **大智慧**
>
> 勇敢追求自己的目标，不达目的，誓不罢休，这是夸父留给我们子孙后代的一笔享之不尽、用之不竭的精神财富。每个人都有自己的梦想和追求，也许在实现这些梦想的过程中，我们会遇到种种阻挠和挫折，如果轻易放弃，那么梦想永远也只是梦想，但是，如果你有克服千难万险的决心和信心，那么你离成功也就不远了。

8. 跳出厌倦的小水沟

一只小青蛙厌倦了常年生活的小水沟——水沟的水越来越少，它已经没有什么食物了。小青蛙每天都不停地蹦，想要逃离这个地方。而它的同伴整日懒洋洋地蹲在浑浊的水洼里，说："现在不是还饿不死吗？你着什么急？"终于有一天，小青蛙纵身一跃,跳进了旁边的一个大池塘,那里面有很多好吃的,它可以自由游弋。

小青蛙呱呱地呼唤自己的伙伴:"你快过来吧,这边简直是天堂!"但是它的同伴说:"我在这里已经习惯了,我从小就生活在这里,懒得动了!"

不久,水沟里的水干了,小青蛙的同伴活活饿死了。

大智慧

只有敢于打破自己固有的定式,才可能改变自己的命运,才可能拥有更加广阔的发展空间。那些死守习惯、不愿脱离惯有轨迹的人永远都是狭隘的,他们永远不会有所突破。

9. 圣人的勇气

卫国有个太保叫阳虎,刚巧孔子的相貌像阳虎。

有一天,当孔子周游来到匡地时,人们就把他包围起来,孔子却照样弹琴吟唱。

子路问孔子:"老师怎么一点儿都不害怕呢?"

孔子说:"在水里行走而不避蛟龙,这是渔夫的勇气;在山中行走而不怕猛虎,这是猎人的勇气;在战场上面对敌人而不怕刀剑,这是烈士的勇气。知道命运有变通,面临大难而不恐惧,这是圣人的勇气。

"在这四种勇敢中，渔夫与猎人是为了谋生；既然选择这样的行业，只有锻炼身体与技艺，如此在遇到蛟龙和猛虎时，说不定还有胜算。至于烈士之勇，所要面对的是人间的恶势力，必须培养万夫莫敌的气势，并且视死如归。那么，何谓圣人之勇呢？

"圣人并不是指德行完美的伟人，而是指能够知道人生的命与运，然后不受情绪干扰的人。遇困厄时静以待变，便是所谓的'圣人之勇'。"

果然，不久来了一位武士，对孔子说："对不起，我们误以为你是阳虎，所以才围住你。现在知道你不是，我们已撤了围兵，请先生上路吧！"

大智慧

美国著名作家海伦·凯勒说："要勇敢，要学会受苦。你所能做的勇敢活下去的一切——不性急也无抱怨地——都会协助你有朝一日生活在欢乐满足之中。"

10. 打破神像，拾起你的金子

穷人供奉了一尊神像。他虔诚地祈求神为他赐福，结果他变得越来越穷了。

后来，他一气之下抓起那尊神像向墙上摔去，神像的头破了，脑壳里掉出许多金子来。这人把金子拾起来，大声地说："我看你既可恶又愚蠢，我尊敬你的时候，你一点儿好处也不给我；我打烂了你，你却给我这么多好东西。"

大智慧

在生活中，我们自觉不自觉地造了许许多多的神像。我们渐渐地习惯仰视，习惯了充当忠贞不贰的信徒。我们不知道每一尊神像里其实都可能藏着金子，只有打碎了它，你才能获得金子。每个人都应该勇于打破那尊神像，拾起属于自己的金子。

11. 未封口的信

这几个人是刚刚招进公司的销售人员，总经理看了看他们，很严肃地指着报架说："这个报架顶端有一封信，虽然没有封口，但是你们谁也不许打开看。"

几个人面面相觑，都是满脸的不解之色，终于，其中一个比较勇敢的员工问

道："为什么？报架不是对所有内部人员公开的吗？"

没想到总经理当时就火了："告诉你们不能看就是不能看，哪有这么多为什么！"吓得那个员工吐了吐舌头，一句话都没说出来。

半个月过去了，新来的员工渐渐熟悉了公司的环境，也开始像老员工们那样随便去取阅报架上的报刊了，但是因为总经理的那句吩咐，他们谁都未曾去动那个顶层上的信封，以至于信封上渐渐落满了尘土。

终于有一天，一个小伙子实在忍不住好奇心打开了那个信封：里面竟是一份销售经理的任职书！而且上面标明：这份任职书的主人，就是首先打开这封信的人。

正当众人们既嫉妒又迷惑，同时还在为这位小伙子担心时，总经理笑眯眯地走了过来："销售是最需要创造力的工作，我一直在等着你这位敢于突破既定规则的人。"

就这样，小伙子成了销售经理，最终，他真的没让上司失望。

大智慧

成功从不曾对任何人封口，但人们却往往被无形的封口挡在门外，至于你能不能收获成功，就看你是不是有勇气伸出打破既定条条框框的手。

第十二章
机遇只垂青有准备的人

幸运本是难以捉摸的，总在人间飘浮不定。经常会有人在幸运来临时却抓不住机会，当机会一去不复返时，才又追悔莫及。

1. 一棵桃树的遭遇

三月的春风吹开了一树树桃花。一棵长在屋旁的桃树，也在这明媚的春光中绽放自己美丽的生命。许多人在桃树下驻足观赏，纷纷赞美桃花的艳丽。桃树想：桃花再美，也终有开败的时候，这不是我最终追求的目标。

桃花落了，春也去了，桃树结了许多桃子。桃子成熟了，个个令人垂涎三尺，许多过路人纷纷称赞桃子，并希望得到桃树主人的赏赐。桃树想：桃子再诱人，也终有离开枝头的一天，这不是我最大的梦想。

桃子还没摘完，桃树就遭厄运。主人心爱的小孙子上树摘桃子，不幸从树上摔下来骨折了，主人一怒之下，砍倒了桃树，并把它扔在了肮脏的小路边。

小猪在它身边打滚，小狗在它身旁撒尿，小鸡在它身侧拉屎，小猫在它身上打瞌睡。桃树想：多么悲惨的生活呀，可潮涨也有潮落的一天，这不是我最终的命运。

一个到了乡间采风的歌唱家发现了这棵被砍倒的桃树，觉得它很不一般，于是就把它带给了他的雕刻家朋友。

雕刻家非常喜欢朋友带来的礼物，殚精竭虑，废寝忘食，终于把桃树雕成了一件既充满灵气又让人遐想无穷的艺术品。

后来，这件艺术品被收藏在博物馆，因为这样可以让更多的人来观赏，并不断地从它身上汲取艺术的力量，获得无穷的灵感。

桃树想：无论是受到赞美还是遭到凌辱，我都没有放弃自己的追求，现在我终于过上了

最有意义的生活。

2. 放走机会

　　一个青年决定外出寻宝，他经历了千辛万苦，终于在热带雨林中找到了两棵稀有的树木。这种树木的树心散发着浓郁的香味，把一小截树枝放入水中不浮反沉。青年十分高兴，拖着这两棵树到集市上去卖。

　　整整一上午，青年的树无人问津，而旁边卖炭的人生意却十分好。青年觉得卖炭更划算，便将自己的树也烧成了木炭。这下，青年果然很快就将木炭卖光了。他揣着钱袋，回家高兴地把此事告诉了父亲。

　　谁知老父亲听完后却连声惋惜，他遗憾地对青年说："孩子，你所找到的正是世上最珍贵的沉香树啊，从它上面切一小块磨成碎末，价钱也顶过你卖一年的木炭。"

　　青年追悔莫及，恨自己有眼无珠，白白糟蹋了珍贵的宝物。

3. 蚂蚁与小鸟

　　冬天，蚂蚁正忙着把潮湿的谷子晒干。饥饿的小鸟跑来，向它们乞讨食物。蚂蚁问它："夏天你为什么不去收集食物呢？"

　　小鸟回答说："那时没有时间，我忙于唱美妙动听的歌。"

　　蚂蚁笑着说："夏天你忙着唱歌，冬天为什么不继续去跳舞呢？"

4. 机会一直在你身边

有一位印度长者对阿利·哈费特说："如果你能得到拇指大小的钻石，就能买下附近所有的土地；如果你能找到钻石矿，那么就能够让你儿子坐上王位了。"从此，钻石的价值便深深烙进哈费特的心坎儿。

那天晚上，哈费特彻夜未眠，第二天一早便跑去找长者，问他到哪里才能找到钻石。长者发现他如此迷失，便更改了建议，希望打消哈费特的念头。

但是，已经沉入妄想中的哈费特完全听不进去，死皮赖脸地缠着长者，最后长者随口说："你要到很高很高的山里，寻找流着白沙的河，只要找到了白沙河，就一定挖得到钻石。"

于是，哈费特变卖了所有的家产，开始了他的寻钻之路。但是，他找了许久，始终找不到宝藏，最后在西班牙投海死了。

几年后，有人买下了哈费特的房子。当新屋主把骆驼带进后院的小河边，准备让骆驼饮水时，发现沙中竟然闪着奇怪的光芒。他立即拿了工具去挖，不久便挖到一块闪闪发光的石头。不知道这是什么的屋主，只觉得这个石块很漂亮，便将它放在炉架上。

有一天，那位长者来拜访这户人家，一进门，就发现炉架上那块闪闪发光的石头。长者惊奇道："这是钻石啊！是哈费特回来了？"

新屋主说道："没有啊！哈费特并

没有回来，这块石头是我在后院的小河旁边发现的。"

长者怀疑地说："不！你在骗我，当我进来一看，就知道这是颗钻石，我认得出这是块真正的钻石！"

于是，新屋主向长者讲明了他找到钻石的地方，两人便立刻来到小河边，开始挖掘。几分钟后，地下便露出一块比第一颗更为亮丽的石头，接着又陆续挖掘出许多钻石。

后来，献给维多利亚女王的那块钻石，也是出自这个地方，而且净重一百克拉。

大智慧

一味追逐物质，会丧失自己的价值。盲目的追逐者不清楚自己想要的是什么，所以盲目地追逐着不断成长的目标物，而自己却始终在原地踏步！

5. 莉蒂雅

莉蒂雅是意大利人，她出生在很久以前的庞贝古城。虽然自打出生就双目失明，但是莉蒂雅从来没有怨天尤人或者垂头丧气过。她非常热爱生活，对一切都充满了信心和希望。

稍稍长大一点儿后，她拒绝家人过分的呵护和别人出于同情而给予的帮助，坚持要像个正常人一样参加劳动，靠卖花自食其力。

几年后，维苏威火山大爆发，庞贝古城一下子陷入空前的灾难中，整座城市都被浓烟尘埃笼罩了。浓密的火山灰，遮住了太阳、月亮和星星，使整个大地一片漆黑。黑暗中，恐惧至极的居民惊慌失措地乱跑着，可是每个人都像走进了地狱一般，无论如何也找不到出路。

这时候，莉蒂雅出现了，她靠着自己多年来走街串巷卖花积累的经验，熟练地为大家指引着方向，并凭借自己异常灵敏的嗅觉与听觉引领大家避开各种危险。

最终，这位向来被大家认为"不中用"的盲女孩，拯救了成千上万的市民。后来，感激不已的市民们将她的名字写入了传记和小说中，并一直流传到现在。

大智慧

生命永远掌握在自己的手中。只有平时的点滴积累，才能在关键时刻成为救命的工具。

6. 笼鸟减食

养鸟的人捕了许多鸟，关在鸟笼里，天天观察，到时喂给食物。鸟尾巴毛长了，随时给剪短；每天挑出肥的来，送到厨房做菜肴。

其中有一只鸟，在笼子里思忖着："要是我吃多了，一长肥就得去送死；要是不吃，也得活活饿死。我应该自己计算食量。少吃一些，既能少长肉，又能使羽毛长得光滑，然后从笼里逃出去。"

这只鸟按自己的想法，减少食量，结果身子又瘦又小，羽毛又光滑，终于实现了愿望，逃了出去。

> **大智慧**
>
> 关在鸟笼的这只鸟没有让自己养得肥肥的，让人送到厨房去做菜肴，而是能够"宜自料量"，减少食量，结果身子瘦小之后逃生而去了。这告诉人们，自己要掌握自己的命运，就饮食而言，也不能暴饮暴食，必须掌握适度。

7. 挑剔的待嫁姑娘

从前有一位待嫁的姑娘，想给自己找个如意郎君。这本来合情合理，但是这位姑娘的标准实在是太挑剔了。她希望未来的丈夫年轻、聪明、帅气，此外还得无条件地爱她，绝不能妒忌。可是到哪里去找这样十全十美的人呢？

说来也奇怪，这位姑娘确实有福气，显贵的求婚者趋之若鹜，姑娘家门庭若市。但是这位姑娘实在太挑剔，别的姑娘求之不得的男人，她却嗤之以鼻，嫌这个人没有勋章，嫌那个人级别太低，要不就是鼻子太大，或是眉

毛太细。挑来选去，没有一个中她的意。

渐渐地，求婚者来得少了，一晃两年过去了。另外一些人又来求婚，只是求婚者的档次已经低了一级。

姑娘说："他们枉费心机，多么粗俗啊，想和我结婚，简直是异想天开！连过去被我拒绝的求婚者他们都比不了，别以为我迫不及待地要嫁人，其实姑娘家的日子过得也很惬意。我白天玩得快活，夜里睡得安稳。"

这批求婚者也被拒绝了。从此登门提亲的人越来越少，姑娘家门前冷落，车马稀少。年复一年，来提亲的人终于绝迹。而姑娘的青春年华已非从前。她百无聊赖，细数过去的女友，发现她们不是已出嫁就是已定亲了，唯独她一人被遗忘在闺中。

这位姑娘照照镜子，不禁伤感，时间一天天地夺取了她的美貌，过去她周围的崇拜者数不胜数，集会没有她便没有乐趣，而现在，只有老太婆们拉她去打牌。

高傲的美人已没了傲气，理智命令她赶快嫁人，再也不要挑剔了。恰好有个人向她提亲，她立即应允，并为此感到高兴，尽管新郎有点儿残疾。

> **大智慧**
>
> 一味地等待，过分挑剔，不知道满足，就会失去很多机会。

8. 机会来了

有位农民，在田野里劳作时总是边抡锄头边诅咒机会，说机会不平等，总是很少光顾自己，即便是偶尔来一次也是伪装着的，等自己明白过来，机会又走远了。

农民的诅咒让机会很心烦。一天，机会就托一位老者找到这位农民，告诉他三天后的凌晨有个机会要从他门口经过，到时会在他门口停上三秒钟，并会敲他家三下门，以免他再继续诅咒说不公平。并提醒农民抓机会时要做点儿准备：首先，要准确预测机会什么时候到他家门口；其次，要明白机会的形态是随着时代的发展而发展的，这次机会出现与以往不同，是手长肚大，他用左手敲门时，要让一个有力气的人把手抓住，同时还要准备一条铁锁链，找两个人把其肚子捆住，然后才能逮到机会。

农民听到这个消息后非常高兴，但他不会预测，他就到镇上找智者，智者听完农民的叙述后说："机会来临的时间不能帮你预测，要触犯天机，我帮你预测了不如我自己去抓住他，机会是要靠自己预测的。"农民又去找大力士，大力士平时就烦农民怨天尤人的习性，拒绝与他合作。农民接着去找铁匠和拉铁锁链捆机会的合作者，结果铁匠要现款，合作者要定金，农民没有钱，最后只有怏怏而回。

第二天，农民去地里的时候，又抢起了锄头，边干活边诅咒机会。

大智慧

机会的获得是靠积累的，平时不努力，不做任何准备，即使机会就在眼前，他也看不到。机会来了，也要有把握机会的能力才行。

---

9. 丢宝石下海

有个年轻人，想发财想到几乎发疯的地步，每每听到哪里有财路他便不辞劳苦地去寻找。有一天，他听说附近深山中有位白发老人，若有缘与他见面，则有求必应，肯定不会空手而归。

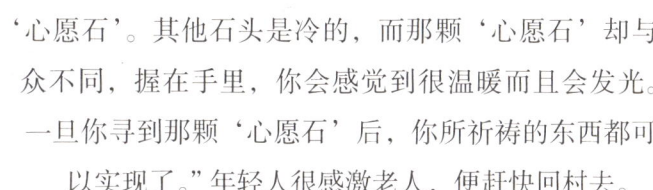

于是，年轻人便连夜收拾行李，赶上山去。他在那儿苦等了五天，终于见到了传说中的老人。他向老者请求，送了珠宝给他。老人便告诉他说："每天早晨，太阳未东升时，你到村外的沙滩上寻找一粒'心愿石'。其他石头是冷的，而那颗'心愿石'却与众不同，握在手里，你会感觉到很温暖而且会发光。一旦你寻到那颗'心愿石'后，你所祈祷的东西都可以实现了。"年轻人很感激老人，便赶快回村去。

每天清晨，年轻人便在沙滩上捡拾石头，发觉不温暖也不发光的，他便丢下海去。日复一日，月复一月，年轻人在沙滩上寻找了大半年，始终也没找到温暖发光的"心愿石"。

有一天，他如往常一样，在沙滩开始捡石头。一发觉不是"心愿石"，他便丢下海去。一粒、两粒、三粒。突然，"哇……"年轻人哭了起来，因为他刚才习惯性地将那颗"心愿石"随手丢下海去后，才发觉它是"温暖"的！

10. 从小事中挖掘机遇

有一个人在波士顿一家百货公司里当打字员，工作勤劳，薪水却不多，仅够糊上一家八口的嘴，不致挨饿。

但不幸的是，在意外的纠纷之中，他失业了。他们一家的生活，现在只有靠他妻子替别人洗衣服来维持了！

有一天，他在教两个大孩子认字，忽然来了一阵风，把桌上的纸吹起来了，掉得满地都是，他气恼万分，蹲下身去把纸逐一捡起来，叠成一叠。他无意中想到，假如用一个小夹子把这些纸夹起来，这样不是就不会被风吹走了吗？

这样的夹子，不是没有。可是市面上卖的夹子体积很大，用起来不方便。如果有人能想出一种轻便的夹子，能够用它把纸张夹住，那是多好的事啊！

有一晚，他用铁丝替太太编好一个篮子，剩下一些零碎、长短不齐的铁丝丢在桌子上。他随手拿起一条，无目的地扭弄着，时而扭向东，时而扭向西。

忽然，他灵机一动，就把那根小铁丝扭成了一个回形夹子，把它夹在一叠纸张上，拿起来一看，居然把纸张夹得牢牢的。

他一兴奋，又扭起第二个，扭得更美观些。再扭第三个，当然又更进了一步。这不由得令他想到：如何才能够把这些铁丝夹子扭得更快、更好？想了好几天，扭了好几十次，他终于想出制造"万字夹"的方法来了。

他和妻子商量了好一会儿，他希望太太能想办法借两千元，试行制造这种万字夹出售。

妻子勉为其难地答应了他的要求，几番奔波，才向人借来两千元钱。他就用这两千元钱买了一台小型的手摇机器，买进了几十磅铁丝，开始制造万字夹了。

制好以后，他又亲自拿着万字夹到各文具店推销。因为是新产品，不知道销路如何，所以大多数文具店不肯代销，只有少数商店勉强答应代销。

没想到，由于是新产品，而且用起来确实很方便，用的人很多。订购万字夹的文具店越来越多了，有不少店主还亲自跑到贫民区去找他要货。他由两个星期销出六十个万字夹，变成一天内销出六百个万字夹了。

八年后，他拥有了八家大工厂！这个人叫克朗宁——世界上有名的万字夹大王。

11. 幸运女神来临

从前，城外郊区有一幢破房子，三个穷兄弟结伴住在里面。他们干什么事情都不顺利，简直是事事受挫，处处碰壁。于是他们经常埋怨幸运女神不庇护他们。

有一天，幸运女神突然降临到他们的家里，一心一意要帮助他们。女神看到他们的贫苦生活，十分同情，决定整个夏天都留在这里，帮助他们。

整整一个夏天呢，时间可真是不算短呀！三个穷兄弟的遭遇有了转机。老大本来不会做生意的，现在他不论做什么生意，都一帆风顺，从来都没有亏过本。很快地，老大就成了大富翁，家财万贯。

老二到衙门里谋职，本来他只能做些文员工作，负责抄抄写写，突然时来运转，得到提拔，如今有人来致敬，有人请吃饭，眼看他就要得到一官半职，飞黄腾达，以后便会拥有财富和地位了。

老三呢？幸运女神当然不会忘记照顾他。但是他整个夏天都在抓苍蝇。不知道以前他抓得怎么样，现在是每次都不落空，次次都能抓到。只要他随便把手扬起，苍蝇就会自动落在他手中。现在他抓苍蝇的技能简直炉火纯青，精妙绝伦。

夏天过去了，幸运女神住够了预定的时间，便辞别了三兄弟继续前行了。这三个兄弟中有两个都得到了好处，一个很富有，一个得到了官职。唯独第三个还在口口声声地埋怨，说他没有得到女神的庇护，只好去讨饭。

大智慧

幸运本是难以捉摸的，总在人间飘浮不定。经常会有人在幸运来临时却抓不住机会，当机会一去不复返时，才又追悔莫及。

---

12. 从一件不起眼的小事开始

有一个农民不喜欢说话，但爱看书，给人的印象总是有点儿木讷忧郁。另外，他还有一个在当时农村算不上什么优点的爱好——种花养草，因而周围的人总有意无意地嘲笑他，说他的命苦，没生在好地方、好人家。但他对此都是充耳不闻，该怎样还是怎样。

有一天，他走进了正在改造的市区里，随意游转。他发现，在市政府的一侧有一块长满杂草的荒地。他站在那里看了半天，不由自主地说："唉，太可惜了，这要是整成花园，该有多好呀！"不想他的话音刚落，就有人在他身后搭话："你想得不错，能详细说说怎么个干法吗？"

他转身看到一个中年人正朝着自己笑，还有个年轻人站在身边。年轻人走上前说："这是新来的市长。"他看了看市长，说："如果你同意，我可以把这块荒地改成花园。"市长说："市里事情太多了，恐怕一时顾不上投资这个项目。"他却说："我不要钱，修成后由我来看管就行。"市长想了一下，有点儿感动地点了头答应："我同意。"他让秘书将此事通知有关部门，免得遭到干涉。

第二天，他便开着农用三轮车来了，车上装满了各种工具。他首先清走了垃圾，铲除了杂草，接着是平整园地，围扎栅栏，并让人写了个牌子："百万花园"——因为他的小名叫万万。

一个农民自费修花园的消息不胫而走，不但招来了许多市民的围观，也招来了电视台和报社的记者。当记者问他为什么要这么做时，他只是埋头干活，对记者的提问一句不答。越是这样，记者们越感兴趣，于是他和他的"百万花园"成了这个城市的焦点新闻。

不久，不少人由原来的瞧稀罕、看热闹而开始伸出援助之手，有人送来了树苗，有人送来了花种，附近一所中学的学生们放学后还来参加义务劳动。更有一家花圃，送来了玫瑰、蔷薇的插枝。另有一家木制品公司的老总听到消息后，表示要向"百万花园"免费提供长椅等设施。

几个月后，原来杂草丛生、垃圾遍地的荒地，变成了一座美丽的花园：木栅栏上披满了蔷薇的藤蔓，玫瑰花也开了。绿茵茵的草地，鹅卵石小径连接着一排排白色的木椅。人们走进去，可以自由地散步和休息……他笑了，但依旧寡言。这一年他已经四十二岁了。

后来，他并没有做"百万花园"的看管人，而是去了另外的一些城市。有的是被请去的，有的是他自己去的。当然，他不是去做报告，而是去设计花园。因为他通过长期的学习和努力，已成了一名园艺设计师。在许多城市的园林设计图上，都留下了他的名字，但令他最挂念、最骄傲和最满意的，还是"百万花园"——那是他改变自己生存方式的一个开始。

大智慧

"小事"并不小，切不可忽视。小事连着大事，一件件小事正是构成大事的细胞。而"小细胞"健康，"大机体"才会充满生机与活力。从一件不起眼的小事开始，并一次次地把它加以放大，也能成就伟大的事业。

---

13. 爱因斯坦

爱因斯坦是 20 世纪最伟大的科学家，他之所以能够取得如此令人瞩目的成就，与他一生具有明确的奋斗目标是分不开的。

爱因斯坦出生于德国一个贫穷的犹太人家庭，小学、中学时的学习成绩都不算好，可是他非常想向科学领域发展。怎么办呢？

对自己的成绩进行了分析，他发现：自己对物理的兴趣最高，而且其成绩也在所有功课当中最好。于是，在读大学时，他选择了瑞士苏黎世联邦理工学院的物理学专业。由于自我定位非常准确，很快，爱因斯坦在物理方面的潜能便得到了超常的发挥。26 岁那年，他就发表了科研论文《论分子尺度的新测定》。此后几年，他又先后发表了数篇在全世界都很有影响力的论文，不但发展了普朗克的量子概念，解释了光电效应，还宣布了狭义相对论，推动了人类认识宇宙的重大变革。

想想看，如果当年爱因斯坦所定的目标是天文学、文艺学或者其他什么学科，恐怕就很难取得像在物理领域这样辉煌的成绩了吧？

更值得一提的是，他不但有可贵的自知之明，而且对已经确定了的目标从不半途而废。比如 1952 年，鉴于他的突出成就，以色列政府在第一任总统逝世后邀请他接受总统职务，他立刻拒绝了。的确，如果爱因斯坦真的当了总统的话，之后那么大的建树恐怕就再也无从谈起了。

大智慧

即便是百发百中的神枪手，如果他漫无目标地乱射，也不能达到目的、取得胜利。人生也一样，如果没有明确的目标，做什么事就都很难成功。

14. 马蹄铁与酸梅子

父子二人正徒步穿越沙漠，走了许久之后，大漠还是茫茫无边。看看食物和水都已经不多，两人便极其节省地使用，生怕撑不到最后。

饥渴难忍之下，疲惫不堪的两人相偎着坐下来休息。忽然，儿子的屁股被什么东西硌了一下，他伸手挖出来一看，原来是一块马蹄铁。

"可能是路人遗失的。"父亲说道，"把它装进包里吧。"

"什么？"儿子很不屑地回答道，"我们都已经累成这样了，还要带这么重的一块铁？又没什么用！"他伸手指了指前面一望无际的大漠。

"不，它会有用的，带上它吧。"父亲吩咐道。

"我不带，要带你自己带。"儿子固执着。

就这样，父亲把那块马蹄铁装进了自己的包里。又走了两三天之后，他们终于来到了一个小小的绿洲上，由于身无分文，父亲便把那块马蹄铁拿出来换了几百枚钱，然后又用这些钱买了几斤酸梅子。

重新踏进沙漠之后，已经没有水喝的儿子再度陷入了绝境。前面的父亲一句话不说，只是拿出酸梅子来开始吃，每吃一颗丢下一颗。为了活命，儿子不得不一路弯腰捡着父亲丢下的梅子。

大智慧

机会是上天的恩赐，也是一个人发展自我的最佳平台，当它到来时，哪怕你并不晓得它有什么价值，也一定要抓住。因为一旦错过，再弥补往往需要付出十倍、百倍的代价。

15. 修车工人与汽车大王

十几年前，亨利还是一家修理厂的修车工人。那时候的他虽然薪水菲薄，却常常在闲暇时凝望工厂对面的五星级餐厅，渴望有朝一日能够坐在那里面大吃一顿。

某个月底，刚刚领到薪水的亨利鼓起勇气走进了那家富丽堂皇的高级餐厅。不想仅一会儿工夫，他的兴致便被一盆冷水浇熄了——在他呆坐了差不多15分钟之后，居然还没有一个服务生过来招呼他。没办法，他只好伸手示意要点餐。直到这时，一个小个子服务生才勉强走到他桌边，然后不耐烦地把菜单扔在了他面前。

亨利打开菜单仔细看起来。刚看了几行，旁边站着的服务生便以一种轻蔑的语气说道："你只适合看右边的部分（意思是价格），左边的部分（意思是菜肴），你就不必费神了！"亨利惊愕地抬起头来，双眼愤怒地盯着服务生那带着不屑表情的脸，他真想把攥得紧紧的拳头砸向那个扁扁的脑袋，可一想到自己口袋里那点儿可怜的薪水，他的怒气就化成了泄气。

"一个汉堡。"亨利有气无力地说道，以此结束了这场尴尬的僵局。

服务员轻哼一声转身走了。

吃着那个比快餐店贵出四倍价钱的汉堡，亨利的心里充满了悲哀。但是不久之后，他便渐渐冷静下来，不再生气，而是开始鼓气——他立志要成为上流社会的人物，要成为国家顶尖的富翁，永远不再遭受今天的羞辱。

从那以后，他开始坚持不懈地朝着梦想前进。十几年过去了，他已经由一个平凡的修车工人，成为叱咤风云的汽车大王。他的名字叫亨利·福特，你一定知道这个名字吧？

大智慧

一件不幸的事情背后，总会隐藏着更大利益的种子。把这粒种子埋入你充满潜能的沃土中并悉心照料，早晚有一天，它会成长为参天大树。

第十三章

把自己作为终生对手

　　每个人都是一座山。在世间，永远是山外有山，一山更比一山高。世界上最难攀越的山，其实是自己。我们欲求上进，最需要做的是超越自己；最难做到的，也是超越自己。但向上走，即使是一小步，也会有新高度。所以，做最好的自己吧！

1. 不要等待别人解决你的痛苦

有一只兀鹰，猛烈地啄着村夫的双脚，将他的靴子和袜子撕成碎片后，便狠狠地啃起村夫的双脚来了。

这时有一位绅士经过，看见村夫如此鲜血淋漓地忍受痛苦，不禁驻足问他："为什么要受兀鹰的啄食呢？"

村夫回答："我没有办法啊。这只兀鹰刚开始袭击我的时候，我曾经试图赶走它，但是它太顽强了，几乎抓伤了我的脸颊，因此我宁愿牺牲双脚。呵，我的脚差不多被撕成碎屑了，真可怕。"

绅士说："你只要一枪就可以结束它的生命呀。"

村夫听了，尖声叫嚷："真的吗？那么你助我一臂之力好吗？"

绅士回答："我很乐意，可是我得去拿枪，你还能支撑一会儿吗？"

在剧痛中呻吟的村夫，强忍着撕扯的痛苦说："无论如何，我会忍下去的。"

于是绅士飞快地跑去拿枪。但就在绅士转身的瞬间，兀鹰突然拔身冲起，在空中把身子向后拉得远远的，以便获得更大的冲力，如同一根标枪般，把它的利喙刺向村夫的喉头，深深插入。村夫终于等不及地死了。死前稍感安慰的是，兀鹰也因太过费力，倒毙在村夫的血泊里。

不要等待别人解决你的痛苦，只要愿意，你就可以拯救自己，消除自己的痛苦。你是你命运的主人，抱怨和忍耐都是徒劳的。只要你想摆脱，一定是有方法的，只是你没有找到罢了。

2. 自己的事必须自己做

宋朝著名的禅师大慧门下有一个弟子道谦。道谦参禅多年，仍不能开悟。一天晚上，道谦诚恳地向师兄宗元诉说自己不能悟道的苦恼，并求宗元帮忙。

宗元说："我很高兴能够帮助你，不过有三件事我无能为力，你必须自己做。"

道谦忙问是哪三件事。

宗元说："当你肚子饿时，我不能帮你吃饭，你必须自己吃；当你想大小便时，你必须自己解决，我一点儿也帮不上忙；最后，除了你之外，谁也不能驮着你的身子在路上走。"

道谦听罢，心胸豁然开朗，快乐无比，他感到了自我的力量。

你是自己的发动机，你让自己变得非常有力量，和别人不一样。成功靠自己，自己的事必须自己做。从现在开始，立即行动，相信自己，成功由自己决定。

3. 相信自己

小蜗牛问妈妈："为什么我们从生下来起，就要背负这个又硬又重的壳呢？"

妈妈："因为我们的身体没有骨骼的支撑，只能爬，又爬不快，所以要用这个壳来保护自己！"

小蜗牛："毛虫姐姐没有骨头，也爬不快，为什么她却不用背这个又硬又重的壳呢？"

妈妈："因为毛虫姐姐能变成蝴蝶，天空会保护她啊！"

小蜗牛："可是蚯蚓弟弟也没骨头，也爬不快，也不会变成蝴蝶，他为什么不背这个又硬又重的壳呢？"

妈妈："因为蚯蚓弟弟会钻土，大地会保护他啊！"

小蜗牛哭了起来："我们好可怜，天空不保护，大地也不保护。"

蜗牛妈妈安慰他："所以我们有壳啊！我们不靠天，也不靠地，我们靠自己。"

大智慧

有时候事情就是如此，当它把通往希望和成功的其中一条道路关闭时，它会同时打开其他一条或者好几条通往希望和成功的道路，千万别灰心，相信你自己，总会有办法的。

4. 多一分干净

老禅师与小和尚在庭院里行走，突然刮起一阵风，从树上落下了好多树叶。老禅师便弯下腰，将树叶一片一片地捡起来，放在口袋里。

身旁的小和尚劝道："师傅，不要捡了，反正明天一大早，我们都会打扫。"

老禅师不以为然地说："话不能这样说，打扫，难道就一定会干净吗？我多捡一片，就会使地上多一分干净啊！"

小和尚又说："落叶那么多，您前面捡，它后面又落下来，您怎么捡得完呢？"

老禅师边捡边说："落叶不光是在地面上，落叶也在我们的心里。我捡我心里的落叶，终有捡完的时候。"

小和尚听后，若有所悟。

大智慧

每个人都有缺点，不可能很快全部改正。但是，能改一点儿，心灵就干净一分，不是也很好吗？

5. 飞越双黄线

在某市的一个郊区，有一个农民牵着一头水牛过马路。当走到马路中间的双黄线旁时，那头水牛停在那里，怎么也不肯再向前走了。水牛停在马路中间，造

成了交通阻塞。农民急得满头大汗，拼命牵牛，可水牛就是纹丝不动。

交警走过来，帮忙一起驱赶牛，仍然是无济于事。交警急了，用力拍打牛屁股，拍得很响。这时，围观的人群中有人说："只听说过'拍马屁'，还没有见过有人'拍牛屁'呢！"人群中爆发出一阵笑声，使交警非常窘迫，可是那头水牛仍然稳如泰山，雷打不动。这名交警有些气急败坏，便解下皮带，对着水牛一阵狂抽，牛的主人也边吆喝边向前用力牵牛。过了一会儿，大概那牛被打得疼痛难忍，也看出主人和交警逼着它向前穿过双黄线，不过去是不行了。它突然大叫了一声，挣脱主人手中的缰绳，后退了几米，然后向前助跑，腾空而起，飞越了双黄线。

在场的人都惊呆了，谁都没有想到，水牛最终会以这种高难度的动作越过双黄线。

原来在水牛的眼里，马路中间的双黄线是无法逾越的"一堵墙"，它在交警和主人的逼迫下，万般无奈之中成功地飞跃了"障碍"。其实它并不知道，只要迈开腿就可以轻松地跨过去。

大智慧

我们最大的敌人，往往不是外界的困难，而是无法战胜内心的恐惧，是我们自己内心的"双黄线"囚禁了自己。战胜自己，跨越"双黄线"，没准就是晴朗的天。

6. 井底之蛙

有一天，公孙龙对好友魏牟说："过去，我以为自己的学识渊博，很少把别人看在眼里。前些天，听了庄周的一番话，我才知道自己错了。原来，世上还有许多比我强的人啊！"

魏牟说:"过去,你是用竹管望天,以为天只有管子那么大;用铁锥探地,以为地只有锥子那么厚,结果把自己孤立起来了。其实,个人的智能总是有限的,天下的学问则是无穷的,永远不能自满啊。"

大智慧

古人说:"自夸智慧并不是真正的智慧,谦让的智慧才是大智;自夸勇敢并不是真正的勇敢,谦让的勇敢才是真正的大勇。"

---

7. 寻找梦中仇人

春秋时期,齐国有个武士名叫宾卑聚。他从小习武,为人勇敢,但是喜欢炫耀自己的勇武,而且虚荣心也很强,整天打扮成侠客的模样,佩戴一把宝剑,在大街上逛来逛去,耀武扬威,人们都躲着他。

人们躲着他,并不是因为怕他,而是因为人们都知道他的毛病,又没有什么利害冲突,谁也不愿意招惹他。所以一直到他六十岁时,也没有遇到过向他挑衅的人。

有一天夜里,他回想起几十年来的往事,因没有遇到一个主动向自己挑衅的人而感到遗憾,想着想着,不知不觉就睡着了。在睡梦里,他看见一个膀大腰圆的壮士迈着大步向他走来,厉声呵斥他,还往他脸上吐唾沫。宾卑聚被这个噩梦惊醒,发现自己原来是在做梦。

俗话说:"日有所思,夜有所梦。"这事儿若是换了别人也就不在意了,可是宾卑聚觉得自己的自尊心受到了伤害,因此感到很不痛快,后半夜也没有睡着。

天亮以后,他找来几个朋友,对他们说:"你们都知道我的为人。我在年轻时就学习武艺,崇尚勇敢,现在六十岁了,还没有遇到过任何主动挑衅的人,更没有受到过任何屈辱。昨夜在梦里我不但遇到了挑衅,还遭到侮辱。我发誓去寻找梦中那个模样的仇人,三天之

内，如果找到他就羞辱他一番，报梦中的仇怨；如果找不到他，我也没脸再活下去了！"

朋友们也都答应与他一道去寻找。他们每天从早到晚在十字路口，寻找梦中仇人。路口过往的行人很多，宾卑聚一一仔细辨认，却没有找到那个梦中仇人。三天过去了，梦中的仇人没有找到，朋友们也都累了，各自回家休息去了，宾卑聚回到家以后就自杀了。

大智慧

宾卑聚就连梦中不存在的仇人都不肯放过，多么偏狭啊！容不得一点儿羞辱，其实不是勇敢，只能证明内心的脆弱。

8. 雕花的良弓

从前有个猎人，射箭的技巧非常精湛，每次村里的年轻人一同出外打猎，他猎到的动物都最多，大伙儿便封了他一个头衔：猎王。

猎王原来用的那把弓，外表平实，很不起眼。有了猎王的头衔之后，他想："我的身价已经跟以前大不相同了，如果再用这把难看的弓，一定会遭人笑话。"于是，便把旧弓丢弃了，另外找人制造了一把新弓，上面雕刻了非常精致的花纹，每个人见了都忍不住摸一摸，称赞几句。猎王更得意了。

有一天，村里举行射箭比赛，猎王带着美丽的新弓，很神气地到达比赛地点。轮到他出场时，大伙儿都鼓掌喝彩，准备看他一显身手。

只见猎王拈弓搭箭，才将弦一拉紧，那美丽的雕花弓竟然当场折断了。在场的人个个哄堂大笑，猎王面红耳赤，一时窘得说不出话来。

大智慧

为了形式而伤害内容，无疑是在做蠢事。当一个人丢掉了务实的作风，开始注重形式时，他的事业就要走下坡路了。

9. 找到真实的自我

老虎来到小鸟跟前，看见小鸟正在自由地尽情歌舞。

"你这个细手细脚的丑东西，在叫什么、跳什么啊？你有本领敢和我比赛吗？"老虎斜着眼睛对小鸟说。

"你为什么随便讥笑我？"小鸟气愤地说，"那好吧，我们就来比赛在树枝上跳舞吧！"

"这有什么了不起啊，跳就跳吧！"老虎回答道。

小鸟利用它灵活而小巧的身体，在树枝上跳了起来。

老虎费了九牛二虎之力，也无法爬上树，在地上干着急。老虎只好认输，离开森林来到了田间，看见一只鼹鼠正睡在田埂上晒太阳。

"世上怎么会有这样的东西，连脚都没有啊！"老虎嘲笑鼹鼠说。

"你不要这样欺负人！"

"我就要这样说，你能怎么样？有本事你就跟我比赛。"

"那我们来比赛从人中间跑过去，看谁不挨打，好吗？"鼹鼠说。

"这有什么了不起啊，跑就跑吧！"老虎回答道。

鼹鼠跑向人群，人们都争先恐后地脱下衣服来抓它。鼹鼠很快就从慌乱的人们的脚下溜走了。

接下来，轮到老虎在人群中跑了。很奇怪的是，人们都拿起了棍子和大棒来打它，还从不远处传来了猎人的枪声。老虎吓得六神无主，拖着尾巴，灰溜溜地逃跑了。

老虎垂头丧气，一瘸一拐地去追鼹鼠。

好不容易赶上了鼹鼠，它指着鼹鼠的脚问道："这是什么？"

"不是脚是什么啊！"鼹鼠坦然地回答。此时，鼹鼠看到老虎的脚被人打伤了，忍不住指着老虎脚上的伤疤笑道："这是什么？"

老虎被鼹鼠嘲笑得恼羞成怒，想把鼹鼠吃掉。可是鼹鼠很快就溜开了。

老虎非常狼狈地躺在烂泥塘边喘息。当它看到泥塘里的螺蛳的时候，它竟忘记了前两次的教训。"世界上再也没有比你更丑的东西了。唉！可怜啊！想给你东西吃，你又没有嘴；想给你马让你骑，你又没有脚，你说你能做什么呢？"

螺蛳说："虎大哥，那就请你下来和我比赛过这个泥塘吧！"

老虎想：我只要两下就跳过去了，看你怎么赢得了我？

于是，老虎不以为然地说："当然可以啊！"

比赛开始了。螺蛳稳稳地向前移动着。

老虎好胜心切，用尽全身力气向泥塘跳去，结果是四只脚都陷了进去。它越想爬出来，反而陷得越深。眼看螺蛳已经赶上它了，它一急，又准备向上跃，结果陷得更深，最后只露出一个头在外面。螺蛳到了对岸，回过头来看老虎时，除了冒出一些水泡外，再也看不见老虎的影子了。

大智慧

大千世界，林林总总，每个人都是不可缺少的一个，都有自己的优点和缺点。每个人都要为自己树立一面镜子，找到真实的自我，不骄傲，不夸张，戒骄戒躁。这才是做人最好的心态。

10. 杨布打狗

从前，在一个不太出名的小山村，住着一户姓杨的人家，靠在村旁种一片山地过日子。这户人家有两个儿子，大儿子叫杨朱，小儿子叫杨布，两兄弟一边在家帮父母耕地、担水，一边勤读诗书。这兄弟两人都写得一手好字，交了一些诗文朋友。

有一天，弟弟杨布穿着一身白色干净的衣服兴致勃勃地出门访友。在快到朋友家的路上，不料突然下起雨来了。雨越下越大，杨布正走在前不着村、后不落店的山间小道上，只好硬着头皮冒着大雨，被淋得落汤鸡似的跑到了朋友家。

杨布在朋友家脱掉了被雨水淋湿了的白色外衣，穿上了朋友的一身黑色衣服。朋友家里招待他吃过饭，两人又谈论了一会儿诗词，评议了一会儿前人的字画，越谈越投机，越玩越开心，不觉天快黑下来了。杨布就把自己被雨水淋湿了的白色外衣晾在朋友家里，穿着朋友的一身黑色衣服告辞朋友回家。

杨布走到自家门口了。这时，杨布家的狗却不知道是主人回来了，从黑地里猛冲出来，对他汪汪直叫。一会儿，那狗又突然后腿站起，前腿向上，似乎要朝杨布扑过来。

杨布被自家的狗吓了一跳，十分恼火。他愤怒地向狗大声吼道："瞎了眼，连我都不认识了！"于是顺手抄起一根木棒要打那条狗。

这时，哥哥杨朱听到了声音，立即从屋里出来，一边阻止杨布，一边唤住了正在狂叫的狗，并且说："你不要打它！你想想看，你白天穿着一身白色衣服出去，这么晚了，又换了一身黑色衣服回家，假若是你自己，一下子能辨得清吗？这能怪狗吗？"

杨布不说什么了，冷静地思考了一会儿，觉得哥哥讲的也是有道理的。狗也不汪汪地叫了，一家人又恢复了之前的快乐。

大智慧

若自己变了，就不能怪别人对自己另眼相看。别人另眼看自己，首先要从自己身上找原因。

11. 君子坦荡荡

每次子贡做错了事情，总是公开承认自己的过错。宰予不赞成他的做法，说："你这样做未免有点儿太过分了。做错了一点儿事情怕什么呢？错了，自己改了就行了，为什么总要公开地认错呢？"

子贡说："君子之过，无须避人。就像日食和月食一样，君子的过错，从整体上看，只是一小部分；从过程中看，只是很短的一个阶段。没有什么见不得人的，也没有什么可怕的。再说，把自己的错误讲出来，可以在老师和朋友们的帮助下改正得快一些，彻底一些。这就是我公开错误的目的啊！"

大智慧

纠正缺点和错误，失去的是短处，得到的是优点；保护缺点和错误，失去的是机会，得到的是虚伪。

12. 米缸、老鼠与生命的高度

在一个青黄不接的初夏，一只在农家仓库里觅食的老鼠意外地掉进一个盛得半满的米缸里。这个意外使老鼠喜出望外，它先是警惕地环顾了一下四周，确定没有危险之后，接下来便是一通猛吃，吃完后倒头便睡。

老鼠就这样在米缸里吃了睡、睡了吃。日子在衣食无忧的休闲中过去了。有时，老鼠也曾为是否要跳出米缸进行过思想斗争与痛苦抉择，但终究未能摆脱白白的大米的诱惑。直到有一天它发现米缸见了底，才发现以米缸现在的高度，自己就是想跳出去，也无能为力了。

对于老鼠而言，这半缸米就是一块试金石。如果它想全部据为己有，其代价就是自己的生命。因此，管理学家把老鼠能跳出缸外的高度称为"生命的高度"。而这个高度就掌握在老鼠自己的手里，它多留恋一天，多贪吃一粒，就离死亡近了一步。

大智慧

在现实生活中，多数人都能做到在明显有危险的地方止步，但是能够清楚地认识潜在的危机，并及时跨越"生命的高度"，就没有那么容易了。所以，不要只固守于眼前的这半缸米，应该不断超越"生命的高度"！

13. 玛丽的鞋子和汤姆的游戏

玛丽学习很棒，长得也漂亮，所以一直是个骄傲的公主，认为自己总是生活在别人的关注中。

一天，妈妈给玛丽买了一双漂亮的新鞋子，她高兴极了，心想其他同学还不知道怎么羡慕自己呢，所以从家到学校的一路上，她一直都昂着头，觉得所有人都在看她的新鞋。

进入教室之前，玛丽深呼吸了一下，以让自己有足够的心理准备来迎接大家的惊叹。

可是出乎意料的是，大家都低着头看自己的书，即便有那么一两个人抬头看了她一眼，也只是没有任何表情地很快重新低下头去了。一直到傍晚放学时，班里还没有人对她的新鞋子说过一个字。终于，玛丽忍不住拉住同桌问道："你觉得我今天有什么变化吗？"

对方一愣："什么变化？没有啊。"旋即又恍然大悟似的指着她的头发道，"你是说你的头发乱了吗？"

"不是！"玛丽很懊恼地说。

对方又重新打量了她一番，终于说出了她最想听的那句话，但绝不是她想象的那种惊呼的口气，而只是非常平静地"哦"了一声："你是说你换了一双新鞋吧？"

玛丽的心情顿时变成了灰色。

无独有偶，玛丽的同学汤姆也曾经做过一件类似的事情。由于中餐时同学们总是围在一起吃，所以汤姆突发奇想地在中餐前藏在了餐桌下面。他想，一直到大家四处寻不到他时，他再跳出来。

可是让汤姆尴尬的是，大家谁也没有注意到他的缺席。一直到吃饱喝足，离席而去，几十个人中也没有谁提过"汤姆"二字。没办法，汤姆只好等到所有人都走光后，才灰溜溜地钻出来吃残羹剩饭。

> **大智慧**
>
> 不要以为自己是世界的中心，也不要认为自己有多重要，否则你一定会大失所望，因为除了你之外，根本没有谁注意过你。如果不相信的话，就想想你自己曾经这样重视过谁吧。

14. 儿子的发现

"爸爸！爸爸！"刚上幼儿园的儿子一路高呼着跑进了院子。

"怎么了，儿子？"爸爸迎出来抱起儿子问道。

"我今天在幼儿园里发现了一个重大的秘密。"儿子比画着小手，一脸的天真相。

"哦，那是什么呢？"爸爸忍住笑，心想一个五岁的小毛孩儿能有什么重大发现。

"我发现：每一个苹果里面都藏着一颗星星！"儿子得意扬扬地宣布他的发现。

"哦？是吗？爸爸还不知道这个重大秘密，但是，你能演示给爸爸看吗？"爸爸有点儿奇怪地问道。

"当然。"儿子挣开爸爸的怀抱，从屋角箱子里摸出一个大苹果，然后用小水果刀费力地切了下去。但是，他并没有像我们日常那样从茎部往底部竖着切，而是横向拦腰切开了。

"你看，"儿子拿起一半苹果，把其横截面展示给爸爸，"爸爸你看，多么漂亮的星星啊。"

这时，爸爸才真正地惊呆了：横切开以后，苹果的种子果然在中心处围成了一颗星星的样子。

身为大人，我们不知道吃了多少苹果，可每次都是规规矩矩地竖切的，不曾想过另外一种切法，所以自然也就从来没有发现过苹果里美丽的星星。如此看来，是孩子比大人聪明，还是大人比孩子死板呢？

大智慧

特别的不是问题，而是看问题的角度。无论什么事情，如果总按照已知的方法去做，我们便很难有新的发现，因为一切都是别人已经发现过的了。

15. 纸牌与人生

艾森豪威尔是一位极为著名也极受美国人民尊崇的总统，之所以能成长为如此优秀的人物，与他母亲对他的教育不无关系。

一天下午，年轻的艾森豪威尔跟他的家人坐在一起玩纸牌游戏。没想到连续几次下来，艾森豪威尔皆抓了很坏的牌，所以一次接一次地输。当再次抓到那些讨厌的牌时，艾森豪威尔显然有些气急败坏。母亲看出了他的不高兴，便问他怎么了，他回答说自己的手气太差了，想重抓一次。

"不行，"母亲很果断地说道，"不管怎么样，你都必须把你手里的牌玩下去，而且要争取打赢。试试看，我想你可以的。"在母亲的鼓励下，这次艾森豪威尔果然打得不错。

游戏结束后，母亲语重心长地对艾森豪威尔说道："玩牌跟人生其实是一样的道理，只不过人生的牌是由上帝来发的。不管怎么样，上帝发的牌你都必须拿着，而且还要尽力争取最好的结果。"

听到这句话，艾森豪威尔顿悟了，此后，他一直牢记着母亲的教诲，无论遇到什么情况，都不会去抱怨，而总是以积极乐观的态度去迎接命运的安排与挑战，尽量处理好每件小事。终于，他成功地竞选上了美国的第 34 任总统。

> **大智慧**
>
> 人生是一张单程的车票，起始的基点我们永远无法选择，但在此基点上，是建筑平房草屋还是高楼大厦，却把握在我们自己的手里。

16. 最后一课

孩子们快毕业了，校长来给他们上最后一堂课。

校长走进教室，用粉笔在黑板上画了一道直线，然后问孩子们道："在保持这根线不动的基础上，有哪位同学能够让它变短一些？"

问题一出，下面的同学立刻炸开了："啊？这问题本身就是矛盾的嘛，不动又变短，怎么可能？""校长怎么会犯这种错误？""我好像听说过这个问题，但忘了答案。"……

同学们七嘴八舌的，谁都想不出个所以然来，甚至一致认为是校长出错题了。

"除非让神仙来，才能既不动它又让它变短。"一个小男孩调皮地喊道。

"但是，这个神仙就是你们自己，因为你们都能做到。"校长大声说道。

"我们都能做到？"孩子们迷惑地面面相觑。

"是的，的确是你们谁都能做到，就像这样，"校长说着，转过身去在那道直线的下面画了一条更长的直线，然后回过头来问学生道，"现在你们看，上面这根线是不是变短了呢？"

"真是哎！"孩子们惊讶地高呼起来。

这时，校长意味深长地说道："同学们，上面这根线是别人，下面这根线是你们自己。看到了吗？只有想法变长自己这根线，才可能让别人的线变短。"

大智慧

让别人的线变短的最好方法就是想法变长自己的线，所以，如果你想超过别人，就必须不断地提升自己。

第十四章
满足不只来自财富

康道塞说："享受你的生活，不要与别人比较。"别让无穷的欲念攫取我们的心，为人不贪求，养成"够用就好"的生活态度，以"够用"为取用之道，这也是一项重要的人生修炼。

1. 别让眼睛老去

一夜之间，一场雷电引发的山火烧毁了美丽的"森林庄园"，刚刚从祖父那里继承了这座庄园的保罗·迪克陷入了一筹莫展的境地。他经受不住打击，闭门不出，茶饭不思，眼睛熬出了血丝。

一个多月过去了，年逾古稀的外祖母获悉此事，意味深长地对保罗说："小伙子，庄园成了废墟并不可怕，可怕的是，你的眼睛失去了光泽，会一天一天地老去。一双老去的眼睛怎么看得到希望……"

保罗在外祖母的说服下，一个人走出了庄园。他漫无目的地闲逛，在一条街道的拐弯处，他看到一家店铺的门前人头攒动。原来是家庭主妇正在购买木炭。那一块块躺在纸箱里的木炭忽然让保罗眼睛一亮，他看到了希望。

在接下来的两个星期，保罗雇用了几名烧炭工，将庄园里烧焦的树木加工成优质的木炭，送到集市上的木炭经销店。

结果，木炭被抢购一空，他因此得到了一笔不菲的收入。然后，他用这笔收入购买了一大批新树苗，一个新的庄园初具规模了，几年后，"森林庄园"再度绿意盎然。

大智慧

人生无常。遇到挫折不要紧，重要的是别让眼睛老去，才不会让心灵荒芜。

2. 何为贫穷

一天，富有的父亲带着小儿子去乡下旅行，想让他见识一下穷人是怎样生活的。他们在农场最穷的人家里度过了一天一夜。

旅行结束后，父亲问儿子："旅行怎么样？"

"好极了！"儿子兴奋地回答。

"这回你知道穷人是怎样过日子了吧？"爸爸问。

儿子回答："我发现咱们家里只有一条狗，可是他们家里却有四条狗；咱们家仅有一个水池通向花坛中央，可他们竟有一条望不到边的小河；咱们的花园里只有几盏灯，可他们却有满天的星星；还有，咱们的院子只有那么一点儿大，可他们的院子却有整个农场那么大！"儿子说罢，父亲哑口无言。接着，儿子又说："感谢父亲让我明白了我们有多么贫穷！"

> **大智慧**
>
> 财富是相对的。在孩子的心中，财富就是拥有大自然；在我们成人的心目中，财富又是什么呢？

3. 欲望与满足

有一个老人在自家门口的一块空地上竖起了一块牌子，上面写着："此地将送给一无所缺、全然满足的人。"

一名富有的商人骑马经过此地，看到这个告示牌，心想："此人既要放弃这块土地，我最好捷足先登把它要下来。我是个富有的人，拥有一切，完全符合他的条件。"

于是，他叩门说明来意。"你真的全然满足了吗？"老人问他。

"那当然，我拥有我所需要的一切。"

"果真如此，那你还要这块土地做什么？"

> **大智慧**
>
> 得陇望蜀，人的欲望没有满足的时候，越是富有的人，其占有欲也越强烈。人世间的痛苦大多都是来自欲望的不满足——通过物质的快乐企图来满足精神的快乐是不可能的。

4. 丰厚的财富

从前，有一个青年出生在一个贫穷家庭。他经常抱怨上天对他不公，牢骚满腹，以致他没有心情做事。他认为自己的前途一片灰暗，生活对他来说简直就是人间地狱。

"年轻人，你拥有如此丰厚的财富，多么令人羡慕啊！你为什么还发牢骚呢？"一位老者问道。

"财富？我哪里有财富？在哪里呢？"青年人急切地问。

"你的一双眼睛。只要能给我一只眼睛，我就能把你想得到的东西都给你。"

"不，我不能失去眼睛！"青年人回答。

"好，那么，让我要你的一双手吧！为此，我用一袋黄金作为补偿。"

"不，双手也不能失去。"

"既然有一双眼睛，你就可以学习；既然有一双手，你就可以劳动。现在，你自己看到了吧，你有多么丰厚的财富啊！"老人微笑着说。

> **大智慧**
>
> 每个人都有自然赋予的财富，区别在于应用的方式不同。

5. 命运女神和乞丐

一个乞丐身背一个破旧的褡裢袋，挨家挨户乞讨。他一面抱怨自己的命运太坏，一面观察着人世间的奇怪事情。

有些身住高楼大厦的人，金银财宝花之不尽，生活富裕舒适。可无论钱袋多满，他们却从来不知满足。甚至有的人穷奢极欲，贪得无厌，到后来往往落得倾家荡产，一无所有。

例如，那幢房子的旧主人，经营买卖本来一帆风顺，赚了一大笔钱，但他不肯适可而止，安享晚年，却在春天派船出海，想在海外再赚回一座金山。可是船在海上遭遇了风暴，船上的金银财宝全被大海吞没，船也沉入海底，他想发财的愿望也变成了一场梦。

另一位原本干着承包生意发财致富，本来已经赚到了上百万，但是他总想再翻一番，由于贪心不足，结果彻底破产。简而言之，这样的例子数不胜数。活该

如此，谁叫他们贪得无厌，不知满足！

突然，命运女神出现在乞丐面前，和蔼进言："其实我早就想帮助你，我搜集了一大堆金币。请你把袋子打开，我要用金币把它装满。不过有一个条件：落入袋子的将全是金子，如果金子从袋子里掉在地上，那就会立刻化为尘埃。请当心，我已预先警告了你，我要严格遵守这个条件。你的袋子已经破旧不堪，可别装得太多，免得被撑破。"

乞丐听罢，高兴得几乎无法呼吸，他觉得自己似乎飘了起来，一时间有些忘乎所以。他连忙把袋子奋力撑开，于是闪闪发光的金币就像黄金雨似的流进褡裢袋，袋子越来越沉。

"够了吗？"

"不够。"

"可不要把袋子撑破！"

"无须顾虑。"

"瞧，你现在已经十分有钱，就要成为大财主啦。"

"请再给一点儿，哪怕是一小撮金币！"

"喂，满了！你看，袋子要破了！"

"再给一点点吧！"

袋子突然被撑破，金币全都洒在了地上，变成了一堆破烂货。命运女神不见了，眼前只剩下褡裢袋，乞丐一如往昔，一贫如洗，只好继续沿街乞讨。

6. 知足，人生才能富足

一股细细的山泉，沿着窄窄的石缝，叮咚叮咚地往下流淌，也不知过了多少年，竟然在岩石上冲刷出一个鸡蛋大小的浅坑，里面填满了黄澄澄的金砂，天天不增多也不减少。

有一天，一个砍柴的老汉来喝水，偶然发现了清澈泉水中闪闪的金砂。

惊喜之下，他小心翼翼地捧走了金砂。

从此，老汉不再受苦受累，过个十天半月的，他就来取一次金砂，不用说，日子很快富裕起来。

老汉虽守口如瓶，但他的儿子还是发现了这个秘密，埋怨他不该将这事瞒着，不然早发大财了。

儿子不断地怂恿父亲拓宽石缝，扩大山泉，不就能冲出来更多的金砂吗？

父亲想了想，自己真是聪明一世，糊涂一时，怎么没想到这一点？

说到做到，父子俩随即找来工具，叮叮当当地把窄窄的石缝凿宽了，山泉比原来大了几倍，随后又把坑凿深了。父子俩想到今后可得到更多的金砂，高兴得一口气喝光了一瓶酒，醉成一团泥。但是，父子俩天天跑去看，却天天失望而归，金砂不但没增多，反而从此消失得无影无踪。父子俩还百思不解，金砂哪里去了呢？

7. 奴隶出海

奴隶第一次坐船出海，第一次感受坐船的辛苦。尽管大家百般安慰，他仍然一路哭闹不止，扰得大家心烦不已。船长很生气，可又拿他没办法。这时，船上的一位智者请求船长让他来试试，船长同意了。

于是，智者立刻叫人把那个奴隶抛到海里。在那个奴隶沉浮几次、就快淹死的时候，人们才抓住他的头发，把他拖回船上。奴隶上船以后，一个人静静地缩在角落里，不再发出任何哭喊声。

船长很开心，就问智者："你这个方法的奥妙何在？"

智者说："原先他不知道灭顶的痛苦，也就想不到稳坐在船上的可贵。一个人总要经历忧患才会知道安乐的价值。"

大智慧

经历了苦难，才可能懂得珍惜。苦难也是一笔财富，它让我们对生活更加感恩。敢于和善于在苦难中创造生命的人，才有资格享受生命。

8. 金钱能换来什么

小镇上有一位有钱的五金店老板，他处理财务的方法很简单：把支票放在大信封内，把钞票放在雪茄烟盒里，把到期的账单插到票据上。

身为会计师的儿子学成回到家里探望父亲，见了这种情况，不免摇头说："爸爸，我实在不明白你是怎么做生意的，你这样子，根本无法知道自己赚了多少钱。我替你设计一套现代化会计系统好吗？"

"不必了，孩子，"父亲说，"这一切，我心中有数，我爸爸是个农民，他去世时，我所拥有的东西只有一条工作裤和一双鞋。后来，我离开农村，跑到城市，辛勤工作积攒了一些钱，终于开了这家五金店。今天我有三个孩子，你哥哥当了律师，你姐姐当了编辑，你是个会计师，我和你妈妈住在一栋挺不错的房子里，还有两部汽车。我是这家五金店的老板，而且没欠别人一分钱。"

父亲停顿了一下，接着说："好了，听听我的计算方法吧，把这一切加起来，扣除工作和那双鞋，剩下的都是利润。"

大智慧

生活的态度决定了你的生活品质。如果说，金钱对你的重要程度胜过一切，那么，你必定会为了得到金钱而牺牲生活中其他对你来说应该也很重要的事物，或许是身体的健康，或许是家人的爱。

9. 守财奴的财宝

有一个守财奴有了一笔钱，却舍不得用，于是就埋在地下了。他的心仿佛也埋了进去，他不需要其他消遣打发时光，唯一的快乐就是想那笔财富。

他认为钱财只有越想才越有价值，因而也就越舍不得花。他总怕钱财被人偷走，整日吃不好，睡不安。日子一久被一个盗墓贼发现了，这人料想此地肯定有宝物，于是不作声地把财宝盗走了。

第二天早晨，守财奴发现钱财不翼而飞，顿时捶胸顿足，号啕大哭，痛不欲生。一个过路人问他为何哭得如此伤心，他抽泣着回答："有人偷了我的财宝。"

"你的财宝埋在哪里被偷走的？"

"就在这块石头旁边。"

"嗨，现在是什么日子，难道还是兵荒马乱的年月？你干吗把财宝埋得这么远？当初你把它放在自己的保险柜里岂不是太平无事？况且随时取用也方便呀！"

"随时取用？上帝啊！难道我用得着贪图这一丁点儿方便？你没听说过，用钱容易赚取难吗？我是从不动它一根指头的。"

过路人笑了："既然你从不动这笔钱，那你就在这里埋一块石头，把这块石头当作你原来的钱财，因为这对你来说是一样的。"

大智慧

财富的拥有是为了享用，而守财奴的爱好却只是占有钱财，而不是去使用钱财。钱财也只有流动起来才算得上是真正的钱财，若不能流动，也就只是一件东西，失去了它原有的价值。

10. 富翁与流浪汉

一个迟暮之年的百万富翁，在冬日的暖阳中散步时恰巧碰到一个流浪汉在墙根处晒太阳。于是他问流浪汉："你为什么不去工作？"

"为什么要工作？"流浪汉问。

"可以挣钱呀。"富翁坚定地回答。

"挣钱做什么？"流浪汉接着问。

"挣了钱可以住大房子，可以享受美味佳肴，可以和一家人享受天伦之乐……"富翁绘声绘色地说。

"然后呢？"富翁又问。

"当你老了，可以衣食无忧，像我这样每天散散步，晒晒太阳。"富翁笑着回答。

"难道我现在不是正在晒太阳吗？"流浪汉反问道。

大智慧

幸福很多时候与穷富无关，但就这一个故事来说，只在一个特定的场景中展开，它恰恰选择了流浪汉最明媚的生活片段，并且赋予它哲理和诗意，这样一来，流浪的生活不仅不可悲，反而还令人羡慕了。

11. 大卫背上的伤痕

公元 1500 年，一位雕塑家得到一块非常精美的大理石。他仔细地端详后，觉得它非常适合雕刻一个人像。于是，他拿起了凿子，开始雕刻起来。不知是因为有点儿紧张，还是一时用力过重，只凿了一下，他就敲下了一大块。雕塑家立刻停了下来，经过三天的思索，他决定放弃构思好的雕塑，因为他意识到自己难以驾驭这块宝贵的材料了。

后来，这块大理石被赠送给了大名鼎鼎的雕塑家米开朗琪罗。米开朗琪罗如获至宝，他花费了巨大的心血，倾注了全部的才思，精心雕琢数年，终于用这块奇异的大理石雕刻出旷世杰作——大卫像。

细心的观赏者指着大卫背上的一道明显的伤痕，为其不能百分之百的完美而略感惋惜，并慨叹之前的那位雕塑家有些冒失了，他那一凿子打得太重，竟伤及了人像的机体，留下了一个小小的遗憾。

米开朗琪罗则郑重地纠正道："那位先生已经相当慎重了，如果他冒失草率的话，这块特别的材料早就不复存在了，而我的大卫像也就无从产生了。"

"这么说，你还要感谢那位雕塑家？"有人困惑不解了。

"是的，我要特别地感谢他，感谢他难得的认真，他的雕刻和放弃都是极其认真的。因此，我的内心里尊他为老师。另外，我还要感谢他留下的那块伤痕，它就像一只明亮的眼睛，始终在注视着我，无时无刻不在提醒着我，让我的每一刀一凿都千百倍地细心，不能有丝毫的疏忽大意。"米开朗琪罗充满敬意地道出了他获得成功的另一个秘诀——汲取别人的教训，以最大的认真去做好手头的每一件事。

> **大智慧**
>
> 自己的教训是一笔财富，若能从别人身上吸取教训，则更是一笔可贵的财富。我们应该珍惜和利用好这笔财富。

12. 简单的赞扬

美国幽默作家马克·吐温曾说："一句得体的称赞，能够让我陶醉两个月。"没错，如果对方是发自内心地称赞我们，我们也会回味不已、心情舒畅。但是我想马克·吐温先生所谓的"得体"，除了"名副其实"之外，应该还有"简单"的意思。因为过犹不及，再得体的称赞，如果洋洋洒洒几千几万字，也会让

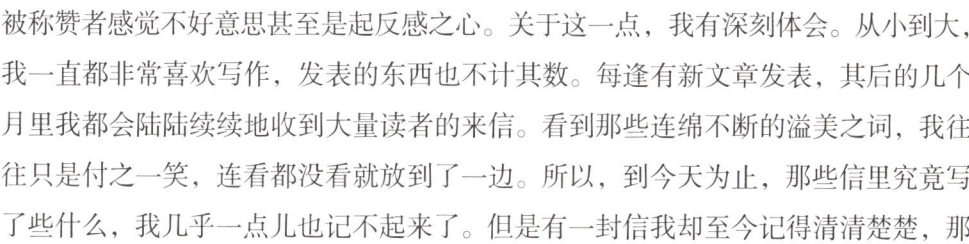

被称赞者感觉不好意思甚至是起反感之心。关于这一点，我有深刻体会。从小到大，我一直都非常喜欢写作，发表的东西也不计其数。每逢有新文章发表，其后的几个月里我都会陆陆续续地收到大量读者的来信。看到那些连绵不断的溢美之词，我往往只是付之一笑，连看都没看就放到了一边。所以，到今天为止，那些信里究竟写了些什么，我几乎一点儿也记不起来了。但是有一封信我却至今记得清清楚楚，那

201

是我高中时的语文老师写给我的。当我诧异那薄薄的两页纸怎么会是我自己文章的复印件时，我看到了文章最后不怎么起眼的两个小字："精彩！"就因为这两个字，我好久都沉浸在愉悦里。至今，这封信我还保留着。看来，只有简单的赞扬才最让人感动。

> **大智慧**
>
> 每个人都希望自己的努力被别人看见，自己的成绩被别人肯定和欣赏。既然我们知道自己渴望赞扬的心，就不应忘记或忽略赞扬别人。

13. 乌鸦的安慰

因为戏弄大家，谎称狼来了，牧羊人失去了大家的信任，结果导致自己的羊被狼吃了个精光。牧羊人悔恨交集，痛不欲生，结果一病不起，情形十分凄楚。善良的乌鸦听说了此事，就飞来开导他。

"唉！我真不该撒谎，现在我完全丧失了信誉。真后悔啊，可是一切都晚了，我这一辈子算是提前结束了。"牧羊人悲叹道。

"你怎么这么傻啊，过去的事就不要再去想了。"乌鸦劝道，"你瞧我，做过的事我就从不去想它。人们都知道我被狐狸骗去过一块肉。其实，它何止骗过我一块肉。我算了算，那家伙一共骗了我五十块肉，而且块块都是好肉。但这又算得了什么呢？我照样一点儿也不在乎，依然很开心呀！"

> **大智慧**
>
> 教训是对挫折与失败的理性思考，它告诉我们的是"不该"，由此可见，教训是一笔可贵的财富。

第十五章
唯宽可以容人，唯厚可以载物

　　生活不会按我们的心愿变化，我们只能以宽宏博大之心接受自己不喜欢的事；他人不会都按我们的心愿办事，我们只能以大度包容之心接受不愉快的事。总之，我们的心灵容得下这个世界，我们才能得到这个世界。

1. 韩世忠的功过

南宋时，金兀术采用火攻，烧毁了韩世忠的海舰，韩世忠退至镇江，收集残兵，只剩三千多名，还丧失了两员副将，一是孙世询，二是严允。韩世忠懊丧万分。

梁夫人劝道："胜败乃是兵家之常事，事已如此，追悔也莫及了！"

韩世忠答道："昨日还接奉上谕褒奖，现在竟弄得丧兵折将，我将如何向皇上交代呢？"

于是，韩世忠上章自劾。

宋高宗接到了韩世忠自劾的奏章，正想下诏处分时，忽然接到太后手谕。太后在手谕中告诉高宗：三军易得，一将难求。像韩世忠这样的人，忠勇无比，世上无人可与他匹敌，现在因寡不敌众，以致先胜后败，应当宽其既往，以鞭策将来，不必加罪责备，让勇士寒心。

宋高宗阅后恍然大悟，便照太后所说的办了。

韩世忠原来以为打了败仗，皇上定要加以处分。忽然有一日，卫兵进来报告说："钦使到了，请将军接旨。"

韩世忠连忙更换朝服出迎，跪听钦使宣读诏书，不禁喜出望外。原来诏书中一味褒奖，并无半句责备之语，诏书中说："世忠部下仅有八千人，能摧金兵十万之众，相持至四十八日，屡次获得胜利，擒斩贼虏无数，今日虽然失败，功多过少，不足为罪，特拜检校少保兼武成感德节度使，以示劝勉。"

韩世忠心中非常感动，拜受诏命，送钦使回朝后，就捧着诏书，回到内衙，给梁夫人看，梁夫人说："皇上这样待

咱们，咱们更应多杀敌，报效朝廷。"

在以后的抗金战斗中，韩世忠更加英勇杀敌，多次取得了胜利。

大智慧

下属有一点儿过错就处罚，而不考虑下属犯错的原因，会让下属感到寒心的。对下属多一分体贴，多一分宽容，下属会更加努力地贡献自己的才能。

2. 装满宽容上路

古希腊神话中有一位大英雄叫海格力斯。一天，他走在坎坷不平的山路上，发现脚边有个袋子似的东西很碍脚，海格力斯踩了那东西一脚，谁知那东西不但没被踩破，反而膨胀起来，他拿起一条碗口粗的木棒砸它，那东西竟然长大到把路堵死了。

正在这时，山中走出一位圣人，对海格力斯说："朋友，快别动它，忘了它，离开它远去吧！它叫仇恨袋，你不犯它，它便小如当初，你侵犯它，它就会膨胀起来，挡住你的路，与你敌对到底！"

大智慧

当我们走上社会，难免会与别人产生摩擦、误会甚至仇恨，只要记起在自己的仇恨袋里装满宽容，那样就会少一分阻碍，多一分成功的机遇。否则，你将会永远被挡在通往成功的道路上，直至被打倒。

3. 白纸和黑点

非洲加纳的库马西有一所寄宿学校。一天清早，一位老师走进教室，举起手里的一张画有一个黑点的白纸问学生："同学们，你们看到什么了？"学生们齐声回答："一个黑点。"

老师说："不对！你们再看看，难道你们谁也没看到这是一张白纸吗？"接着，老师语重心长地说："在今后的生活中，你们可不要这样看人看事物啊！"

老师关于这张"白纸"的教导，一直铭刻在一个当时年仅十七岁的学生的脑海深处。当年的这位学生就是后来担任过联合国秘书长的科菲·安南。

4. 放下屠刀，立地成佛

以前，有位无德禅师，对徒弟十分严格。有一次，一个小和尚在走夜路时，不小心踏死了一只青蛙。无德禅师知道后，非常严厉地教训道："你怎么可以随便踩死生灵呢？这是犯了杀生根本大戒，为免业报轮回，你应该到后山跳下悬崖去舍身谢罪！"

小和尚知道闯下了大祸，刹那间犹如五雷轰顶，只好拜别师父，内心忐忑地走到悬崖边，往下一看，峭壁悬崖，只要往下一跳，就会粉身碎骨。小和尚犹豫不决地想：跳下去，必死无疑；不跳呢，又会违背师父的指示，也是罪孽无法赎还啊！我当初跟随师傅是想学佛，得到超升的啊，怎么能就此死了呢？小和尚害怕了，在悬崖和大路之间哭泣着走来走去。

这时，忽然有人大声问话："小师父！这么晚你为什么在悬崖边走来走去的啊？"他抬头一看，原来是附近村里的一个杀猪的屠夫，屠夫收工刚巧经过这里，粗声大气地在问他。

小和尚收了眼泪，像看见了救星，跑到屠夫面前，迫不及待地把事情的经过告诉了他，想向他讨教个办法。

屠夫一听，顿时目瞪口呆，悲从中来，悔恨万分地说："小师父啊！你不过无心踏死了一只青蛙，罪孽就这么重，要跳崖才能消业。我天天杀猪，屠来宰去，满手血腥，这罪过岂不是无量无边，不知有多深多重。"屠夫一念忏悔心起，大声说："小师父呀！你不要跳崖自杀，让我跳吧！让我来代你谢罪赴死！"

屠夫说完就毫不迟疑地跑到悬崖边，庞大的身躯一下子落下去了。小和尚呆住了，忘记了哭泣，赶到悬崖边，向下张望。突然，奇怪的事情出现了。正在随风飞坠的屠夫，眼见就要命丧深谷时，一朵祥云冉冉从幽谷中升起，不可思议地托住了屠夫的身子，救回了他的生命。屠夫就此成了佛。

> **大智慧**
>
> 一个人无论犯了多少错误，只要决心改正，仍然能成为一个高尚的人。

5. 以善报恶

舜的父亲叫瞽叟，瞽叟是个瞎子，舜的生母去世后，又娶了一个女子为妻，他的后妻又给他生了一个儿子叫象。

舜的父亲是一个十分顽固的人，而舜的后母则十分凶悍，他的弟弟象更是万分傲慢。这三个人对舜都不友善，都想把舜置之死地而后快。

在这样的环境中生活，舜却对父母不失孝道，父母打他时，打得轻了，他就站在那儿等着挨打；打得重了，他就快步跑开；父母想杀他时却老也找不着他；但令人惊奇的是，叫他干活时又都恰好在身旁。对于那个傲慢的弟弟，舜更是尽量忍让，爱护有加。象喜他也喜，象忧他也忧。

为此，舜的名声在他二十岁时就传遍了乡邑。他三十岁时，尧帝就选定他为自己的接班人。

> **大智慧**
>
> 智者是事态发展的主人，而弱者被局势所奴役。温柔地去对待倔强的人，用宽容去解冻苛刻的人，用热情去融化冷酷的人。

6. 不因财物怪他人

唐朝的裴行俭是唐高宗时的吏部尚书，皇帝曾亲自赐给他宝马和珍贵的马鞍。

一次，他手下的小吏自己偷偷地骑马出去，马摔了一跤，马鞍也摔坏了，小吏因恐惧而逃跑了。裴行俭把他召了回来，没有怪罪他。

裴行俭还曾率兵平了都支李遮匐，获得了许多瑰宝，数都数不清。于是，他设宴请客，把获得的珍宝全拿出来给在座的人看。有一个玛瑙盘，直径有二尺，光彩照人，手下端着盘子走得飞快，一不小心跌了一跤，把盘子摔破了，惊慌失措，赶紧叩头谢罪，头都流血了。裴行俭笑着说："你不是故意的。"同时脸上毫无吝惜的表情。

大智慧

在做大事的人眼里，人是最重要的，财物尚在其次。因为财物轻视人，必然会众叛亲离。裴行俭不因下属失误损毁了财物而动怒，处理得十分明智。

7. 心有主宰

有个老和尚，一天带着弟子在一条河边放生。

他们在上游放生，可是，下游的村子里的人却在捕鱼。

这时，一个弟子看见了，向老和尚报告。老和尚说："照样放！"

小和尚有些不解，说："我们这样放生，等于把鱼送给那些人吃了，不是也不合佛家的道理吗？"

老和尚回答说："我们放生是修我们的福，他捕鱼是他造业，我们并不是放了故意给他捕。不能看到有人捕鱼，就不放生，这就把我们的一点儿善念、善行全都失掉了。所以，我们做事就是要按照我们想好的、该做的去做。没有定力，就会受外界环境的影响，连你自身的事情都会做不好。"

8. 司马徽挨骂

荆州牧刘表的儿子刘琮，到水镜先生司马徽家去问候。当时司马徽正在菜圃里锄地。

刘琮的随从就问他："司马先生在家吗？"

司马徽回答："我就是司马徽呀！"

那些随从见他穿着粗布衣服，头发蓬松，脸上满是泥土，就骂他："你这个死帮佣的，将军的少爷想求见司马先生，你这个胆大包天的奴才，竟敢冒称是司马先生！"

司马徽回到屋里，梳洗了一番，用帻巾把头发束好后，再出来相见。随从们再看看这老头果然是司马徽，害怕他因恼怒向刘琮叙说他们刚才的唐突和无礼，心中十分惶恐。

司马徽与刘琮见面交谈了一阵，一直到刘琮要向他叩头辞别，司马徽也没有提起他的下属对他的无礼举动。

9. 帮助别人就是帮助自己

有一只蚂蚁正在外面闲逛，忽然一阵强风把它从地上卷了起来，吹到池塘里去了，蚂蚁因为不会游泳，只能在水里奋力挣扎并大喊"救命"。

结果，一只鸽子正好经过池塘，听到有人喊："救命啊！救命啊！"

鸽子停下来找，听声音是从哪儿来的。在水池中挣扎的蚂蚁看见了鸽子，便拼命喊道："我在池塘里，快救命啊！"

鸽子看到池塘中快被淹死的蚂蚁，赶忙叼了一片树叶丢到了池塘中。

快被淹死的蚂蚁使尽全身力气，好不容易才爬上了树叶，然后随着树叶慢慢地漂到池塘边，这才算是捡回一条命。蚂蚁心存感激地对鸽子说道："谢谢你救了我，我一定不会忘记你！"

过了很久，一天蚂蚁正在外面寻找食物，突然看见森林里一个猎人正在用枪瞄准树上的一只小鸽子。它仔细一看，正是曾经救过自己的那只鸽子。

正在树上休息的鸽子此时并没有觉察到猎人要拿枪打它，正在叽叽喳喳地叫着。

蚂蚁不顾一切，快速爬到猎人的脚下，狠狠地咬了一口，猎人疼得大叫，手中正在瞄准的枪掉在了地上，声响惊动了鸽子，它吓得立即飞走了。

大智慧

不管何时，不管何地，只要你肯付出，就能得到回报。只有在别人需要帮助的时候能不假思索地伸出援助之手，才能在陷入危机时得到别人的帮助。

10. 索邈宽容大度

东晋末年，本来住在敦煌的索邈一家，流落到了汉川。别驾姜显借着自己的权势，欺压索邈。索邈一直默默地忍受着。就这样，索邈在汉川过了十五年。后来，索邈被朝廷任命为梁州刺史，镇守汉川。

消息传来，原来欺负过索邈的人无不惊恐。那个姜显更是坐卧不安，像热锅上的蚂蚁，惶惶不可终日，担心索邈的报复。

人们对姜显说："你该倒霉了！过去你欺压人家，人家今日报复你，你是咎

由自取啊！”

姜显自己也对家人说："完了，我们家可能要倒霉啦！"

索邈上任的那一天，姜显赤着上身，叫别人捆了他，在路旁迎候索邈。索邈见了，大吃一惊，说："你这是做什么？不要这样呀！"说着，他下了轿子，亲手为姜显解开绳子，安慰姜显说："过去的事已经过去了，今后谁也不要放在心上了。"说罢，又叫家人取来衣服，送给姜显说："来，来，快穿上衣服。"

索邈对过去的事一点儿也不记仇，态度诚恳，毫无虚情假意。姜显感动得流下了眼泪。

有人私下问索邈："过去姜显那样欺负你，你现在为什么连提都不提了？"

索邈思考了一下，答道："我过去借住在这里，失意了多年，若报复姜显，那会使许多人都感到害怕。只要他们知道过去不对就行了，何必还要意气用事！重要的是将来他们不这样做。"

人们听了他的话，都赞扬索邈胸怀宽、度量大。

> **大智慧**
>
> 有些人欺软怕硬、欺弱怕强，这种人的心态其实很可怜。不让自己受欺负的最好方法是强大起来，而不是怨恨那些欺软怕硬的人。

11. 吕蒙正大度为怀

吕蒙正是北宋名相。他刚当上宰相时，朝中有很多人不服他。

有一天，上早朝时，几个官员在窗外朝他指指点点议论道："这种人也能当宰相，大概是朝中没人了吧！"

吕蒙正却像没听见一样，继续朝前走，连头也不回。他身边几位官员愤愤不平，想去追查。

吕蒙正摆摆手说："不必了，我如果知道是谁在说我的坏话，以后面对他们，难免心理不平衡，处理问题可能会有失偏颇。当真如此，不如不知道的好。"

朝臣们对他的度量无不钦服。

12. 化敌为友

一天，从晋国来了一位说客，对郑国宰相子产说："丰卷过去反对过你，并且曾率兵攻打过你的住宅。他那次失败后逃到了晋国，一直过着流浪的生活。丰卷近来悔过自新，想回到自己的祖国来，却又怕你不同意。"

子产说："对于我这个人，丰卷是知道的呀！平时，我只嫌朋友太少，丰卷要是能成为我的好朋友，那是我求之不得的啊！"

没有多久，丰卷回到了郑国，受到子产的热情接待。

13. 最是睿智狄仁杰

武则天当皇帝时，对反对她掌权的人进行无情镇压；但对于贤才们，她也会不计较门第出身、资历深浅，破格提拔，大胆任用。所以，她的手下有一批有才能的大臣，宰相狄仁杰就是其中之一。

能够被这位横空出世的女皇所信任、所看重，狄仁杰显然不是一般人物。那么，他最厉害的"武器"是什么呢？看过下面这个小故事，你就会明白了。

狄仁杰还是豫州刺史的时候，因为办事公平、执法严明，颇受当地老百姓的称赞。武则天听说他有才能，便把他调到京城当宰相。

某天，武则天想试他一试，便命他前来觐见，对他说："你在豫州的时候名声很好，但是也有人在我面前弹劾过你。你想知道他们是谁吗？"

狄仁杰辞谢道："别人说我不好，这很正常。如果陛下认为臣的确犯有那样的过失，那请您对臣直言，臣一定改正；如果陛下认为那不是臣的过错，那就不必为此劳神。但是，无论是哪种情况，我都不想知道是谁弹劾的我。因为只有这样，我才可以继续友善地对待对方。"

武则天被狄仁杰的宽大器量打动了，不但更加赏识他，还非常敬重他，甚至把他称为"国老"。

"国老"年老以后，多次上书请求告老还乡，可武则天一直不舍得让他走。70岁时，狄仁杰溘然长逝；武则天常为此痛惜："老天为何要这么早就夺走我的'国老'呢！"

大智慧

与其把心思花在如何防御闲言碎语上，不如用实际行动来证明自身的清白——"该干什么还干什么，沉默是对诽谤者的最好回答。"美国前总统华盛顿如是说。

---

14. 没用的反对

《巴巴拉上校》出版之后，某剧院为之安排了一场甚为隆重的公演。

公演当天，各界知名人士都被邀前去观赏。当然，作为作者，大作家萧伯纳是必在其中的。

演出相当成功。谢幕时，萧伯纳应观众们的要求上台接受众人的掌声。可是他刚刚走到台上，观众席中便有一人对着他大骂道："萧伯纳，你的剧本真是糟透了，你简直就是在耽误我的时间。快停演吧，没有谁要继续看下去！"

顿时，全场一片哗然，所有人都为这突如其来的举动吃惊不已，继而纷纷把目光投向了萧伯纳，等待着他的恼怒。

不想萧伯纳非但没有生气，还笑着向那个人鞠了个躬，然后彬彬有礼地说道："亲爱的朋友，您说的我都同意，但遗憾的是，全场这么多人，只有我们两个人反对。俗话说寡不敌众，我们的反对有什么用呢？"说完，他便面带微笑地向所有观众挥手致意。

现场立刻响起了如雷的掌声，并伴随着接连不断的叫好声。

15. 一枚钻戒

这是小米的第一份工作，在现在这个大学生都迅速贬值的年代，她一个中专生能找到一份珠宝店售货员的工作已经很不容易了，所以她非常珍惜。

因为下着雨，店里面冷冷清清的，眼看着下班时间逼近，小米收拾东西准备回家了。这时候，门外走进来一个戴帽子的中年人。他看起来精神萎靡，一副病恹恹的样子，似乎已经被穷困潦倒的生活折磨得失去了生机。

中年人让小米拿出那盒亮晶晶的钻戒给他看，过了一会儿，他便一言不发地转身走了。收拾钻戒盒时，小米感到大脑轰的一声：里面少了一枚钻戒！

"不，"她在心里告诉自己，"我一定要保住这份工作，一定要！"

"先生，"她冲那位中年人喊了一声，刚喊出声她便后悔了——店里现在没有其他人，他会不会……但是已经管不了那么多了，小米顺手拿起一把店主准备扔掉的旧伞走了过去："先生，外面下雨了，这把伞你带上吧！"小米把伞递了过去，同时，她伸出了右手："再见。"那位中年人愣了一下，然后缓缓伸出手跟她握了握，接过伞走了。

回到柜台前，小米把手心里的那枚钻戒按进了盒里，长出了一口气。

16. 只给他半壶水喝

为了争夺领土，丹麦和瑞典曾经在17世纪发生过剧烈的冲突。

某天下午，一场激烈的战役刚刚结束，战场上尸横遍野。一位不小心掉队的丹麦士兵找了个地方坐了下来，打算喝口水解解渴再走。忽然，他听见不远处传来了一阵紧似一阵的哀叫声，原来是一个受了重伤的瑞典人被饥渴所折磨，正眼巴巴地盯着他手中的水壶。

"他比我更需要水。"丹麦士兵自言自语道，然后便站起身来，把水壶嘴送到了瑞典人的口中。谁知瑞典人竟然冷不防伸出长矛刺他，幸好矛头偏了一点，只伤到了他的手臂。

看到被刺的右臂鲜血直流，丹麦士兵便伸出左手抓住水壶，一边给伤者喂水一边"责备"他道："嗨，兄弟，你怎么可以这样回报我呢？本来我是要把整壶水给你喝的，为了表示对你的惩罚，现在我只能给你一半了。"

后来，这件事被丹麦国王知道了，国王专门召见这个士兵，问他为什么不把那个忘恩负义的家伙杀掉。

"因为他受伤了，而且我已经惩罚了他——把给他的水减掉了一半。"他轻松地答道。

大智慧

如果说拯救别人于危难之际是一种高尚，那么当对方做出忘恩负义之事，自己还能以宽容和饶恕之心待之，就是一种伟大。

17. 底线

鲍伯·胡佛是美国空军最著名的战斗机试飞员，他经验丰富，技术高超，深为战友们所敬佩。而大家之所以如此尊重他，并不仅仅因为他的技术，更多是由于他的宽广心胸与高尚人品。

有一次，应上级命令参加完飞行表演后，胡佛驾着一架螺旋式飞机回洛杉矶。突然，飞机在半途中莫名其妙地发生了故障，两个引擎同时失灵。好在他临危不惧，果断沉着地采取了应对措施，才奇迹般地迫降在了最近的机场。

完全安全之后，大惑不解的他立刻和相关人员对飞机进行了检查。原来，造成事故的原因是用油不对，原本螺旋式的飞机居然被人粗心地加了喷气式机的用油。

听说这件事之后，负责加油的机械工吓得面如土色、痛哭不已，因为他知道，如果不是经验极其丰富的胡佛上阵，自己的这次粗心绝对会造成机毁人亡的严重后果。

哭过之后，这个年轻人跌坐在台阶上，呆呆地等着胡佛回来，他想，对方一定会非常愤怒地处置他。

谁知事情完全出乎他的意料，胡佛非但没有对他大发雷霆，还上前抱住他并柔声安慰起来："没事了没事了，你看，我这不是好好地回来了吗？为了证明你还是不错的，我想从明天开始，让你帮我干飞机维修的工作。"

听闻此话，满脸惊诧与感动的机械工连忙拼命地点起头来。

此后，这位机械工一直跟着胡佛，负责他的飞机维修工作。必须说明的是，那许多年中，胡佛的飞机维修从来没有出现过任何差错。

> **大智慧**
>
> 守住自己的底线，留住别人的面子，往往比严苛厉责更利于问题的解决。另外，一味贬低别人并不能显示自身的伟大，而宽容犯错的人，反倒能表现出高尚的人格。

18. 谁喝谁的汤？

老太太平常非常节俭，生日那天，她决定破费一次，到附近的餐馆里吃午饭。

她要了一碗汤，在餐桌前坐下时发现忘了取包子，于是她又起身去拿。当再次回来时，她惊讶地看到一个破衣烂衫的中年男子正在喝自己的那碗汤。

"这个乞丐！他凭什么喝我的汤！要知道我平常都舍不得到饭馆里来吃饭的！"老太太气呼呼地想，"可是，也许他是太穷、太饿了，看这餐桌没人，以为那碗汤是别人剩下不要的呢。"

这样一想，老太太又不想与他计较了。于是，她若无其事地坐在男子旁边，拿起汤匙与男子一同喝起那碗汤来，不一会儿，汤就被喝光了。

这时候，那个男子又起身端来一大碗面条，上面放着两双筷子。老太太心想：

你能喝我的汤我也能吃你的面条。于是两人又一起吃起那碗面来。

吃完后，男子站起身："再见！"他冲老太太打招呼道，表情看起来非常愉快，非常欣慰，因为他觉得自己做了一件好事，善待了一位穷困饥饿的老人。

老太太转头与男子说再见时，突然发现：旁边桌上放着一碗没人动过的汤，正是自己刚要的那一碗！

大智慧

善待别人的人，总能同时得到别人的善待。从来都是这样，你怎么对待世界，世界便会怎么对待你，如果你把理解、宽容和善良给予别人，别人也会给你同样的回报。

第十六章

快乐是一种能力，幸福是一种态度

很多时候，人所需要的并不只是外在的物质享受，还有来自精神上的安慰。在能力所及之处，以诚挚的态度付出自己的关心，那么，我们就能为自己开拓一条幸福的捷径。

1. "畸形"

有一个富人，家财万贯，但过得却很烦恼，因为他很爱财，生怕自己的财产会变少。他不仅对别人很吝啬，连自己的生活用品都不舍得置办，一家人守着万贯家财过贫苦日子。不仅朋友们不喜欢他，连自己的老婆孩子也怨声载道。

富人自己也不胜其烦。他听说默仙禅师能够启人快乐，让人们解脱和自在生活，便去拜访禅师。他来到了默仙禅师的寺院中，说了心中的想法，探问默仙禅师解脱之法。

默仙禅师并没有直接回答，而是将手掌攥成一个拳头举起来，问富人："假如我的手掌永远都是这样，你说那叫什么？"

"畸形。"富人不假思索地说。

默仙禅师又将自己的手掌摊开，举在空中，又问富人："假如我的手掌永远都是这样，始终不变，你说它叫什么？"

"这还是一样，畸形呗！"富人脱口而出。

只见默仙禅师微笑着看着他，看着富人若有所思的样子，和蔼地说道："只要你知道了这一点，你就会是一个快乐的有钱人。"富人一愣，随即大喜。他终于想通了，决定回家后就通达地生活，一边节俭朴素地生活，一边时不时地去施舍身边的朋友和邻居。

大智慧

快乐来自灵活的人生智能，不要执着和偏执，否则不仅会自己闷闷不乐，还会让身边的人都讨厌你。

2. 因可爱而美丽

　　有一个十分美丽的女子，家境非常富裕，虽然不论其财富、地位、能力、权力，以及漂亮的外表，都没有人比得上，但她生性高傲，所以总是郁郁寡欢，连个谈心的人也没有。她在苦闷中度过了无数的日子，终于，她想到了很有修为的无德禅师，希望他能给她些指点，如何才能具有魅力，以赢得别人的欢喜。

　　她见到了无德禅师，可是禅师只告诉她两个字——学禅。

　　她想不明白，问道："在哪里学禅呢？"

　　于是，无德禅师和她说了很多话。最终，她明白了什么是让自己有魅力的禅——

　　说禅话：就是说欢喜的话，说真实的话，说谦虚的话，说利人的话。

　　听禅音：禅音就是化一切音声为微妙的音声，把辱骂的音声转为慈悲的音声，把毁谤的音声转为帮助的音声，哭声闹声、粗声丑声，你都能不介意，那就是禅音了。

　　做禅事：禅事就是布施的事、慈善的事、服务的事、合乎佛法的事。

　　用禅心：禅心就是你我一如的心、圣凡一致的心、包容一切的心、普利一切的心。

　　此后，她一改从前的骄气，在人前不再夸耀自己的财富，不再自恃自我的美丽，对人总是谦恭有礼，对亲人尤其能够体恤关怀，不久就被称为"最具魅力的女人"了！

大智慧

　　有一位大师说："人不是因为美丽才可爱，而是因为可爱才美丽。"拥有漂亮的外表却待人冷漠无情，没人会觉得她可爱。只有真心关心别人，才有动人的魅力。

---

3. 孔子拜访老农

　　孔子和弟子一行从农山下来，日已偏西，想访问一位有贤德的老农，便向百姓打听。

百姓向他们介绍：这里住着一位远近闻名的老农，年已七十，身体健康，勤劳俭朴，遇事礼让，附近百姓遇到大小事，都去找他询问，有什么纠纷口角就请他出面调解，只要他说一句话，问题就解决了。孔子听后就和弟子们前去拜访这位老人。

孔子来到老人的屋前，房屋虽小，但墙壁用泥抹得平整光亮，屋顶茅苫盖得整整齐齐严严实实，屋内屋外打扫得干干净净，给人一种清新舒适之感。进入屋内，只见老人腰背挺直，衣服洁净，正在煮饭。他见到这些不速之客，连忙放下炊器，躬身相迎，指点就座。孔子向老人介绍了自己的身份和来意。老人乐呵呵地站在一旁。

孔子问："老者，您家还有什么人吗？"

老人答："有一个儿子、儿媳和孙子！"

"您已年高，为什么不同他们一起生活呢？"孔子接着问。

老者说："他们孝顺我，好的东西常常送给我，孙子也经常来看我，身上的衣服全是儿媳做的。现在我还能自力，若和他们生活在一起，必然加重他们的负担，故而自己独立生活倒也感到舒畅！"

孔子说："这也算得是父慈子孝了。"

从老人那里出来后，孔子感觉很开心。弟子不明所以，问道："先生如何这样高兴呢？"

孔子说："一个孝顺的儿子，当他拿着美味佳肴，必然先想到他的父母，一个想为百姓做好事的人，也必然是和百姓想的一样。今天，我们看见了他待人的态度，他把我们当作他的知心朋友，如此热忱地对待我们，难道他的热情不值得我们高兴吗？"

颜回说："从他的盛情就可以看出，他是个道德高尚的人啊！"

孔子接着说："他的确是个道德高尚的人，你看他对生活是知足而高兴，他没有任何需求，心地坦坦荡荡，这才是君子的行为呀！"

> ✦ 大智慧 ✦
>
> 文中的老人可谓是"知足常乐"的典型了，这也说明了做人对物质享受的要求越低、心灵就会越快乐的道理。

4. 快乐的真谛

一天，庄子和惠施在濠水边游玩，庄子看着河里的流水说道："鱼从容自得地游来游去，这些鱼真快乐。"

惠施问道："你不是鱼，怎么知道鱼的快乐呢？"

庄子回答道："你不是我，怎么知道我不懂鱼的快乐呢？"

惠施反问道："我不是你，固然不知道你；你本来也不是鱼，那么你不知道鱼的快乐，就是无可辩驳的了。"

庄子继续辩论："请从开头的话题说起。你说'你哪儿知道鱼的快乐'，说明你已经知道了我晓得鱼的快乐才来问我的，我是在濠水的河堰上知道的。"

> ✦ 大智慧 ✦
>
> 庄子说"这些鱼真快乐"，是因为他的心快乐。有一颗快乐的心，在荒凉的沙漠上也能看见快乐，何况是在"濠水的河堰上"呢！

5. 人生如白云野鹤

唐代太守李翱听说了药山禅师的大名，就想见一见他的庐山真面目。李翱四处寻访、跋山涉水，终于在一棵松树下见到了药山禅师。

李翱恭恭敬敬地提出自己的问题，没想到药山禅师眼睛没有离开手中的经卷，对他总是不理不睬。一向位高权重的李翱怎么能够忍受这种怠慢，于是打算拂袖而去："见面不如闻名。"

这时药山禅师不紧不慢地开口了："为什么你宁可相信别人的传说而不相信自己的眼睛呢？"

李翱悚然回头，拜问："请问什么是最根本的道理？"

药山禅师指一指天，再指一指地，然后问李翱："明白了吗？"

李翱回答："不明白。"

药山禅师提示他："云在青天水在瓶。"

李翱如今才明白，激动之下写道："炼得身形似鹤形，千株松下两函经。我来问道无余说，云在青天水在瓶。"

大智慧

云本来就在青天，难道还需要别人提示才明白？药山实际上是提示李翱：只要保持像白云一样自如自在的境界，何处不能自由，何处不是解脱呢？

6. 放下就是快乐

曾子有个叫子夏的师弟在朝做官，这天，师兄弟二人在街上碰面了。

曾子笑着说："咦，这些天吃些什么好吃的东西了？胖多了。"

子夏也笑着回答师兄："哪里哪里，我这胖啊，是因为我终于战胜了的缘故。"

"战胜了？"曾子挺纳闷。师弟为人谦逊平和，又重感情，怎么会有争斗的事情，又哪里来的战胜呢？

子夏知道他误会了，就解释说："自己战胜自己了。我每次进朝，见到朝堂上先王题写的匾碑，看到朝堂上进退有致的肃雅礼仪，想到老师平日的谆谆教诲，总觉得这是极好的东西；而当我走出朝堂，从街上回家的时候，看到那些富丽堂皇的深宅大院里，碧荫参天，不时飘出声声美乐、阵阵酒菜之香，飘出愉悦的笑语。生活在这样的家庭里该是多么快乐啊！

"这时候，我就又认为荣华富贵是最好的东西了。每天入朝与出朝，这两种思想在我胸中做着激烈的战斗，折磨着我的灵魂和肉体。所以以前你见我时，我才会是那个样子。"

曾子听出了深意，有点入神，不觉问道："什么样子？"

子夏一笑："瘦了呀！"

曾子颇感兴趣地追问道："那后来怎么胖了？"

子夏面容平静，严肃地说："后来我想，这两样事物，都可以使我得到幸福。而我现在从前者追求幸福，已有一定基础，从后者追求幸福，却缺乏应有的技巧和手段。何况前者也许可以带来后者，而后者却带不来前者。前者有美名而无凶险，后者常因不择手段继而导致家破身死，所以我已毅然丢弃后者，而一心追求前者了。这样，我这瘦弱的身躯，就不再成为思想的战场，不再成为被蹂躏的土地，岂有不渐肥沃之理？这就是我变成现在这样的原因啊！"

曾子若有所思地点点头，拜别而去。

大智慧

人不可不努力争取成功，但欲望不可过度。放下争名逐利的浮躁，就能细心体味生命的快乐了。

7. 自由

有一天，庄子在濮水边上钓鱼，正好楚威王派来两位大臣，要请庄子到楚国，在朝为相。庄子一点儿也不动心，仍旧握着钓竿，反问那两位大臣："我听说贵国有只神龟，已经死了三千年了，楚王一直将它供奉在庙堂上；你想那只神龟，是愿意死了被供奉起来，还是宁愿活着在地上到处爬？"两位大臣都说："宁愿活着在地上爬。"庄子说："是啊！你们请回吧！我也宁愿在地上自由自在地走。"

大智慧

庄子一生不求名利，向往无拘无束的自由生活，所以当楚国的国君要请他在朝为相时，他立刻拒绝了。

8. 做个平安快乐的人

楚王问庄辛："君子的修养是怎样的？"

庄辛回答："住在家里，房屋不用筑围墙，也没有人损害他；走在路上，身边不用带侍卫，也没有人伤害他。这就是君子的修养。"

楚王又问："君子的富有是怎样的？"

庄辛回答："君子的富有是，借东西给别人，不要人家感恩，也不向人家索取；

送东西给别人吃，不使唤人家，不差遣人家。亲戚爱戴他，众人喜欢他，贤能的人追随他，都希望他长寿快乐，无病无灾。这就是君子的富有。"

楚王说："说得好呀！"

大智慧

没有人愿意伤害一个对自己有益无害的人。要做个平安快乐的人，就要做有益于人的事，不要损害别人。

---

9. 随遇而安

已经是三伏天了，庙里的草地上仍然是一片枯黄。小和尚说："师父，快撒点儿草籽儿吧，这草地多难看呀。"师父赞许地看着小和尚说："好啊，等天凉了，随时吧。"

中秋，师父买了包草籽儿叫小和尚去种。在阵阵秋风的吹动下，草籽儿边撒边飘……小和尚急得喊了起来："师父，不好了，许多草籽儿都叫风给吹走了。"师父不动声色地说："嗯……没关系。吹走的多半是空的，撒下去也发不了芽儿，随性吧！"

种子刚刚撒完，就引来了一群麻雀。小和尚急得直跺脚："坏了，坏了，草籽儿都让麻雀给吃了。这，这可怎么办呢？"师父和颜悦色地说："别急。种子多，吃不完，随遇吧！"

播种那天夜里，忽然下了一阵暴雨。清晨，小和尚到院里一看，就三步并作两步地冲进禅房："师父，这下可完了，草籽儿都让雨水给冲走了。"师父毫不介意地说："冲到哪儿就会在哪儿发芽，随缘吧！"

七八天过去了，枯黄的草地上居然长出了一片青翠可人的绿色的苗苗，原先没有播种的地方也泛出了绿意。小和尚高兴得直拍手："好看，

太好了。"

师父眯起笑眼，慢慢点着头说："随喜，随喜。"

大智慧

随时，随性，随遇，随缘，随喜——别把生活定格在某一个特定的时间、空间、标准上，坚强中随遇而安，平凡中感悟快乐。永远不去计较生活的不快，我们就会本能地收获幸福和喜悦。

10. 适合的才是最好的

城市老鼠和乡下老鼠是好朋友。有一天，乡下老鼠写了一封信给城市老鼠，信上这么写着："城市老鼠兄，有空请到我家来玩。在这里，可享受乡间的美景和新鲜的空气，体验悠闲的生活，不知意下如何？"

城市老鼠接到信后，高兴得不得了，立刻动身前往乡下。到那里后，乡下老鼠拿出很多大麦和小麦，放在城市老鼠的面前。城

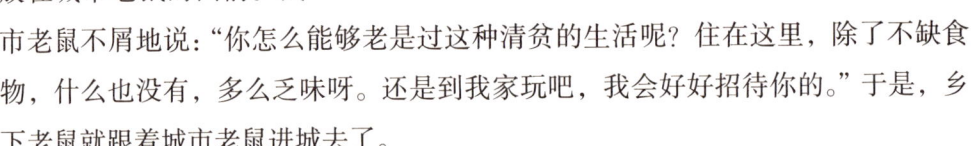

市老鼠不屑地说："你怎么能够老是过这种清贫的生活呢？住在这里，除了不缺食物，什么也没有，多么乏味呀。还是到我家玩吧，我会好好招待你的。"于是，乡下老鼠就跟着城市老鼠进城去了。

乡下老鼠看到那么豪华、干净的房子，非常羡慕。想到自己在乡下从早到晚，都在农田上奔跑，以大麦和小麦为食物，冬天还得在那寒冷的雪地上搜集粮食，夏天更是累得满身大汗，和城市老鼠比起来，自己实在太不幸了。

聊了一会儿，他们就爬到餐桌上开始享受美味的食物。突然，砰的一声，门开了，有人走了进来。他们吓了一跳，飞也似的躲进墙角的洞里。

乡下老鼠吓得忘了饥饿，想了一会儿，戴起帽子，对城市老鼠说："乡下平静的生活，还是比较适合我。这里虽然有豪华的房子和美味的食物，但每天都紧张兮兮的，倒不如回乡下吃麦子来得快活。"说罢，乡下老鼠就回乡下去了。

11. 开心就是幸福

在美国南部的一座小城市里，搬来了一对年轻夫妇。年轻夫妇的隔壁住了一对年老的夫妻，他们前去拜访问候后发现，老太太的双眼几乎看不见，而且四肢瘫痪需要坐着轮椅，行动相当不便。只有老先生一个人照顾她，但是老先生自己的身体也不是很好，他们夫妇二人就这么相依为命了好多年。

一年一度的圣诞节快要到了，这对年轻夫妇决定做些什么。经过一番讨论后，他们决定装饰一棵圣诞树送给这两位老人。

于是，他们买了一棵小树，用玩偶、亮片将它装饰好，附带了一份礼物，在圣诞夜当天送到邻居夫妇手上。

老妇人满怀感激地注视着圣诞树上闪烁的小灯，不禁伤心地哭了。她的丈夫说："我们已经有许多年没有欣赏圣诞树了。"

之后，只要他们前去拜访这两位邻居时，老夫妇都会感激地再次提起那棵圣诞树。

12. "笑一笑"

苏轼在海南儋县的时候，因为要练习写作，曾经这样写道："我一开始来到南海的时候，放眼望去，蓝天和大海无边无际，没有尽头，便感到非常凄凉和悲伤，我总对自己说：'什么时候才能离开这座海岛啊？'过了一会儿，我又想到，天地在大水的中间，陆地在茫茫的大洋中间，人这一生又有何时不是在岛上呢？往地上倒一盆水，芥壳浮在水面上，蚂蚁趴在芥壳上面，茫然失措，不知怎样才能渡过去。过了一会儿，水干了，蚂蚁直接爬走了，看见同伴，流着眼泪说：'差一点儿就再也见不到你们了。'它怎么会知道在水中挣扎翻滚的时候，有四通八达的道路可以逃生啊！想到这儿就可以为目前的境遇笑一笑了。"

大智慧

无论处在怎样的逆境，想通了都可以"笑一笑"。怡然地面对命运，你将得到更多的快乐。

13. 乐观者和悲观者

这对兄弟虽然是双胞胎，并且长得极像，性格却迥然不同，甚至可以说是截然相反，因为他们一个是乐观主义者，一个是悲观主义者。

很小的时候，他们的父亲曾经试图改变他们兄弟的性格，他给了悲观的弟弟一大堆非常诱人的新玩具，然后把乐观的哥哥关进了满是马粪的马棚里。两个小时以后，父亲去看这俩兄弟，却发现弟弟守着一大堆玩具在哭，而哥哥却乐不可支地掏了满手马粪。

"你为什么要哭，而不玩这些玩具呢，波比？"父亲问弟弟。

"我玩的话它们会变旧，还可能会坏掉。"波比一边哭，一边说。

"那彼特，你为什么掏了一手马粪还这么高兴呢？"父亲又问哥哥。

"因为我试图从马粪里掏出一匹小马驹来呀。"彼特说完，又跑去掏他的马粪了。

父亲叹口气，从此再也不梦想改变什么了。

慢慢地，兄弟两人都渐渐长大了。波比还是那个悲观的波比，他总是守着半杯可口可乐发愁：唉，就剩下半杯了。而彼特还是那个乐观的彼特，偶尔会因为发现了半杯可口可乐而惊喜：感谢上帝，我还有半杯饮料呢！

最后，波比面带忧郁地死去了，他一辈子也没高兴过。之后，彼特面带微笑地也死去了，他一辈子也没忧伤过。可是，他们俩都活了一辈子，而且总处于差不多的境遇！

大智慧

乐观的人总能在危难中看到有利于自己的机会，悲观的人总能在机会中看到不利于自己的危难。想做前者其实并不难，你只需要在看到阴影时及时转身。

第十七章
一生只要做好一件事

潘记
老豆腐

对于人生来说，重要的问题不在于你原先在什么位置，现在在什么位置，而在于你想要走向什么样的位置。现实生活就是这样，在我们做事的过程中，正因为有了目标，才有了方向，有了希望。没有了它，我们即使一生忙碌，也走不出狭隘的天地。

1. 石匠的目标

有个人经过一个建筑工地，问那里的建筑工人在干什么，三个工人有三个不同的回答。

第一个工人回答："我正在砌一堵墙。"

第二个工人回答："我正在盖一座大楼。"

第三个工人回答："我正在建造一座城市。"

十年以后，第一个工人还在砌墙，第二个工人成了建筑工地的管理者，第三个工人则成了这个城市的领导者。

> **大智慧**
>
> 做同一件事的时候，也可以有截然不同的目标，现时的目标决定以后所要走的路。思想有多远，我们就能走多远。

2. 小和尚的目标

有一个小和尚漫步于田野，发现水田当中新插的秧苗竟排列得如此整齐，犹如用尺子量过一样。

他不禁好奇地问在田里插秧的老农是如何办到的。

老农忙着插秧，头也不抬地要小和尚自己取一把秧苗插插看。

小和尚卷起裤管，喜滋滋地插完了一排秧苗，结果却是参差不齐，不忍目睹。他再次请教老农。

老农告诉他，在弯腰插秧的同时，眼光要盯住一样东西。

小和尚照他说的做了，不料这次插好的秧苗，竟成了一道弯曲的弧线。

老农问他："你是否盯住了一样东西？"

"是呀，我盯住了那边吃草的水牛，那可是一个大目标啊！"小和尚肯定地回答。

"水牛边走边吃草，而你插的秧苗也会跟着移动，你想这个弧形是怎么来的？"老农说。

小和尚恍然大悟，这次，他选定了远处的一棵大树。

> **大智慧**
>
> 如果我们不知道现在正往哪里走，我们怎能指望到达目的地呢？只有朝着确立的目标行动，才能达到理想的目标。

3. 一生只做一件事

一条街上有两家卖老豆腐的小店。一家叫"潘记"，另一家叫"张记"。两家店是同时开张的。刚开始，潘记生意十分兴隆，吃老豆腐的人得排队等候，来得晚就吃不上了。潘记的特点是：豆腐做得很结实，口感好，给的量特别大。相比之下，张记老豆腐就不一样了，首先是豆腐做得软，软得不成形状；其次是给的豆腐少，加的汤多，一碗老豆腐半碗多汤。因此，有一段时间，张记的门前冷冷清清。

有一天，一个客人走进张记的豆腐店，吃完一碗老豆腐后不客气地说："你怎么不学学潘记呢？"老板卖关子，脸上颇有几分胜算地说："我为什么要学他呢？你两个月以后再来，看看是不是会有变化吧！"

大概一个多月后，张记的门前居然真的排起了长队。这个客人很好奇，也排队买了一碗，看看碗里的豆腐，仍然是稀稀的汤汁，和以前没什么两样，吃起来，也还是从前的味道。老板脸上仍然挂着憨厚的笑，这个客人便好奇地问："能告诉我这其中的秘诀吗？"

老板说："其实，我和潘记的老板是师兄弟。"

客人有些惊讶："那你们做的豆腐不一样呀？"

老板说："是不一样。我师兄——潘记做的豆腐确实好，我真比不上；但我的豆腐汤是加入好几种骨头，再配上调料，再经过十二个小时熬制而成，师兄在这方面就不如我了。师傅故意传给我们不同的手艺。这样，人们吃腻了我师兄的豆腐，就会到我这里来喝汤了。时间长了，人们还会回到我师兄那里。再过一段时间，人们又会来我这里。这样，我们师兄弟的生意就能比较长远地做下去，并且互不影响。"

客人又试探地问："你难道就不想跟师兄学做豆腐吗？"

老板却说："师傅告诉我们，能做精一件事就不容易了。有时候，你想样样精，结果样样差。"

大智慧

　　世界上夺目的事业太多太多，而选定者必须知道：生命有限，时间有限，精力有限，能力有限，空间有限。而每人只有一双手，只有在众多的事业中选定一件自己爱干的、该干的事，才能打造自己的完美人生。一生选定一件事，一生只做一件事。选准一事，选定一生。长路漫漫，你的人生坐标在哪里？

---

4. 一辈子生不逢时

从前，有一个人总想做官而一辈子都没遇到做官的机遇。时光如流水，几十年弹指一挥间。这个人眼看着自己头发已白，年纪老了，不禁黯然神伤。一天，他走在路上，不禁痛哭起来。

有个人看见他这般模样，感到很奇怪，于是上前问他说："老丈，请问您为何如此伤心呢？"

这个人回答说："我求官一辈子，却始终没有遇到过一次机会。眼看自己已经老了，依然是一身布衣，再也不可能有做官的机会了，所以我伤心痛哭。"

问他的人又问："那么多求官的人都得到了官，你为什么却一次机会也没遇上呢？"

这个老人回答说："我年轻时学的是文史，当我在这方面学有所成时出来求官，正好遇上君主偏爱任用有经验的老年人。我等了好多年，一直等到喜好任用老年人的君主去世后又出来求官，谁知继位的君主却是个喜爱武士的人，我又一次怀才不遇。于是，我改变主意，弃文从武。等我学武有成时，那个重视武艺的君主也去世了。现在继位的是一位年轻的君主，他喜欢提拔年轻人做官，而我，如今已不年轻了。我的几十年光阴转瞬即逝，一辈子生不逢时，没有遇到一次做官的机会，这难道不是十分可悲的事吗？"说罢，他又哭了起来。

5. 蓬雀安知鲲鹏之志

传说在古代很远很远的北方，大地以草木为毛发，而那个地方气候异常寒冷，草木不生，于是人们把那个地方叫"穷发"。

在那个草木不生的地方，有一片大海，是大自然造就的一片辽阔的水域。在这片水域中，生活着一条硕大无比的鱼，这条鱼的身体有几千里宽，而它的身体有多长呢，谁也说不清楚，这条大鱼的名字就叫作鲲。有一天，这条大鱼变作了一只鸟，也同样是大得不可思议。这只鸟的脊背有泰山那样高大，双翅一展，就像是挂在天空的云彩遮住了半个天空，这只鸟名叫鹏。

这只大鹏鸟打算从北海飞到南海一游，它扇动起两个巨大的翅膀，盘旋直冲天空而形成一股狂飙，大鹏鸟直飞到九万里的高空，那是一个连云气都达不到的地方。大鹏的脊背几乎是紧靠着青天了，然后它再准备朝南海的方向飞去。

有一群小蓬雀活动在一片灌木丛中，整天聚集在矮树间跳来跳去、叽叽喳喳，倒也自得其乐，十分满足。当它们听说了大鹏鸟飞上高空九万里的事情后，十分惊讶与困惑，它们嚷嚷道："简直是发了疯了，发了疯了。它干吗要飞那么高呢？它到底想干什么呢？"其中一只蓬雀以一种批评家的口气说："我跳跃着向上一飞，也不过几丈

高就落下来了，我在灌木丛中飞来飞去，悠然自得，这就是世界上最好的飞翔了，那只奇怪的大鹏干吗要飞那么高呢？飞那么高有什么意义呢？"

—— 大智慧 ——

胸无大志的蓬雀不但不能理解壮志凌云的鲲鹏，反而还讥笑它，这真是蓬雀安知鲲鹏之志，称得上可悲可叹。我们做事要像鲲鹏一样志存高远，绝不可满足于眼前的一切，不思进取。

6. 水珠和海浪

小水珠把石头滴穿了一个洞。海浪看见后问小水珠："你那么小的力量能把石头滴穿，靠的是什么？"小水珠笑笑说："这没什么奥妙，是我持之以恒的结果。"

海浪点点头："我明白了，只要有恒心，就能击穿石头。"于是海浪向小水珠夸口说："我的力量不知要比你大多少倍，我要把岸边所有的石头都击穿一个洞。"说完，海浪就一次又一次地向岸边的石头扑去。

几十年过去了，岸边的石头还是没有被海浪击穿。海浪叹息着，又去问小水珠："我连续地忙活了几十年，为什么没有成功呢？"小水珠又笑了："要想取得成功，必须认准目标，集中精力专攻一点。"

—— 大智慧 ——

目标专注，把有限的精力集中于一点，才能获得最大限度的成功。太多太广泛的目标只会造成精力的浪费，最终使我们一事无成。

7. 驴子和马的不同命运

唐太宗贞观年间，长安城西的一家磨坊里，有一匹马和一头驴子。它们是好朋友，马在外面拉东西，驴子在屋里推磨。贞观三年，这匹马被玄奘大师选中，出发经西域前往印度取经。

十七年后，这匹马驮着佛经回到长安，它到磨坊会见驴子朋友。老马谈起这次旅途的经历：浩瀚无边的沙漠，高入云霄的山岭，凌峰的冰雪，热海的波澜……那些神话般的境界，使驴子听了极为惊异。驴子惊叹道："你有多么丰富的见闻啊！那么遥远的道路，我连想都不敢想。""其实，"老马说，"我们跨过的距离是大体相等的，当我向西域前进的时候，你一步也没停止。不同的是，我同玄奘大师有一个遥远的目标，按照始终如一的方向前进，所以我们打开了一个广阔的世界。而你被蒙住了眼睛，一生就围着磨盘打转，所以永远也走不出这个狭隘的天地。"

大智慧

杰出人士与平庸之辈最根本的差别，并不在于天赋，也不在于机遇，而在于有无人生的目标！尽管驴子一生所跨出的步子与老马相差无几，但因为缺乏目标，它一生都走不出那个狭隘的天地。对于没有目标的人来说，岁月的流逝只意味着年龄的增长，平庸的他们只能日复一日地重复自己。我们要过优雅、高贵的生活，就要首先为自己制定远大的目标。

8. 走出比塞尔的窍门

比塞尔是西撒哈拉沙漠中的一颗明珠，每年有数以万计的旅游者来到这儿。可是在肯·莱文发现它之前，这里还是一个封闭而落后的地方。这儿的人没有一

个走出过沙漠，据说不是他们不愿离开这块贫瘠的土地，而是尝试过很多次都没有走出去。

肯·莱文当然不相信这种说法。他用手语向这儿的人问原因，结果每个人的回答都一样：从这儿无论向哪个方向走，最后都还是会转回出发的地方。为了证实这种说法，他做了一次试验，从比塞尔村向北走，结果三天半就走了出来。

比塞尔人为什么走不出来呢？肯·莱文非常纳闷，最后他只得雇了一个比塞尔人，让他带路，看看到底是为什么。他们带了半个月的水，牵了两峰骆驼，肯·莱文收起指南针等

现代设备，只挂一根木棍跟在后面。

十天过去了，他们走了大约八百英里的路程，第十一天的早晨，他们果然又回到了比塞尔。这一次，肯·莱文终于明白了，比塞尔人之所以走不出大漠，是因为他们根本就不认识北斗星。

在一望无际的沙漠里，一个人如果凭着感觉往前走，他会走出许多大小不一的圆圈，最后的足迹十有八九是一把卷尺的形状。比塞尔村处在浩瀚的沙漠中间，方圆上千公里没有一点儿参照物，若不认识北斗星又没有指南针，想走出沙漠，确实是不可能的。

肯·莱文在离开比塞尔时，带了一位叫阿古特尔的青年，就是上次和他合作的人。他告诉这位青年，只要你白天休息，夜晚朝着北面那颗星走，就能走出沙漠。阿古特尔照着去做，三天之后果然来到了大漠的边缘。阿古特尔因此成为比塞尔的开拓者，他的铜像被竖在小城的中央。铜像的底座上刻着一行字：新生活是从选定方向开始的。

大智慧

无论一个人现在有多大年龄，他真正的人生之旅，都是从设定目标的那一天开始的。以前的日子，只不过是在原地绕圈子而已。

---

9. 鬼斧神工的奥妙

梓庆是古代的一位木匠，他擅长砍削木头制造一种乐器，那时人们称这种乐器为镰。

梓庆做的镰，看到的人都惊叹不已，认为是鬼斧神工。鲁国的君王闻听此事后，召见梓庆问："你是用什么方法制成镰的？"

"我是个工匠，谈不上什么技法。"梓庆回答，"我只有体会，在做镰时，从来不分心，而且实行斋戒，洁身自好，摒除杂念。斋戒到第三天，不敢想到庆功、封官、俸禄；第五天，不把别人对自己的非议、褒贬放在心上；第七天，我已经进入了忘我的境界。此时，心中早已不存在晋见君主的奢望，给朝廷制镰，既不希求赏赐，也不惧怕惩罚。"

梓庆在把外界的干扰全部排除之后，进入山林中，观察树木的质地，精心选取自然形态合乎制镰的材料，直至一个完整的镰已经成竹在胸，这个时候才开始动手加工制作。

"否则，我不会去做！"梓庆向鲁王详细介绍制镶的过程后，继续说，"以上的方法就是把我的天性和木材的天性相结合，我的镶制成后之所以能被人誉为鬼斧神工，大概就是这个缘故。"

大智慧

要想成就任何事情，都必须目标专一、忘我执着。梓庆制镶虽然有些过分夸大精神的作用，但是它强调干大事业要摒除一切杂念、精神专注，这一点是绝对值得称道的。

---

10. 白兔子得冠军的秘密

兔子王国每年都会进行马拉松比赛，参加比赛的有白兔子、黑兔子、花兔子、长毛兔等，每只兔子选手在赛前都经过了精心的准备与训练。

今年的比赛开始了，白兔子冲了出去，一路领先，获得了冠军。

兔子记者采访白兔子，问道："白兔子先生，您是如何获得冠军的呢？"

白兔子深沉地说："我跑马拉松是靠智慧。"

兔子记者有点儿困惑，跑马拉松是依靠体力，依靠耐力，怎么是依靠智慧呢？看来白兔子是在卖关子。

第二年，白兔子依然得了冠军。第三年依然是这样。面对兔子记者的提问，白兔子的回答都是一样的。

第四年，还是白兔子获得了冠军，兔子记者又去采访他。

"白兔子，您为何每年都能获得冠军呢？外界的传闻很多，有的说你有一个祖传的秘方，吃了以后耐力特别好；有的说你的腿动过手术，和一般的兔子都不一样。"

白兔子笑了笑，回答说："今年是我最后一次参加比赛了，所以我想是公布我的秘密的时候了。哈哈，其实我得冠军的道理非常简单，比赛之前我会仔细观察每个地方的地形，记住什么地方有一棵树，什么地方有一个小土包，而且在每个地方都做一个标记。在赛跑的时候，我就想：快跑，快跑，到了下面的小土包就是冠军了；过了小土包后我就想下一棵树。每到一个做了标记的地方，我都会这样想。快跑不动的时候，我就想，后面有一只大灰狼在追我，快跑，快跑，到下一个标记处他就追不上了。就这样，我每年都得冠军啦！"

"原来是这样呀，好像很简单呀！怪不得你总说你是依靠智慧获得冠军的。"兔子记者恍然大悟。

> ### 大智慧
>
> 做事不但要有大目标，还要把大目标细化为一个个小目标，这样才不至于失去前进的动力。就像故事中的白兔子为自己每个阶段都设置了目标，并且给自己精神动力，所以他成功了。

11. 做事要专注于目标

大司马是楚国的官员，有一位专为他造剑的工匠，尽管有八十多岁了，但造出的剑依然锋利无比，光芒照人。

"您老人家年事已高，剑仍旧造得这么好，是不是有什么窍门？"大司马赞叹老匠人高超的技艺。

老工匠听了主人的夸奖，心中有些不自在，他告诉大司马："我造了一辈子的剑，我在二十岁时就喜欢造剑。除了剑，我对其他东西全然不顾，不是剑就从不去细看，一晃就过了六十余年。"

大司马听了老工匠的话，更是钦佩他的献身精神。虽然他没有谈造剑的窍门，但他揭示了一条通向成功的道理。他专注于造剑的技艺，几十年如一日，执着的追求使他掌握了造剑工艺，进而达到一种高妙的境界。有了这样的精神，哪有造剑不锋利、不光亮的道理？

> **大智慧**
>
> 做事一定要专注于目标，世上无难事，只怕有心人。种瓜得瓜，种豆得豆。精湛的技艺、丰硕的收获、事业的成功，都是靠专心致志终身追求而取得的。

12. 只写过一部书

这是世界文学座谈会的现场，一位衣着朴素的小姐正安静地坐在角落里。她的身旁是一位匈牙利的男作家，看到相貌平平的小姐，那位男作家满脸傲气地过去搭讪。

"嗨，"他打招呼道，"你也是来参加座谈会的作家？"

"哦，是的。"小姐面带微笑，语调很是和气。

"那你都写过什么呀？"男作家问道。

"哦，我没有写过多少东西，只是写小说罢了。"小姐谦虚地答道。

"这可不行。一个伟大的作家是要什么都会写的。你知道吗？到目前为止，我已经出版了三十几部小说、七八部散文集，还有无数的诗歌，不久之后，我的诗集也会出版了。"

"哦，祝贺你。"小姐很真诚地回复道。

"你说你擅长写小说，那你写过多少部小说呢？"男作家又问道。

"哦，只有一部而已。"小姐回答道。

"啊，才一部啊，看来你真是非常荣幸了，要知道这么有名的座谈会一般来说只请非常有名的作家。你那一部小说叫什么名字？"男作家再次问道。

"《飘》。"小姐很简短地回答道。

男作家一下子傻了，原来，她就是大名鼎鼎的玛格丽特·米歇尔！

那天晚上，米歇尔是唯一的金奖得主。

> **大智慧**
>
> 质量胜于数量。做事不在大小、不在多少，关键在于你的态度和做事的结果，认真做好一件小事远胜于马虎地做一大事。

13. 住在沙漠里的雕

　　雕住在沙漠里。沙漠里没有泉水和森林，雕于是飞得很高，在高空盘旋，为了望见它所要望见的东西。它望见东方有无边无际的大海，北方有郁郁苍苍、连绵千里的森林，西方有柔媚多姿、忽飞忽舞的彩霞，南方平铺着像天鹅绒一般的绿地。

　　雕于是往东海去汲水，去时五千里，而晚上必回沙漠住宿，回时也是五千里。往北方森林去采伐树枝，来回也各有五千里，晚上也回沙漠住宿。它往西方和南方去旅行，每天都飞一万里，晚上必回沙漠住宿。

　　雕这样实在太忙碌、太辛苦了，所以东海说："这么急急忙忙，又何必呢！多在我头上飞翔一会儿吧，看看我的领土，浏览浏览这儿的风景。我的领域可不小，还有很多别致的岛屿和各种稀奇古怪的龙鱼海兽。你爱暴风雨吗？等一会儿，它们就来了，也够你瞧的。晚上，在海边的无论哪一个岩穴里，你都可以找到休息的地方……"

　　但是雕回答："再见！我明天再来吧！" 雕汲了水，在海上飞了一会儿就回去了。

　　北方的森林也说："朋友，多留一会儿吧；天晚了，就住一夜再回去吧。你中意我这里吗？我这里还算是个大国呢。这里的人民也都还朴实，可以同住的，他们只有一种爱好，就是男子喜欢跳舞，女人爱好音乐。你愿意见见他们吗？我可以介绍你和夜莺相识。我真希望你在这里多留几天，在我这里过夜一闭上眼睛就是所谓无穷的森林的梦，无论看见夏天的深绿、冬天的白雪，都不会有尽头的……"

　　但是雕同样回答："再见！我明天还要来。"就衔起了一根枝条，在森林上面兜了一个圈子，便径直飞回去了。

　　西方花一般的云霞对雕使尽了诱惑的婀娜多姿的媚态，说道："多陪我舞一会儿吧，我们就这样舞着舞着，一直舞上西天去，不再下来。啊，和你在一块儿，我是多么快乐啊！"

　　但是雕和一切匆忙的旅客一样，同西方的彩霞齐飞了一会儿，就说："再见！你是多么美丽啊。"

　　南方的绿地把自己打扮得像春天一样，它对雕说："你怎么总是匆匆地在空中飞翔一会儿就走呢？下来吧，和我讨论一个问题：阳光加劳动加爱情，是不是等于生活？"

雕说："是的，我懂得春天了。但是，再见，我要再来的！"

雕晚上睡在沙漠上自己的窝里，常常因为白天的兴奋，长久不能入睡。那时，雕就对自己说："的确，我成了一个忙人了，好像无所谓地忙个不休。但是，我难道不爱东方、北方、南方和西方吗？它们都是多么优美啊！可是，我也实在舍不得晚上在沙漠怀里休息的那种滋味和早上在它上面飞起与盘旋的那种快乐。所以，这是真的：我已经有心要带大海的水、森林的枝叶、西方的彩霞和南方的春天到我的沙漠里，于是我将要更加忙碌不休。

"然而，无论怎样，我总要这样做，而且我总能完成我的计划，我所爱的沙漠总有一天会有泉水和森林的。虽然这个目标听起来好像是荒唐的幻想，但是，这是实在的，我自己想想都高兴。"

雕于是继续地往返奔波，并不以此为辛苦。终于有一天，沙漠不再荒凉，有了少见的绿洲，有了甘甜的泉水，有了美丽的云彩，有了温暖的春天……

大智慧

当你确定了自己事业的目标之后，就不要再被周围的诱惑所左右，坚定自己的目标，直奔目标与理想而去。拼搏的路虽然充满艰辛，但终有一天会取得成功。

第十八章
得意不张狂，失意别失志

要学会圆满做事的艺术，必须先有成功的心态。心态的好坏决定做事的成败。好心态能使一个懦夫成为英雄，能使一个人从心智柔弱变为意志坚强，由软弱、消极、优柔寡断变成积极向上。拥有好心态，我们才能轻松做事，正确做事。

1. 大狮子和小甲虫

大狮子自称是兽中之王。

有一天，一头大雄狮久久地站在镜子前，前后左右地欣赏着自己。"看我这副威武的样子，多么高贵！多么雄壮！"大雄狮自豪地说，"我一定要到外面走走，让那些忠实的臣民都瞧瞧，他们的领袖确实是一位气度非凡的兽中之王！"

于是大雄狮就披上鲜艳的礼服，戴上布满珍珠的皇冠，挂上无数金银质的勋章，走出了皇宫。一路上没有谁敢大胆挡道的。来不及躲避的都向他鞠躬行礼。"呵，这就对了。"大雄狮傲慢地说，"我理所当然地可以接受他们的敬意，我是他们的主人，当之无愧的兽中之王！"

路旁有一只小小的甲虫躲避不及，被大雄狮看见了。"大胆的小甲虫，大王到了为何不施礼？"大雄狮吼叫起来，"立刻给我跪下！"

"尊敬的大王陛下，"小甲虫说，"我心里明白，因为我个子小，你看不清楚。如果你能挨近点儿看，或许会看见我正在向您跪着呢！"

大雄狮听了，果真向下弯了弯身子，伸了伸脑袋，仔细地瞧着。"小小甲虫，你到底跪没跪下，我还是看不清楚。"

"哎呀，尊敬的陛下，"小甲虫说，"如果您能再挨近点儿看，肯定会看到我确实是向您跪着呢！"

大雄狮当真又向下弯了弯身子，伸了伸脑袋。这一弯腰，身上的礼服、头上的皇冠、脖子上的金银勋章哗哗啦啦垂了下来。大雄狮顿时感到头重脚轻，失去了平衡，一头栽倒在地上，随着一声吼叫，滚进了路边的泥水沟里。

2. 石头的哀叹

　　有一块美丽的大石头，被山涧的激流冲洗得十分光洁。一天，激流开始变窄，冲力也渐渐减弱，最后，水全部退去，一滴也不存在了。

　　这样，石头就在陡峭的山坡上显露出来。巧的是，它正好在一座小树林的附近，那里恬静而又美丽。山坡下面是一条石子路。光洁的大石头占有特殊的地势，从那儿可以饱览许多东西。在这长满青草、开遍鲜花、充满芳香的地方，照理说，它应当感到非常幸运。

　　一天，大石头望着道路，发现人们在铺鹅卵石，使路面变得更坚硬。突然，它产生了一个疯狂的念头，要到下面的道路上去找一个安身之地。

　　大石头对自己说："我在这上面和青草混在一起干什么？我应当和兄弟姐妹们生活在一起。"它这样说着，冲动之下，便开始行动，没有靠任何人的帮助，就开始向下滚动。真巧，一直滚到路中间才停下来，四周全是和它类似的曾经吸引它的鹅卵石。

　　"好极了，我就待在这儿！"大石头高兴地说。

　　这条道路十分繁忙。铁轱辘大车从它的身上轧过，奔驰的骏马震撼着大地，强有力的马蹄铁掌践踏着它。

　　没过多长时间，美丽的大石头就遇到了许多麻烦：有的打击它，有的践踏它，有的敲去了它身上的一块石片。在灰尘、泥土的下面，它几乎都认不出自己的本来面目了！

　　被玷污的大石头开始向上看了，它痛苦地望着它当时离开的地方。那里是多么绿，多么洁净，多么芳香和美丽！大石头为它失去的天堂而叹气，痛哭流涕，但是，一切都是枉然。

　　"啊，回不到山坡上去了！我永远不会再有那种安宁的日子了！对我来说，幸福不存在了……"

有些人就跟故事中的大石头一样，安宁的日子里想着外面的繁华，在经历了一些挫折苦痛之后，又会怀念以前平静安宁的生活。其实，只要是你心甘情愿选择的生活，就应快乐地去接受它带给你的一切。无论是好是坏，经历过，就不要后悔。

3. 熊渠子射箭

熊渠子是楚国人，从小决心要练就过硬的射箭本领。十五岁那年，熊渠子辞别父母外出，拜名师学射。开始时，老师既不给他弓，又不给他箭，而是让他举石锁，熊渠子尽管不理解老师的用意，但是他想，既然老师让他这么做，总是有道理的。

于是他十分认真地用两只手轮换着将五十斤重的大石锁一次又一次举起来。起初，他的手还会发抖，一年后，便举重若轻，五十斤重的石锁在熊渠子手里已不算什么，老师便给他换成一百斤的石锁让他继续苦练臂力。五年后，当熊渠子能举起三百斤重的大石锁时，老师交给他一把大硬弓，还是没给他箭，让他每天对着目标瞄准，拉开弦和放开弦时双手不能有丝毫的颤动。熊渠子按照老师的教导又练了三年空弦，老师终于拿出箭来。这时候的熊渠子除了有强大的臂力外，还练就了一副敏锐精细的眼力，他在老师的指导下，抬弓搭箭，对准目标，百发百中，不论是空中的飞禽还是地上的走兽，就连敏捷的野兔子，只要被熊渠子的弓箭瞄准，便都是箭飞靶落，飞禽走兽都不在话下。更为精彩的是，熊渠子百步穿杨的本领，使他成为远近闻名的神射手。

二十五岁那年，熊渠子告别师父回家乡，一路上晓行夜宿。这一天走在路上，行至一片荒郊时已是夜间。突然，他看见

前面正有一只老虎伏在路边，熊渠子冷不防吓出一身汗，他立刻下意识地抽出箭来，拉开硬弓，奋力朝老虎射去，不偏不斜正好射中。熊渠子赶紧趴下等待老虎做垂死挣扎。好一会儿过去了，老虎一点儿声响也没有，熊渠子想，老虎怎么就这么无声无息地死了呢？待他走近一看，哎呀，哪里是什么老虎，原来射中的竟是路边的巨石，而且射出的箭有大半截已深深地扎进石头中了。

熊渠子不禁心中奇怪：我怎么会有如此大的力气，竟将箭几乎全射进了巨石之中？于是他重新回到原来的位置，使足力气，朝巨石再射出一箭，只听咣当一声，箭未中石。熊渠子不服气，连发几箭，尽管使出全身力量，眼前除了箭与巨石相击火星飞迸，却再也一箭未中，箭都不知弹飞到哪里去了。

大智慧

　　每个人都有无限的潜能，只是我们觉察不到罢了。所以，不管面对任何事，都不要说"我不行"，要相信自己，不用尽全力尝试一下怎么知道结果？

---

4. 能力与命运

　　能力对命运说："你的功绩哪里比得上我啊？"

　　命运说："你有什么功绩要和我比试？"

　　能力说："寿与夭、穷与达、贵与贱、贫与富，都是我能做到的。"

　　命运说："可是，彭祖的智慧不在尧舜之上，却享有八百岁的高寿。颜渊的才能不在众人之下，却早夭。孔子的道德不在诸侯之下，却备受困窘。纣王的德行不在箕子、微子、比干等贤臣之上，却位居王位。季札在吴国得不到爵位，田恒却占有了齐国。有气节的伯夷和叔齐饿死在首阳山，而无耻的季孙氏比坐怀不乱的柳下惠要富足得多。还有许多例子就不举了。假如这些都是你所能操纵的，那么为什么让此人长寿而让彼人短命，使圣人穷却让逆子发达，让贤人贱却让愚人显贵，使善人贫却让恶人暴富呢？"

　　能力回答说："假如像你刚才所说，我本来对众人是无功的，所以众人才会这样；那么难道这些都是你所控制得了的吗？"

　　命运接着说："既然说是命运，那么还需要谁来控制呢？我不过是顺其自然而已，实际上，人们都是自寿自夭、自穷自达、自贵自贱、自富自贫，我哪里能够知道那么多呢？我怎么能管得了那么多呢？"

5. 马车夫的故事

齐国的相国晏子有一次外出时，乘坐的马车正好经过马车夫的家门口。马车夫的妻子得到了这一消息后，便打开一条门缝，向外观望。她本来只是为了目睹一下当朝相国的风采，却不想同时看到了自己的丈夫在替相国驾车路过家门时，竟是那样神气活现地坐在车前的大伞盖下，扬扬得意地挥舞手中的鞭子，目无行人，昂然前进，好像替相国驾车，自己也成了相国似的。

晚上，马车夫回到家中，白天那种自我陶醉的情绪还没有消失呢，妻子就闹着要与他离婚。这真是一个晴天霹雳，一下子将马车夫打入了五里雾中，半天摸不着头脑。他百思不得其解地追问妻子闹离婚的缘由，妻子余怒未消地说："晏子是齐国的当朝相国，学问名望在各国诸侯大臣中有口皆碑，如雷贯耳。可是，今天我看他坐在车上，仪表端庄，态度谦和，思想深沉，令人起敬。而你只不过是给他驾车的一个马车夫而已，却在车上趾高气扬，不可一世，自以为多么了不起，在赶车时竟不把路人百姓放在眼中。像你这样胸无大志的人，将来怎么会有出息呢？"

妻子的一番数落，使马车夫发现了自己的浅薄和无知，顿感羞愧万分，无地自容。从此以后，他彻底改变了自己的生活态度，不仅勤奋好学，而且谦虚谨慎，终于用实际行动赢得了妻子的谅解。

马车夫的变化引起了晏子的注意，他好奇地探询其中的奥秘。马车夫坦诚地将妻子的批评和自己的决心和盘托出，令晏子十分感动。他不仅欣赏马车夫的妻子志存高远、超凡脱俗的境界，而且赞佩马车夫知错即改、从善如流的精神。后来，晏子在齐国国君的面前，推荐这位马车夫做了大夫。

6. 夫妻打赌

古时候，有一对夫妻，又懒又馋，而且都十分贪心，为了一点儿小利也互不相让地争吵不休。

因为这对夫妻不愿干活，所以家里很穷。有一次，只剩下一点点钱了，用它刚好可以买三张大饼。

大饼一买回来，丈夫和妻子就赶紧一人抓了一张吃起来，生怕动作慢一点儿被对方抢去了。很快，两人就各自把手里的大饼吃完了，还剩下一张，两个人吃不够，他们又都不情愿把饼让给对方吃，虎视眈眈地盯着饼，一言不发地对峙着，心里又想吃掉它，又对对方心存顾忌，不敢贸然动手去拿。

可这样耗下去也不是个办法啊。过了半晌，丈夫想出了一个主意："这样吧，我们来打个赌，谁先开口说话，谁就不能吃饼。"妻子回答道："赌就赌，我一定不会输给你的。"

于是，夫妻俩就这么呆呆坐着，一言不发，连打个喷嚏都尽量小声，生怕是自己先开口说话而吃不成饼了。

渐渐地，夜幕降临了，夫妻俩还没赌出一个结果来。有个小偷趁夜出来作案，听到这一家悄无声息，一点儿动静也没有，以为屋里没有人，就拨开门闩，溜了进来。

小偷蹑手蹑脚地走到堂屋里，一看桌旁竟然还端坐着两个大活人，吓了一大跳，暗叫"不好"，准备逃跑。可是他发现这两个人都只盯着他看，脸上的表情有些惊恐，却不动也不讲话。小偷心里好生奇怪，不过这会儿他也顾不上细想，大着胆子拿了几样东西，看两人有什么反应，只见两人都流露出可惜心疼的样子，但还是不动也不语。

"这两个人莫非得了什么呆病吧。管他呢，先拿东西要紧。"小偷把他们家里值钱的东西全都放到了一起，用一个大包袱捆成一堆，准备

带走。夫妻俩眼睁睁地瞧着，心疼极了，但谁都不愿先开口说话。

小偷走的时候，见妻子长得不错，又顺手去调戏她。丈夫仍然无动于衷，妻子再也忍不住了，跳起来大喊："来人哪，抓贼呀！"又冲丈夫骂道，"你这个笨蛋，为了一张饼，连有贼都不喊一声，真是蠢到家了！"

丈夫见妻子终于开口说话了，高兴得一把抓过饼大笑道："哈哈，夫人，你终于认输了，我就知道我一定会赢到这张饼的！"

> **大智慧**
>
> 日常生活中，真的没有必要为了小事而斤斤计较，贪小便宜容易吃大亏。捡了芝麻，丢了西瓜的事到处都有。我们可不能学他们只为了眼前的小利而不顾全大局，否则，后果将是不堪设想的。

7. 钓鱼的诀窍

一天，林子在河边散步。这河水平滑如镜，清澈见底，有两个老汉在河边钓鱼，他们一人蹲在一块石头上，神情十分专注。

这时，林子看到其中一个老汉一次又一次地起竿，不断地将钓上来的鱼放进鱼篓里；而另一个老汉的鱼篓里却是空空的，一条鱼也没有。这个没钓到鱼的老汉有些沉不住气了，他跑到那位钓鱼多的老汉身边，对他说："老哥，您已钓了这么多的鱼了，而我，从一早到现在连一条鱼也不曾钓到。咱俩用的鱼食一样多，钓钩下去一样深，可是结果却完全不一样，这到底是怎么回事呢？"

那位钓鱼多的老汉说："您是问我钓鱼的方法吗？其实也没有什么特别的方法，只不过我有这样一些体会。比如说，在我开始放下钓钩时，我心里想的并不是钓鱼这件事，因此，我不急不躁，我的眼睛也很平和而不是四下搜索张望，我的神情也不变，鱼就放松了戒备，忘记了我是钓鱼人，它们在我的钓钩旁游来游去，因此很容易上钩，我也就容易钓到鱼。我看你呀，就不像我这样，而是心里老想着鱼，心情十分急切，眼睛老看着游来游去的鱼，这样你的神情变化太多太明显，鱼看到你这副神态，它们会十分紧张，自然都被吓跑了，那又如何钓得到鱼呢？"

经这么一开导，这位老汉才恍然大悟。于是他按那位老汉说的去做，静下心来，全神贯注。果然不大一会儿工夫，他也接连钓上来好几条鱼。

林子始终在一旁观察。他听到那位老汉的一番话，深有同感地叹道："他说得好啊！要想实现自己的目标，就一定得认真专注地按规律办事啊！"

8. 猫头鹰的疑惑

　　西边的树林里住着猫头鹰，这种鸟是夜间最为活跃的鸟，它们捕食鼠类及其他小动物。按说，猫头鹰应该是人类的朋友，应该受到人们的一致好评。可是住在树林旁边的那些人却并不欢迎猫头鹰做他们的邻居，因为猫头鹰的叫声实在难听。特别是到了晚上，人们偶尔有事外出，经过那片树林时，冷不防的几声怪叫，真能吓得人浑身起鸡皮疙瘩、冷汗直冒。于是，人们总是想方设法要赶走猫头鹰。

　　猫头鹰感到十分苦恼，它从这个窝挪到那个窝，可挪到哪个地方也依然不受欢迎，总会听到人们责怪和斥骂的声音。猫头鹰想：这里的人实在太刻薄了，我一定要搬得远远的。

　　猫头鹰这回可是下了大决心了，它竭尽全力向东方飞呀飞呀，飞了三天三夜，已经筋疲力尽，再也飞不动了，才肯停在途中的林子里休息。

　　一只斑鸠看见猫头鹰那副又沮丧又疲惫的样子，很是奇怪。斑鸠问猫头鹰说："你累成这个样子了，你要去干什么呢？"

　　猫头鹰说："我想搬到很远很远的东方去住。"

　　斑鸠不解地看着它，说："为什么呢？"

　　猫头鹰叹了口气说："西边的人太难相处了，他们都讨厌我，说我的声音难听，我在西边实在住不下去了，非搬家不可了！这次我下决心搬到遥远的东边去，离西边越远越好！"

斑鸠像个小姐姐似的笑了笑说："搬家就解决问题了吗？依我看，不管你搬到哪里去，都是一样的结果。"

猫头鹰不理解斑鸠的意思，皱起眉头问："这是为什么呢？我离开他们还不成吗？"

斑鸠语重心长地说："道理不是明明白白的吗？如果你不能改变你那难听的声音，你即使搬到最远的东边，也同样不会受东边人的欢迎。"

> **大智慧**
>
> 　生活中偏偏有一些人，跟猫头鹰一样看不到自己的缺点与不足，不从自身找原因，只是一味埋怨环境不利，埋怨别人的态度不友好，寄希望于改变环境来改变一切，那是永远不可能实现的。

9. 保持一颗平常心

从前有一位神射手，名叫后羿。他练就了百步穿杨的好本领，立射、跪射、骑射样样精通，而且箭箭都射中靶心，几乎从来没有失过手。人们争相传颂他高超的射技，对他非常敬佩。

夏王也从左右的嘴里听说了这位神射手的本领，也目睹过后羿的表演，十分欣赏他的功夫。有一天，夏王想把后羿召入宫中，单独给他一个人演习一番，好尽情领略他那炉火纯青的技艺。

于是，夏王命人把后羿找来，带他到御花园里找了个开阔地带，叫人拿来了一块一尺见方、靶心直径大约一寸的兽皮箭靶，用手指着说："今天请先生来，是想请你展示一下精湛的本领，这个箭靶就是你的目标。为了使这次表演不至于因为没有竞争而沉闷乏味，我来给你定个赏罚规则：如果射中了的话，我就赏赐你黄金万两；如果射不中，那就要削减你一千户的封地。现在请先生开始吧！"

后羿听了夏王的话，一言不发，面色变得凝重起来。他慢慢走到离箭靶一百步的地方，脚步显得相当沉重。然后，后羿取出一支箭搭上弓弦，摆好姿势拉开弓开始瞄准。

想到自己这一箭射出去可能发生的结果，一向镇定的后羿呼吸变得急促起来，拉弓的手也微微发抖，瞄了几次都没有把箭射出去。后羿终于下定决心松开了弦，箭应声而出，啪的一下钉在离靶心足有几寸远的地方。后羿脸色一下子白了，他再次弯弓搭箭，精神却更加不集中了，射出的箭也偏得更加离谱。

后羿收拾弓箭，勉强赔笑向夏王告辞，悻悻地离开了王宫。夏王在失望的同时掩饰不住心头的疑惑，就问手下道："这个神箭手后羿平时射起箭来百发百中，为什么今天跟他定下了赏罚规则，他就大失水准了呢？"

手下解释说："后羿平日射箭，不过是一般练习，在一颗平常心之下，水平自然可以正常发挥。可是今天他射出的成绩直接关系到他的切身利益，叫他怎能静下心来充分施展技术呢？看来一个人只有真正把赏罚置之度外，才能成为当之无愧的神射手啊！"

大智慧

患得患失、过分计较自身利益是我们成功的心理大碍。面临任何情况时都应尽量保持一颗平常心，平常心是福，平常心是道。

---

10. 命运在自己手中

有一个年轻的农人，逐渐厌恶了耕种的生活。于是，他丢弃了原先的田园，独自来到城里闯荡。然而，半年过去了，他始终没有找到一份合适的工作。他身上带的钱也全部花光了，最后竟沦为了乞丐。

一天，已沦为乞丐的农人听人说，在城里住着一位神秘的智者。只要诚心去拜见他，智者就能给别人一个改变命运的秘诀。

于是，这个农人经过很长时间的努力，终于找到了那位智者。智者并没有因为他是一名破衣烂衫的乞丐而轻待他。他礼貌地请农人入座，并亲手给农人倒上一杯茶水。然后，他才微笑着问："你有什么需要我帮助的吗？"

农人连忙说："您能告诉我一个改变命运的秘诀吗？我想变得富有起来……"

智者略带疑惑地问："那你为什么会沦为乞丐呢？"

农人羞愧地说："因为我厌倦了耕种，希望在城里找到一条发财的路子。然而，这一切并非像我想象的那样简单。"

智者不解地问："那你现在为什么不回到家里，重新开始呢？"

农人嗫嚅道："现在我都沦为乞丐了，还有什么脸面回去呢？"

智者又问："那你现在家里还有什么呢？"

农人回答说："除了我这个人，就是几亩早已荒芜的土地了。"

此时，智者点了点头，说："这两个条件足以使你改变命运了。"

然后，智者递给农人一包花籽，解释道："等你拉一马车花瓣来，我可以告诉你一个炼金的秘诀，而花瓣就是炼金所必需的引子。"

农人千恩万谢地离开了智者的居所，并毫不犹豫地回到乡下。他不知疲倦地劳作，把那些荒芜的土地重新开垦起来。然后，他把智者交给他的那些花籽播种了。

第一年，他只采得了一竹篓花瓣，因为他留下了大半花朵任其成熟结籽，然后，继续扩大栽种面积。

第二年，农人采集了满满一大马车晒制好的花瓣，来到城里。他再一次找到了智者，恳求说："炼金的引子，我已经拿来了，您可以告诉我秘诀了吗？"

智者看着那一马车晒制好的花瓣，颇为惊讶地说："这就是你炼出的金子呀！"

原来，这些花瓣是名贵的药材。智者让他卖给城里的一些药铺。那些药铺见农人栽种的药材成色好，而且价格还便宜，纷纷与他签订供货合同。

临走时，那个农人拿出很多钱来，欲送给智者，却被智者谢绝了。

农人异常感激地说："谢谢您改变了我的命运！"

智者却微笑着摇了摇头，说："不要谢我，命运一直都握在你自己的手中！"

大智慧

每个人的手中都握着失败的种子，也握着迈向成功的潜能。我们可以选择成功，也可以选择平庸，没有任何人或任何事能强迫你，就看你如何去选择了。

切记：任何时候都不要说没有希望，命运掌握在自己手中！

11. 一条鱼眼中的海

有一条鱼在很小的时候便被捕上了岸，渔人看它太小，而且很美丽，便把它当礼物送给了女儿。小女孩把它放在一个鱼缸里养起来，每天鱼游来游去总会碰到鱼缸的内壁，心里便有一种不愉快的感觉。

后来，鱼越长越大，在鱼缸里转身都困难了，女孩给它换了更大的鱼缸，它又可以游来游去了，可是每次碰到鱼缸的内壁，它畅快的心情就会黯淡下来。它有些讨厌这种原地转圈的生活了，索性静静地悬浮在水中，不游也不动，甚至连食物也不怎么吃了。女孩见它很可怜，便把它放回了大海。

鱼在海中不停地游着，心中却一直快乐不起来。一天，它遇见了另一条鱼，那条鱼问它："你看起来好像闷闷不乐啊！"它叹了口气说："啊，这个鱼缸太大了，我怎么也游不到它的边！"

大智慧

心就是一个人的翅膀，心有多大，世界就有多大，如果不能打碎心中的四壁，即使给你一片大海，你也找不到自由的感觉。

12. 凡事三思而后行

仲由至市场闲游，见一买者与卖者争吵不休。

卖者道："我一尺鲁缟价三钱，你要八尺，共二十四钱，少一个子儿也不卖！"

买者争辩道："明明是二十三，你多要钱是何道理？"

仲由正直，笑对买者说："二十四才对。你错了。"

买者不服，争执不下，便要打赌。仲由性烈，当场以新买的头盔为赌注。买者也火气正旺，愿以脑袋做赌注。二人击掌为誓，均找孔子评理。

孔子听了原委，笑对仲由说："子路，你错了，快把头盔输给人家吧！"仲由一时气恼，愤然辞别师父，回家省亲。

临行，孔子嘱咐他："你此次探亲，当记两句话：古树莫存身，杀人莫动刃。"仲由应诺，毅然回了卞国。

仲由行在途中，忽遇雷雨，漫野荒凉，无避雨之所，唯见道旁立一古树，树洞硕大，足可栖身。仲由正打算进树洞避雨，突然想起老师的嘱咐：古树莫存身。

便抽身离开古树。行不多远，突然一道闪电，随即咔的一声，古树被雷击断了。仲由幸免于难，深谢老师不已。

深夜，仲由才到家。他暗自思忖：我离家日久，妻子是否忠贞呢？不如轻启门户，窥探一番。于是他跃入院墙，用刀尖拨开门闩，轻轻走到床前，暗里一摸，竟有两个人头合枕而睡。仲由顿时怒从心生，举刀准备砍，又想起老师的嘱咐：杀人莫动刃。便放下刀，点灯一照，原来是妻、妹合床而眠。仲由吓出一身冷汗，多亏师父明鉴，才没有误杀亲人。

仲由在家只住了一日，便回鲁城谢过师父的指点之恩。他又大惑不解地问："老师，明明是三八二十四，您为何说二十三呢？"孔子笑曰："子路，你输了，头盔可以买到，若买缟人输了呢？"

> **大智慧**
>
> 孔子对得意门生的耳提面命之语，足以令人深思：心有仁念，不跟人做意气之争；观察生活中的细节，可安身立命；凡事不可匆忙下定论，应三思而后行。

13. 拔去心中的杂草

高考成绩出来了，王强分数很低，看样子要落榜了。想想自己三年来的辛苦，王强很伤心。他把自己关在房间里，整整一天都不吃不喝。

看到儿子这样，父亲走了进去："不要灰心，孩子，我们可以再复习一年。"

就这样，王强开始了复读之路。但是开学没几天，他就感觉心乱如麻。星期天回家时，他问父亲："我是不是差太多了？复习会有用吗？要是明年再考不上怎么办？要不我干脆辍学去南方打工得了。"

父亲什么都没说，领着他来到了地里。地里玉米长势正旺，只是玉米底下

全是草，草非常能争地下的营养，是玉米的大敌。于是父亲便带着王强拔起草来。

傍晚时，整整半天没说话的父亲突然问王强："我们为什么要把草拔掉？"

王强很奇怪地回答道："为了让玉米长得更好一些啊。"

父亲接着说道："拔去没用的草，有用的庄稼才会长得更好。拔去心里没用的草，人才会长得更好啊。"

听到这句话，王强顿时愣住了，父亲的良苦用心让他感动得泪光莹莹。

以后的日子里，他开始心无旁骛地刻苦读书。终于，在第二年玉米长势旺盛的时候，他收到了复旦大学的入学通知书。

大智慧

背负的东西太多，人的脚步便容易被绊住。确定好对自己最有价值的目标，然后再拔去影响它实现的杂草，心中的小树才能长成参天大树。

第十九章

只有沉住气，才能成大事

天下事都是人做出来的，什么样的想法就可以导致什么样的行动，什么样的行动就可以引发什么样的结果。懂得潜心谋算、讲策略的人，可能有一两件事暂时做不成，但总会做成大事，做到让身边的人叹为观止。

1. 防患于未然

有一户人家盖了新房子，但厨房没有安排好，烧火的土灶烟囱砌得太直，土灶旁边堆着一大堆柴草。

一天，这家主人请客。有位客人看到主人家厨房的这种情况，就对主人说："你们家的厨房应该改建一下。"

主人问道："为什么呢？"

客人说："你们家的烟囱砌得太直，柴草放得离火太近。你应将烟囱改砌得弯曲一些，柴草也要搬远一些，不然的话，容易发生火灾。"

主人听了，笑了笑，不以为意，没把客人的话放在心上，不久也就把这事忘了。

后来，这家果然失了火，左邻右舍立即赶来，有的浇水，有的撒土，有的搬东西，大家一起奋力扑救，终于扑灭了大火，除了厨房里的东西烧了一小半外，总算没酿成大祸。

为了酬谢大家的全力救助，主人杀牛备酒，办了酒席。席间，主人热情地请被烧伤的人坐在上席，其余的人也按功劳大小依次入座，唯独没有请那个建议改修烟囱、搬走柴草的人。

大家高高兴兴地吃着喝着。忽然，有人提醒主人说："要是当初您听了那位客人的劝告，改建烟囱，搬走柴草，就不会造成今天的损失，也用不着杀牛买酒来酬谢大家了。现在，您论功请客，怎么可以忘了那位事先提醒、劝告您的客人呢？难道提出防火的没有功，只有参加救火的人才算有功吗？我看，您应该把那位劝您的客人请来，并请他上座才对呀！"

主人听了，这才恍然大悟，赶忙把那位客人请来，不但说了许多感激的话，还真的请他坐了上席，众人都拍手称好。

事后，主人新建厨房时，就按那位客人的建议做了，把烟囱砌成弯曲的，柴草也放到安全的地方去了，因为以后的日子还长着呢！

大智慧

做事情都要有预见性，如果自己没意识到，就请谦虚地听听他人的建议，防患于未然总比出了险情再去补救更为有用。

2. 凡事谋定而后动

一头年老体弱的狮子，无力自行觅食，只好躺在洞穴里；他呼吸困难，说话有气无力，一副病入膏肓的样子。这个消息很快在兽群之间传开了，大家都为狮子哀伤不已。他们一个接一个地来探望他，哪知道这头狮子就这样待在自己的洞穴里，轻而易举地把探望者一个一个地捉住吃掉了，把自己养得胖胖的。

狐狸对这件事有点儿怀疑，最后也来看个究竟。他站得远远地恭维万兽之王。狮子道："啊，我最亲爱的朋友，是你呀！为什么站得那么远？来，好朋友，在我这可怜的狮子耳边说句安慰的话吧，我快不行啦！"

"愿上帝保佑你！"狐狸说，"但请原谅，我不能久留。老实说，我感到十分不安。我看到这里许多脚印都是只向洞穴走进去，没有一个是走出来的呀！"

大智慧

凡事进易退难，是以谋定而后动为不易之道理。千万不可莽撞行事，最后误了身家性命。

3. 远虑与近忧

喜鹊的巢筑在高高的树冠上，到了秋天，一刮起大风，窝巢便随树枝摇摇晃晃，简直像要把整个窝巢翻下来一样。每到这时，喜鹊和它的孩子们都蜷缩在窝巢中，惊恐万状，害怕得连大气都不敢出。

有一只喜鹊就很聪明，在夏天还未到来的时候，它就想到了秋天，预料到秋天肯定会经常刮大风，这可真是有远见。为了保障住所未来的安全，它果断地决定立即搬家。于是，它不辞辛苦地寻找安全的处所，终于选中了一处粗大低矮的树丫，这地方低矮踏实，上面有浓密的枝叶遮挡，大风也不可能撼动这个粗大稳固的矮树丫。然后，喜鹊又不厌其烦、不顾劳累地将原来的窝巢从高高的树顶上搬下来，它将那些搭窝的枝条和草叶一根根、一片片地搬到低矮粗大的树丫上，筑起了新居。新筑的窝巢真是舒适安全，大风再也不会侵犯到这低矮处的树丫上了。

夏天到了，大树浓密的树荫下真凉快，过往行人都不免要到树荫下乘凉。人们在树荫下一抬头就看到了喜鹊的窝巢，再一伸手，就可以轻易地掏到窝巢中的小鹊或喜鹊蛋。人们觉得挺有趣的。于是，窝巢里的小鹊或喜鹊蛋经常被人掏走。孩子们看到大人这样做，他们也来掏小鹊和喜鹊蛋。尽管孩子们个子矮够不着喜鹊窝，可是他们想办法找来竹竿，用竹竿挑巢里的小喜鹊和喜鹊蛋，还互相争抢。

可怜的喜鹊这下更遭殃了，秋天还远远没到，它的住所就被破坏得不像样子了。它虽然考虑到了防备未来的灾患，却没想到眼前的危险，结果还是没能避过灾难。

大智慧

做事要考虑周全，兼顾眼下与将来。刚开始下手做计划的时候，就要兼顾各方面的因素，如果像喜鹊一样，只顾眼前，或者只顾将来，就难免会前功尽弃。

4. 顺应自然

有一次，孔子带着几个学生到吕梁游览观赏美妙的大自然景色。只见那吕梁的瀑布飞流而下，从三千仞高处直泻下来，溅起的水珠泡沫直达四十余里以外。

瀑布下来冲成一条水流湍急的河，在这里，就连鼋鱼、鼍等水族动物都不敢游玩出没。

突然，孔子发现一个汉子跳入水中畅游。孔子大吃一惊，以为这个汉子有什么伤心事欲寻短见。于是，他立即叫自己的学生顺着水流赶去救那个人。

不料，那个汉子在游了几百步远的地方却又露出了水面，上得岸来，披着头发唱着歌，在堤岸边悠然地走着。

孔子赶上前去，诚恳地问他："我还以为你是个鬼呢，仔细一看，你实实在在是个人啊！请问，游水有什么秘诀吗？"

那个汉子爽快地一笑说："没有，我没有什么游水的秘诀，我只不过是开始时出于本性，成长的过程中又按照天生的习性，最终能达到一种境地是因为一切都顺应自然。我能顺着旋涡一直潜到水底，又能随着旋涡的翻流而露出水面，完全顺着水流的规律而不以自己的生死得失来左右自己的行为，这就是我游水游得好的道理。"

孔子又问道："什么叫作开始出于本性，成长中按照天生的习性，而有所成就是顺应自然呢？"

那个汉子回答："如果我生在丘陵，我就去适应山地的生活环境，这叫作出自本来的天性，如果长在水边则去适应水边的生活环境，这就是成长顺着生来的习性；不是有意地去这样做却自然而然地这样做了，这就叫顺应自然。"

孔子听了汉子的一番话，若有所悟地点头而去。

大智慧

做事不要盲目出手，认真观察生活中的规律并掌握规律，这样做什么事都会得心应手，且能达到出神入化的境地。

---

5. 将心思集中在该做的事上

有一天，孔子给弟子们讲课。

"每个人在年轻时都应立大志，只有立大志者才能成大事。"孔子对众弟子说。

"夫子，成大事还需要其他的条件吗？"弟子问道。

"有。"孔子回答。

"那都是些什么条件呢？"弟子接着问。

"就是干事应专心致志，不可分心，不可一心二用。"孔子答道，"譬如，在赌局上，如果一人用的是瓦片下注，因瓦片不值钱，胜负对他影响不大，他的心思倒容易集中，可第二个人用的是铜币下的赌注，他的心里总想赢，甚至连赢了钱怎么花都算计了，那他就不能全神贯注了，就可能出现失误。如果第三个人是用黄金下的赌注，投注一下，心中就恐惧万分，唯恐输掉，甚至心慌意乱，颠三倒四，这样反倒容易输掉。你们说是这个道理吧？"孔子问道。

"是。"弟子们齐声回答。

孔子又说："人做事也是这个道理，不要只盯着成功，不要只想着胜利。而应该把心思集中在做事上。如果每件事都做好了，获得成功也就顺理成章了。如果总盯着成功，想着胜利，心思分散，做不好眼前的事情，何来成功呢，你们说是吧？"

"是！"众弟子回答。

大智慧

心理负担过重的人，会导致心智笨拙。对胜负看淡一点儿，反而更容易成功。

6. 权衡利弊再行动

战国时期，赵国、燕国都不是实力很强的国家，然而，赵惠文王无视对赵、燕两国虎视眈眈的强大的秦国，打算出兵攻打燕国。

为了避免一场国破家亡的战乱，燕国的苏代跑到赵国去求见赵惠文王，以游说赵国与燕国两相和好、共同抗秦。

苏代对赵惠文王说："大王您先别谈打仗的事，我且讲个故事给您听：一只河蚌好久没上岸了。有一天出了太阳，河岸上十分暖和，于是河蚌爬到岸上，张开蚌壳晒太阳。河蚌只觉得浑身舒服极了，它懒洋洋地打起瞌睡来。这时，一只鹬鸟飞过来，悄悄地落在河蚌的身边，很快地用长长的尖嘴伸过去啄河蚌的肉。河蚌猛一惊醒，迅速地用力把蚌壳一合，将鹬鸟的尖嘴紧紧地夹住了。鹬鸟对河蚌说：'我看你能在岸上待多久！如果今天不下雨明天不下雨，你就会被干死、晒死，到时候，这岸上就会有一只死蚌了。'河蚌也十分强硬地说：'我看你能饿多长时间！我今天不松开你的嘴，明天也不松开你的嘴，你就会在这里被饿死，到时候这岸上就会有一只死鹬鸟了。'它们两个就这样对抗着，谁也不肯相让，真有要拼个同归于尽的架势。这时，一位渔人走过来，十分轻易地就捡了个便宜，把蚌和鹬鸟都捉住了，满心高兴地赶回家去。"

苏代的故事刚一讲完，赵惠文王幡然悔悟。他拍着自己的脑袋说："多谢先生的启发，如果我们小国间自相残杀，让秦国从中得利，那我们跟这故事里刚愎自用的鹬鸟和蚌又有什么区别呢？"

于是，赵王取消了攻打燕国的念头。

大智慧

有头脑的人不论干什么事情，都要全面、周密地思考策划一下，权衡利弊得失后再行动。否则，为了一点点恩怨、矛盾而互相争斗，必定会做出鹬蚌相争的蠢事来。

---

7. 飞必冲天，鸣必惊人

春秋五霸之一的楚庄王，在历史上曾为楚国的发展建立过显赫的功业。可是在他登基的头三年内，却毫无建树，不理朝政，昼夜游戏，猜谜作乐，不听臣子的意见，并扬言：有敢进谏的，处以死刑。朝廷上下都十分着急，国家有这么个愚顽的国君怎么得了！

看到这种状况，有个叫成公贾的人决定冒死进宫劝谏楚庄王。

楚庄王对成公贾说："你知道，我是不准人提意见的，你现在为什么不怕死来提意见呢？"

成公贾说："我来，不是给您提意见的，我只是想来跟大王一起凑趣解闷，猜猜谜语玩。"

楚庄王说："既然这样，那你说个谜我猜。"

成公贾说："好啊。"

于是，成公贾给楚庄王说了一个谜语："有一只大鸟，停留在南方的一座山上，整三年了，它不动、不飞也不叫。大王您说，这是只什么鸟呢？"

楚庄王稍作思考，便胸有成竹地说："这只大鸟停在南方的大山上，整整三年没有动，目的是在坚定自己的思想和意志；它三年不飞，是在积蓄力量使自己羽翼丰满；它三年不叫，是在静观势态、体察民情，酝酿声威。这只鸟尽管三年来一直没飞，可是一旦展翅腾飞必将冲天直上；尽管它三年来一直不叫，可是一旦鸣叫起来，必定会声震四方，惊世骇俗。成公贾先生，你放心吧，你的用意，我已经猜中了。"

成公贾惊喜地点点头，欣然离去。

第二天，楚庄王上朝处理国事。他根据三年来的明察暗访、调查研究和对大臣们政绩的考察情况，提拔了五位忠诚能干的大臣，罢免了十个奸诈无能的大臣。楚庄王的决定和处事的魄力，使文武百官大为佩服，因此大家都十分高兴。楚国的老百姓也都奔走相告，庆幸有了一位贤君。

大智慧

做事要讲究策略，不要急于表现自己，要像楚庄王一样先蓄足了底蕴，等到时机成熟，再大举采取强有力的措施，争取彻底解决问题，起到一鸣惊人的效果。

---

8. 不是越强硬越好

从前有个人，他以替人家把衣服染上色为生。这个人谢顶谢得早，头发已经全掉光了，一颗秃头锃亮锃亮的。

有一天，这个人带着儿子一起，拿上已经染好的衣服，来到河边，开始洗衣服。辛苦劳动了一上午，衣服总算洗完了，父子俩就收拾东西，准备回家。

时值盛夏，又到了中午，天气酷热难当，知了也一个劲地叫着。染衣人干了很久的活，觉得手也酸了，脚也麻了，身子乏了，腰也疼痛起来，再加上暑热，他大汗淋漓，汗珠顺着他的眉毛、鼻尖、胡子往下滴，身上的衣服也早就湿透了。于是，他就近在河边找了一棵枝叶茂盛的大树，枕着用来装衣服的袋子躺在树荫下，果然凉爽多了，十分舒服惬意。时间不长，就听到染衣人的鼾声了。

夏天正是蚊子肆虐的时候，染衣人睡得正香，一只蚊子飞了过来，叮在他的

秃头上面，津津有味地吸他的血。

他的儿子很爱自己的父亲，也很孝顺。这时，他看到蚊子叮在父亲头上，不禁非常生气。他用手指着蚊子狠狠骂道："你这个坏蛋，竟然敢吸我父亲的血！你等着，我一定要好好教训你！"

他开始准备用手去拍打蚊子，转念一想：手拍实在太轻，不能这么便宜了蚊子！这样寻思着，他走过去把洗衣服用的大木棒拿来，照准父亲头上的蚊子，抡起棒子，狠狠地一棒打了下去。

结果蚊子没有被打中，马上飞走了，父亲却被当场打死了。

大智慧

选择解决问题的方法时，应该考虑它的功能是否与问题相适应，面对同一个问题，解决的策略方法绝不是越强硬越好。一旦用力过猛，还有可能会造成不堪设想的后果。

9. 建筑师的特长

从前，有一位建筑师声名远扬。

有一天，一个人问他说："先生，您究竟有些什么特长呢？"建筑师颇为自豪地回答道："我呀，最擅长于衡量木材，按照要建造的房屋的情况，根据具体特点来选择恰当的木料。我对整幢要建的房子的细节都了然于心，懂得什么地方应该分派什么人去做。只有在我的指挥下，工匠们才能有条理地劳动，如果没有我，房子就建不成了。所以，官府请我去，付给我的工钱是普通工匠的三倍；在私人那里，工钱的一大半也会归我。"

一天，这个人到建筑师家里去拜访。建筑师家里的床正好坏了一条腿，建筑师就叫来仆人说："一会儿去请个工匠来修理一下吧。"这个人吃惊地问建筑师说："您天天都和木料打交道，难道您连区区一个床腿都不会修吗？"建筑师回答："这是工匠做的事，我怎么会呢？"这个人当着建筑师的面不好再说什么了，心里却暗暗想道：原来这个建筑师什么本领都没有，只会到处吹牛、骗人钱财呀！

后来，京兆尹要修官衙，请的就是这位建筑师，这个人就赶去看热闹。

到了工地上，这个人看到地上放着成堆的木料，工匠们把建筑师围在中间。建筑师根据房子的需要，在木料上敲打了几下，就知道了木材的承受能力。他挥舞着手杖指着右边说道："砍！"那些拿斧头的工匠就都跑到右边的木料旁砍起来；他又用手杖指着左边命令："锯！"那些拿锯子的工匠都到左边锯开了木料。在建筑师的指挥下，不一会儿大家全都各司其职，按照建筑师的吩咐忙活起来，没有一个人敢自作主张、不听命令。对于那些不称职的人，建筑师就将其撤下以保证工程的进度，大家也都没有一句埋怨的话。就这样，整个工程被安排得井井有条。建筑师将要建造的房子的图纸挂在墙上，才一尺见方大小的图，详尽地标出了房子的规格和要求，小到连一分一毫的地方都算出来了，用它来修建高大的房子，竟然一点儿出入都没有。

这个人这才明白了建筑师的能耐。

> **大智慧**
>
> 建筑师的特长，不在于对建筑工程中不起眼的细节进行雕琢，而在于对整体进行宏观的把握。做事过程中，能够制订宏观策略、把握大局的人，才是整个事件的主导者。

10. 书呆子赶鸡

有个书呆子一天到晚只会待在家里看书，什么事也不会干，什么事都依赖妻子，过着"饭来张口，衣来伸手"的日子。

这天黄昏，妻子在地里干完活儿回家，只见自家的鸡还没有回窝。她自己要忙着做饭，没工夫去赶鸡，就对丈夫说："我做饭，你去把鸡都赶进窝去。"

丈夫答应了。他放下书本跑到外面，去将自家的鸡赶回家。

书呆子看到自家的那几只鸡，连忙上去一阵使劲猛赶，结果那几只鸡吓得惊慌失措，乱飞乱窜；书呆子只好停下来朝鸡扬起手慢慢示意，于是那些鸡又停在那里东瞧西望。等那几只鸡刚刚安定下来，要向北面走去，书呆子赶忙上前将鸡拦住，那些鸡吓得一掉头又朝南边跑去了，书呆子急了，又赶到鸡前将鸡拦住，鸡又重新掉头朝北跑去。就这样，他靠近鸡时，鸡吓得到处扑腾，他远离鸡时，鸡又停住不走。折腾到天都黑下来了，还有三只鸡依然没有赶回窝。

妻子做好了饭，还不见丈夫赶鸡回家。她出门一看，书呆子站在那里正显出无可奈何的样子，额头还淌着汗。妻子十分生气，教他说："应该这样赶鸡：在鸡安闲的时候慢慢靠近它；如果它惊恐不安，你就扔点儿食物去引诱它。不能像你这样简单粗暴地乱赶一气，要慢慢引诱着赶。你尽量把鸡赶到熟悉的路上，让它慢慢安定下来，它自然而然就会直奔回窝了。这才是最好的赶鸡方法。"

书呆子恍然有所悟，说："想不到赶鸡也有学问，怎么书本上就没有见到过呢？"

大智慧

　　这个书呆子只会读死书，书本以外的东西一无所知。其实做任何事情都有它的策略和一定的规律，如果不讲究方式方法，只凭想象蛮干，那就难以把事情做好。

11. 眼前与将来

有一天，齐王上朝的时候，郑重其事地对大臣们说："我国地处几个强国之间，军务防备的问题，年年都要搞。这次我想来个大的行动，彻底解决问题。"

谋臣艾子上前问道："不知大王有何打算？"

齐王说："我要抽调大批壮丁，沿国境线修起一道长长的城墙。这道城墙东起大海，西经太行，连起轩辕山，接上武关，绵延四千余里，同各个强国隔绝开来。从此，秦国无法窥伺我西部，楚国难以威胁我南边，韩国、魏国不敢牵制我左右。你们说，这不是一件很伟大、很有价值的事吗？"

艾子说："大王，这样大的工程，百姓们承受得了吗？"

齐王说："是的，百姓筑城的确要吃很多苦头，但这样做能从此减少战争带来的灾难，这一劳永逸的事，谁会不拥护呢？"

艾子沉吟片刻，认真而恳切地对齐王说："昨天一大早，天下起了大雪，我在赶赴早朝的途中，看见道旁躺着一个人，他光着身子，都快要冻僵了，却仰望着老天唱赞歌。我十分奇怪，便问他为什么这样做，他回答：'老天爷这场雪下得真好啊，可以料到明年麦子大丰收，人们可以吃到廉价的麦子了。可是，明年却离我太遥远，眼下我就要被冻死了！'大王，臣以为，这件事正像您今天说的筑城墙，老百姓眼下正生活得朝不保夕，哪能奢望将来有什么大福呢？他们还不知道能不能等到修好城墙的那一天，享受永逸的将会是什么人呢！"

齐王无言以对。

大智慧

我们在策划一件事的时候，一定要从实际出发，既要考虑将来，也要顾及当前，统筹兼顾，切实可行。否则，再美好的策划也只能流于幻想。

---

12. 巧用策略赢大局

齐国的将军田忌经常同齐威王赛马。他们赛马的规矩是：双方各下赌注，比赛共设三局，两胜以上为赢家。然而每次比赛，田忌总是输家。

这一天，田忌赛马又输给了齐威王。回家后，田忌把赛马的事告诉了自己的高参孙膑。孙膑饱读兵书，深谙兵法，足智多谋，被庞涓谋害残了双腿，来到齐国后，很受田忌器重，被田忌尊为上宾。孙膑听了田忌谈他赛马总是失利的事后，说："下次赛马你让我前去观战。"田忌非常高兴。

又一次赛马开始了。孙膑坐在赛马场边上，很有兴趣地看田忌与齐威王赛马。第一局，齐威王牵出自己的上等马，田忌也牵出了自己的上等马，结果跑下来，田忌的马稍逊一点儿。第二局，齐威王牵出了中等马，田忌也以自己的中等马与之相对。第二局跑完，田忌的中等马也慢了几步而落后。第三局，两边都以下等马参赛，田忌的下等马又未能跑赢齐威王的马。看完比赛回到家里，孙膑对田忌说："我看你们双方的马，若以上、中、下三等对等的比赛，你的马都相应地差一点儿，但悬殊并不太大。下次赛马你按我的意见办，我保证你必胜无疑，你只管多下赌注就是了。"

比赛的时间到了，田忌与齐威王的赛马又开始了。第一局，齐威王牵出那头健步如飞的上等马，孙膑却让田忌出下等马，一局比完，自然是田忌的马落在了后面。可是到第二局形势就变了，齐威王出以中等马出战，田忌这边对以上等马，结果田忌的马跑在了前面，赢了第二局。最后，齐威王剩下了最后一匹下等马，当然被田忌的中等马甩在了后面。这一次，田忌以两胜一负而取得了赛马胜利。

由于田忌按孙膑的吩咐下了很大的赌注，一次就把以前输给齐威王的都赚回来了不说，还略有盈余。

大智慧

　　田忌以前赛马总是不讲策略，一味硬拼，结果因自己总体实力差那么一点儿而输掉了比赛。孙膑却懂得巧妙利用策略，用自己的优势去对对方的弱势，从而赢得了整体的胜利。

13. 爱因斯坦的旧大衣

　　移民美国之后，爱因斯坦依然保持着朴素的生活作风，他几乎没有买过什么新衣服，每天上街都穿得破破烂烂。走在富丽堂皇的纽约街头，他的打扮很是扎眼。

　　一天，当他又穿着那件破大衣在街头散步时，碰巧遇到一位老友。老友指着他已经破了洞的大衣说："你这一身与周围太格格不入了，赶紧换一件大衣吧。"

　　"有什么必要呢？"爱因斯坦反问道，"反正这里的人都不认识我。"

　　几年之后，发现了相对论的爱因斯坦已经誉满天下。当他又一次在街头碰到那位朋友时，朋友指着他依然没有换掉的大衣说："你现在已经是名人了，总该换掉这件破大衣了吧？"

"照样没有必要，"爱因斯坦回答道，"反正这里的人都已经认识我了。"

再后来，他的相对论遭到了主流科学界的否定，甚至有众多的专家学者联合起来贬低他，比如1930年，德国就出版了一本叫《一百位教授出面证明爱因斯坦错了》的书来批判他的相对论。没想到爱因斯坦知道后哈哈大笑起来："有必要这么多人吗？如果真能证明我错了，一位就足够了嘛，何必要一百位这么多呢？"

大智慧

容易随波逐流是常人常犯的错误，也是人们普通化的重要原因。树立正确的参照物，我们才能明悉真正的价值在哪里，才能有正确的行动方向。

---

14. 两位画家

两个孩子都从小就表现出了画画的天赋，两位妈妈也一直对自己的孩子期望很高，决心把他们培养成画坛的人才。可是，这两家都太穷了，他们的孩子连自己独立的画画空间也没有。

第一位妈妈想了想，便请装修工在自己的大房间中间砌了一道墙，给孩子隔出了一个小空间，然后告诉孩子，你画了画，就往这面墙上贴。

第二位妈妈没有请装修工，而是给孩子买了个纸篓，然后告诉孩子，你画了画，就往这个纸篓里扔。

3年后，第一个孩子已经靠那满墙的画办起了画展。由于他的画线条流畅，色彩明丽，观者皆赞不绝口。

而第二个孩子把画全扔进了纸篓，满了就倒掉，所以没有一张存画，只好给别人看他那幅刚勾勒完线条的画，人们均摇着头走开了。

30年以后，人们对第一个孩子那动不动就满墙的画已经失去了兴趣，而对整天闷在家里创作的第二个孩子的画则产生了好奇。可是当他们看到他的画时，这种好奇全都转变成了震惊：太棒了！人们纷纷赞叹道。

于是，人们把第一个孩子的画从墙上揭下来，扔进了纸篓，又把第二个孩子的画从纸篓里捡起来，贴在了墙上。

15. 两棵树的故事

　　果农同时种下了两棵树，这两棵树差不多大小，也都很努力地成长，只不过，它们努力的方向不一样。一棵树努力地汲取着地下的水分和营养，争取尽快地把自己长成健壮茂盛的样子，而另一棵树则是努力地抽枝、长叶、开花，争取早日硕果累累，让果农对自己刮目相看。

　　秋天来临时，这两棵树的努力都有了结果。第一棵树枝繁叶茂，树干笔挺；第二棵树则果实满枝头，累得气喘吁吁。果农惊讶于第二棵树的能量，所以对它异常爱护。正当第二棵树为此沾沾自喜时，一群孩子来到了它的面前。看见树上有这么多的红果子，淘气的孩子们二话不说就捡起石头打起了果子，一时间，这棵树尚嫩的树皮被折磨得伤痕累累。但是即使如此，孩子们也没说它一句好话，因为由于营养不足，它结出的果子一点儿也不甜，甚至有些酸涩。

　　第二年春天来临时，已经身强力壮的第一棵树开始孕育果实，果实渐渐长大，鲜红而诱人。而那棵从去年就急于开花结果的树却打不起精神，而且由于树皮严重受损，它日渐萎缩，最后竟成了一根枯木。没办法，果农只好把它砍掉当柴烧了。

第二十章
锲而不舍，金石可镂

　　成功与失败往往只是一步之差，如果多坚持一秒钟，就会向成功多迈一步，有时这一步就决定了你的成功与否。切记：胜利者不一定是跑得最快的人，而是最能持久的人。

1. 铁棒磨成针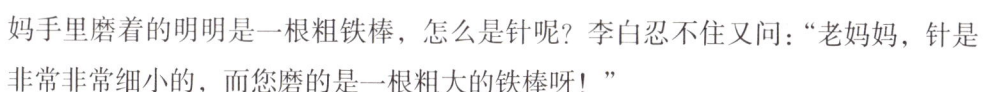

　　唐代大诗人李白幼年时便读那些经书、史书。那些书都十分深奥，他一时读不懂，便觉枯燥无味，于是丢下书，逃学出去玩了。

　　李白一边闲游闲逛，一边东瞧西看。他看见一位老妈妈手里拿着一根很粗的铁棒子，在磨刀石上一下一下地磨着，神情专注，以至于李白在她跟前蹲下她都没有察觉。

　　李白好奇地问："老妈妈，您这是在做什么呀？"

　　"磨针。"老妈妈头也没抬，简单地回答了李白，依然认真地磨着手里的铁棒。

　　"磨针？"李白觉得很不明白，老妈妈手里磨着的明明是一根粗铁棒，怎么是针呢？李白忍不住又问："老妈妈，针是非常非常细小的，而您磨的是一根粗大的铁棒呀！"

　　老妈妈边磨边说："我正是要把这根铁棒磨成细小的针。"

　　"什么？"李白有些意想不到，他脱口又问道："这么粗大的铁棒能磨成针吗？"

　　这时候，老妈妈才抬起头来，慈祥地看着李白说："是的，铁棒子又粗又大，要把它磨成针是很困难的。可是我每天不停地磨呀磨，总有一天，我会把它磨成针的。孩子，只要功夫下得深，铁棒也能磨成针呀！"

　　幼年的李白是个悟性很高的孩子，他听了老妈妈的话，一下子明白了许多，心想："对呀！做事情只要有恒心，天天坚持去做，什么事都能做成的。读书也是这样，虽然有不懂的地方，但只要坚持多读，天天读，总会读懂的。"想到这里，李白深感惭愧，脸都发烫了。于是，他拔腿便往家跑，重新回到书房，翻开原来读不懂的书，继续读了起来。

> **大智慧**
>
> 只要有恒心，铁杵也能磨成针。恒心在，希望就在。黑夜无论多么漫长，白昼总会到来。

2. 化整为零

孩子问亿万富翁："你是怎么成为亿万富翁的？"

"一元钱一元钱地挣，当你重复一亿次时就自然而然地成为亿万富翁了。"

"挣一元钱并不难，可是怎样坚持一亿次呢？"

"可以不去想一亿次，想得太多反而会使你背上心理包袱，让你觉得挣一元钱也是那样遥不可及。你挣钱的时候只想着这是唯一的一次，既然是唯一的一次，你就一定要把它挣来。挣来这一元钱之后，再去挣下一个一元钱。如此反复，时间一长，你就会发现，自己拥有的财富是许多个'一元'，你会从自己过去的成绩中得到信心，那时候你的财富就不是一元一元地增加，而是一万一万地增加，甚至是百万百万地增加了。"

> **大智慧**
>
> 富翁所言的确是挣钱的真谛，更是做事的真谛，世界上所有的伟大事业，不都是由一系列不起眼的小事积累而成的吗？做事不难，难的是坚持；坚持不难，难的是化整为零。

3. 每秒摆一下

一个新组装好的小钟放在两个旧钟当中，两个旧钟嘀嗒、嘀嗒地走着。

其中一个旧钟说："来吧，你也该工作了。可是我有点儿担心，你走完三千两百余万次以后，恐怕便吃不消了。"

"天哪！三千两百余万次。"小钟吃惊不已，"要我做这么大的事？办不到，办不到。"

另一个旧钟说："别听他胡说八道。不用害怕，你只要每秒嘀嗒摆一下就行了。"

"天下哪有这样简单的事情。"小钟将信将疑，"如果这样，我就试试吧。"

小钟很轻松地每秒钟嘀嗒摆一下，不知不觉中，一年过去了，它摆了三千两百余万次。

大智慧

每个人都希望梦想成真，成功却似乎远在天边遥不可及，倦怠和不自信让我们怀疑自己的能力，放弃努力。其实，我们不必想以后的事，一年甚至一个月之后的事，只要想着今天我要做些什么、明天我该做些什么，然后努力去完成，就像那个小钟一样，坚持每秒嘀嗒摆一下，成功的喜悦就会慢慢浸润我们的生命。

4. 简单的事情重复做

会场座无虚席，人们在热切地、焦急地等待着那位当代最伟大的演说家精彩的演讲。大幕徐徐拉开，只见舞台的正中央吊着一个巨大的铁球。为了这个铁球，台上搭起了高大的铁架。

一位老者在人们热烈的掌声中走了出来，站在铁架的一边。他穿着一件红色的运动服，脚下是一双白色的胶鞋。人们惊奇地望着他，不知道他要做出什么举动。

这时，两位工作人员抬着一个大铁锤，放在老者的面前。主持人这时对观众说："请两位身体强壮的人到台上来。"好多年轻人站起来，转眼间已有两名动作快的跑到了台上。

老人这时开口和他们讲规则，请他们用这个大铁锤，去敲打那个吊着的铁球，直到把它荡起来。

一个年轻人抢着拿起铁锤，拉开架势，抡起大锤，全力向那个吊着的铁球砸去，立即发出一声震耳的响声，可

是铁球动也没动。他就用大铁锤接二连三地砸向铁球，很快他就气喘吁吁了。另一个人也不示弱，接过大铁锤把铁球打得叮当响，可是铁球仍旧一动不动。台下逐渐没了呐喊声，观众好像认定那是没用的，就等着老人做出什么解释。会场恢复了平静，老人从上衣口袋里掏出一个小锤，然后认真地面对着那个巨大的铁球。他用小锤对着铁球"咚"地敲了一下，然后停顿一下，再一次用小锤咚地敲了一下。人们奇怪地看着，老人就那样"咚"地敲一下，然后停顿一下，就这样持续地做着。

十分钟过去了，二十分钟过去了，会场开始骚动，有的人干脆叫骂起来，人们用各种声音和动作发泄着他们的不满。老人仍然不停地工作着，他好像根本没有听见人们在喊叫什么。人们开始愤然离去，会场上出现了大片大片的空位。留下来的人们好像也喊累了，会场渐渐地安静下来。

大概在老人进行到四十分钟的时候，坐在前面的一个妇女突然尖叫一声："球动了！"会场立即鸦雀无声，人们聚精会神地看着那个铁球。铁球以很小的摆度动了起来，不仔细看很难察觉。老人仍旧一小锤一小锤地敲着，人们好像都听到了那小锤敲打铁球的声响。吊球在老人一锤一锤的敲打中越荡越高，它拉动着那个铁架子哐哐作响，它的巨大威力强烈地震撼着在场的每一个人。终于，场上爆发出一阵阵热烈的掌声，在掌声中，老人转过身来，慢慢地把那把小锤揣进兜里。

老人终于开口了，只说了一句话："在成功的道路上，你没有耐心去等待成功的到来，那么，你只好用一生的耐心去面对失败。"

大智慧

老人所做的事，几乎每一个普通人都能做到，而老人之所以能得到成功，就是因为他有耐心重复做着简单的事。很多人之所以得不到成功，不是因为他们面前有克服不了的困难，而是因为他们没有耐心做简单的事。

5. 是金子总会发光

一位自认为有才华的青年因得不到重用而非常苦恼。他质问上帝，命运为何对他如此不公。

上帝从路边随便捡起一块小石子，又随即扔了回去，问青年："你能找到刚才扔下去的那块石子吗？"

"不能。"青年摇了摇头。

上帝把手指上的金戒指取下来，扔到石子堆中去，又问青年："你能找到我刚才扔下去的金戒指吗？""能。"青年说完，没花多长时间就找到了金戒指。

"你现在明白了吗？"上帝问道。

青年犹豫了片刻，兴奋地回答："明白了。"

大智慧

具有顽强意志的人，能够格外地吃苦耐劳，克服别人克服不了的困难，激发出潜在的巨大能量，发挥出超常的聪明才智，最后一定会走向成功。切记，是金子总会发光的。

---

6. 把简单做到极致

美国一家园艺公司在报纸上刊登启事，重金征求纯白金盏花，一时间应征者趋之若鹜。自然界中的金盏花不是金色就是橙色的，从没见过白色的，很快人们就知难而退，那则启事也逐渐被人遗忘。

二十年后，那家园艺公司收到一封热情洋溢的应征信，还附了一粒种子，纯白金盏花"出世"了！消息不胫而走，引起了很大轰动，新闻界采访了那位应征者。

应征者是一位年过古稀的老妪，她二十年前看到了报纸上的启事，不顾八位子女的反对，独自培育梦想中的白色金盏花。她播下一些最普通的种子，在金盏花盛开的时节，挑选一朵颜色最淡的花，任其自然枯萎脱落，以获取成熟的种子。次年，把种子播到地里，待它开花的时候，再挑一朵颜色最淡的花……她不停地播种、收获，如此往复过了二十年，终于培育出了如银如雪的金盏花。那纯粹的白色，惊得所有见过的人都目瞪口呆，这个不懂遗传学的老人，竟然攻克了连专家都望而却步的难题，培育出了美丽绝伦的花。

7. 砥砺的命运

一个铁匠收了一个孤儿为徒，以打铁铸剑为生。枯燥平淡的劳作使徒儿不安分起来，他郁郁寡欢，经常暗自叹息自己苦命、卑微，永无出头之日。

师傅看出了徒儿的心思，便想了个方法启示他。

一天，师傅得了一根铁杵，将其断为三截，留下其中的一截，另两截便投入炉火中焙烧。烧至火红，钳出来，师徒二人轮番锤锻，终于打制成宝剑的雏形。虽已成形，却甚为粗劣。师傅命徒儿留下一个，将另一个又投入火中烧红，再取出锻打。这一把剑坯经过再三修形后，剑身笔直挺拔，剑面平顺光滑，但仍不是一把真正的宝剑。

夜里，徒儿累了先睡了，师傅把剑又细致地打磨了大半夜。第二天徒儿醒来时，师傅交到他手上的已是一把寒光闪闪、削铁如泥的利剑。

师傅让徒儿带上宝剑、剑坯和最初截下的那段铁杵去集市卖。很快，剑坯卖出去了，得了三两银子；过了一会儿，一个农夫买走了铁杵，得了一两银子；而那把宝剑因为它的品质和师傅的惜售，价钱扶摇直上。徒儿顿有所悟。本是三块相同的顽铁，锤炼却改变了它们的命运和价值。

8. 要有不寻常的恒心

一个有钱的富豪十分热衷艺术，喜欢收集各地的奇珍异宝、文明古物和名家字画。有一天，他听说一个画家的画功非凡，因此不远千里，专程前去登门造访，请求画家为他画一条龙，好让他可以悬挂在家里的门廊上。

画家一口答应了，不过却请富豪于一年之后再来取画。

光阴似箭，岁月如梭，一年的时间很快就过去了，富豪再度跋山涉水，来到画家家里，问他的画画得如何了。

画家不慌不忙地走到画架前，裁度大小适中的纸张，大笔一挥，才一眨眼的工夫，一条腾云驾雾的飞龙便跃然纸上，神气活现，气势万千。

富豪十分满意，笑得合不拢嘴，不过画家所提出的报酬却令富豪一点儿也笑不出来了。

富豪十分不悦地说："你只花了几秒钟的时间，就轻而易举地把这幅画完成了，怎么还好意思狮子大开口，开出这样的天价呢？"

画家听了面不改色，只是微微一笑，然后推开另外一间画室的门。

只见那间画室的每个角落都堆满了纸，每一张纸都画满了龙，有龙头、龙尾、龙眼睛，甚至是龙身上的鳞片，每一部分无不细细揣摩，可以想见他所花费的心血相当多。

画家说："你现在所看见的这条龙，是我花了整整一年的时间，苦心练习才琢磨出来的，用这样的价钱来换我一整年的时间和精力，应该不算太过分吧！"

> **大智慧**
>
> "台上一分钟，台下十年功。"一般人只看得到别人表面的风光，却忽略了他们背后的辛苦。殊不知，成功不会从天而降，一点一滴，都必须从零累积而来。人的才干或许寻常，但是只要有不寻常的恒心，就没有什么梦想是不能成真的。

9. 让自己的心变成一个湖

盐铺里的一个学徒总是对现状不满，觉得日子过得不如意，常常向师傅抱怨。

一天，师傅又听到徒弟在抱怨，于是让他去取两小包盐过来。

徒弟把盐取回来后，师傅让徒弟把其中一包盐倒进水杯里喝下去，然后问他味道如何。徒弟只喝了一口，就吐了出来，说："很苦。"师傅笑着让徒弟带着另一包盐和自己一起去湖边。

师傅让徒弟把盐全部撒进湖水里，然后对徒弟说："现在你喝点儿湖水试试看。"徒弟不知道师傅是什么意思，只好去喝了一口湖水。

师傅问："什么味道？"

徒弟回答："很清凉。"

师傅问："尝到咸味了吗？"

徒弟回答："没有。"

师傅点了点头，坐在这个总爱怨天尤人的徒弟身边，握着他的手说："人生的苦痛如同这些盐，有一定的数量，既不会多也不会少。我们承受苦痛的容积决定痛苦的程度。所以当你感到痛苦的时候，就把你承受的容积放大些，让自己的心不是一杯水，而是一个湖。"

> ——**大智慧**——
>
> 强大的毅力是怎么来的？记住老师傅的话：人生的苦痛如同这些盐，有一定的数量，既不会多也不会少。我们承受苦痛的容积决定痛苦的程度。所以当你感到痛苦的时候，就把你承受的容积放大些，让自己的心不是一杯水，而是一个湖。

10. 坚持原则

韩褐子要过河，船夫对他说："人们从这儿过河，都会祈求河神保佑一帆风顺，您为什么不向河神祷告呢？"

韩褐子说："天子祭祀海内的神祇，诸侯祭祀封地内的神祇，大夫祭祀他们的先人，士人祭祀他们的祖宗。我没有资格祭祀河神。"

船夫将船划到河中间，船就旋转起来。船夫说："刚才我已告诉过您了，您不听我的劝告，现在船到河中打旋，很危险了。您是不是已经准备好了脱掉衣服下水游泳？"

韩褐子说："我不会因为别人讨厌我就改变我的志向，我不会因为我快要死了就改变我的原则。"话未说完，船就走得平稳起来。

韩褐子说道："《诗经》说：'莫莫葛藟，施于条枚。恺悌君子，求福不回。'连鬼神都不违正道，何况人呢？"

11. 怜悯可以走多远

这个男孩天生内向，一直到上小学，他还保持着沉默寡言的习惯。这本不是什么大问题，可是当老师提问他，他还是一声不吭时，老师便无法忍受了。他把男孩的家长叫到了学校，声称他们的儿子智力上有问题，甚至建议让他们的儿子退学。

那天放学后，男孩受到了父亲严厉的训斥："除了养猫、养狗、捉老鼠之外，你什么都不会，什么心都不操，我看你以后怎么过！你简直就是在辱没你自己，辱没我们的家庭！"男孩委屈地流下了眼泪，但是很快，他就又一个人坐在房后花园里看花草小虫了。对于他来说，除了妈妈，这是唯一能给他安慰的东西——老师冷落他，同学讥笑他，父亲训斥他，连姐妹们都瞧不起他。

说到他的妈妈，那真是位伟大的女性，她毫不理会别人对男孩的奚落，她坚信儿子是最好的，只是欠缺一个发现他长处和优点的人而已，所以她一直坚定不移地支持着、护佑着儿子。以至于丈夫很不屑地对她说："你这是怜悯，不是教育，你这样会毁了他的一生！"但是不管怎么着，母亲就是固执地安慰和鼓励着小儿子。

她很支持孩子到花园中去，而且任由他目不转睛地观察那些花草昆虫，因为她觉得孩子在这方面似乎很有天赋，比如他总能比其他孩子更快地辨认出各种不同的花草，总能回答出妈妈都认为比较刁钻古怪的问题。

对于妻子的做法，丈夫一直坚决反对，他认为这种怜悯对儿子的成长毫无益处。但是幸好这位妈妈始终如一地坚持了下来，这才有了后来震惊全人类的生物学家——达尔文。

12. 观看比赛

这是一个文化活动极其贫乏的小镇，平常来场电影居民都会津津有味地讨论上半个月。可是某天，镇长突然宣布某运动队要于那个周末在镇中心的小操场上举行一场运动会。这无疑是一件天大的事儿，整个小镇立刻轰动了。

周末那天，离开场还有一个多小时，兴奋不已的居民们便已经在小操场四周围成了一道密不透风的环形人墙。

这个小男孩显然来晚了，只见他站在人墙之后，焦急的神色明显地挂在脸上。他左挤挤、右瞧瞧，可就是看不到人墙内的风景。怎么办呢？小男孩搔着头皮想了想，忽然，他看到了不远处的一垛砖块，心里顿时有了主意。于是他一趟又一趟地搬着砖块，在厚厚的人墙后面垒着自己的砖墙，一层、一层又一层……他不知道自己垒了多长时间，也不知道因此少看了多少精彩的比赛，只知道当登上那个自己亲手垒成的台子时，成功的喜悦和自豪立刻填满了自己小小的胸膛。

> **大智慧**
>
> 只要不辞辛苦，坚持不断地往自己脚下多垫些"砖头""石块"，最终有一天，你会看到自己所渴望看到的风景，摘到挂在高处的诱人果实。

13. 傻鸟

自从搬进了新楼，人们就开始盼着新楼后面那座旧房子被拆除——在三幢又新又漂亮的高楼旁边坐落着这么一处破平房，看上去的确很不顺眼。不知道有多少次，楼上的人趴在阳台上叹息着这座大煞风景的旧房。

近日，高楼上的人们忽然发现了一个奇怪的现象：一只不知名的大鸟每天下午都会准时光顾那座旧房，然后站在窗台上一次又一次地用头撞击着玻璃，并且，不管多少次因为反弹而跌落下去，它都会照样坚持不懈。每天一刻钟，大鸟从不间断。

一时间，好奇的人们纷纷猜测起这只大鸟撞窗的原因来。有的说它可能是认为窗外是另一间房子，所以想飞进去；有的说它可能把那儿当成了通往外界唯一的出路，所以想撞开飞出去；有的说……但是不管如何，大家都看得清清楚楚：在那个房间的另一面墙上，有一扇更大的窗户，并且是开着的。因此，人们不约

而同地下了一个结论：这是一只傻鸟，一只蠢到家的傻鸟。

某天，当几位居民坐在楼下闲聊，谈到那只傻鸟时，老王家的傻儿子忽然愣愣地抛出一句："你们才傻呢！那只大鸟是在吃窗户上的虫子呢，我看见过！"

一句话引得大家都笑起来，一位老太太用扇子拍拍傻子的脑袋说道："傻家伙，我们还不如你聪明！"

一个月之后，拆除那座旧房子的通知终于下来了，早就巴不得这样的楼上居民们纷纷下去帮忙。当拆到那扇紧闭的旧窗户时，大家都愣住了：窗户的玻璃上沾满了各种小飞虫的尸体，有些只剩下了半只身子，很显然，另一半被那只"傻"鸟啄吃了。

大智慧

把自己的思维方式强加于人，并且固执地自以为是，这是聪明人常犯的错误。要想克服这一点其实并不难，在对人对事进行判断之前，先细致地调查分析一下就行了。

14. 坚持，你能吗？

苏格拉底是古希腊著名的大哲学家和大教育家，他教学生的方法总是别出心裁。

开学第一天，他对学生们说："今天，我们只学一样东西，就是把胳膊尽量往前抬，然后再尽量往后甩。"他示范了一下，结果，所有学生都笑了。

"老师，这还用学吗？"一个学生打趣道。

"当然，"苏拉格底很严肃地回答道，"你不要觉得这是件很简单的事，其实它很困难。"听到这话，学生们笑得更厉害了。

苏格拉底一点儿也不生气，他宣布："这堂课我就教大家好好学这个动作。学会以后，从今天开始，每天你们都要把它做100遍。"

10天之后，苏格拉底问："谁还在坚持做那个甩手动作？"大约80%的学生举起了手。

20天之后，苏格拉底又问："谁还在坚持做那个甩手动作？"大约50%的学生举起了手。

3个月之后，苏格拉底又问道："那个最简单的甩手动作，有谁在坚持做？"这一次，只有一位学生举起了手。他，就是后来成为古希腊另一位大哲学家、大思想家的柏拉图。

大智慧

坚持是世界上最简单同时也是最困难的事情，因为人人都能做到，却未必人人都做得到。只有那种即便一件简单事都能坚持做到底的人，才可能有所成就。

第二十一章
狭路相逢勇者胜

做事的成败之间就隔着一道虚掩的门，鼓起勇气推开它，生活就会完全不一样。狭路相逢勇者胜，面对敌人，不要害怕，勇往直前，胜利才会属于你。

1. 顾虑太多任鼠狂

一个人家里面有很多老鼠。这些老鼠十分猖獗，白天都敢大着胆子在屋子里横冲直撞，在衣柜上、桌子上蹦来跳去，晚上还敢爬到人睡觉的床上，甚至爬到枕头边，冷不防吓你一大跳。更可恨的是，有些老鼠竟然躲进衣柜里面，在棉衣里面做窝。这家的主人恨死这些老鼠了，可又总是很难抓住它们。

一天晚上，这家主人刚刚吹灯睡下，老鼠便开始出来闹腾了。一只大老鼠从衣柜顶上跳下来，碰翻了桌上的油灯，油灯滚到主人的床上，油撒在床上，真把主人气坏了。等主人赶紧翻身起床，老鼠早已跑得无影无踪。这家的丈夫咬牙切齿地说："看我不把害人的老鼠打死，我就誓不为人！"他的妻子也愤愤地说："太可恨了，只要再看到老鼠，不打死它才怪呢！"

一天，一只大老鼠正睡在主人家的一个大古董花瓶上。丈夫走过来看到了，心里一阵高兴：那天碰翻油灯的老鼠必定是它无疑了，今天叫你撞到我的手里，这回机会来了，我一定要打死你，毫不留情！

于是，他拿起一根木棍，蹑手蹑脚地走到大花瓶跟前，举起木棍正要砸下去，冷不防被一双手将木棍抓住了，原来是他的妻子从厨房过来看到了，紧急拦下了。妻子一边抓住木棍一边阻止他说："你不能这样！你没看到这是我们家的古董吗？要是把这个大古董花瓶打碎了，那多可惜呀！为了打一只老鼠，也未免太不值了。"

丈夫还举着木棍，不甘心地说："你忘了这些坏东西害人的事吗？不能就这么便宜了它！"妻子坚持说："算了算了，还是大花瓶重要！"

丈夫没法，只好放下手中的木棍，走上前去，把睡在花瓶上的老鼠赶走了。

大老鼠依然回到它的窝里，每天照样出来作祟，而且还更加肆无忌惮，因为它已经掌握了主人的弱点。

大智慧

这家主人既想打老鼠，又怕砸坏了东西，这样顾虑重重地办事，怎能把事情彻底解决呢？我们做事也是一样，做了决定之后就要想尽一切办法去解决问题，否则只能使问题越来越麻烦，越来越难以解决。

---

2. 毛遂自荐又何妨

毛遂在平原君门下已经三年了，一直默默无闻，总得不到施展才能的机会。

一次，碰上秦国大举进攻赵国，秦军将赵国都城邯郸团团围住，情况十分危急，赵王只好派平原君赶紧出使楚国，向楚国求救。

平原君到楚国去之前，召集所有的门客商议，决定从这千余名门客中挑选出二十名能文善武足智多谋的人随同前往。可是挑来挑去最终只有十九个人合乎条件，还差一人却怎么挑总觉得不满意。

这时，毛遂主动站了出来说："我愿随平原君前往楚国，哪怕是凑个数！"

平原君一看，是平常不曾注意的毛遂，便不以为意，只是婉转地说："你到我门下已经三年了，却从未听到有人在我面前称赞过你，可见你并无什么过人之处。一个有才能的人在世上，就好像锥子装在口袋里，锥子尖很快就会穿破口袋钻出来，人们很快就能发现他。而你一直未能出头露面显示你的本事，我怎么能够带上没有本事的人同我去楚国完成如此重大的使命呢？"

毛遂并没有生气，他心平气和地据理力争："您说的并不全对。我之所以没有像锥子从口袋里钻出锥子尖，是因为我从来就没有像锥子一样放进您的口袋里呀！如果早就将我这把锥子放进口袋，我敢说，我不仅是锥子尖钻出口袋，我会连整个锥子都像麦穗子一样全部露出来。"

平原君觉得毛遂说得很有道理，而且气度不凡，便答应让毛遂作为自己的随从，连夜赶往楚国。

一到楚国，已是早晨。平原君立即拜见楚王，跟他商讨出兵救赵的事情。可是这次商谈很不顺利，从早上一直谈到了中午，还没有一丝进展。面对这种情况，随同前往的那十九个人只知道干着急，在台下直跺脚、摇头、埋怨。唯有毛遂，眼看时间不等人，机会不可错过，只见他一手提剑，大踏步跨到台上，面对盛气凌人的楚王，毛遂毫不胆怯。他两眼逼视着楚王，慷慨陈词，申明大义，他从赵楚两国的关系谈到这次救援赵国的意义，对楚王晓之以理动之以情。他的凛然正气使楚王惊叹佩服；他对两国利害关系的分析深深打动了楚王。通过毛遂的劝说，楚王终于被说服了，当天下午便与平原君缔结了盟约。很快，楚王派军队支援赵国，赵国于是解了围。

事后，平原君深感愧疚地说："毛遂原来真是了不起的人啊！他的三寸不烂之舌，真抵得过百万大军呀！可是以前我竟没发现他。若不是毛先生挺身而出，我可要埋没一个人才呢！"

大智慧

不要总是等着别人去推荐，只要有才干，不妨自己大胆主动站出来。做你自己认为应做的事，管别人怎么说呢。

3. 艺高人胆大

颜渊是孔子的弟子。他向孔子讨教说："我曾经乘舟渡过一个深潭，艄公驾船的本领神奇莫测。我问艄公，驾船到您这份儿上可以掌握吗，他肯定地回答说可以。善于游泳的人只要经过练习便可以学会，若是会潜水的人即使从未接触过船也能操作自如。"对于艄公的一番道理，颜渊自称并不理解，但是艄公不肯做进一步的解释，所以他只好向孔子求教。

孔子听罢弟子的话，向颜渊解答个中奥妙：游泳能手是不会惧怕水的，他对学习驾船不存在恐惧心理，心情完全是放松的；擅长潜水的人把陆上和水中看成一码事，把船行和车驶看成一回事，把翻船更不当一回事。所以，即使从没驾过船也能驾船自如，悠然自得。

大智慧

艺高人胆大。胆大来自平日的勤学苦练。有了这个基础，信心就会建立。自信可以使人产生精神力量，通向成功。患得患失、内心怯懦常会令人遭遇失败。

4. 盲目勇敢是愚蠢

　　蒙地有个猎人，大大小小的动物打了不少，家里有各种各样的兽皮。有一次，他要去野外办些事情，刚一出门，让风一吹，颇有些寒意。于是他又返身进门，想找件兽皮挡挡寒，便顺手抓了一张狮子皮，披在身上就上路了。

　　到了野外，蒙人越走越觉得不对劲。一阵风吹草动，他预感到有事将要发生。果然只听得一声长啸，一只吊睛白额大虎跳了出来。蒙人手边没带什么厉害的武器，心里暗想：糟糕，要躲也来不及了，这下可完了。于是他干脆不逃了，只是闭着眼睛站在原地等死。

　　再说那只老虎，早已饿了多时，一见有东西过来，就要往上扑。可这个东西不但没逃，还站住了，在那边远远地看着自己。老虎一阵奇怪，仔细看了看，原来是一只大狮子！要是打不过可惨了，好汉不吃眼前亏，还是快溜吧！

　　蒙人站了半天，还不见老虎来吃他，大着胆子睁开眼睛一看，老虎夹着尾巴在往回跑，一闪就不见了，蒙人给弄糊涂了。但又一想，对了，老虎肯定知道自己是个好猎手，因害怕自己而跑掉的。蒙人非常得意，丝毫也没往自己披的狮子皮上去想。他趾高气扬地回到家，逢人就夸耀说："连老虎都知道我是打猎的好手，一见了我就马上逃走了！"

　　又过了几天，蒙人又要去野外了。这一回，他随便拿了一张狐狸皮挡风，

像上次一样，走了没多远就又碰上了老虎。蒙人一点儿不怕，大摇大摆地走了过去。老虎定睛一看：哼，我当是什么呢，原来是只狐狸，居然也敢在我面前耍威风，我一定要给他点儿颜色看看。老虎见是狐狸，连扑都懒得扑，就站在原地斜着眼睛瞧着他走过来。蒙人走到老虎跟前，见老虎还不让路，不由得大怒，高声威胁说："畜生，见了我还不滚开，当心我扒了你的皮！"老虎看他骂了一会儿，不耐烦了，猛地跳将过去，可怜的蒙人，就这样成了老虎的一顿美餐。

蒙人错在自以为是，不考虑客观因素，最终才落得个葬身虎腹的下场。

大智慧

真正的勇敢不仅是一种品质，也是一种智慧；不仅是一种精神，也是一种方法。真正的勇敢是建立在理智的基础上的。它在于你虽然害怕，却头脑冷静，知道自己该怎么做。盲目的勇敢则是一种愚蠢。

5. 没有什么比勇敢更重要

孟贲是战国时期著名的勇士，他在战场上出生入死，从无畏惧，总是勇往直前，所向披靡，因而常常使敌人闻风丧胆，望风而逃。

于是，有人问孟贲："生命与勇敢相比，您认为哪一个更重要呢？"

孟贲不假思索地回答："勇敢！"

"那么，拿显赫的官位与勇敢作比较呢？"

"还是勇敢！"孟贲的回答斩钉截铁。

"若用万贯家财与勇敢相比，您认为什么更重要呢？"

孟贲的回答仍是毫不犹豫："勇敢！"

大智慧

对于每一个人来说，生命、升官、发财，这三者都是极其宝贵而且难以得到的东西。可是，在孟贲看来，它们都不可能取代勇敢的品质。孟贲之所以能威镇三军，降伏猛兽，英名远播，这与他在任何情况下都能勇敢面对各种各样的挑战和诱惑所分不开的啊！可见，一个人要有所作为，便要排除虚名浮利的干扰，执着于自己所追求的事业，并做到勇敢地为之献身。

6. 精彩人生源于冒险

有一天，龙虾与寄居蟹在深海中相遇，寄居蟹看见龙虾正把自己的硬壳脱掉，只露出娇嫩的身躯。寄居蟹非常紧张地说："龙虾，你怎么可以把唯一保护自己身躯的硬壳也放弃呢？难道你不怕有大鱼一口把你吃掉吗？以你现在的情况来看，连急流也会把你冲到岩石里去，到时你不死才怪呢！"

龙虾气定神闲地回答："谢谢你的关心，但是你不了解，我们龙虾每次成长，都必须先脱掉旧壳，才能生长出更坚固的外壳，现在面对的危险，只是为了将来发展得更好而做准备。"

寄居蟹细心思量一下，自己整天找可以避居的地方，而没有想过如何令自己成长得更强壮，整天只活在别人的荫庇之下，难怪自己永远都无法很好地发展。

大智慧

对于那些害怕危险的人来说，危险无处不在。生命就是一场大冒险。即使失败也是财富，这样的财富谁积累得越多，谁的人生就能走得越远。只要你敢干，才会成功。

7. 勇敢果断，千古留名

东汉年间，班超帮助哥哥班固一起撰写《汉书》，但他认为一个男子汉的抱负不应只在纸笔上，于是弃文从武，参加了对抗匈奴的战斗。他坚毅果敢的性格使他在战场上屡建功勋。后来，东汉王朝为了联合西域各国共同抵御匈奴的侵扰，就派遣班超作为使节出使西域。

班超手持汉朝的节杖，带领着由三十六人组成的使团出发了。他们首先来到了鄯善国。班超觐见了鄯善国国王，说："尊敬的国王陛下，我们汉朝的皇帝派我来，是希望联合贵国共同对付匈奴。我们吃过很多匈奴入侵的苦，应该携起手来，同仇敌忾，匈奴才不敢再猖狂肆虐呀！"鄯善国国王早就知道汉朝是一个泱泱大国，国力强盛，人口众多，不容小视，现在又见汉朝的使者庄重威仪，颇有大国之风，果然名不虚传，就连连点头说道："说得太对了，请您先在鄯国住几天，联合抵抗匈奴之事，过两天再具体商议吧！"

于是班超他们就住下了。头几天，鄯善国国王待他们还挺热情，可是没过多久，班超便察觉国王对他们越来越冷淡，不是常找借口避而不见，就是好不容易见上了，也绝口不提联合抗击匈奴之事了。

班超有了一种不祥的预感，他召集使团的人分析说："鄯善国国王对我们的态度越来越不友好了，我估计是匈奴也派了人来游说他，我们必须去探察一番，搞清事情的真相。"夜里，班超派人潜进王宫，那人果然发现国王正陪着匈奴的使者喝酒谈笑，看样子很是投机，那人就马上回来将这个消息报告给班超。接下来的几天，班超又设法从接待他们的人那里打听到，匈奴不但派来了使节，而且还带了一百多个全副武装的随从和护卫。他立刻意识到了事态已经发展到很严重的地步，就马上召集使团研究对策。

班超对大家说："匈奴果然已经派来了使者，说动了鄯善国国王，现在我们已处于极度危险之中，如果再不采取有效措施，等鄯善国国王被说服，我们就会成为他和匈奴结盟的牺牲品。到时候，我们自身难保是小事，国家交给的使命也就完不成了。大家说该怎么办？"大家齐声答应："我们服从您的命令！"班超猛击了一下桌子，果断地说："不入虎穴，焉得虎子！现在我们只有下决心消灭匈奴，才能完成我们的使命！"当夜，班超就带人冲进匈奴所驻的营垒，趁他们没有防备，以少胜多，终于把一百多个匈奴人全部消灭了。

第二天，班超提着匈奴使者的头去见鄯善国国王，当面指责他的善变："您太不像话了，既然答应和我们结盟，又背地里和匈奴接触。现在匈奴使者已全被我们杀死了，您自己看着办吧！"鄯善国国王又吃惊又害怕，很快就和汉朝签订了同盟协议。

班超的举动震动了西域，其他国家也纷纷和汉朝签订同盟，很多小国也表示和汉朝保持永久友好关系。班超终于圆满地完成了使命。

大智慧

我们平常生活中做事，在危急的情境之下，就应当像班超一样果断，敢于冒必要的危险，才能够获得成功。如果这时还犹犹豫豫、畏缩不前，那后果将不堪设想。

---

8. 来往于天上人间

传说中，有来往于天上人间的木筏，驾驭木筏的人是真正勇敢无畏的人。

西汉时期，有个隐士叫罗君平。据说，他知道这个木筏从人间到天上的时间，

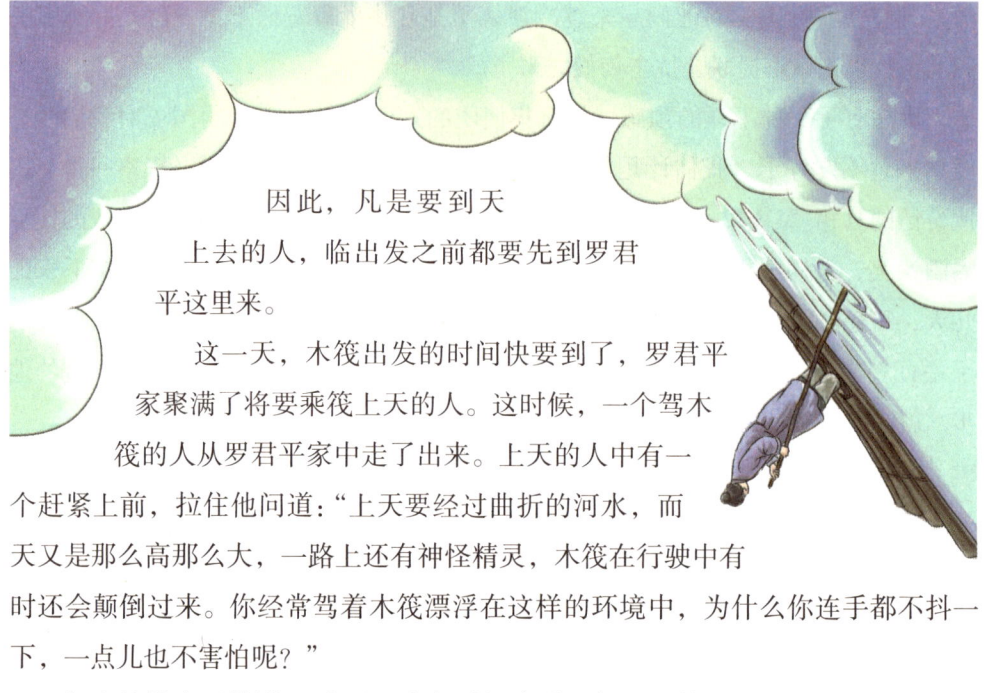

因此，凡是要到天上去的人，临出发之前都要先到罗君平这里来。

这一天，木筏出发的时间快要到了，罗君平家聚满了将要乘筏上天的人。这时候，一个驾木筏的人从罗君平家中走了出来。上天的人中有一个赶紧上前，拉住他问道："上天要经过曲折的河水，而天又是那么高那么大，一路上还有神怪精灵，木筏在行驶中有时还会颠倒过来。你经常驾着木筏漂浮在这样的环境中，为什么你连手都不抖一下，一点儿也不害怕呢？"

驾木筏的人回答说："我用了多年时间来学习驾驭木筏的本领，又用了三年时间来亲自驾驭木筏，往来于天上人间。"

那人又问："仅仅靠本领和实践，就可以了吗？"

驾木筏的人说："当然不是。在每次驾木筏上天的时候，我忧虑的只是不知道自己到底能活多少年，而根本就不考虑木筏是否能够返回人间。我驾驭着木筏，一路上波浪翻腾，气候千变万化，反复无常。有时阳光灿烂，云蒸霞蔚，一下子又突然变得黯淡无光，明亮的白天霎时变成黑夜。有时候，木筏和波浪互相撞击，猛然震荡起来像脱缰的野马急驰狂奔，一会儿沉到波谷浪底，一会儿又像格斗一般冲向高高的浪尖，恍恍惚惚的样子，使我感到似乎有无数人在驾驭这木筏。每当这时，我的心情都非常镇定，一点儿也不慌张。如果此刻心里一慌，手脚就

会不听使唤了。只要心里不慌乱，就怎么也不会跌倒，直至平安地到达目的地。"

那个问话的人深有感触地说："我想，你说的这些道理不仅适用于驾驭木筏，其实许多事情也都要这样才行啊！"

> **大智慧**
>
> 不管做什么事，遇到什么样的情况，都要无所畏惧，勇往直前，这样才能克服困难，取得最终的胜利。

9. 螳螂之勇，可叹可赞

有一次，齐庄公带着几十名随从进山打猎。一路上，齐庄公兴致勃勃，与随从们谈笑风生，驾车驭马，好不轻松愉快。忽然，前面不远的车道上，有一个绿色的小东西，近前一看，原来是一只绿色的小昆虫。小昆虫正奋力高举起它的两只前臂，怒气冲冲地挺直了身子直逼马车轮子，一副要与车轮搏斗的架势。

小小一只虫子，竟然敢与庞大的车轮较量，情景十分感人。这有趣的场面引起了齐庄公的注意，他问左右："这是什么虫子？"

左右回答："大王，这是一只螳螂。"

齐庄公又问："这小虫子为何这般模样？"

左右回答："大王，它要和我们的车子搏斗，它不想让我们过去。"

"噫！真有趣。为什么会这样呢？"齐庄公饶有兴趣地问左右。

左右回答："大王，螳螂这小虫子，只知前进，不知后退，体小心大，自不量力，又轻敌。"

齐庄公听了左右这番话，反而被这小小的螳螂所打动，他感慨地说道："小小虫儿，志气不小，它要是人的话，一定会成为最受天下尊敬的勇士啊！"说完，他吩咐车夫勒马回车，绕道而行，不要伤害螳螂。

后来，齐国的将士们听说了这件事，都非常感动。从此，他们打起仗来更加奋不顾身，都愿以死来效忠齐庄公。

> **大智慧**
>
> 人们常说"螳臂挡车，不自量力"。然而我们从另一面来看，螳臂挡车之勇，也实在可赞可叹，这种置生死于不顾、敢于抗争的勇气，难道对我们没有启发吗？

10. 迎难而上才是真正的英雄

　　楚国有个名叫次非的人，在一次旅游时来到吴国干遂这个地方，得到了一柄非常锋利的宝剑，便高高兴兴地回楚国去。

　　次非在返回楚国的途中要过一条大江，便乘船渡江。当渡江的小木船行到了江中心时，忽然从水底游上来两条大蛟，异常凶猛地向这条小木船袭击而来，很快地从两边缠住渡船不放，情况非常危急，所有乘船过江的人都吓呆了。

　　这时，次非问摆渡的船夫："您在江上摇橹摆渡多年了，您曾经见到或听到过有两条大蛟缠住船不放而船上的人还能有活下去的可能吗？"

　　船夫回答说："我驾船渡江几十年，也不知送过多少人过江，不说没见到，还从来没有听说过有这样的事情而船上的人是没有危险的。"

　　次非想："如果不除掉这两条恶蛟的话，全船的人就会有生命危险。"于是他立即脱去外衣，捋起衣袖，抽出从吴国干遂得到的宝剑，对船上的人说："这两条大蛟如此凶恶，也只不过是这江中一堆快要腐烂了的骨和肉，还怕它干什么？为了保全船上所有人的生命，我即使丢掉了这柄刚刚得到的上好宝剑，哪怕是我个人的生命，也没有什么可惜的。"

　　次非话一说完，就毫不犹豫地手持宝剑跳到江中向缠住渡船不放的大蛟砍去，经过一场紧张激烈的人与恶蛟的争斗，次非挥剑斩了那两条大蛟，从容不迫地回到船上来。就这样，次非保住了渡江的小木船，挽救了全船人的生命。

大智慧

　　在危急存亡的关头，为着大众利益要挺身而出，迎难而上，不畏首畏尾、苟且偷安的人，才是人们心目中真正的大英雄，应该受到人们的敬仰。

第二十二章

脚踏实地，量力而行

为人做事不要想得太多、期望太高……否则，很容易犯下愚蠢的错误！一切要从实际出发，量力而行，脚踏实地。天上不会掉馅饼！一分汗水，一分收获！

1. 神树不神

　　从前，有一个人出门，带了一些李子路上吃。他一路走一路津津有味地嚼着李子，不一会儿就吃完了，只剩下几个李子核。该把李子核扔到哪里去呢？这人一抬头，见旁边几步路远的地方有一棵桑树，不知道什么原因，树干上有一个大洞，里面已经空了。于是他就把李子核顺手扔进了树洞里。他想了想，又弄来些泥土填进树洞将李子核种上。他这样做倒也并不是为了种出李子来，只是一时好玩罢了，种完就走了，也没有当成一回事。日子一长，他也慢慢地把这回事给忘了。

　　再说那被种下的李子核，下雨时便得到雨水的滋润，在树上栖息的鸟儿拉的粪便成了天然的肥料，时间长了，竟真的发出芽来，长成了一棵李子树。有人见到桑树里长出了李子树，觉得很神奇，就把这件怪事告诉了周围的人。

　　有个害眼病的人听说了，认为这棵李子树可能是一棵神树，就拄着拐杖探索着来到李子树下，向它许愿说："李子树啊，您如果能保佑我的眼疾消除，我就献给您一头小猪。"他一说完，就觉得眼睛疼得没那么厉害了。又过了些天，他的眼睛竟慢慢好了。他高兴极了，逢人就说："桑树里长出的那棵李子树治好了我的眼睛，果真是一棵神树啊！"然后他准备了小猪，叫人敲锣打鼓地抬到李子树下去还愿，附近的人都来看热闹，大家都知道了这棵李子树是"神树"。

就这样，"神树"的事一传十，十传百，很快远近的人就都知道了，而且越传越神："那棵李子树能让瞎子重见光明呢！""那棵李子树可以医好百病呢……"人们都带着祭品慕名而来，来祭拜这棵"神树"，希望它保佑自己。

过了一年多，当年那个种李子树的人又经过这里，听说了"神树"的事，又见到大家争相祭拜它的盛况，就到树边去看个究竟。这一看不要紧，他不禁哑然失笑："这棵树是我一年前种下的呀，有什么神奇的呢？"

> **大智慧**
>
> 我们在生活中，遇到一些非同一般的现象，千万不要盲从轻信，要以冷静的头脑仔细地分析推测，做出实事求是的科学解释。

2. 湿木岂能造屋

宋国大夫高阳应为了兴建一幢房屋，派人在自己的封邑内砍伐了一批木材。这批木材刚一运到宅基地，他就找来工匠，催促其即日动工建房。

工匠一看，地上横七竖八堆放的木料还是些连枝杈也没有收拾干净的、带皮的树干。树皮脱落的地方，露出光泽、湿润的白皙木芯；树干的断口处，还散发着一阵阵树脂的清香。用这种木料怎么能马上盖房呢？

所以，工匠对高阳应说："我们目前还不能开工。这些刚砍下来的木料含水太多、质地柔韧、抹泥承重以后容易变弯。初看起来，用这种木料盖的房子与用干木料盖的房子相比，差别不大，但是时间一长，还是用湿木料盖的房子容易倒塌。"

高阳应听了工匠的话，冷冷一笑。他自作聪明地说："依你所见，不就是存在一个湿木料承重以后容易弯曲的问题吗？然而，你并没有想到湿木料干了会变硬，稀泥巴干了会变轻的道理。等房屋盖好以后，过不了多久，木料和泥土都会变干。那时的房屋是用变硬的木料支撑着变轻的泥土，怎么会倒塌呢？"

工匠只是在实践中懂得用湿木料盖的房屋寿命不长，可是真要说出个详细的道理，他们也感到有点儿为难。因此，工匠只好遵照高阳应的吩咐去办。虽然在湿木料上拉锯用斧、下凿推刨很不方便，工匠还是克服种种困难，按尺寸、规格搭好了房屋的骨架。抹上泥以后，一幢新屋就落成了。

高阳应很快就住上了新房，在开始的那段日子，他深感骄傲。他认为这是自己用心智折服工匠的结果。可是时间一长，高阳应的这幢新屋越来越往一边倾斜。他的乐观情绪也随之被忧心忡忡取而代之。高阳应一家怕出事故，从这幢房屋搬了出去。没过多久，这幢房子还是倒塌了。

大智慧

高阳应的房子没住多久就倒塌的事实说明，我们做任何事情，都必须尊重实践经验和客观规律。

---

3. 马肝果然有毒

从前，有个叫迂公的人，遇事不爱动脑子，总是做些傻事。

有一次，迂公去一个朋友家吃饭。席间，大家都说些逸闻趣事来解闷。有一个客人说："马的肝脏有毒，能毒死人。所以，汉武帝曾经说过：'文成将军吃马肝而死。'"迂公听了便笑起来，反驳这位客人："您恐怕在说谎吧，马肝长在马的肚子里，要是有毒的话，马为什么不死呢？"这个客人知道迂公一向有点儿糊涂，有心跟他开个玩笑，就说："那您见过有一匹马活过一百岁吗？这就是因为它们肝脏有毒的缘故啊！"迂公恍然大悟，一拍脑袋："对呀，我怎么就没想到这一点呢？"突然，迂公想起家里也有一匹马，是他从小养大的，感情远超过一般的坐骑。它也长有马肝，不是也要早死吗？想到这里，迂公眼前不由得出现了将来某天爱马倒毙的情景，心想："不行，我必须马上回去救它！"迂公酒也不喝了，菜也不吃了，便急匆匆往家赶去。

一回到家里，迂公顾不得休息，赶紧去马厩把心爱的马牵了出来，拴在院里的树上。他又去厨房取了一把刀，坐在马旁边磨了起来。马看见主人用力磨刀，仿佛知道他想干什么，就用悲伤的眼光看着主人，发出一声声哀鸣。迁公不忍看马，背过脸去说："你别怪我，我这都是为了你好啊！虽说有些疼，但挖掉了有毒的肝脏，你就可以活得长久些了。"迁公把刀磨得锋利无比，抓住马缰，咬了咬牙，一刀刺了下去，把马肝挖了出来。马长嘶一声，倒在地上死了。迁公扔掉刀，大哭不止，边哭边说："马肝果然是有毒啊，挖掉了它，马都活不成，更何况是留在肚子里面呢！"

大智慧

迁公不懂得动物的器官是不能随便摘除的，所以害死了爱马，但他还不醒悟。如果我们遇事不去认真弄懂原委，胡乱听信他人的话，就会像迁公一样犯下大错。

4. 宋王出逃

西周时期的宋国是地处中原腹地的一个小国。自周武王灭商，由周公赐地封侯以来，这个由殷商后裔掌管的小国统治者一直过着苟且偷安、无所作为的生活。

春秋末年，强大的齐国起兵攻打宋国时，宋王还没有警觉。他虽然派了人去了解齐兵进犯的情况，但是对打听消息的人提供的情况并不相信。他派的探马回来说："齐兵已经迫近，都城里的人都很恐惧。"宋王身边的大臣却说："他这种说法分明是在动摇人心，是一种'肉自生虫'的表现，自己先从内部腐烂了。以宋国的强大和齐国的弱小而论，哪里就会危险到这种地步呢？"宋王听了这样的解释，立即以欺君之罪杀了那个探马。紧接着，宋王又派了一个人再去了解齐兵的动向。使者回来以后说的情况和前一次没有两样。宋王愤怒之下又杀了这个使者。在很短的时间内，宋王竟一连下令杀了三个使者。

随后，宋王又派了一个人出去侦察。这个人出了城没走多远就发现了齐兵。他在回城的路上碰到了自己的哥哥。哥哥问道："齐国马上就要兵临城下，宋国的都城危在旦夕，你现在打算到哪里去？"弟弟回答说："我受宋王之遣出来侦察敌情，没想到敌人已经这么近了。我正想回城报告敌兵迫近、国人恐慌的情况，但是又怕落得如同前几个使者那样的下场。讲真话会死，不讲真话被人发现恐怕也会死，所以此刻我不知如何是好！"哥哥对他说："你千万不能再报告实情了。只要不是立即就死，即使齐兵攻破了城池，你也还有一线逃生的希望。然而你若报告了实情，肯定会比别人先死。"弟弟按照哥哥的意图去做了。他回报宋王说："我出北门骑着马跑了好大一阵工夫，连个齐兵的影子也没见到。刚才进城后我看到各家各户都很安定。"宋王听了这话非常高兴。那些粉饰太平的大臣借机表功地说："先前的那几个探子真死得应该。"宋王欢喜之下赏了这个使者很多金钱。

此后不久，城门外齐兵旌旗如林，杀声震天。宋王看到大势已去，悔之莫及。他在仓皇之中带了几个护身的将领，匆忙跳上马车逃跑了。

因为形势紧迫，没有人去追究这个撒谎的使者。他趁都城一片混乱，逃离了宋国。

大智慧

我们只有深入实际搜集第一手资料，以事实为根据对问题下结论，才能把事情做好。切不可像故事中的宋王及其宠臣，仅凭自己的主观意愿去判断别人言行的真伪，那样绝对不会有好下场。

5. 假秀才找打

有一户有钱的人家生了个儿子，他从小没读过什么书，骨子里粗俗不堪，却偏偏爱装成文人雅士。

一次，这人要到衙门去递状子，以便追回人家欠他的债务。他心想，如果县官看自己是个知书达理的人，肯定会站在自己这一边，打赢官司就会容易多了。

于是，他对县官谎称自己是个秀才。

县官见他跪在地上，仔仔细细地打量了好久，心中疑云顿生。县官想：这个人獐头鼠目，形象猥琐，言语也粗俗得很，哪里像个秀才呢？接着又转念一想：人家都说"人不可貌相，海水不可斗量"，我也不能妄下判断。对了，我来考一考他吧，看他是否货真价实。

县官打定了主意，便开口问他说："既然你是秀才，那你且先说说'桓公杀子纠'这一章应该怎么讲？"这个人哪里知道县官是在考他《论语》里的句子呢，一听这话，大惊失色，浑身吓得直抖，心想：完了，出了人命案子了，老爷怎么偏偏问我呢？难道是怀疑我跟这桩命案有什么牵连吗？于是，他磕头如捣蒜，连声大叫道："青天大老爷，我冤枉啊，小人确实不知道其中的实情啊，老爷明察！"县官听了，又好气又好笑，低声自语道："果然是个冒牌货，竟敢骗到我的头上来！"接着，县官就命令手下的衙役把这人按倒在地，重打了二十大板，直打得他皮开肉绽，哭爹叫娘。

这人一瘸一拐地出了衙门，对他的仆人说："这位县官太不讲理了，硬说我阿公打死了翁小九，把我打了二十大板。"仆人问明是怎么回事后，就对他说："这是书上的话呀，你姑且答应他，说你略知一二不就应付过去了吗？"这人一听，赶紧拼命摇头说："哎呀呀，你可别再害我了，我连叫不知情都还被他打了二十大板，如果说知道，那岂不是要抓我去偿命吗？"

> **大智慧**
>
> 有多大能耐就做多大事，没有必要打肿脸充胖子。如果像故事中的人一样假充内行，到处招摇撞骗，一遇到动真格的场合，没有不露馅出丑的。

6. 空中楼阁

从前，有个有钱人，他生来愚蠢，又不愿意读书学习，却自以为是，十分骄傲，经常干出一些让人哭笑不得的事来。

有一次，他到另一个有钱人家里去做客，见到人家的府第是一座三层楼的楼房，高大威风，宽敞壮丽，看上去很是阔气不说，站在三层楼上，还能看见远方美丽的景致，真是妙极了。他心下不禁十分羡慕，想道：要是我也有一幢这样的三层楼房，那该多好啊！我也可以站在我的三层楼上，喝茶观景，要多惬意就有多惬意！

要盖楼房，钱自然是不愁的。他回到家里，马上叫人请来泥瓦匠，吩咐道："给我建一座三层楼房，越快越好！"

于是，泥瓦匠立刻开始动工，打地基、和泥、垒砖头，开始修建楼房的第一层。

有钱人天天跑到工地上去看，头几天地基打好了。又过了几天，垒了几层砖。再过几天，砖垒高了一点儿。有钱人想楼房都快想疯了，如今过了这么些天，他的楼房还没影儿，实在等得不耐烦了，就跑去问泥瓦匠："你们这是建造的什么房子啊，怎么一点儿也不像我要的楼房呢？"

泥瓦匠答道："不是照您的吩咐在建楼房吗？这就是第一层了。"

有钱人又问："这么说，你们还要修第二层啰？"

泥瓦匠奇怪地回答："当然了，有什么问题吗？"

有钱人暴跳如雷，勃然变色道："蠢东西，我看中的是第三层，叫你们修的也是第三层，第一层、第二层我都有，还修它做什么？！"

大智慧

故事中的有钱人真是可笑之极，楼房没有第一层、第二层，哪里来第三层呢？做事情要踏踏实实，打好基础，否则我们的理想就好像这个有钱人的空中楼阁一样，永远不可能变成现实。

7. 愚蠢的小老鼠

小老鼠看到燕子在天空自由自在地飞翔，很是羡慕。有一次，他碰到一只刚会飞的小燕子，就问道："燕老弟，天空中食物一定很多吧？""多。"燕子说。"那你是怎么会飞翔的呢？""只要天天练，不怕跌，总会飞的。"小燕子说完后就像一支黑色的箭一样投向了蔚蓝的天空。

小老鼠从此胸怀飞天志，刻苦练飞行。开始，他在地上跳跃，可是只能跳半尺高。后来，他突然间醒悟了：站在高墙上跳跃。第一次，跌伤了一条腿。第二次，又跌伤了一条腿，趴在地上不能动弹了。

这天，小燕子飞过这里，问："你怎么趴在这里一动不动呢？"小老鼠睁眼一看是小燕子，气愤地骂道："骗子，你教得好法儿！"小燕子又好气又好笑，说："你没有翅膀怎么会飞呢？你不是会打洞吗？还是发挥你的特长吧！"

大智慧

兴趣、爱好、天赋各有差异，不从实际出发，一味模仿别人，到头来只能是一事无成。所以，应放平心态，做自己喜欢的事，并通过它来发展自己，创造价值，这才是人生的真谛。

8. 动点真格的才行

鲁哀公经常向别人说自己是多么渴望人才，多么喜欢有知识、有才干的人。有个叫子张的人听说鲁哀公这么欢迎贤才，便从很远的地方风尘仆仆地来到鲁国，请求拜见鲁哀公。

子张在鲁国一直住了七天，也没见到鲁哀公的影子。原来鲁哀公说自己喜欢有知识的人只是赶时髦，学着别的国君说说而已，对前来求见的子张根本没当一回事，早已忘到脑后去了。子张很是失望，也十分生气。他给鲁哀公的车夫讲了一个故事，并让车夫把这个故事转述给鲁哀公。然后，子张悄然离去了。

终于有一天，鲁哀公记起子张求见的事，准备叫自己的车夫去把子张请来。车夫对鲁哀公说："他早已走了。"

鲁哀公十分疑惑，他问车夫道："他不是投奔我而来的吗？为什么又走了呢？"

于是，车夫向鲁哀公转述了子张留下的故事。故事是这样的：

有个叫叶子高的人，总向人吹嘘自己是如何如何喜欢龙。他在衣带钩上画着龙，在酒具上刻着龙，他的房屋卧室凡是雕刻花纹的地方也全都雕刻着龙。天上的真龙知道叶子高是如此喜欢龙，很是感动。一天，真龙降落到叶子高的家里，它把头伸进窗户里探望，把尾巴拖在厅堂上。叶子高见了，吓得脸都变了色，惊恐万状，回头就跑。真龙感到莫名其妙，十分失望。其实那叶公并非真的喜欢龙，只不过是形式上、口头上喜欢罢了。

大智慧

现实生活中，像叶子高这样的人也有不少，他们往往口头上标榜的是一套，而一旦要动真格的，他们却临阵脱逃了，这跟叶公好龙又有什么两样呢？

9. 快快长大

从前，有一位国王，他的王后生了一个小女儿。国王非常喜爱这个小女儿，常抱着她，亲她的小脸蛋逗她玩。

国王天天看着襁褓里的小女儿，欣赏她小巧的鼻子、红嘟嘟的嘴巴。他想：女儿长大以后一定会是个举世无双的美人儿，这多让做父亲的自豪啊！可是，小女儿长得实在太慢了，要等到什么时候才能看到女儿长大的模样呢？

国王不想这样一天天地等着女儿长大，就把太医叫来，命令他说："快给小公主开些药吃，让她立刻就长大。你身为全国最好的医生，如果办不到的话，就说明你根本名不副实，我就要杀你的头！"

太医是个聪明的人，他思考了一会儿，不慌不忙地开口说道："陛下，您尽管放心好了，我知道有一种药吃了以后可以立刻长大。但是，这种药生长在人迹罕至的地方，十年才开一次花，要弄到它谈何容易？请您给我一些时间，我保证带药回来见您。不过，在我去找药的期间，您不能见小公主，不然药就不灵了。"

国王同意了。于是太医就出发了，不过他并没有去找药，而是找了个地方隐居了起来。

一直过了十二年，太医才回到京城，他禀报国王说："我终于找到药了。"国王大喜，让他赶快把药给小公主服下。太医很快带着公主过来了，国王一看，公主真的长大了，高兴极了，夸奖道："太医的医术果然是举世无双啊！"还叫左右赏赐给太医许多珍宝。

> **大智慧**
>
> 世上哪有能够使人立刻长大的灵丹妙药呢？小公主是随着时光的流逝自然地长大的啊！自然规律是不可违背的客观存在，如果硬要去改造它，不但不可能成功，还有可能成为别人茶余饭后的笑料。

10. 养鱼人智擒鱼鹰

有一个人的家里有一片鱼塘，他每年都要靠这片鱼塘赚些钱，来养活自己和家人。可是鱼塘附近有好多鱼鹰，常常一群群地来抓鱼吃，赶也不好赶，抓又抓不住，养鱼人为此很是发愁。

有一天，鱼鹰又来吃鱼，养鱼人跑过去冲它们挥挥手，鱼鹰便受惊跑了。养鱼人忽然灵机一动，想出一个好办法。他扎了一个稻草人，给它穿上衣服，站在池塘边，就像一个养鱼人的样子。起初，鱼鹰以为是真人，因此很害怕，只敢在稻草人的上空盘旋，一点儿都不敢接近它。

这样过了几天，鱼鹰果然没再来吃鱼。渐渐地，鱼鹰见鱼塘里的人总是一动不动，就起了疑心，不断地大着胆子飞下来看。这样一来，它们很快就发现这是个假人了，就又飞下来啄鱼吃。鱼鹰吃了一条条的鱼，吃饱了，就站在稻草人的身上，边晒太阳边休息，很是悠闲，还不停地发出"假假、假假"的叫声，好像是在嘲笑养鱼人说："假的，假的，这个人是假的啊！"

养鱼人生气极了，他恨恨地盯着得意扬扬的鱼鹰，良久，他忽然心生一计。

趁着鱼鹰不在的时候，养鱼人悄悄地把稻草人从鱼塘里拔出来拿走了，自己披上蓑衣，戴上斗笠，手里拿根竹竿，像稻草人一样伸开双臂站在鱼塘里面。

过了一会儿，鱼鹰又来了，它们以为鱼塘里还是原先的假人，就又放心大胆地下来吃鱼。鱼鹰吃得饱饱的，便飞到养鱼人的斗笠上休息，"假假、假假"地叫唤着。养鱼人趁它不注意，一伸手就抓住了鱼鹰的爪子。鱼鹰使劲地鼓动着翅膀，可是怎么也挣不脱。养鱼人笑呵呵地说："原先是假的，可是这一回是真的啊！"

大智慧

事物总是不断发展变化的，如果一成不变地凭经验办事，不注意发现客观实际出现的新情况，就免不了吃大亏。

314

11. 逼鸭捕兔，强人所难

从前，有一个好吃懒做的人，一天到晚除了吃饭就是睡觉，什么事也不愿干，而且总是异想天开，一会儿想着要吃这个，一会儿又想着要吃那个，又不想费力气。

一天，他躺在床上忽然想到：要能吃上野兔子做的佳肴该多好呀！他曾听人说鹘鸟可以捕捉野兔，于是他勤快了一次，起床出门到市场上去买鹘鸟。他在街上转来转去，不知道鹘鸟是什么模样，七挑八选竟把一只鸭子买回了家。

第二天，他把鸭子带到野地里，等着野兔跑来。等呀等，果然有野兔子跑过来了。他立即将鸭子抛掷出去，让鸭子去抓野兔。可是，这只鸭子飞不起来，一抛出去它就扑打着翅膀落在了地上。他急了，又抓起鸭子再抛掷出去，鸭子又重重地落到了地上。他很生气，接连三四次把鸭子抛掷出去，鸭子始终都飞不起来。

这时，只见鸭子摔倒了又从地上站立起来，哀哀地对他说："我只是个鸭子呀！你杀了我，吃我的肉，这是我应尽的本分。可是你要我去抓兔子，我哪能做到呢？你为什么偏偏要把抛掷的苦处强加到我的头上呢？"

他皱着眉头说："你怎么会是只鸭子呢？我当你是只飞得快、善于捕捉野兔的鹘鸟呢。"

鸭子没办法，为了让这个人相信自己的确是只鸭子，它伸出自己的脚蹼给他看，说："你看我这连在一起的脚丫子，看我这笨手笨脚的样子，是会捕捉野兔的鹘鸟吗？"

这个人无可奈何地看看鸭子，再看看四周，那只野兔子早已不知道跑到哪里去了。这个人只好沮丧地回家去了。

> ━━━━━━━━ **大智慧** ━━━━━━━━
>
> 不顾客观实际，单凭自己的主观想象，强人所难，终究是收不到应有的效果的。

12. 看准情况再依靠

狡猾的黄鼠狼溜进农夫的院子里偷鸡吃，一不小心碰到了搁置在一旁的水罐，惊醒了主人一家。黄鼠狼惊慌失措，赶紧越过篱笆，逃窜而出。主人发现了它的影踪，拿着一把铁锹出来追赶。

眼看着就要被农夫的铁锹铲住尾巴，黄鼠狼慌不择路冲下了山崖，在坠落的半途中，它拼命抓住了一根斜倚在松树旁边的荆棘。可是它的双爪却被刺得血肉模糊，它条件反射般地松开了爪，坠落下去，它不甘心地冲荆棘喊道："我相信你，依靠你，向你求助，没有想到你这么冷酷！比农夫还坏！"

荆棘回答说："不是我坏，而是你傻，难道你不知道我总是习惯依附别人吗？可是你却想依靠我，实在是愚蠢至极。"

大智慧

如果把自己的性命寄托在不能依靠的对象身上，结果往往被落井下石。不经调查，不要轻易地相信任何事物。

13. 一个鸡蛋的家当

他是个穷得不能再穷的流浪汉，经常吃了上顿没下顿，因为没有房子，只能睡在小草棚里。冬天，是他最难熬的季节。

一天，他拾到了一个鸡蛋，于是欣喜若狂的他对着这个鸡蛋做起梦来：如果我把这只鸡蛋孵成一只鸡，鸡长大以后便会生蛋，生了蛋以后呢，我就把一部分拿去卖钱，另一部分再孵成小鸡，那些小鸡长大以后又会生蛋，我就可以再去卖钱和孵鸡……

流浪汉越想越兴奋，干脆把鸡蛋捧回家，然后躺在草窝里做起发财梦来，他美美地想了三天三夜：未来的某一天，自己成了一个养鸡大王，钱多得数也数不清，穿的是绫罗绸缎，住的是豪华宫殿，开的是世界名车，吃的是山珍海味，身旁还有年轻貌美的老婆陪伴着……流浪汉简直是太高兴了，他大笑着坐起来，使劲拍着巴掌大叫道："好！好！"而那个鸡蛋，一下子被他拍碎了，蛋清蛋黄流了他一手——就像是流产的美梦一般。

他看看自己，还是那身破衣烂衫；看看四周，还是那个四处透风的小草棚。一切都没有变！

大智慧

行动是架在现实与梦想之间的桥梁，如果只做梦不做事，即便成为心动大师，也只会收获美梦醒来后的悲哀。

第二十三章

有竞争才有压力，有压力才有动力

物竞天择，适者生存。事无大小，人无高低，均在竞争中生存。生活是一个宏伟的竞技场，大家尽可以在那里进行争取胜利的较量，但必须老老实实地遵守比赛规则。

1. 猫和狐狸的本领

一只猫在森林里遇到一只狐狸，心想："他又聪明，经验又丰富，挺受人尊重的。"于是，猫很友好地和狐狸打招呼："尊敬的狐狸先生，您好吗？这些日子挺艰难的，您过得怎么样？"

狐狸傲慢地将猫从头到脚打量了一番，半天拿不定主意是不是该和他说话。

最后，狐狸说："哦，你这个倒霉的长着胡子、满身花纹的傻瓜，饥肠辘辘地追赶老鼠的家伙，你会啥？有什么资格问我过得怎么样？你都学了点儿什么本事？"

"我只有一种本领。"猫谦虚地说。

"什么本领？"狐狸问。

"有人追我的时候，我会爬到树上去藏起来保护自己。"猫回答。

"就这本事？"狐狸不屑地说，"我掌握了上百种本领，而且还有满口袋计谋。我真觉得你可怜，跟着我吧，我教你怎么从追捕中逃生。"

就在这时，猎人带着四条猎狗走近了。猫敏捷地蹿到一棵树上，在树顶上蹲伏下来，茂密的树叶把他遮挡得严严实实的。

"快打开你的计谋口袋，狐狸先生，快打开呀！"猫冲着狐狸喊道。可是猎狗已经将狐狸扑倒咬住了。"哎呀，狐狸先生，"猫喊道，"你的千百种本领就这么给扔掉了！假如你能像我一样爬树就不至于丢了性命了！"

大智慧

　　面对强敌，纵有万千计谋，都不如一种简单有效的本领。所以面对竞争对手，拥有一条能够躲避伤害、使自己免受损失的法宝是非常重要的。

2. 狮子和羊的故事

　　在一场比赛中，一群狮子轻松地打败了一群羊，羊群都很不服气，认为是领导的问题，于是它们各自交换了队伍：开始由一只狮子带领一群羊和一只羊带领一群狮子进行比赛，它们回去准备后，会发生什么样的事情呢？

　　第一次角逐：

　　羊带领的狮群这一队开始准备与狮子带领的羊群战斗。

　　当羊走到狮群的前面时，狮子们都笑了：它们认为这不可能，这是外行领导内行，不懂技术的羊怎么能带好这支队伍呢？所有的狮子都不服气，自然羊也没有办法发号施令。

　　而狮子带领羊群的这一队，情况就完全不同了。羊们都很尊敬狮子，也都听从狮子的安排，训练进行得很好。

　　新的比赛开始了，军心涣散和没有经过良好训练的狮群被狮子带领的训练有素的羊群打败了。

　　第二次角逐：

　　羊带领的狮群的这一队又一次开始准备与狮子带领的羊群战斗。

　　羊带领的狮群总结了上次失败的教训，认为这是《孙子兵法》中提到的"上下同欲"的问题：只有上下一致，才有可能取得胜利。这一点得到了狮群的共识，它们也虚心接受了羊的批评，并表示会听从羊的领导，认为下一次一定会打败对手。于是，羊带领狮群开始了战前准备讨论会，大家讨论克敌制胜的办法。狮子们经验丰富，说出了很多行之有效的好办法，羊虽然认为很多意见都很好，但想在众多狮子的建议声中找到最合适的却是件难事，事实上它已经很难做出正确的判断了，最后的决定几乎是采用抓阄决定的。虽然在这次讨论会开始时大家都有很高的热情，但是在结束后却让众多的狮子很失望：一部分原因是自己的建议没有被采纳，另一部分原因是认为这个集体太不团结了，这样下去的话根本没有前途。

　　狮子带领的羊群这一队，情况就完全不同了。羊们都尊重狮子的领导能力和战斗经验，尽管也有提出的建议不被采纳的情况，但心里也没有不平衡，毕竟自己没有经验嘛。战前的准备和训练进行得很好。

新的比赛又开始了，狮群出现了分裂，几股狮群采取了不同的策略，由于没有互相支援，被团结的羊群再一次打败了。比赛失败后，狮群还在互相指责。

第三次角逐：

羊带领的狮群又一次开始准备与狮子带领的羊群战斗。

羊带领的狮群继续总结失败的教训，认为队伍中仍存在声音太多的问题：我们需要的是坚定的执行者，而不是众多的评论家，其实如果只按一种方针也许早就打败了羊群了。狮子们也做了检讨，并表示这一次一定会按羊的意思行事，不再犯上次同样的毛病。羊重新确立了领导地位之后，开始按自己的方式对狮群进行训练，狮子们没有任何反对意见。

而狮子带领羊群的这一队，情况也一样。狮子按照自己的方法训练羊群，把羊们打扮得都像一头头狮子，训练的方法和标准也都和狮子一样，羊们都感觉自己就是狮子。

新的比赛开始了，羊群冲了出去，就像一群凶猛的雄狮，而狮群则像一群羊一样去用头上的角还击，可是它们的头上根本就没有角，于是，它们再一次被打败了。

其实后面的故事还有很多，但现有的这些已经足够我们反思一下了……

大智慧

对于团队之间竞争来说，领导者的作用不可估量。如果领导者具备足够的威信和能力，把大家团结起来，那么整个团队的力量就是强大无比的；如果在位者没有领导能力，导致军心涣散，大家互不团结，各自为政，对团队失去信心，那么，大家就是一盘散沙，不堪一击。

3. 思维比手艺更重要

有一个木匠，能造一手好门，他费了好多时日给自家造了一个门。他想，这扇门用料实在，做工精良，一定会经久耐用的。

后来，门上的钉子锈了，掉下一块板，木匠找出一颗钉子补上，门又完好如初了；后来又掉下一颗钉子，木匠就又换上一颗钉子；后来又一块板朽了，木匠就找出一块板换上；后来门闩损了，木匠就换了一个门闩；再后来门轴坏了，木匠就换了一个门轴……

若干年后，这个门虽经无数次破损，但经过木匠的精心修理，仍坚固耐用。木匠对此甚是自豪，多亏有了这门手艺，不然门坏了还不知如何是好。

有一天，邻居对他说："你是木匠，你看看你们家的门……"

木匠仔细一看，才发觉邻居家的门样式新颖、质地优良，而自己家的门却又老又破，长满了补丁。

木匠十分纳闷，但又禁不住笑了："是自己的这门手艺阻碍了自己家门的发展。"

于是，木匠一阵叹息："学一门手艺很重要，但换一种思维更重要，行业上的造诣是一笔财富，但也是一扇门，能关住自己。"

大智慧

事物总是不断发展变化的，如果一成不变地凭老经验、老手段办事，不注意发现新情况，就免不了会被时代淘汰。有时，优势也可以转化为劣势，一个只知道沿袭过去或安于现状的人，最后必然会失去未来。

4. 三群蜜蜂的不同

农田的旁边有三丛灌木，每丛灌木中都居住着一群蜜蜂。农夫觉得这些矮矮的灌木没有多大用处，心想，还不如砍了当柴烧。

当农夫动手砍第一丛灌木的时候，住在里面的蜜蜂苦苦地哀求他："善良的主人，您就是把灌木砍掉了也没有多少柴火啊！看在我们每天为您的农田传播花粉的情分上，求求您放过我们的家吧！"

农夫看了看这些

无用的灌木，摇了摇头："没有你们，别的蜜蜂也会传播花粉。"很快，农夫就毁掉了第一群蜜蜂的小家。

没过几天，农夫又来砍第二丛灌木。这时候冲出来一大群蜜蜂，对农夫嗡嗡大叫："残暴的地主，你要敢毁坏我们的家园，我们绝对不会善罢甘休！"

农夫的脸上被蜇了好几下，他一怒之下，一把火把整个灌木丛烧得干干净净。

当农夫把目标定在第三丛灌木的时候，蜂窝里的蜂王飞了出来，对农夫柔声说道："睿智的投资者啊，请您看看这丛灌木给您带来的好处吧！您看这丛黄杨木的木质细腻，成材以后准能卖个好价钱。您再看看我们的蜂窝，每年我们都能生产出很多蜂蜜，还有最有营养价值的蜂王浆，这可都能给您带来很多经济效益呢！"

听了蜂王的介绍，农夫忍不住吞了一口口水。他心甘情愿地放下斧头，与蜂王合作，做起了经营蜂蜜的生意。

大智慧

面对强大的对手，三群蜜蜂做出了三种选择：恳求、对抗、与对手共赢，而只有第三群蜜蜂达到了最终的目的。与对手共赢，就是以较小的代价换取更大的利益，这种策略类似于棋局中的弃卒保车，不失为一着高棋。

---

5. 竞争"后遗症"

一百年前，鼠岛居民都是农民，所有的东西都是自产自销。老老土拨鼠和老老黄鼬互相认识了。从此，一家有事另一家全力帮忙，有时甚至表亲、远亲也都热情上阵。

五十年前，从鹰国来了一只秃尾巴鹰，鼠岛开始有了工业。老土拨鼠与老黄鼬合伙办了一个工厂。从此，两人互相称兄道弟，亲如同胞。

三十年前，鼠岛工业发达起来了。土拨鼠与黄鼬把工厂一分为二。两人成了竞争对手，只是见面还很客气。

十年前，鼠岛进入高度发达阶段。小土拨鼠和小黄鼬各自成为某个大集团的领军人物。两人除了谈判，基本不见面，而且背地里开始互相拆台，以整垮对方的企业为乐。

现在，鼠岛进入了信息时代，小小土拨鼠和小小黄鼬各自雇了一帮保镖。两人除了想弄死对方，也是防止被对方干掉。他们不敢再让孩子学习"礼让三谦""孔融让梨"，因为怕他会被严酷竞争的时代淘汰。

大智慧

有竞争才有进步，但竞争的高度白热化对我们来说并不一定是好事。要知道，越高超的竞争技巧，越容易出现这种趋势：人与人的相互毁灭。如何在不失礼节的前提下发展规则的良性竞争，才是我们要做的事。

6. 割草男孩的故事

一个替人割草的男孩打电话给一位陈太太说："您需不需要割草？"

陈太太回答："不需要了，我已有了割草工。"

男孩又说："我会帮您拔掉花丛中的杂草。"

陈太太回答："我的割草工已经做了。"

男孩又说："我会帮您把草与走道的四周割齐。"

陈太太说："我请的那人也已做了，谢谢你，我不需要新的割草工人。"

男孩便挂了电话。

此时，男孩的室友问他："你不是就在陈太太那儿割草打工吗？为什么还要打这电话？"男孩说："我只是想知道我做得有多好！"

大智慧

只有不断地探询客户的评价，你才有可能知道自己的长处与短处。不要萧规曹随，凡事想想清楚事出何因，多问几个"为什么"。

7. "天才"的眼光会拐弯

有个人在街道的旁边开了一个办公用品商店，主要经营各种笔记本及纸张，由于邻近有几所学校及机关单位，所以生意一直不错。

可是雨季来临的时候，店面进了水，许多货泡在水里，他几乎赔进去了所有的钱。他没有灰心，雨停后又借了钱进了一批货，但没几天，大雨又来了，他的货又浸在了水里。

当店里的人手忙脚乱地抢救那些纸时，他一言不发地推开门消失在雨中。几天后，他卖了店面，别人以为他垮了。

可是过了一段时间，他又在同一条街的另一个地方重新开业了，依然是经销纸品。别人都笑他傻，总在一个地方跌倒。

第二年，雨季再次来临，人们突然发现，这条街其他的办公用品商店都遭了水灾，而他的店却安然无恙，并且那段时间销售额一下翻了好几倍，他很快将以前的损失都赚了回来。

原来，那天在大雨中，他走遍了整条街，发现了地势最高的地方，便用高价租下了这处门面。正是这个雨水侵入不了的高地，使他东山再起。

大智慧

成功与失败仅一墙之隔。在庸人的眼中，挫折永远是成功的绊脚石，而天才的慧眼却能从挫折中发掘成功的另一线曙光。

---

8. 狮猫斗大鼠

明朝万历年间，皇宫中出现了一只大老鼠，像猫一样大，危害性很大。宫廷为了除掉这只大老鼠，派人到民间各处寻找最好的猫来制服它。可是，每次将最好的猫捉来放到皇宫里，都会被大老鼠吃掉。皇宫上下，真是一点儿办法也没有。

恰好外国使臣贡献了一只猫，叫"狮猫"。这狮猫一身白毛，一根杂色毛也没有，浑身上下一片白，像一团雪。人们抱着它丢进那间有大老鼠的屋子里，把门窗都关上，躲在外面偷偷地观看。

只见狮猫蹲在地上一动也不动。过了好久，那只恶老鼠探出洞口，先是犹豫不决、要出不出的样子，过了一会儿，才慢慢地从洞里爬了出来。它一发现狮猫，便大怒，恶狠狠地向狮猫扑了过去。狮猫迅速地避开了它，跳到桌子上、茶几上，大老鼠也跟着跳到桌子上和茶几上。狮猫再次

避开它，跳到地上。就这样反反复复、跳上跳下了一百多次。大家在外面看着都以为这只狮猫胆小害怕，是只没有能耐、无所作为的下等猫。

然而，过了没多久，人们看见老鼠敏捷迅速的跳跃渐渐慢了下来，挺着大肚子在那里一起一伏，仿佛是喘息不已，匍匐在地上好像是要稍稍休息片刻似的。这时只见狮猫飞快地从案几上跳下来，迅速地伸出两只利爪，狠狠揪住老鼠头顶上的毛，接着一口咬住了老鼠的脑袋。那只大老鼠拼命挣扎，狮猫狠狠逮住它不放。就这样，狮猫同老鼠扭成一团，狮猫呜呜地叫着，老鼠不停地发出凄厉的啾啾声。过了一会儿，老鼠凄厉的啾啾声没有了。大家急忙打开门一看，原来老鼠的脑袋早已被狮猫嚼碎了。

这时人们才明白，狮猫避开老鼠，并不是胆怯害怕，而是要消耗老鼠的体力，等待老鼠疲惫时再向老鼠扑过去。老鼠奔过来它就避开，老鼠跑开了它又去挑逗。狮猫就是用这种智谋逮住老鼠的。

> **大智慧**
>
> 要取得斗争的胜利，就要注重斗争的策略。而只凭一时的勇气，不讲斗争的策略，是无法战胜强大的敌人的。

9. 羊群离不开狮子

上帝把两群羊放在草原上，一群在南，一群在北。上帝还给羊群找了两种天敌，一种是狮子，一种是狼。

上帝对羊群说："如果你们要狼，就给一只，任它随意咬你们。如果你们要狮子，就给两头，你们可以在两头狮子中任选一头，还可以随时更换。"

南边的那群羊想：狮子比狼凶猛得多，还是要狼吧。于是，它们就要了一只狼。

北边的那群羊想：狮子虽然比狼凶猛得多，但我们有选择权，还是要狮子吧。于是，它们就要了两头狮子。

那只狼进了南边的羊群后，就开始吃羊。狼身体小，食量也小，一只羊够它吃好几天。这样羊群几天才被追杀一次。北边的那群羊挑选了一头狮子，另一头则留在上帝那里。这头狮子进入羊群后，也开始吃羊。狮子不但比狼凶猛，而且食量惊人，每天都要吃一只羊。这样羊群就天天都要被追杀，惊恐万状。羊群赶紧请上帝换一头狮子。不料，上帝保管的那头狮子一直没有吃东西，正饥饿难耐，它扑进羊群，比前面那头狮子咬得更疯狂。羊群一天到晚只是逃命，连草都快吃不成了。

南边的羊群庆幸自己选对了天敌，又嘲笑北边的羊群没有眼光。北边的羊群非常后悔，向上帝大倒苦水，要求更换天敌，改要一只狼。上帝说："天敌一旦确定，就不能更改，必须世代相随，你们唯一的权利是在两头狮子中选择。"

北边的羊群只好把两头狮子不断更换。可两头狮子同样凶残，换哪一头都比南边的羊群悲惨得多，它们索性不换了，让一头狮子吃得膘肥体壮，另一头狮子则饿得精瘦。眼看那头瘦狮子快要饿死了，羊群才请上帝换一头。这头瘦狮子经过长时间的饥饿后，慢慢悟出了一个道理：自己虽然凶猛异常，一百只羊都不是对手，可是自己的命运是操纵在羊群手里的。羊群随时可以把自己送回上帝那里，让自己饱受饥饿的煎熬，甚至有可能饿死。想通这个道理后，瘦狮子就对羊群特别客气，只吃死羊和病羊，凡是健康的羊它都不吃了。羊群喜出望外，有几只小羊提议干脆固定要瘦狮子，不要那头肥狮子了。一只老公羊提醒说："瘦狮子是怕我们送它回上帝那里挨饿，才对我们这么好。万一肥狮子饿死了，我们没有了选择的余地，瘦狮子很快就会恢复凶残的本性。"羊群觉得老羊说得有理，为了不让另一头狮子饿死，它们赶紧把它换了回来。

大智慧

　　流水不腐，户枢不蠹。人天生有种惰性，没有竞争就会故步自封，躺在功劳簿上睡大觉。所以，我们应该感谢竞争对手的存在，感谢他使我们如此优秀。

---

10. 羊与狼

一头羊到了天堂对圣彼得说："我的头上长着一双角，是攻击敌人和保护自己的武器，但我为什么总是被狼吃掉呢？"

圣彼得说："虽然你和狼都是哺乳动物，但是你是以草、乔木树叶为生；狼以食肉为生。在地球的陆地上，只要是有水的地方，野草和乔木遍地都是，你想吃的时候只要张张嘴即可，生存比狼容易得多；而狼的生存是寄托在战胜对手，吃掉对手，否则性命不保。你们太安于现状了，缺乏自我保护意识和能力，虽有羊群，但无群体合力。而从狼身上可以看到它们具有敏锐地发现猎物的嗅觉，向猎物发起攻击的时候，有那种勇往直前的勇气和不屈不挠的精神，它们提高了战胜猎物的能力，并且狼群有协同对敌的精神和能力。这就是羊与狼的差别呀！"

大智慧

在竞争中不要安于现状，缺乏群体合作意愿；而要积极主动，富有竞争力和群体合作精神。

11. 信念的力量

有一对双胞胎兄弟从小就生活在一个很不幸的环境中，这一切都跟他们的父亲有关。那个不负责任的父亲整天一副冷酷无情的样子，兜里有一点儿钱便会拿去买酒喝。后来，他又沾上了毒品，由于毒瘾发作，他没有钱买毒品，狂躁之下扎死了这对兄弟的母亲。为此，他被判了终身监禁。那一年，这对兄弟还不到 5 岁。

可怜的兄弟无计可施，只好流落街头以乞讨为生，年龄稍稍大一点儿后又到工地上给人做帮工。可是谁都想不到，多年之后，曾经极为相似的他们会有如此大的差别：

哥哥同父亲一样，嗜酒如命，毒瘾很深，而且偷窃、敲诈，无恶不作，最后因杀人罪入狱。

弟弟却滴酒不沾，且从未吸毒。他是一家大公司的部门经理，有一个美满幸福的家庭。

当记者分别采访这两位兄弟时，万万没想到他们的开头语一模一样："有这样的老子，我还能有什么办法！"只不过这句话后面的解释不同。

哥哥说："……我的身上天生就带了嗜酒、吸毒、杀人、放火的种子，这些东西是我所无法控制的。"

弟弟则说："……我已经无所指望，我只能靠我自己打拼。否则我也会走向同一条路的。"

大智慧

决定你命运的不是你生活的环境，也不是你的遭遇。同种条件下，你将走出什么样的路，关键在于你持有什么样的信念。

第二十四章
时间就是金钱，效率就是生命

　　人生短暂，要干的事情太多，所以我们要争分夺秒。每人每天得到的都是二十四个小时，可是一天的时间给勤勉的人带来智慧和力量，给懒散的人只留下一片悔恨。学会有效地利用时间，才能更好地做事。

1. 买你一个小时的时间

父亲下班回家已经很晚了，身体疲倦，心情也不太好。这时，他发现五岁的儿子正在门边等他。

"我可以问你一个问题吗？"儿子问。

"什么问题？"父亲有些不耐烦。

"爸爸，你一小时能挣多少钱？"

"这与你无关。为什么要问这样的问题？"父亲生气地说。

"我只是想知道。"儿子望着父亲，恳求道，"请你告诉我，你一小时挣多少钱？"

"假如你一定要知道的话，那我就告诉你吧。我一小时挣二十美元。"父亲有点儿按捺不住了。

"喔。"儿子沮丧地低下头。过了一会儿，他又抬起头，犹犹豫豫地说："爸爸，可以借给我十美元吗？"

父亲终于发怒了："如果问这种问题就是想要向我借钱去买毫无意义的玩具，那你还是回房间去，躺到床上好好想想为什么你会那么自私。我每天长时间辛苦工作，现在需要休息，没时间和你玩小孩子的游戏。"

儿子一声不吭地走回自己的房间，轻轻关上了门。

儿子走后，父亲还在生气。过了一阵儿，他渐渐平静了下来。想到自己刚才有些粗暴，他走进孩子

的房间，轻声问："你睡了吗？"

"爸爸，还没呢。我还醒着。"儿子回答道。

"爸爸今天心情不太好，所以刚才可能对你太凶了，"父亲说，"这是你要的十美元。""爸爸，谢谢你。"儿子欣喜地接过钱，然后又从枕头下拿出一些皱皱的钞票，仔细地数起来。

"你已经有钱了为什么还向我要？"父亲又开始生气了。

"因为只有那些还不够，不过现在足够了。"儿子回答道。然后他将数好的钱全部放在父亲手里，认真地说："爸，我现在有二十美元了，我可以向你买一个小时的时间吗？明天请早一点儿回家，我想和你一起吃晚餐。"

大智慧

时间可以创造无尽的金钱，也可以创造无价的亲情。工作缠身的父母，尽量留一些时间给孩子吧。倾听他们的心声，不要忽略他们的感受。孩子如同栽种的花草一样，是需要时间来灌溉和呵护的。

2. 宝石丢光了

一大早，太阳还没有出来，一个渔夫到了河边，他感觉到有什么东西在他的脚下，后来找出来是一小袋的石头。他捡起袋子，将渔网放在一旁，坐在岸边等待日出，以便开始一天的工作。他懒洋洋地从袋子里拿出一块石头丢进水里。没有其他事可做，他继续把石头一块接一块地丢进水里。

慢慢地，太阳升起，大地重现光明，这时除了一块石头之外其他的石头都丢光了，最后一块石头在他的手里。当他借着白天的光看到了他手中所拿的东西时，他的心跳几乎都要停止了，那是一颗宝石！在黑暗中，他把整袋的宝石都丢光了！在不知不觉当中，他的损失有多少！他充满懊悔，咒骂自己，哭得几乎失去理智。

大智慧

故事中的宝石其实就是我们的时间。时间过得很快，太阳尚未升起，我们就已经浪费掉生命中所有的"宝石"。生命是一个大的宝库，很多人没有好好利用它，只是白白地将它浪费掉，等到知道了生命的重要性时，时光已所剩无几，哭也没有用了。

3. 你的时间银行

如果银行每天早晨向你的账号拨款 40 万元，你在这一天可以随心所欲，想用多少就用多少，用途也没有任何的规定，条件只有一个：用剩的钱不能留到第二天用，也不能归自己；前一天的钱你用光也好，分文不花也好，第二天你又有 40 万元。请问：你将如何使用这笔钱？

如果你处于这种情况，你会怎么办呢？像大多数人一样，你会很快想出办法把每天拿到的钱花光。开始，你会购买你最喜欢的东西，但如果你是一个精明人，你会很快想出办法把每天的钱用于投资。从长远来看，这投资会使你得到更多的回报。

大智慧

其实，我们每天都在面临上述的情况。那家银行就是"时间银行"。你每天得到的时间，随便你怎么用。这些时间如果不用，最后也不会回来。我们生活在世界上，都有自己最宝贵的资源——时间，这一点对每个人都是公平的。善用你的时间，让它发挥最大的作用吧！

4. 时间布缝到尽头

彼得是一个九岁的小男孩，他总是痛恨自己的时间过得太慢，于是日夜祈祷，希望时间快一点儿过去，最好是省略掉他可能面对的所有困难，比如说考试。

终于有一天，一位白胡子老头儿拿着时间布出现在他的面前，对他说："孩子，你渴望能够自己选择自己的时间，现在，我把属于你的时间交给你，自己选择吧！"

时间布的样子很平常，只不过每隔一米就标上了年龄，从一岁到两岁，再

到十岁，二十岁……一直到生命的终止。时间布的用法也很简单，它只需要一枚针，把想省略的时间缝起来就可以了。只是，缝好的线永远不能再打开。

彼得拿到了时间布，他很兴奋。应该省略哪一天呢？当然是明天，因为明天要考试。他拿起针，缝掉了第一个明天。于是他站在了操场上，和同学们一起追逐一个足球。明天已经过去了，这是后天了，该死的考试已经和明天，啊不，应该是昨天一起缝进时间布里了。彼得得意万分，之后呢，应该把这一学期都缝上，好直接到暑假，应该把做功课的时间都缝上，这样可以一直玩下去。因为打碎了窗子的玻璃，彼得的母亲责备了彼得，噢，当一个孩子可真不容易，算了，把童年，把少年时代都缝起来，把那些讨厌的唠叨和无休止的功课都缝起来……

彼得立刻变成了一个青年，穿着一身黑衣。原来，在这一年里，他的家里发生了很大的变故，母亲去世了，世界上只剩下了一个孤零零的他。把孤独和贫穷都缝起来吧，把奋斗也缝起来吧，缝着缝着，彼得成为一个成功的商人，金钱像流水一样向他涌来。可是这太慢了，彼得拿起针，不停地缝下去，他要钱，更多的钱……这样，直到最后，时间布缝到了尽头，彼得发现自己成了一个老人，老得已经拿不了针了。

大智慧

我们总觉得最美的风景在前面，于是匆匆赶路，匆匆缝合路上本来可以为我们带来无限快乐的风景，是不是觉得与彼得的一生没有什么不同，是不是真该停下来，留存一点儿属于我们的记忆呢？

5. 寻找时间富人

从前，在一个国家里有一个富人，名叫时间。他拥有无数的家禽和牲口，他的土地无边无际，他的田里什么都种，他的大箱子里塞满了各种宝物，他的谷仓里装满了粮食。

这个名叫时间的富人拥有这么多的财产，连国外的人也知道了。于是，各国商人远道而来，随同而来的还有舞蹈家、歌手、演员。各国派遣使者来，只是为了要看一看这位富人如何富足，回国后就可以对百姓说，这个富人怎么生活，是怎样的。

富人把牛、羊、衣服送给穷人，于是人们说世界上没有一个人比他更慷慨了，还说，没有看见过时间富人的人就等于没有生活过。

这样过了许多年，有一个部落准备派出使者去向时间富人问好。临行前，部落的头领对使者说："你们到时间富人的国家去，一定要见到他，你们回来时，告诉我，他是否像传说中的那么富有、那么慷慨。"

使者们走了好多天，才到达了时间富人居住的国家，在城郊遇到了一个瘦瘦的、衣衫褴褛的老头。使者问："这里有没有一个时间富人？如果有，请您告诉我们，他住在哪里。"老人忧郁地回答："有的。时间就住在这里，你进城去，人们会告诉你的。"使者们进了城，向市民问了好，说："我们来看时间富人，他的声名传到了我们部落，我们很想看看这个神奇的人，准备回去后告诉大家。"

正当使者说这话的时候，一个老乞丐慢慢地走到他们面前。这时有人说："他就是时间富人！他就是你们要找的那个人。"使者们看了看又瘦又老、衣衫不整的老乞丐，简直不敢相信自己的眼睛。

"难道这个人就是传说中的时间富人吗？"他们问道。

"是的，我就是时间，我现在变成不幸的人了。"老头说，"过去我是最富的人，现在是世界上最穷的人。"

使者点点头说："是啊，生活总是导演着悲喜剧，但我们怎么对大家说呢？"老头想了想，答道："你们回到家里，见到同胞，对他们说时间已不是过去的那个样子了！"

> **大智慧**
>
> 拥有时间的人是富有的，可是时光无情，岁月飞逝，如果你肆无忌惮地浪费时间，到头来你会发觉你会是一无所有，就像一个又瘦又老、衣衫不整的老乞丐。

6. 这些箱子都是你虚度的日子

一位富翁买了一幢豪华的别墅。从他住进去的那天起，每天下班回来，他总看见有个人从他的花园里扛走一个箱子，然后装上卡车拉走。他来不及叫喊，那人就走了。

这天，他又看见了那个人，决定开车去追。那辆卡车走得很慢，最后停在城郊的峡谷旁。

陌生人把箱子卸下来扔进了山谷。富豪下车后，发现山谷里已经堆满了箱子，规格式样都差不多。

他走过去问："刚才我看见你从我家扛走了一个箱子，箱子里装的是什么？这一堆箱子又是干什么用的？"

那人打量了他一番，微微一笑说："你家还有许多箱子要运走，你不知道？这些箱子都是你虚度的日子。"

"什么日子？"富翁疑惑地问。

"你虚度的日子。"那人说。

"我虚度的日子？"富翁更是摸不着头脑。

那人肯定地说："对。你白白浪费掉的时光、虚度的年华。你朝夕盼望美好的时光，但美好时光到来后，你又干了些什么呢？你过来瞧，它们个个完美无缺，根本没有用，不过现在……"

富豪走过来，顺手打开了一个箱子。箱子里有一条暮秋时节的道路。他的未婚妻踏着落叶慢慢走着。

他打开第二个箱子，里面是一间病房。他的弟弟躺在病床上等他回去。

他打开第三个箱子，原来是他的那所老房子。那条忠实的狗卧在栅栏门口眼巴巴地望着门外，已经等了他两年，骨瘦如柴。

富豪感到心口绞疼起来。陌生人像审判官一样，一动不动地站在一旁。

富豪痛苦地说："先生，请你让我取回这三个箱子，我求求您。我有钱，您要多少都行。"

陌生人做了个根本不可能的手势，意思是说："太迟了，已经无法挽回。"说罢，那人和箱子一起消失了。

大智慧

时间会在不知不觉中溜走，而当你觉醒时，已经晚了。所以，你要善于利用每一天的时间，提高人生的效率和质量。时间弥足珍贵，我们不能延长寿命，但可以通过善用时间，发挥时间的最大效用。这样就等于增加了生活的"密度"，扩充了有限的生命内涵。没有良好的用时习惯，浪费时间，消耗生命，其结果则是难以想象的。

7. 最重要的是今天

一个青年去寻找深山里的智者，向他请教一些人生问题。

"请问大师，您生命中的哪一天最重要？是生日还是死日？是上山学艺的那一天，还是得道开悟的那一天？"青年连珠炮似的问。

"都不是，我生命中最重要的是今天。"智者不假思索地答道。

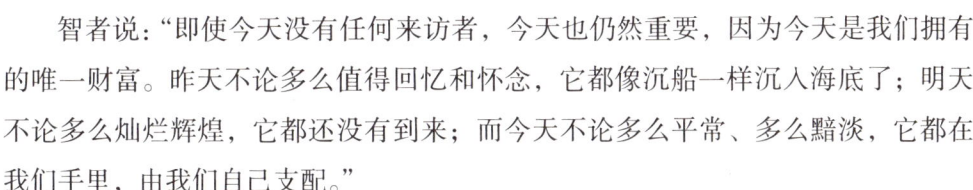

"为什么？"青年甚为好奇，"今天发生了什么惊天动地的大事？"

"今天什么事也没有发生。"智者回答。

"那今天重要是不是因为我的来访？"青年笑着说。

智者说："即使今天没有任何来访者，今天也仍然重要，因为今天是我们拥有的唯一财富。昨天不论多么值得回忆和怀念，它都像沉船一样沉入海底了；明天不论多么灿烂辉煌，它都还没有到来；而今天不论多么平常、多么黯淡，它都在我们手里，由我们自己支配。"

青年还想问，智者却收住了话头："在谈论今天的重要性时，我们已经浪费了我们的'今天'，我们拥有的'今天'已经减少了许多。"

青年若有所思地点点头，然后就疾步下山了。

大智慧

昨天带着回忆默默地逝去了，今天携着希望悄悄地来临了，而明天，又闪烁着光辉等待着人们。有一些人仍然沉浸在回忆中，他们依恋昨天；有一些人只迷醉在梦幻中，他们憧憬明天。而他们都忘记了今天。今天是一条纽带，连着过去和未来，只有把握今天，才能巩固昨日的辉煌；只有把握今天，才能实现明天的梦想。所以最当珍视的是宝贵的今天！

8. 生命银行

有四个人——四个二十岁的青年去银行贷款。银行答应借给他们每人一笔巨款，条件是他们必须在五十年内还清本息。

第一个青年想先玩二十五年，用生命的最后二十五年努力工作偿还，结果他活到七十岁都一事无成，死去时仍然负债累累。他的名字是：懒惰。

第二个青年用前二十五年拼命工作，五十岁时他还清了所有的欠款，但是那一天他却累倒了，不久就死了。他的遗照旁放着一个小牌，上面写着他的名字：狂热。

第三个青年在七十岁时还清了债务，然后没过几天他去世了，他的死亡通知上写着他的名字：执着。

第四个青年工作了四十年，六十岁时他还完了所有的债务。在生命的最后十年，他成了一个旅行家，地球上的多数国家他都去过了。七十岁去世的时候，他面带微笑。人们至今都记得他的名字：从容。

当年贷款给他们的那家银行叫"生命银行"。

大智慧

"生命银行"贷给我们的时间是同等的，就看我们如何地利用它，不同的使用方式会带来完全不同的命运。只有从容的人，才会走得更长。

9. 生命中的大石块

在一次时间管理的课上，教授在桌子上放了一个装水的罐子，然后又从桌子下面拿出一些正好可以从罐口放进罐子里的鹅卵石。教授把石块放完后，问他的学生："你们说这罐子是不是满的？"

"是！"所有的学生异口同声地回答。

"真的吗？"教授笑着问。然后再从桌子底下拿出一袋碎石子，把碎石子从罐口倒下去，摇一摇，再加一些，再问学生："你们说，这罐子现在是不是满的？"

这回他的学生不敢回答得太快。最后，班上有位学生怯生生地细声回答道："也许没满。"

"很好！"教授说完，又从桌下拿出一袋沙子，慢慢地倒进罐子里，倒完后，再问班上的学生："现在你们再告诉我，这个罐子是满的呢，还是没满？"

"没有满。"全班同学这下学乖了，大家很有信心地回答说。

"好极了！"教授再一次称赞这些"孺子可教"的学生。

称赞完之后，教授从桌子底下拿出一大瓶水，把水倒进看起来已经被鹅卵石、小碎石、沙子填满了的罐子。当这些事都做完之后，教授正色问班上的同学："我们从上面这些事情得到什么重要信息？"

班上一阵沉默，然后一位自以为聪明的学生回答："无论我们的工作多忙，行程排得多满，如果要逼一下的话，还是可以多做些事的。"这位学生回答完后，心中很得意地想："这门课到底讲的是时间管理啊！"

教授听到这样的回答后，点了点头，微笑着说："答案不错，但并不是我要告诉你们的重要信息。"说到这里，这位教授故意顿住，用眼睛向全班扫了一遍，说："我想告诉各位，最重要的信息是，如果你不先将大的鹅卵石放进罐子里去，你也许就永远没机会把它们再放进去了。"

> **大智慧**
>
> 　　对于工作中林林总总的事，我们可以按重要性和紧迫性的不同组合确定处理的先后顺序，做到鹅卵石、碎石子、沙子、水都能放到罐子里去，要事第一。无论我们多忙，行程排得多满，如果安排得当的话，还是可以多做些事的。

10. 懒惰是危险的慢性病

街头的角落住着一群小猫，其中有一只叫"凯蒂"的猫，原本是只家猫，由于和主人不小心走散了，才沦落为流浪猫。

也因此，凯蒂始终戒不掉好吃懒做的习惯，成天躲在树荫下乘凉，唯一的专长就是睡觉。

秋天过去了，天气逐渐转凉，同伴们意识到又湿又冷的冬天即将来临，连忙出外寻找一些树叶或人们废弃的纸箱，设法替自己安置一个温暖的小窝，以抵挡连绵的阴雨和呼啸的北风，只有凯蒂仍然成天睡觉，忙着偷懒，一点儿也不为即将来临的寒冬着急。

"过两天再担心吧！看今天天气多好，不用来睡觉实在太可惜了。"凯蒂总是把这些话挂在嘴边。

日子一天天过去，冬天的脚步来临了，其他的猫全躲进自己温暖的小窝中，只有凯蒂缩在街边，紧靠着墙角，冷得直打哆嗦，于是它下定决心，明天就替自己建造一个新家。

到了第二天，太阳又露出了笑脸，把地面晒得暖烘烘的，凯蒂趴在角落，又开始睡它的大头觉了。

别的猫急忙提醒它起来干活，它却懒洋洋地说："急什么！昨天冻得我没睡好，现在先补个觉再说吧！"

夜里，寒流来袭，大雪纷纷飘落至地面，凯蒂冷得连叫都叫不出来，四周没有一个能遮风挡雨的地方，等到天亮的时候，凯蒂已经没有知觉，再也无法醒来了。

大智慧

懒惰一旦成为习惯，就会连无论如何必须在今天完成的事情都会拖延到明天。最后，就会如同小猫凯蒂一样，让一时的放纵换来终身的遗憾，你认为值得吗？

第二十五章

百说不如一做

任何一个双手插在口袋里的人，都爬不上成功的梯子。行动最有说服力。不要光耍嘴皮子，不要好逸恶劳，果断行动，勤奋行动，终有回报！

1. 买梦人与卖梦人

有两个小孩到海边去玩，玩累了两人就躺在沙滩上睡着了。

其中一个小孩做了个梦，梦见对面岛上住了个大富翁，在富翁的花园里有一整片的茶花，在一株白茶花的根下，埋着一坛黄金。

这个小孩就把梦告诉了另一个小孩，说完后，不禁叹息着："真可惜，这只是个梦。"

另一个孩子听了相当动容，从此在心中埋下了逐梦的种子。

他对那个做梦的孩子说："你可以把这个梦卖给我吗？"

这个小孩买了梦以后，就往那座岛进发，历经千辛万苦才到达岛上，果然发现岛上住着一位富翁，于是他就自告奋勇地做了富翁的用人。

他发现，花园里真的有许多茶树，茶花一年一年地开，他也一年一年地翻掘茶花的土。

就这样，茶树越长越好。

终于有一天，他从白茶花的根底挖了下去，真的掘出了一坛黄金！

买梦的人回到了家乡，成了最富有的人，卖梦的人虽然不停地在做梦，但他从未圆过梦，终究还是个穷光蛋。

大智慧

人人都可以轻松地做美梦，但没有行动，梦只能是梦。唯有坚持不懈的行动才可以使美梦成真。

2. 要有勇气试试

从前，有一个国王，他想委任一名官员担任一项重要的职务。于是就召集了许多聪明机智、文武双全的官员，想看看他们谁能胜任。

"我有个问题，想看看谁能解决它。"国王领着这些人来到一扇大门前——一扇谁也没有见过的巨大的门，"你们看到的这扇大门，不但是最大的，而且是最重的，你们有谁能把它打开？"

许多大臣在那里议论纷纷，有的走近看看，有的无动于衷。只有一位大臣，他走到大门处，抓住一条沉重的链子一拉，巨大的门便开了。

国王说："你将会在朝廷中担任要职！"

其实，大门并没有完全关死，一条细小的缝隙就隐藏在严密的假象中。任何人只要仔细观察，再加上有胆量去试一下，就能把门打开。

大智慧

不要局限于自己所听到的和看到的，要有勇气去试一试。这样，你才不会与机会失之交臂。

---

3. 穷汉的祈祷

一个穷汉天天在地里劳作。有一天，他突发奇想："与其每天辛苦工作，不如向神灵祈祷，求他赐给我财富，让我今生享受不完。"

他为自己的想法而得意，于是把弟弟叫来，把家业委托给他，就独自来到天神庙，不分昼夜地膜拜，毕恭毕敬地祈祷："神啊！请您赐给我现世的安稳和利益，让我财源滚滚吧！"

天神听见这个穷汉的愿望，就化作他的弟弟，也来到天神庙，跟他一样祈祷求福。

哥哥看见了，不禁问他："你来这儿干吗？我吩咐你去播种，你播下了吗？"

弟弟说："我也跟你一样，来向天神祈求宝物，我想天神一定会满足我的愿望的。即使我不播种，天神也会让麦子在田里自然生长。你就别担心了。"

哥哥一听弟弟的祈愿，立即骂道："你这个笨蛋，不在田里播种，就想等着收获，真是异想天开！"

弟弟听见哥哥骂他，却故意问："你刚才说什么？再说一遍听听。"

哥哥生气地大声说道："说就说！不播种，哪能得到果实呢？你不妨仔细想想看！"

这时天神才现出原形，对哥哥说："诚如你自己所说，不播种就没有果实。过去不播善因的种子，今天哪会有什么善果？你现在辛辛苦苦地靠断食来供养我，这样是自寻苦恼，只会来麻烦我。你必须明白，一分辛劳一分收获，一分付出才会有一分回报。"

大智慧

哥哥懂得一分耕耘一分收获的道理，仍想不劳而获。可见懂道理很容易，按道理去行动才不容易，知易而行难啊！

4. 曾子杀猪

一个晴朗的早晨，曾子的妻子梳洗完毕，换上一身干净整洁的蓝布新衣，准备去集市买一些东西。她出了家门没走多远，儿子就哭喊着从身后跟了上来，吵着闹着要跟着去。孩子不大，集市离家又远，带着他很不方便。

因此，曾子的妻子对儿子说："你回去在家等着，我买了东西一会儿就回来。你不是爱吃酱汁烧的蹄子、猪肠炖的汤吗？我回来以后杀了猪就给你做。"这话倒也灵验。儿子一听，立即安静下来，乖乖地望着妈妈一个人远去。

曾子的妻子从集市回来时，还没跨进家门就听见院子里有猪悲惨的叫声。她进门一看，原来是曾子正准备杀猪给儿子做好吃的。

她急忙上前拦住丈夫，说道："家里只养了这几头猪，都是逢年过节时才杀的。你怎么拿我哄孩子的话当真呢？"

曾子说："在小孩面前是不能撒谎的。他们年幼无知，经常从父母那里学习知识，听取教诲。如果我们现在说一些欺骗他的话，等于教他今后去欺骗别人。虽然做母亲的一时哄得过孩子，但是过后他知道受了骗，就不会再相信母亲的话。这样一来，你就很难再教育好自己的孩子了。"曾子的妻子觉得丈夫的话很有道理，于是心悦诚服地帮助曾子杀猪去毛、剔骨切肉。没过多久，曾子的妻子就为儿子做好了一顿丰盛的晚餐。

大智慧

为了做好一件事，哪怕对孩子，也应言而有信，诚实无诈，身教重于言教。一切做父母的人，都应该像曾子夫妇那样讲究诚信，用自己的行动做表率，去影响自己的子女和整个社会。

5. 上帝的行动

有一个人在街上看到一个小女孩衣着单薄，全身湿透了，而且一直在打哆嗦。这个可怜的女孩又饿又冷，但是路过的人没有一个理睬她。

于是这个人气愤地问上帝："为什么允许这样的事情发生？为什么不采取一些行动呢？"

上帝温柔地回答："孩子，我的确在采取行动——我造了你。"

大智慧

我们祈祷上帝发慈悲，自己就应该做一些慈悲的事。我们生活在世间必有价值，也必有使命。因为你伸出来的一双温暖的双手，将让世界少了一个哭泣的人。看看四周，一定有你可以帮上忙的地方。

6. 呕心沥血的诗人

我国唐代著名诗人李贺天赋极好，七岁时就能写出很精彩的诗歌、文章，受到当时一些有名望的人的赞赏，被认为是小神童。尽管李贺聪颖过人，可他依然十分努力，从无丝毫的懈怠，作文、写诗都非常严肃认真，从不马虎草率。

李贺作文、写诗有与众不同的习惯，他不是闭门造车、冥思苦想，而是十分注重搜集材料、积累心得、捕捉灵感，他特别注意观察生活、实地考察。他习惯于每天早上骑着家里的那匹瘦马外出游览，每每有了什么见闻或心得体会，便当即记录下来，装进随身带的绣花锦囊中。当太阳落山的时候，李贺再往回家的路上走去，到家常常已是掌灯时分，家里人早已吃过晚饭了。

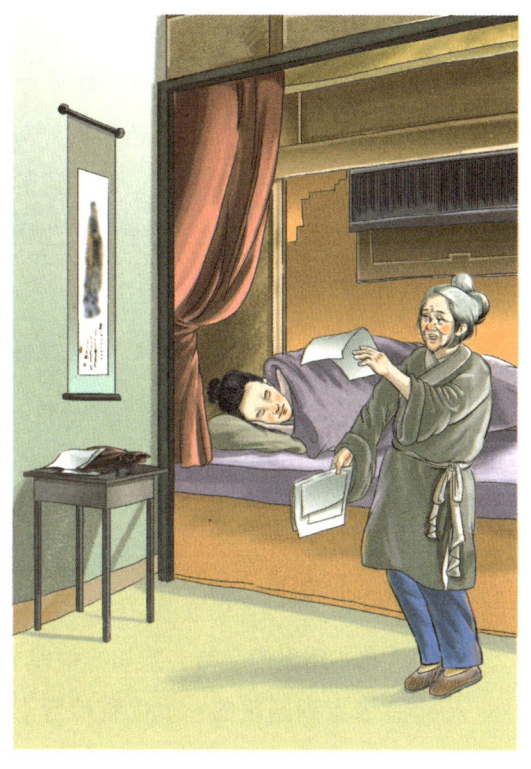

李贺回到家，他母亲赶紧叫仆人端上热过的饭菜，可是李贺依然没有急着去吃饭，而是将白天写的那些草稿从锦囊中取出来，及时修改、整理，然后誊写清楚，集中放入另一个绣花锦囊之中，这才吃饭、休息。李贺天天如此坚持不懈，只要不是因病或家里办重大的红白喜事，他都从不停止这样做。

一天晚上，待李贺回家做完这一切躺下睡着后，他的母亲来到他的房间，取过锦囊将里面的东西全倒出来，一看，竟都是些诗稿、笔记，除此以外，别无他物。他母亲想到这孩子一向体弱多病，再看他倒床便睡的疲惫不堪的样子，十分心疼又担忧地叹息道："这孩子真是非要把心呕出来才肯罢休啊！"

李贺虽然很年轻时就去世了，可他的很多诗作却成为人们喜爱的传世佳作，为了这些佳作，他真正是到了呕心沥血的地步。

大智慧

天赋再好也一样需要后天的努力奋斗，否则也是不可能成功的。毕竟做文章不能凭主观想象，而是要仔细观察生活、体会生活。

7. 雄蜂和工蜂

一些蜜蜂在空树干里造了一个很好的蜂窝。如今蜂窝里有两种蜜蜂：终生采花粉、酿蜂蜜的工蜂和整天懒洋洋地躺在蜂窝里无所事事的雄蜂。

有一回，雄蜂夸口说，这良好的蜂窝是他们造的。工蜂听了这话很生气，他们叫一只黄蜂进来评评理。"这个蜂窝究竟是你们当中的哪些蜂造的，这很难说。"黄蜂若有所思地说，"你们看上去很相像。不过，我有个主意。我建议你们分别搬到两个蜂房去，各自造新的蜂窝。蜂窝造好了，我来检查。我从巢室的形状和蜂蜜的味道很快就知道空树里的好蜂窝是谁造的了。""这不公平，"雄蜂们说，"我们不想再造一个蜂窝了。我们说的是这棵空树里的蜂窝，不是什么新的蜂窝。""我们马上就动手，"工蜂们说，"因为我们知道我们能干。"黄蜂对工蜂说："现在我知道谁会造蜂窝，谁不会造啦。毫无疑问，空树里的蜂窝是你们工蜂的。"

大智慧

　　行动最有说服力。把一切放到一边，干起来再说，最后不用你说，行动就是最好的最具有说服力的语言，没有任何人能够辩驳。

8. 百说不如一做

　　前面大路小路纵横交错，犹如一张理不清的网。

　　一个智者走到网跟前，很优雅地弯下腰，一点儿一点儿地慢腾腾地理着网，一边自言自语地说："我要找出一条路来。"

　　一个愚者走到网跟前，看了看网，就果敢地迈步向网中走去，一边走，一边理着网。

　　几天以后，愚者回来了。他衣衫破烂，身上有一道一道的伤痕，但是他找到了一条适合自己走的路，在那条路上，洒着斑斑点点的血迹。愚者整理了一下破烂的衣衫，又出发寻找新的道路去了。那位智者依然在很优雅地理着网，依然在自言自语地说道："我要找出一条路来。"

大智慧

　　智者站在原地信誓旦旦地说"我要找出一条路来"，脚却不向前迈一步，这样路怎么会有呢？切记，世上本没有路，路是人走出来的。

9. 别等天上掉馅饼

　　宋国有一个农民，每天在田地里劳动。一年四季，早上天一亮就起床，扛着锄头往田野走；傍晚太阳快落山了，又扛着锄头回家。他实在是很辛苦。

有一天，这个农夫正在地里干活，突然一只野兔从草丛中蹿出来。野兔见到有人而受了惊吓。它拼命地奔跑，不料一下子撞到农夫地头的一截树桩子上，撞断脖子死了。农夫放下手中的农活，走过去捡起死兔子。他非常庆幸自己的好运气。

晚上回到家，农夫把死兔子交给妻子。妻子做了香喷喷的野兔肉，两口子有说有笑美美地吃了一顿。

第二天，农夫照旧到地里干活，可是他再不像以往那么专心了。他干一会儿就朝草丛里瞄一瞄、听一听，希望再有一只兔子蹿出来撞在树桩上。就这样，他心不在焉地干了一天活，该锄的地也没锄完。直到天黑也没见到有兔子出来，他很不甘心地回家了。

第三天，农夫来到田边，已完全无心锄地。他把农具放在一边，自己则坐在树桩旁边的田埂上，专门等待野兔子蹿出来。可是又白白地等了一天。

后来，农夫每天就这样守在树桩边，希望再捡到兔子，然而他始终没有再看见野兔子。而农夫地里的野草却越长越高，把他的庄稼都盖过了。农夫因此成了宋国人议论的笑柄。

大智慧

把一次偶然的事件当作常有的现象，并将其看成一种必然规律的做法是缺乏根据并且十分轻率的。只有勤奋的行动，才能换取自己想要的一切。

10. 顽固的蹶叔

从前有一个叫作蹶叔的人，性格十分倔强，常常自以为是，还爱跟别人唱反调。蹶叔在龟山的北面种粮食，又想与人家倒着来。他在高而平的地方种水稻，却在又低又潮湿的地方种高粱。

他有个很忠诚的朋友，见他这样做不会有什么好处，就好言劝说他道："高粱适合种在旱的地方，水稻宜于种在低湿的地方，可是你现在正好相反，违反了水稻和高粱生长的习性，那怎么能获得丰收呢？"

蹶叔听了朋友的话，一点儿都没放在心上，还是我行我素。结果他辛辛苦苦地种了十年地，每年都歉收，粮仓里一点儿储备也没有。眼看就快没饭吃了，他这才去看朋友的地，发现朋友正是像他劝说自己的那样种地，所以获得了丰收，不由得懊悔万分，就向朋友道歉说："您说得对啊，我知道改悔了，不再不听劝告了。"

后来，蹶叔到汶上这个地方去做买卖。他做生意完全不加考虑，看到别人抢购什么货物，他也一定进什么货，处处都硬要和人家竞争。这样一来，他的货一到手，积压得厉害，总是卖不出去，价钱因而被压得极低。

蹶叔的朋友担心他吃亏，就又教他说："善于做买卖的人要进别人暂时不争不抢的货物，这样，一旦等到机会来了，就可以获得好几倍的利润，这正是古代大商人白圭致富的原因啊！"蹶叔又不听。过了十年，由于蹶叔经常亏本，终于入不敷出，到了非常困窘的境地。这时，蹶叔才又回想起了朋友的话，意识到朋友是正确的，便去找到他的朋友道歉："我现在知道自己错了，从今以后，我再也不敢不改悔。"

有一天，蹶叔要驾船出海，邀请了他的朋友一起去海边。他的朋友将他送上船，告诫他说："等你到了海水归聚之处，一定要返航回来，不然船一进去就再也出不来了。"蹶叔表示自己记住了，会听朋友的话。蹶叔驾着船随着波涛向东驶去，航行了一些日子，到了海水归聚的深渊边上。这时，他又犯了顽固的老毛病，不相信朋友的告诫，还是继续前进，结果船卷入深深的大壑中。蹶叔就在这黑暗的地方，忍受着颠簸和孤独，非常艰难地过了九年。直到一次赶上大鲲化为大鹏时激起的巨浪，才总算被冲出了大壑，得以回家了。

蹶叔回到家里，头发全白了，形体枯瘦得就像根蜡烛，亲朋好友没有一个人能认出他来。蹶叔再次找到他的朋友，深深地拜了两拜，还对天发誓说："我如再不改悔，请太阳作证惩罚我。"他的朋友笑着说："改悔是改悔了，但还有什么用呢？"人们都说蹶叔三次改悔就度过了一生。

大智慧

蹶叔就这样度过了自己的一生，嘴上只说"改悔"，而从没付出一点儿行动，又有什么用呢！

11. 施氏与孟氏

春秋时期，施姓人家有两个儿子，一个爱好学术，一个精通兵法。爱好学术的儿子以仁义之说来游说齐王，齐王闻之有理，遂命其为众公子的老师。精通兵法的儿子以用兵之道来游说楚王，楚王大喜，也重用了他，任命其为军师。靠着这两个儿子，施家不仅衣食无忧，还盛名远扬，这让两位老人感觉甚为荣耀。

看到这种情况，施家的邻居孟家很是羡慕，于是也把自己的两个儿子培养成了一个爱文、一个好武。爱文的儿子来到了秦国，可是当他以仁义之道游说秦王时，却惹得秦王大怒："当前诸侯争战激烈，我们最迫切的需要是筹集良马与军饷。你让我以仁义来治国，岂不是让我自取灭亡！"遂下令对他施以宫刑。

好武的儿子前往魏国，以兵法游说魏王。魏王皱着眉头说："我们是个小国，民少国衰，夹在诸大国之中，尽心服从尚且不足自保，你还让我对其动武，这不是明摆着让我自取灭亡吗？"想一想又接着说道，"如果我让你全身而退，你肯定会再到别国去游说，这很可能对我国造成极大的祸害，所以……"魏王挥挥手，命人砍去了他的双脚。

看着伤痕累累的两个儿子，孟家父母捶胸顿足，痛哭不已，并不断抱怨起施氏来。

施氏正色道："凡事能把握时机者方能昌盛，断送时机者则会灭亡。您儿子跟我儿子的学问一样，结果却不同，这并非由于他们方法不对，而只是错过了时机。

"要知道天下的事情并没有永远的对与错，以前的所用，今天或许就被抛弃；而今天抛弃的，明天也许还会派上用场。这种用与不用，并没有绝对客观的标准。所以说，一个人只有懂得见机行事，才可能长久立于不败之地。否则，即使拥有孔丘那么渊博的学问，或者拥有姜尚那么精湛的战术，又有什么用呢？"

一番话说得孟家大小哑口无言。

大智慧

即便有一样的才华，运用的对象与时机不同，结果也会迥然不同。只有懂得变通，见机行事，我们才可能成为掌控时局的主人。

12. 袋鼠与围栏

动物园新来了一只袋鼠，管理员把它关在一片草地上，草地四周的围栏大概有一米高。

第二天早晨，管理员准备喂袋鼠时，发现袋鼠竟然正在围栏外的树丛里蹦跳着。他意识到是围栏太低了，于是立刻请人把围栏的高度加到了两米，然后把袋鼠关了进去。

第三天早晨，管理员又看见袋鼠跑到了草地旁的树林里，于是再次把围栏加高到了三米，把袋鼠关了进去。

结果第四天，可怜的管理员发现袋鼠还是在围栏外站着，他真是头疼死了：难道就没有什么办法能关住袋鼠吗？

正在这时，袋鼠的邻居长颈鹿从它的围栏中探出头来，问袋鼠道："根据你的经验，这围栏到底要加到多高才关得住你呢？"

袋鼠回答说："这我可不知道，也许五米，也许十米，也许一百米都关不住我——如果这位管理员还是忘记把围栏门锁上的话。"

大智慧

有因才有果，失败的结果必然是由错误的行为引起的。如果不能正确分析失败的原因，再多的努力也于事无补。

13. 拯救海星

大海刚刚退潮，渔民便发现自己七岁的小儿子不见了，他慌忙跑出去寻找。快到海边时，他看见儿子小小的身影正在海滩上一直一弯地跳舞。等到再走近些，他才看清楚儿子并不是在玩耍，而是在捡涨潮时被海水冲到沙滩上的海星，并且每捡到一个，儿子便颠着小脚丫把它送到海里去。

"你在干什么，儿子？"渔民大声喊道。

"我在拯救海星，爸爸。"儿子以稚嫩的声音回答道，然后冲爸爸做了一个表示有力量的动作。

"你为什么要这么做？"渔民奇怪地问。

"你看这些海星多可怜啊，它们被海水冲到岸上好久了，都快渴死了。"儿子一边抹汗一边回答爸爸。

"哦，我明白了。但是光这片海滩就有数不尽的海星，你这样一个一个地捡，得捡到什么时候啊？"渔民微笑着反问儿子。

七岁的小男孩愣愣地站在那里，显然他根本就没有意识到这个问题。

"所以，快跟爸爸回家吧，这样做是没用的。"说完，渔民便拉起了儿子的小手。

没想到儿子却固执地甩开了："不，爸爸，最起码，这只海星可以活下来。"他摊开手，在他小小的掌心里，静静地卧着一只奄奄一息的小海星。

渔民愣住了，继而，他的眼睛里含满了亮晶晶的东西："你是对的，儿子。没错，最起码，这只海星可以活下来。"说着，渔民便弯下腰，和儿子一起拯救起海星来。

> ### 大智慧
>
> 是啊，虽然时间、能力等有限，很多美好的事情我们都不能做到，但是，做一些力所能及的小事，改变其他人或事物的命运，不也是一种美好吗？

14. 杂技团的新弟子

杂技团里刚来了个新人，教练安排他从走钢丝开始。

第一天，他总是没走几步就掉下来，晚上时摔得鼻青脸肿。

第二天，他还是没走几步就掉下来，到了晚上照样摔得不成样子。

第三天，这男孩儿说什么也不起来了，抱着脑袋赖在床上喊头痛。心知肚明的教练一把把他拽了起来，强行拉到了钢丝两边的台子上。

"走！"教练严厉地喊道。

迫不得已之下，男孩只好再次颤巍巍地踩上了钢丝。可能是因为紧张之外又多了一层对教练的畏惧，刚走了一步，他便跌了下来。

捂着疼痛不已的膝盖，男孩委屈地哭起来，一边哭一边问教练道："老师，我是不是太笨了，为什么我老是走不好呢？"

教练在旁边长长地叹了一口气："唉，孩子，你不是笨，而是杂念太多。"

"杂念太多？"男孩不解地重复了一下这几个字，然后接着说道，"没有啊，我心里一直装着'走钢丝'几个字，绝对没有其他的念头！"

"我说的就是这个意思！你只有把这个念头也挖去，完全忘记自己是在走钢丝，忘记还有摔下来这回事，你才可能走得稳、走得长！"教练大声说道。

男孩心有所悟，立刻重新走了一次。果然，这次虽然也跌跌撞撞，但最后还是走到了头，第一次！

大智慧

越是在意脚下，我们就越不容易走稳。放下得失心，心无旁骛地看问题、做事情，自己最好的水平才可能发挥甚至是超常发挥出来。

---

15. 必胜的丘吉尔

据说第二次世界大战之前，丘吉尔曾经和德国的大独裁者希特勒在一次政府要员会晤中见过面。在会晤中某个闲暇的下午，两人在花园中边走边谈。来到一个水池边时，为了缓和所谈话题的严肃气氛，也为了暗示一下自己的必胜心态，丘吉尔忽然提议跟希特勒打个赌：看谁能不用钓具将水池中的鱼捉起来。

希特勒心想：这还不容易！谁不知道死鱼会漂到水面上来，我先把鱼打死，等它们漂上来我伸手一抓就是！想到这里，他拔出手枪便朝池中射去，但由于一到水里子弹就会失去威力，所以接连七八枪之后，水面上还没有一丝死鱼的影子。希特勒尴尬无比，只好搓搓手说："我放弃了，看你的吧。"

只见丘吉尔不慌不忙地把一把小汤匙从上衣口袋里掏了出来，然后走到池边，蹲下身去，开始一勺一勺地往池外舀水。

"啊？"希特勒大声喊道，"你开什么玩笑！这也太慢了，得等到什么时候啊！"

"这办法是慢了点儿，"丘吉尔笑眯眯地回答道，"可是你不得不承认，最后的胜利必然是属于我的。"

16. 船长的高招

第一次坐船到密西西比河游玩，某乘客对船长高超精湛的技术佩服至极，于是便找机会同船长闲聊了起来。

乘客问："船长先生，您的技术真是让人叹服，我想您肯定对这条河里的每一处暗礁都摸得一清二楚吧？"

"哦不，"船长立即答道，"不是这样的。我虽然在这条号称'老人河'的大河上已经行进了几十年，积累了不少经验，但是并不敢说已经清楚了全部暗礁，因为这样做几乎没有任何意义，简直就是在浪费时间。"

"什么？浪费时间？"乘客大吃一惊，继而大惑不解地问道，"如果连哪里有暗礁你都不知道，怎么能如此准确无误地领航呢？"

船长如同没听到乘客的疑问一般，又重复了一遍刚才说过的话："是的，弄清楚哪里有暗礁是在浪费时间。我为什么非要在暗礁之间摸索呢？对于我来说，知道深水在哪里，不就足够了吗？"

乘客一听，拍案叫绝之间又似有所悟。

17. 威廉·奥斯勒爵士的秘诀

有个年轻人名叫威廉·奥斯勒，是蒙特瑞综合医科学院的学生。眼看就要期末考试了，威廉的心里充满了忧虑，他不但担心是否能够通过考试，还担心近在眼前的毕业问题：毕业后怎样才能找到工作？怎样才能生活？自己的前途到底在哪里？自己最后将走出一个怎样的人生？

　　这天下午，忧心忡忡的威廉无聊地走进了图书馆，当他漫不经心地翻阅书架上的过期杂志时，某本书上的一句话忽然映入了他的眼帘。因为那句话，威廉的满心愁云一下子被一扫而光了。他快步走出图书馆，心里充满了激情和力量，他感觉到：自己眼前的路明晰了，他知道应该做什么以及怎么做了。

　　许多年后，威廉·奥斯勒已经成了他那一代人中最有名的医学家，并创建了全世界知名的约翰霍普金斯学院，成为牛津大学医学院的讲座教授，还被英国国王册封为爵士。

　　40多年后的一天，威廉·奥斯勒爵士在耶鲁大学发表了演讲，当回答学生提出的问题"你成功的最大秘诀是什么"时，他说道："我之所以成功，完全是因为一句话的影响，那句话让我学会了活在'一个完全独立的今天里'，正因为每天我都能如此，所以才拥有了这意义非凡的一生。

　　"每个人的组织都比大海轮的组织要精密得多，所要走的航程也会远得多，而要想控制好这一切，时刻活在'一个完全独立的今天里'可谓是确保安全的最好方法。按下按钮，隔断那些尚未到来的明天和已经过去的昨天，然后你就保险了，因为你拥有的只是今天。另外，请养成一个'立即去做'的好习惯，要知道为明天做准备的最好办法就是集中所有的智慧、所有的热忱，把今天的工作做到尽善尽美。这也是你应付未来的最好方法和唯一方法。

　　"说了这么多，我终于可以把那句影响我一生的话告诉大家了，希望你们都能记住，它就是'不要去看远方模糊的，去做眼前清楚的'。"

大智慧

　　精心、实际地设计自己的未来很重要，踏踏实实地抓住今天更重要。所以，请不要一味去看远方模糊的东西，而应立即动手去做眼前清楚的事情。

第二十六章
万贯家财不如一技在手

金钱是人的生存之本，赚钱的事千万急不得，一急就会乱方寸，慌手脚，惹出许多的麻烦。世上最可怜的人，就是除了钱什么都没有的人。

1. 最富的穷人

有一天，有一位长者得到了世间最稀有、最宝贵的檀香木做的金色盒子，长者对人宣布说："我要把这宝贵的东西赠送给世间最贫穷的人。"

于是，很多贫穷的人就来向他要这个金色盒子，但是这个人来要，长者说："你不是世间最贫穷的人！"那个人来要，长者又说："你不是世间最贫穷的人！"大家就奇怪了："你是不是真心要把这个金色盒子送给人呢？"

长者说："我这个金色盒子要送给世间最贫穷的人，谁是最贫穷的人呢？我告诉你们，不是别人，他就是我们的国王，他才是世间最贫穷的人。"

这个消息传到了国王那里，国王非常生气："哼！我是一国之君，怎么可以说我是世间最贫穷的人呢？去！去把那个老家伙给我找来！"

长者被带来见国王。国王把长者带到收藏珍宝的库房里，问长者说："你知道这是什么地方吗？"

长者说："这是收藏黄金的金库。"

国王又问："那是什么地方呢？"

长者说："那是收藏银子的银库。"

国王接着问："那又是什么地方呢？"

长者说："那是收藏珍珠的宝库。"

国王大声责问道："你既然知道我有金库、银库，有这么多的财宝，你怎么可以在外面散布谣言，说我是世间最贫穷的人呢？"

长者笑道:"陛下,您虽然有钱,但不会照顾社会大众,不知道做一些有利于人群的事业。虽然有钱却不会用,这不就是世间最贫穷的人吗?"

> **大智慧**
>
> 人的财富,只有在用的时候,才是有价值的,否则都是一些无意义的数字而已。财富有物质的,也包括精神的,只有付出和给予,才是享用的时候。

2. 万贯家财不如一技在手

从前,传说在一个小镇上有两户人家,一户在镇上堪称首富,家财万贯,过着优裕自在的生活。另一户人家仅有两间住房,几亩土地,长年劳作,过着节衣缩食的生活。两户人家都各有两个男孩。富家子弟是衣来伸手、饭来张口,过着锦衣玉食的生活。贫困人家的男孩整日帮助大人做些力所能及的零活,维持温饱。

后来两家的男孩都长成了大人,富家子弟仍然依仗着自家的富有,不去谋求生计,反而游手好闲,放荡不羁,每天出入于茶楼酒肆,同一些浮华少年过着寄生生活。贫困人家的两个男孩,一个去学裁缝手艺,一个去学木工技能,以求获得一技之长来养家糊口。

十年后,两户人家的境况都发生了巨大的变化。富家子弟由于好逸恶劳,不务正业,并且染上了赌博和吸食鸦片的恶习,结果坐吃山空,求借无门,沦为沿街乞食之人。贫家子弟已经各立门户,一个成为裁制衣服的能工,一个成为修建房屋的巧匠,衣食住行皆今非昔比。

> **大智慧**
>
> 靠财产生活,财尽则路尽;凭本事吃饭,自可生活无忧。

3. "穷神"害怕勤快的人

有一个穷苦的农民,平时不爱劳动,总摆脱不了贫困的生活。后来,他索性躺在家里整天睡大觉。他的老婆也不想干活,懒得连扫帚都不愿意碰,唯一让两人感到舒服的事情就是躺在床上睡觉。

一天,农民打开衣柜抽屉,看见破烂衣服上面睡着一个骨瘦如柴的小老头。

农民惊奇地问："喂，你是谁？"

听见声音，小老头睁开眼睛回答："我是穷神。挺喜欢你们家的，早在半年以前就得到你的关照啦！"

农民顿时恍然大悟："噢，我的穷日子原来是穷神带来的呀！"

农民思前想后，整整寻思了一天，晚上，他悄悄地对老婆说："有那个穷神在，我们当然要穷了。没办法，明天早上搬家吧！"两个人叽叽喳喳地商量着。夫妻二人刚要做搬家的准备，就听见衣柜的抽屉里面有什么东西作响。咦？干什么呢？他们偷偷一看，穷神正在里面编草鞋。

农民惊慌地问："你编这个玩意儿干什么？"

"嗯，你们不是说要搬家嘛！我不能错过，得在明天早上把它编好，和你们一块儿走哇。"

听见这话，农民颓丧极了。他对老婆说："瞧瞧，老婆子，我们不管去哪儿，这个穷神都黏着不放。看来，到哪儿也不行啊！莫不如哪儿也不去，就在这儿好好干活吧！"

从那以后，这两口子完全像换了个人似的，早上天还未亮就起身，晚上繁星当空还在地里干活。

一天，穷神说："这回我必须另找地方啦！"在农民没注意的时候，穷神就偷偷地从农民家溜走了。

大智慧

这个故事正好说明了富兰克林的一句名言："懒惰行走得那么慢，以致贫穷很快就赶上了它。"

4. 挖一口属于自己的井

两个和尚分别住在相邻的两座山上的庙里。两座山之间有一条小溪，这两个和尚每天都会在同一时间下山去溪边挑水，久而久之，他们便成了好朋友。

就这样，时间在每天的挑水中不知不觉过了五年。突然有一天，左边这座山上的和尚没有下山挑水，右边那座山上的和尚想："他大概睡过头了。"便不以为意。

谁知第二天，左边这座山上的和尚还是没有下山挑水，第三天也一样。过了一个星期还是一样，直到过了一个月，右边那座山上的和尚终于忍不住了，他心想："我的朋友可能生病了，我要过去拜访他，看看能不能帮上什么忙。"

于是他便爬上了左边这座山，去探望他的老朋友。

等他到了左边这座山的寺庙里，看到他的朋友之后不禁大吃一惊，因为他的朋友正在庙前打太极拳，一点儿也不像一个月没喝水的人。

他好奇地问："你已经一个月没有下山挑水了，难道你可以不用喝水吗？"

左边这座山上的和尚说："来来来，我带你去看。"

于是，他带着右边那座山上的和尚走到寺庙的后院，指着一口井说："这五年来，我每天做完功课后都会抽空挖这口井，即使有时很忙，也会坚持挖一点儿，能挖多少就算多少。后来终于让我挖出了水，我就不用再下山挑水了，这样我就有更多的时间练习太极拳了。"

大智慧

很多人用一种打工的心态过日子，这就是"挑水"。人的力气总是有限的，年纪大了，挑水就会渐渐体力不支。要想过上好日子，就要学会在闲暇之余挖一口属于自己的井。

5. 均等的遗产

有一个商人，他有两个儿子。他特别宠爱大儿子，想把自己的全部财产都留给他。母亲很可怜小儿子，她请求丈夫先不要宣布分财产的事儿。她总想想个办法让两个儿子分得平均一点儿。商人听从了她的劝告，没有宣布分财产的决定。

有一次，母亲坐在窗前哭泣，一个过路人看见了，就走上前来，问她为什么哭。

她说："我怎么能不哭呢？对我来说，两个儿子都一样亲，可是他们的父亲却想把全部财产留给一个儿子，而另一个儿子什么也得不到。在我还没想出帮助小儿子的办法以前，我请求了丈夫先不要向儿子们宣布他的决定。但是我自己没有钱，我不知道怎样才能解决这个烦恼。"

过路人说："你的烦恼很容易解决。你只管向两个儿子宣布，大儿子将得到全部财产，小儿子什么也得不到。但以后他们将各得其所得。"

她照做了。小儿子一听自己什么也得不到，就离开家到外地去了。他在那里学了手艺，增长了知识。而大儿子依赖父亲生活，什么也没学，因为他知道，他将是富有的。

父亲死后，大儿子什么都不会干，把自己所有的财产都花光了。而小儿子却在外面学会了挣钱的本事，变得富裕起来。

大智慧

贫穷有时是一种财富，一种精神上的财富。因为一无所有，所以就会想方设法努力去劳作，去凭自己的本事挣钱。拥有过多的金钱有时对人是一种伤害，它会把人变成没有进取心的废物。所以，把金钱留给后人，不如把能力和品行留给他们。

---

6. 莫以善小而不为

老禅师带着徒儿下山游方化缘，归途中遇见一个饿得快奄奄一息的年迈老妪。

老禅师当即命徒儿留些干粮和银两给老妪，徒儿有些不情愿，老禅师问徒儿他们身上的银两和口粮共有多少。徒儿说口粮仅够三天，银两才化得五两白银。老禅师微笑说："口粮三日总有食完之时，白银五两也不足以修缮一座破庙，但与一无所有的人相比，我们师徒已属幸哉。"说完，老禅师留下了三两白银和师徒两人两天的口粮，随后转身离去。

一路上，老禅师见徒儿闷闷不乐，便说："生死与功德只在一念之间，这些银两和食物对我们来说只不过是暂时能维持生计罢了，可对施主却是救命之物啊！"徒儿似懂非懂。

几年后，老禅师油尽灯枯，圆寂前把一本经书交到徒儿手中，翕动着嘴唇却没来得及说出最后一句话。那本经书徒弟年幼时就已经倒背如流，故而未曾翻阅便搁在了一边。

年轻的徒儿继承师位后持庙有方，破旧的小庙不断扩建。徒儿心想，等待寺庙筹建完毕，一定谨遵老禅师的教诲去广济百姓。可是当寺庙颇具规模后，他却想，等庙宇形成规模后再济助行善吧。时光荏苒，等徒儿年至耄耋，寺庙已是殿壁辉煌良田百顷。可是，几十年以来他却因忙于建庙，疏于善事，最终没有做过一件有功德的事情。临终前，徒儿突然想起老禅师留下的那本经书，当他翻开扉页，顿然号啕大哭。但见经书上赫然写着老禅师当年未及点明的忠告——助人一次，胜似诵经十年。

大智慧

现实生活中，与不吝施舍的富足者相比，那些具有慷慨之心的穷人也往往比前者显得更为伟大与高尚，尽管他们的援助是那么微不足道。帮助别人并非要等到自己有足够的能力后才去做，力所能及的援手才有着更为深刻的意义。

7. 致富从一点一滴开始

从前，有个年轻人，他拥有父亲留下来的大批产业，却从不细心打理。他好吃懒做，不务正业，又交了一帮坏朋友，没过多久，就把父亲辛辛苦苦挣下的家产挥霍得一干二净。

他父亲生前有位朋友，是当地有名望的富翁。他听说这个年轻人有了困难，便前来看望他，教他如何管理财务、如何细心经营、如何积累财富，并送给他一千两金子，作为东山再起的资本。

然而，令富翁失望的是，他给年轻人的金子没过几天就被他花得分文不剩，却连一点儿正经事也没干成，最后仍是一贫如洗。富翁为这件事感到非常忧愁，想尽一切办法开导他、劝说他。

有一天，富翁看见门外的地上有一条死蛇，便借机开导年轻人说："一个聪明的、善于动脑筋的人，甚至可以靠这条死蛇来立业。一个人有了一千两金子，怎么还会穷呢？我今天再给你一千两金子，你要努力干出点儿事情来。"

这时，正好有个讨饭的孩子，远远地听到了这样的教导，顿时得到启发。他过来讨了饭后，向富翁要了那条死蛇，按照他所听到的，又讨来各种作料，把它做得美味可口，卖得两个钱。

他就以这两个钱为资本，做起了卖菜的生意，很快就赚到了一百多个钱。周而复始，他每天勤勤恳恳，脚踏实地，努力地干活，几年以后，终于成了有钱人。

他常常想："我是由于那个富翁开导他家的孩子而受到启发，有了发财致富的办法。现在我有钱了，有恩不报是理所不容的。"于是，他送给富翁一份非常贵重的礼品，并向他讲述了自己致富的经过。

富翁听后非常高兴，便将自己的女儿许配给这个聪明而勤劳的年轻人。富翁死后，把全部家产都留给了这个年轻人。

大智慧

古人说，业精于勤而荒于嬉，堕落皆从懒怠起。要想致富应从最小的事做起，一点一滴地将财富积累起来。

8. 人弃我取，人取我予

魏文侯问白圭："听说你这些年经商发了大财，你有什么经商的秘诀吗？"

白圭说："我经商和别人最大的不同，是从大处着眼的，就像伊尹、管仲治国，又像孙膑、吴起用兵，无处不是循道而行。"

魏文侯说："还能说得更具体一些吗？"

白圭说："在收割庄稼的时候，我以平价大量地收购粮食，同时把蚕丝和织品高价卖出去；当蚕丝上市的时候，我以平价大量地收购蚕丝和织品，同时把粮食以高价卖出去。这叫人弃我取，人取我予啊！"

大智慧

利益不在大家都看得见的地方，跟在别人后面亦步亦趋是没有前途的。

9. 君子爱财，应取之有道

一位秀才正在书房里读书，突然听见敲门声。开门一看，原来是位白发苍苍的老翁，相貌很古怪。让老翁进屋后，秀才问老翁姓名。老翁说："我姓胡，名叫养真，其实是千年修炼得道的狐仙。因为仰慕你的高雅，想和你做个朋友，谈谈学问和诗文。"

秀才从来豁达随和，听了并不以为怪，于是便同老翁开始谈古论今。老翁博学多识，谈吐极为风雅，叩问他经史百家的经典要义，居然能理解深透，解释精妙，真是出口成章，气度不凡。秀才感到出乎意料，因此对老翁十分佩服，从此结为知交。

有一天，在交谈中秀才小声地请求老翁道："您对我很好，可是，您看我这么穷，有时连饭都吃不饱。您是得道仙人，只要举手之劳，金钱肯定会马上到手。若真对我好，何不给我一点儿小小的周济帮助呢？"

老翁一听，沉默了一会儿，有点不以为然的样子，稍后又笑道："这是很容易的事儿，但需要十几个钱做母钱，好生许多子钱。"秀才照办了。

然后，老翁同秀才来到一间密室，一边踱步，一边嘴里念咒语。忽然，只见无数的钱哗啦啦地从房梁上下雨似的往下落，转眼之间钱就堆了半屋，足有三尺高。

老翁问秀才："您看够了吗？""够了够了。"秀才喜不自禁。于是两人先后出来，把门关好。送走老翁后，秀才就进密室去取钱。可开门一看，满屋的钱顷刻都不见了，只剩下原来做母钱的十几个钱，还稀稀落落地丢在地上。

秀才大失所望，气呼呼地去责问老翁为何欺骗和戏弄自己。老翁淡淡地对秀才说："我本来是要和你结个文字之交相互切磋，并没想到跟你合谋去广积钱财。刚才满屋子的钱都是我临时从别人那里借来的，为了清白，只好又还给人家了。如果你还想发意外之财，就请去找会偷盗的'梁上君子'做朋友吧！老夫不能成全你了。"说完，老翁拂袖而去。

> **大智慧**
>
> "君子爱财，取之有道"，不可借旁门左道大发横财，否则即使不招致横祸，也会"竹篮打水一场空"。

10. 永远不晚

暑假到了，某大学打出了一则广告：本处招收补习基础英语的学生。也许是学不好英语的人太多了吧，这个班异常火爆。

在报名现场，一个中年人被人挤来挤去，好不容易才挤到了报名台前。

"年龄？"接待小姐问。

"43。"中年人回答。

"哦，我是问您入班孩子的年龄。"接待小姐说道。

"不是我孩子学，是我学。"中年人答道。

"哦？"接待小姐惊讶地抬起头来，"再过两年您都45岁了，还学这些基础英语干吗？"

"如果我不学，再过两年难道会是41岁吗？"中年人微笑着反问道。

接待小姐无言了。

就这样，这位先生加入了这个补习班。每天晚上和周末，他都会准时来到这里，与那群稚气未脱的孩子一块儿读单词、背课文。不知道是学上瘾了还是怎么的，这位先生竟然一直学了下去，从初级到最高级。后来，凭着这两年补习班的基础，他竟然考上了某大学的成人班，最后拿到了这所大学英语专业的自考本科证书。

赶巧的是，他的单位当时正好在招一位翻译，因为有扎实的英语基础，又是内部人员，他以绝对的优势争取到了这个职位，从而让薪水轻松地翻了一倍。

> **大智慧**
>
> 知识没有没用之说，学习没有年龄之分。即使已经步入老年，今天的所学也有可能给未来的我们换得巨大的成功。

11. 贫穷的思想

从前，有个人经过了二十多年的辛勤劳作终于拥有了一项自己的事业。他的辛苦和操劳使他摆脱了贫困，过上了富裕的生活，然而，他却发现二十岁的儿子不喜欢工作。

当他向儿子不断地讲述辛勤工作所带来的欢乐和成功的喜悦时，儿子却回答说："既然你们已经为我准备好了一切，那么我为什么还要工作呢？"这个人非常爱他的儿子，一心想让他体会到工作和成功的喜悦。

于是，他卖掉了所有的产业，并把钱都捐给了穷人，然后，他告诉妻子和儿子说，由于做生意蚀了本，他们现在已经很穷了。

一天，儿子兴高采烈地对父亲说："爸，我找到了一个让我们重新富起来的办法。"

这位用心良苦的父亲满怀希望地认为儿子也许认识到了工作的重要性，于是，他问："是不是你准备工作了？那可真是太好了。"

儿子却说："不，我是要与一个富人的女儿结婚，这样我就可以获取二十万元作为订婚礼物。"

父亲一气之下把儿子赶出了家门。从此以后，儿子成了一个乞丐。

大智慧

这个富家子弟的头脑中装满了不劳而获的思想，不管他是否有钱，他都是贫穷的。

第二十七章

真爱是一生最宝贵的财富

当我们看到老夫老妻在古稀之年依旧相互搀扶着走向黄昏，是否会有一种莫名的感动？他们的爱已不复年轻时的激情，然而却多了一分平静和安详。燃烧的夕阳，是一生爱情的见证，或许只有到了那时，我们才能体会到爱情的伟大。爱情，那是一生的事！

1. 爱的寓言

　　从前，在一个遥远的小岛上，住着一群原始的感觉——快乐、悲伤、谦虚、贪婪等。当然，爱情也住在这个岛上。有一天，这个小岛被告之即将沉没，于是大家都赶紧收拾行李，坐上自己的小船，准备逃离这个小岛，去寻找另一块土地。只有爱情留了下来，她想等到岛整个沉没了，再坐船离开……

　　可是，等到整个岛沉入了海洋，爱情才发现自己的小船也沉没了。于是，爱情决定向其他伙伴们求救。

　　富有的小船是距离爱情最近的一艘，但是，富有拒绝了爱情，他说他的小船已经载满了金银珠宝，载不动爱情。

　　就在这时候，虚荣也经过了爱情身边，但是他也拒绝了爱情的求救，因为他嫌爱情全身湿漉漉的，都是又咸又脏的海水，怕弄脏他华丽的小船。

　　爱情等啊等，终于看见悲伤的小船驶过来了，但是悲伤也拒绝了爱情，因为他早已习惯了孤独一人。

　　不久，快乐也来了，但是她只顾自己哼着愉快的歌，完全没有注意到爱情的求救。

　　就在爱情感到心灰意懒的时候，又有一艘小船划了过来，船上站着一位爱情不认识的老人，老人笑呵呵地对爱情说："让我来载你吧！"

　　爱情开心地笑了，搭上小船，和这位老人一起离开了这个沉没的小岛。

　　他们来到了一块净爽的土地，老人放下了爱情，又继续自己的旅程。获救的爱情这才想起，自己居然忘了问那位老人的姓名。

　　有一天，爱情碰到了另一位叫智慧的老人，就问他那天帮助自己的老人叫什么名字。智慧老人告诉她："那是时间，只有时间才能理解爱有多么伟大，也只有时间才能验证爱到底有多么伟大！"

> **大智慧**
>
> 　　财富、虚荣等不能明白爱的价值，只有时间，时间能理解爱是多么伟大，多么不可或缺。可见，现实生活中，只有那些历经岁月的风风雨雨，相互搀扶，一路走来的爱情，才是经得起时间考验的感人至深的爱情。

2. 活了一百万次的猫

　　有一只活了一百万次的猫，它死了一百万次，也活了一百万次。但猫一直不喜欢任何人。

　　有一次，猫是国王的猫，国王很喜欢猫，做了一个美丽的篮子，把猫放在里面。每次国王打仗都把猫带在身边，不过猫很不快乐。有一次，国王在打仗时，猫被箭射死了，国王抱着猫，哭得好伤心、好伤心，但是猫没有哭，因为猫不喜欢国王。

　　有一次，猫是渔夫的猫，渔夫很喜欢猫，每次渔夫出海捕鱼，都会带着猫，不过猫很不快乐。有一次，渔夫在打鱼时，猫掉进海里，渔夫赶紧拿网子把猫捞起来，不过猫已经死了。渔夫抱着它哭得好伤心、好伤心，但是猫并没有哭，因为猫不喜欢渔夫。

　　有一次，猫是马戏团的猫。马戏团的魔术师喜欢表演一样魔术，就是把猫放在箱子里，把箱子和猫一起切开，然后再把箱子合起来，而猫又变回一只活蹦乱跳的猫，不过猫很不快乐。有一次，魔术师在表演这个魔术时，不小心将猫真的切成了两半，猫死了。魔术师抱着切成了两半的猫，哭得好伤心、好伤心，不过猫并没有哭，因为猫不喜欢马戏团。

　　有一次，猫是老婆婆的猫，猫很不快乐，因为老婆婆喜欢静静地抱着猫，坐在窗前看着行人来来往往，就这样过了一天又一天、一年又一年。有一天，猫在老婆婆的怀里一动也不动，猫又死了，老婆婆抱着猫哭得好伤心、好伤心，但是猫并没有哭，因为猫不喜欢老婆婆。

　　有一次，猫不是任何人的猫，猫是一只野猫，猫很不快乐，每天猫有吃不完的鱼，每天都有母猫送鱼来给它吃。它的身旁总是围了一群美丽的母猫，不过猫并不喜欢它们。猫每次都是骄傲地说："我可是一只活过一百万次的猫哦！"

有一天，猫遇到了一只白猫，白猫看都不看它一眼，它很生气地走到白猫面前，对白猫说："我可是一只活过一百万次的猫哦！"白猫只是轻轻地"哼"了一声，就把头转开了。之后，猫每次遇到白猫，都会故意走到白猫面前说："我可是一只活过一百万次的猫哦！"而白猫每次也都只是轻轻地"哼"一声，就把头转开了。

猫变得很不快乐，一天，猫又遇到了白猫，刚开始，猫在白猫身边独自玩耍，后来渐渐地走到白猫身边，轻轻地问了一句话："我们在一起好吗？"而白猫也轻轻地点了点头，"嗯"了一声，猫好高兴、好高兴，它们每天都在一起，白猫生了好多小猫，猫很用心地照顾小猫们，小猫长大了，一个个离开了。猫很骄傲，因为猫知道：小猫们是一只活过一百万次的猫的小孩！白猫老了，猫很细心地照顾着白猫，每天猫都抱着白猫说故事给白猫听，直到白猫睡着。

一天，白猫在猫的怀里一动也不动了，白猫死了。猫抱着白猫哭了，猫一直哭、一直哭，直到有一天，猫不哭了，猫再也不动了，猫和白猫一起死了，猫也没有再活过来。

大智慧

没有情感地活上一百万次，还不如有爱地活上一辈子；无法体会生命地活了一百万次，更是不如用生命付出爱的一辈子。心中有了牵挂，即使是负荷，却也最甜蜜。这样才能算是真真正正地活过一回。

3. 爱的细节

有一个女孩一直找不到合适的对象，并非她长得丑，也并非她条件苛刻，究竟为什么，她也说不清。

后来，有人给她介绍了一个小伙子，小伙子文质彬彬，正是女孩喜欢的那种。两人交往了一段时间后，女孩陷入了苦恼之中，她总觉得两人之间还欠缺点儿什么。

一次，女孩到小伙子家吃饭，人很多，桌子有点儿小，碰杯举筷多有不便，于是女孩减少了举筷子的次数。小伙子看见了，他起身离席，和女孩身边的人换了位子，坐到了她的左边，瞬间，女孩因为这小小的举动而充满了爱的温暖，感觉告诉她：他就是今生期待的那一个。

以后每次吃饭，小伙子都会坐到女孩的左边，两人都没有明说，但他俩都明白这爱的细节：因为她是左撇子……

4. 爱情和婚姻

一天，柏拉图问老师苏格拉底什么是爱情。老师就让他先到麦田里去，摘一棵全麦田里最大的、颜色金黄的麦穗来，只能摘一次，并且只能向前走，不能回头。

柏拉图按照老师说的去做了，结果两手空空地回来了。苏格拉底问他为什么没有摘到，他说："因为只能摘一次，又不能走回头路，即使见到最大最黄金的麦穗，因为不知道前面是否有更好的，所以没有摘；走到后面时，又发觉总不及之前见到的好，原来最大的、颜色金黄的麦穗早已错过了，于是我什么也没摘。"苏格拉底说："这就是'爱情'。"

之后的一天，柏拉图又问苏格拉底什么是婚姻，苏格拉底叫他先到树林里去，砍下一棵全树林最茂盛、最适合放在家里做圣诞树的树。同样只能砍一次，同样只可向前走，不能回头。这一次，柏拉图带回了一棵普普通通，不是很茂盛，也不算太差的树回来。他解释说："有了上一次的经验，当我走到大半路程还两手空空时，看到这棵树也不太差，便砍了下来，免得错过了，最后又什么也带不回来。"苏格拉底说："这就是'婚姻'。"

大智慧

生命是一种过程，没有回头路可走，若想找到属于自己的最好的麦穗和大树，必须要有睿智的头脑及莫大的勇气。一旦做出了选择，人就当心平气和地接受现实，并积极感悟其中的美好，否则将一无所有。

5. 新刻舟求剑篇

一个男人把"爱情"丢了。

那天，他带着爱人乘一只"遗忘号"小船在时间的河流中穿行，欣赏两岸的美景。这时候，河底美丽的河妖开始唱歌。爱人听得如醉如痴，终于禁不住诱惑，纵身跳入水底。

男人伤心流泪，但没有放弃，在船上刻了一道深深的刀痕。他不能忘怀爱人，他要永远记住这个伤心之地。

每到这个季节，男人都要驾船到这条河上去看看，去回忆过去的时光。然而，在他刻刀痕的地方，早已找不到她的踪迹。

这时候他想：我并不在意她在什么地方，而只想记住这个刀痕。

大智慧

当爱情已远去，我们不如潇洒地挥一挥手。一味地沉下去，沉溺于回忆，待在曾经相爱的地方，想着以前相亲相爱的情景，又有什么用呢？爱情鸟已经飞走了，我们的生活还得继续，那就过得潇洒一些吧！

6. 哲学家和他的妻子

哲学家爱流浪，他的妻子爱定居。不过，她更爱丈夫，所以毫无怨言地跟随哲学家浪迹天涯。每到一地，找到了临时住所，她就立刻精心布置，仿佛这是一个永久的家。

"住这里是暂时的，凑合过吧！"哲学家不以为意地说。

她朝丈夫笑笑，并未停下手中的活儿。不多会儿，哲学家已经舒坦地把身子埋进妻子刚安放停当的沙发里，吸着烟，沉思严肃的人生问题了。

有人忍不住打断哲学家的沉思，说道："尊敬的先生，别想了，凑合过吧，看看你那勤劳的妻子，你不觉得太委屈她了吗？你连个稳定的住所都不能提供给她啊！"

可是，哲学家的妻子此刻正幸福地望着丈夫，心里想："他是多么伟大啊……"

大智慧

有些人总喜欢津津乐道别人的婚姻是否般配，其实，婚姻中的两个人是否真正和谐，是他们自己的事，不是别人所能评议得了的。许多看似不协调的婚姻，却能经受无数岁月的洗礼，自然是有原因的。

7. 两个都不嫁

有一个正为情所困的女孩，向《人生光明面》的作者皮尔博士求教："我正和两个男士交往，而他们都向我求婚了，我应该嫁给谁？"

"两个都不嫁。"皮尔博士缓缓地回答。

"你为什么这么说？"女孩疑惑地问。

"因为你没有爱上任何一个人。"皮尔博士看着她说。

"你怎么知道？"女孩问。

"如果你心有所属，你就不会来问我应该嫁给谁，你自己的心会立刻回答这个问题的。"皮尔博士解释道。

大智慧

你无从选择，是因为你还没有真的爱上一个人。当你爱上某一个人的时候，就没有选择的困扰了。去付出真爱，而不是去迷茫地选择，当你爱的时候，答案自然就有了。

8. 搁浅的海豚

在法国科西嘉岛流传着这样一个故事，那是一个发生在中世纪的爱情故事：

骄阳斑斓，蓝天碧水。一望无际的大海伴随着海风吹奏着一曲科西嘉交响乐。在岛上，有一个国王。他控制着科西嘉这片广大的海域。到了晚年，他才得到一

个儿子，把他视为掌上明珠。王子

慢慢地长大了，对于生活在海岛的孩子来说，他们最

喜欢在海边的银色沙滩上打发时间。王子是一个游泳健将，他经常游到大

海远处，仰面躺在海上，随波逐流。终于有一天，让他碰见了一只海豚。

这只海豚有着漂亮的尾鳍，美丽的皮肤，还有一双聪明闪烁的大眼睛。我们

叫她"娜莎"，她是海的女儿，她是海中的精灵。她有一个天使朋友，经常陪伴她

一起游玩。这位天使我们叫他"埃德蒙"。他们在一起时总是非常快乐。直到娜莎

遇到了王子的这一天。

这天，大海不再平静，仿佛在低吼。王子不听随从的劝告，执意出海游玩。

结果一场暴风雨引发了海啸，王子被巨大的海浪抛入水中，失去了知觉。当他再

次醒来时，却是在海边的沙滩上，旁边躺着一只搁浅的海豚。这是一只美丽的海

豚。可她已经奄奄一息了。王子明白是这只海豚救了他的命。赶忙叫人把海豚抬

回了海里。这只海豚就是娜莎。

自打这天以后，王子总是找娜莎一起玩，娜莎渐渐和埃德蒙疏远了。娜莎被

王子的英俊与温柔所吸引，渐渐地喜欢上了他，又慢慢地爱上了他。王子对娜莎

也非常好，送给她爱吃的鱼，还有海边美丽的贝壳所串成的项链。娜莎很开心，

因为她知道王子喜欢自己。可是她是一只海豚，可王子是个人，他们永远不可能

在一起，所以她总是在夜晚独自流泪。

突然有一天，王子没有来找她，就这样过了一个多月。娜莎每天都在等待中

度过，夜晚却以泪洗面。这件事被埃德蒙知道了，他来到她的身边。娜莎向埃德

蒙倾诉了自己对王子的爱，并请求埃德蒙把她变成一个人，哪怕只有一天也好，

让她能够亲吻自己喜欢的人。埃德蒙默然地听着娜莎的哭诉，并且答应了她的请求，把她变成了人，但是期限只有三天，这也是埃德蒙唯一可以做到的。

娜莎变成了一个婀娜多姿的少女，她来到皇宫的门外，请求门口的士兵，让她见见王子。可是士兵告诉她，王子正在筹备婚礼。娜莎简直不敢相信自己的耳朵，怎么也不相信这是真的。她在皇宫门口哭了两天两夜，终于在第三天的傍晚看到王子牵着一个美丽女子的手登上马车，离宫而去。娜莎绝望了，她慢慢地走回海边。

娜莎又变成了一只海豚。王子从此以后再也没有看见过娜莎。王子还是经常去海中游玩，但伴随他的不再是一只海豚，而是美丽的妻子。娜莎由最初的悲伤甚至愤恨逐渐平静了。渐渐地，她认为，只要她爱王子，默默地注视着王子，看他快乐也是一种幸福。

又过了很多年，在这期间，娜莎多次寻找过埃德蒙，可是再也没见到埃德蒙。就这样过了几十年，娜莎始终孤独地生活着，其间也因为思念王子而哭过无数次。在她生命即将结束的这天，她突然再次想起了埃德蒙这个数十年没有见到的朋友。她向上帝祷告，祈求见到埃德蒙。上帝告诉她，埃德蒙其实一直就在她的心中，并告诉了她一个自己不知道的故事。

其实几十年前，埃德蒙为了让娜莎变成人，已经逾越了自己的职权，可他早已经深深爱上这个讨人喜欢的娜莎。他因为她的快乐而快乐，因她的悲伤而悲伤。听到她要去找王子的一瞬间，埃德蒙很心痛，但他要尽力给娜莎快乐，所以他违背了自然规律，也因此受到了上帝的惩罚。

上帝告诉他："我现在把你变成娜莎心底的泪水，假如有一天她因为思念你而落泪时，就是你重新成为天使的时候。"从那天开始，埃德蒙就变成了娜莎的心底之泪。

娜莎虽然这么多年流了很多泪，可她从没因为思念埃德蒙而落泪。娜莎听了上帝告诉她的这些话，回忆起那些与埃德蒙一起度过的快乐时光，回忆起埃德蒙对她的好，终于掉下了眼泪。她在离开世界的最后时刻，终于明白一个道理，爱着一个人是种幸福，被人爱着也是种幸福，她这一生没有白活。

娜莎闭上了眼睛离开了世界。据说后来埃德蒙离开了科西嘉岛，来到了爱琴海，在这里流传着一首海豚之歌，相传就是埃德蒙因为思念娜莎所演奏的……

关于爱情，只要快乐就好。过去的不要去感伤，看着爱的人找到自己的归宿也是种幸福。要珍惜身边的一切，珍惜那些默默爱着你的人，或许那才是你最好的归宿。有时候对于爱情所谓的执着蒙蔽了人的双眼，让人失去了得到最可贵爱情的机会，也会让那个爱着你的人伤心，何必呢？忘记过去吧，珍惜身边爱着你的人。

9. 金鸟和银鸟

有一个樵夫，每天上山砍柴，日复一日，过着平凡的日子。

有一天，樵夫跟平常一样上山砍柴，在路上捡到一只受伤的银鸟，银鸟全身包裹着闪闪发光的银色羽毛，樵夫欣喜："啊！我一辈子从来没有看过这么漂亮的鸟！"于是把银鸟带回家，专心替银鸟疗伤。

在疗伤的日子里，银鸟每天唱歌给樵夫听，樵夫过着快乐的日子。

有一天，邻人看到樵夫的银鸟，告诉樵夫他看到过金鸟，金鸟比银鸟漂亮上千倍，而且，歌也唱得比银鸟更好听。樵夫想：原来还有金鸟啊！

从此，樵夫每天只想着金鸟，也不再仔细聆听银鸟清脆的歌声，日子过得越来越不快乐。

有一天，樵夫坐在门外，望着金黄的夕阳，想着金鸟到底有多美。此时，银鸟的伤康复，准备离开。银鸟飞到樵夫的身旁，最后一次唱歌给樵夫听，樵夫听完，只是很感慨地说："你的歌声虽然好听，但是比不上金鸟；你的羽毛虽然很漂亮，但是比不上金鸟的美丽。"

银鸟唱完歌，在樵夫身旁绕了三圈告别，向金黄的夕阳飞去。

樵夫望着银鸟，突然发现银鸟在夕阳的照射下，变成了美丽的金鸟。梦寐以求的金鸟就在那里，只是，金鸟已经飞走了，飞得远远的，再也不会回来了。

你现在所交往的另一半，可能不够帅，不够美，不够高，不够有钱，可能没有多余的时间陪你，或是还达不到你心里的那个完美男人或女人的标准，但是，人常常在不知不觉之中成了樵夫，自己却不知道。

不知道……原来金鸟就在自己的身边……

大智慧

很多时候，我们对于自己的另一半总希望他拥有完美的一切，就如故事的主人公梦想金鸟一样。有些人不停地追寻最美，不停地想要拥有最美，最终却发现最美就在自己的身边。好好地去珍惜吧，不要等失去了，才明白其珍贵的价值所在。

10. 新守株待兔篇

有一个男人每天蹲在树桩下，等候一只叫"爱情"的兔子。据说，有些人曾在这里见过她。

树渐渐地长高了，从枝繁叶茂到肃杀凋零，他都痴心不改。

一只叫"纯情"的鹿路过，他和她一起聊天，然后她走了；一只叫"快乐"的鸭子路过，他和她跳舞，然后她走了；一只叫"忠诚"的狗路过，他和她下棋，她也走了；还有一只叫"浪漫"的麻雀，一只叫"诱惑"的狐狸，一只叫"温柔"的绵羊，她们和他说话，路过又离开。

男人依旧在等待那只叫"爱情"的兔子。可是她总也不来。

终于有一天，一只叫"希望"的松鼠带来了"爱情"的消息。他说，"爱情"早已来过很多次了。

男人说："没有啊！我一直在等她。"

松鼠说："当你和'纯情''快乐''忠诚''浪漫''诱惑''温柔'说话的时候，'爱情'也在旁边，但你没有看见。"

大智慧

爱情就在生活不经意的角落里，不要因为等待的心情，而与爱情擦肩而过。当爱情披着"纯情""快乐""忠诚""浪漫""诱惑""温柔"的面纱降临的时候，一定要把握住它。

11. 你说什么？我听不到哦

经过4年的热恋之后，露丝·贝德小姐终于打算跟男友结婚了。

婚礼当天早上，露丝正在楼上做最后的准备时，男友的母亲轻轻地走上楼来了。这位老太太拉过儿媳妇的手，把一样东西放了进去，然后以从未有过的认真语调对露丝说道："孩子，我现在要给你一个今后一定用得着的忠告，那就是你必须记住，每一段美好的婚姻里，都有些话是应该充耳不闻的。"

露丝摊开手，发现掌心中静静卧着的，是一对软胶质耳塞。老太太的那句话和这份礼物令正沉浸于美好幻想的露丝十分困惑，她不明白在这个时候，妈妈塞一对耳塞到她手里是什么意思。但是没过多久，当与丈夫发生第一次争执时，她一下子明白了老人的苦心。

"其实妈妈的用意很简单，她是用她一生的经历与经验告诉我：人在生气或冲动的时候，难免会说出一些未经考虑的话来。而此时，最佳的应对之道就是充耳不闻，权当没有听到，而不要同样愤然地回嘴反击。否则，不但不利于问题的解决，还有可能给自己的婚姻带来威胁。"露丝感悟道。

从此之后，露丝便把"适当地充耳不闻"运用到了婚姻中。的确，自从有了这个秘诀，她与丈夫的生活一直很和谐美满，再也没有吵过架。后来，她又把这句话用到了工作上，结果工作也比以前顺手了不少。再后来，已经成为美国最高法院大法官的她把这个万能的法宝公之于世，让所有人都能领略到婚姻生活的又一真谛。

大智慧

适时关闭自己的耳朵或眼睛，有选择地听，有选择地说，有选择地看，是把许多毒素阻拦在门外的最佳应对之道。

12. 再划掉一个

这是美国的一所大学，一位特邀教授正在给前来听讲的人们上课，只听他说道："现在，我要和大家一起做个游戏，谁愿意来配合我一下？"

一位女士站起来，走上了讲台。

教授对这位女士说："请你在黑板上写下你难以割舍的20个人的名字。"听清要求之后，女士转身写下了20个人的名字：她的亲人、朋友以及邻居等。

"现在，"教授说道，"请你找出一个这里面你认为对你最不重要的人，然后划掉他的名字。"

女士轻而易举地便划掉了一个邻居的名字。

"和刚才一样，再划掉一个你认为对你不重要的人。"教授又说道。

女士于是又面无表情地划掉了一个。

游戏按照这种规则继续了下去。

20分钟过去了，女士身后的黑板上只剩下了4个人：她的父母、丈夫和孩子。而教授的要求还在继续："请再划掉一个不重要的人。"

话音一落，原本议论纷纷的教室里立刻安静了下来，大家都静静地看着女士，都感觉这已不再是一个游戏了。而女士则迟疑着、犹豫着，久久不肯动笔。

"请再划掉一个。"教授温和却不容置否地说道。

女士慢慢地转身、举起粉笔，目光艰难地在四个人的名字上来回游动着。最后，她颤抖着，同时划去了父母的名字。

"请再划掉一个。"教授立刻又要求道，像是一个冷酷无情的命运裁判者。

"还要划掉一个？"女士情不自禁地脱口而出，脸色异常难看。

"对。"教授简洁地否定了她的怀疑。

女士转身、举手，把目光集中在了孩子的名字上，但是未等落笔，她便哇的一声哭了出来，看样子她非常痛苦。

教授非常平静地看着女士，不催促，脸上的表情却十分坚决。

泪眼蒙眬中，女士缓慢地划掉了儿子的名字。

"现在，请你告诉我，"教授以非常温和的语调说道，"和你最亲的人应该是你的父母和你的孩子，因为父母是养育你的人，孩子是你所养育的。而丈夫，失去之后还可以重新寻找，为什么他反倒成了你最难割舍的人呢？"

"因为，"女士紧紧地咬了咬嘴唇，平定了一下情绪，"随着时间的推移，父母会先我而去，孩子长大成人后也会离我而去，能够真正陪伴我度过一生的，只有我的丈夫。即便失去之后我能够重新寻找，可对方依然逃脱不了这个意义。"

大智慧

夫妻不仅是共同劳动者和新生命的缔造者，更是唯一可以相守到老的伴侣。父母、子女或早或晚都会离我们而去，却基本不影响我们的幸福，但如果失去了爱人，我们的幸福便会成为无源之水、无根之木。

13. 两个相爱的乞丐

喧闹的大街上，一个男乞丐和一个女乞丐相遇了。恍惚间，他们都觉得好像前世就互相认识一样，所以不由得带着爱慕注视着对方。

于是，两个人都不愿再离去，而只是面对面站着，手里端着已经空了一天的碗。也许在他们的心里，那一刻的世界上只剩下了他们两个人，除此之外别无他物。

女乞丐望着男乞丐，似乎是有所乞求。

"你在乞求什么？"男乞丐好奇地问对方。

听到这句问话，女乞丐不由得生起气来："难道你还没有感觉到吗？我在乞求你的爱呀。"

这下，男乞丐也不由得生起气来了："是吗？我怎么没有感觉到呢？不过我也是只有一只空碗呀，我也在乞求你把你对我的爱全部倾入我的空碗里呢。"

女乞丐更加生气了："这么说你是爱我的了，那你为何不给予我你的爱呢？"

男乞丐随即反驳道："既然你也爱我，就应该把相同的爱给予我呀。"

就这样，两个乞丐相互乞求着，却谁都不肯主动先把自己的爱给予对方。

僵持了很久以后，他们还是谁都没有得到对方的爱。无奈之下，两个人只好都转头去向另外的人乞讨了。

大智慧

索要爱情的人未必就是得到爱情的人，但从广义上说，得到爱情的人却是给予爱情的人。因为爱即是给予，而非索取和占有，给予之后，"得到"会随即而来。

14. 两个女人的婚姻

姚丽和李如是老乡、好朋友，还一直是同学，谈恋爱时，那两个男孩又恰巧是好朋友。两个人的前半生是如此相似，她们的后半生还会相似吗？

作为护士，姚丽非常爱干净，不管冬天夏天，她每晚睡觉前必会洗澡，而且不但自己洗，还强烈要求老公也洗。她的老公是一位建筑师，每天都忙得要死，晚上 12 点钟以前很少能回来，所以无论是由于精力、时间，还是作为男人的本身习惯，他都不愿意天天洗。可是姚丽每次都不依不饶，不洗的话就不让他进屋睡觉。一年后，老公终于受不了了，向她提出了离婚，尽管两个人还互相爱着。

那么李如怎么样呢？她很幸福。是不是她和她老公之间一点儿摩擦都没有？不是的。她的老公有一个癖好——哪怕是洗了几遍的苹果，他吃时也要削掉厚厚的一层，说"皮上有农药残留"。李如心疼这种浪费，跟老公吵了好几次，不见效之后她改变了策略——反正自己不觉得有事，那就干脆把老公削掉的皮吃掉呗，这样不就既不用吵架，也不会浪费了吗？就这样，两人一直过得很和谐。看来，结婚并非是选择爱情，而是选择生活方式。不懂这一点的人，恐怕永远不会得到幸福。

大智慧

婚姻的组建是源于爱情，其破裂却未必是因为没有了爱情，维系婚姻的纽带除了爱情，更重要的是改变自己与宽容对方。